rororo

ro
ro
ro

Charlene Teglia

Nacht der Begierde

Erotischer Roman

Aus dem Englischen
von Dora Linder

Rowohlt Taschenbuch Verlag

Die Originalausgabe erschien 2009 unter dem Titel
«Animal Attraction» bei St. Martin's Press, New York.

Deutsche Erstausgabe
Veröffentlicht im Rowohlt Taschenbuch Verlag,
Reinbek bei Hamburg, Januar 2011

Redaktion Stephan Mayr
Umschlaggestaltung any.way, Barbara Hanke/Cordula Schmidt
(Foto: Corbis; Kimberly Hosey/Getty images)
Satz Plantin PostScript (InDesign)
bei Pinkuin Satz und Datentechnik, Berlin
Druck und Bindung CPI – Clausen & Bosse, Leck
Printed in Germany
ISBN 978 3 499 25559 5

FSC www.fsc.org
MIX
Papier aus verantwortungsvollen Quellen
FSC® C083411

Das für dieses Buch verwendete FSC®-zertifizierte Papier
Lux Cream liefert Stora Enso, Finnland.

Für die phantastische Crew
von The Human Bean, die für mich immer
einen guten Espresso bereithält

KAPITEL 1

Es ist unglaublich, wie viel sich von einer Sekunde zur nächsten verändern kann.

Gerade eben noch war ich allein im Leder-Laden Tysons Corner und damit beschäftigt, Waren einzuräumen. Ich hängte Jacken auf die Bügel zurück, die jemand anprobiert, sich dann aber gegen sie entschieden hatte. Oder die, was noch wahrscheinlicher war, nur deshalb anprobiert wurden, weil ich mich dann nach ihnen umdrehen und sie vom Ständer angeln musste. Einen Nachmittag dieser Art hatte ich gerade hinter mir.

Und dann stellten sich mir plötzlich die Nackenhaare auf. Mein erster Gedanke war *«Ach du Scheiße, jetzt wirst du ausgeraubt»*. In diesem Fall würde ich schlicht und einfach die Kasse öffnen, damit die Idioten sie ausräumen konnten. Es gibt Dinge, für die man sich einsetzt, aber ein schlechtbezahlter Job in einem Einkaufszentrum gehört ganz bestimmt nicht dazu.

«Ich will … diese da», sagte eine Stimme dicht an meinem Ohr. Die Stimme klang tief, männlich und erinnerte mich an ein Knurren. Ihr Besitzer atmete aus, und ein warmer Hauch strich über die bloße Haut meines Nackens. Ich wünschte, meine Haare wären nicht ganz so kurz geschnitten. Der Atem dieses seltsamen Mannes bescherte mir ein merkwürdiges Gefühl von Verwundbarkeit.

Ich drehte mich um und brachte ein bisschen Abstand sowie eine braune, lederne Bomberjacke zwischen uns.

Jetzt sah ich erst, mit wem ich es eigentlich zu tun hatte. Seine Augen waren dunkelbraun, aufgehellt durch ein bisschen Bernstein. Sein Haar hatte eine ähnliche Farbe. Es fiel ihm auf die Schultern, obwohl es durch die Locken etwas kürzer aussah. Ein entschlossener Ausdruck lag auf seinem slawisch aussehenden Gesicht, und obwohl er nicht viel größer als einen Meter achtzig war, wirkte jeder Zentimeter respekteinflößend. Er trug Jeans, Cowboystiefel und ein weißes, langärmeliges T-Shirt mit Harley-Davidson-Logo, das jetzt, mitten im Winter, unmöglich warm genug sein konnte, selbst hier in Virginia.

Die Unruhe, die sein Erscheinen in mir ausgelöst hatte, wollte sich jedoch nicht legen, deshalb blieb ich wachsam. Ich habe ein ziemlich gutes Gefühl für brenzlige Situationen, und es hat mich schon zu oft vor Ärger bewahrt, als dass ich es einfach ignorieren konnte.

«Ich glaube nicht, dass das Ihre Größe ist», sagte ich und hielt weiter das genarbte Leder zwischen uns. Nicht dass es für ihn ein Hindernis dargestellt hätte, aber es war besser als nichts. «Da drüben sind noch mehr.» Ich wies ihm mit einer Kopfbewegung die Richtung, in der sich der Ständer befand. Ich hielt meine Arme dicht an meinem Körper, auf mittlerer Höhe, wo ich mich gut gegen Angriffe von oben oder unten verteidigen konnte.

Er warf mir einen abschätzenden Blick zu und ging zu den anderen Bomberjacken. Das Atmen fiel mir sofort etwas leichter, als ein paar Schritte Abstand zwischen uns waren.

«Chandra», sagte er gedehnt. Er hob prüfend einen Ärmel an, während er sprach. «Heißen Sie so?»

«So steht es auf dem Schild», erwiderte ich und lächelte mit angespanntem Mund. Ich hatte nicht vor, ihn zu irgendwelchen Vertraulichkeiten zu ermuntern. Er war in meinem Laden aufgetaucht, als ich allein war, er war mir viel zu nahe getreten, er hatte mich seinen Atem spüren lassen, und nun sprach er mich auch noch mit meinem Namen an. Das war zwar ein guter Trick, jemanden in Sicherheit zu wiegen: ihn mit Namen anzusprechen. Auf mich hatte es aber den gegenteiligen Effekt.

«Wussten Sie, dass Chandra ‹der Mond, der leuchtet› bedeutet?»

«Nein», log ich. Ich hatte das zwar in irgendwelchen Büchern gelesen, aber ich war mir ziemlich sicher, dass es nichts anderes bedeutete, als dass meine leiblichen Eltern Philosophie- oder Soziologiestudenten gewesen waren und mehr Flausen im Kopf hatten als Verstand oder Geld. Sie gaben mich zur Adoption frei, bestanden aber darauf, dass ich den Namen behielt. Wobei ich manchmal schon gedacht hatte, dass sie das gemacht hatten, um mich irgendwann einmal wiederfinden zu können. Es gibt ja schließlich nicht so viele rothaarige Frauen Anfang zwanzig mit Sanskrit-Namen.

«Träumst du manchmal von uns?» Er hob den Kopf, während er mich das fragte, den Blick gespannt auf meine Augen gerichtet.

«Ich habe eine Menge Träume. Jeder träumt von etwas.» Ich lockerte meine Muskeln, bereit, wegzurennen oder mich zur Wehr zu setzen, wenn es nötig wäre. An dieser Begegnung war mir alles suspekt. «Mein Lieblingstraum ist es, etwas zu verkaufen und meinen Job zu behalten. Wollen Sie die Jacke nun kaufen?»

«Ich habe sie ja noch nicht einmal anprobiert.» Seine Lippen verzogen sich zu einem Lächeln, das mir nicht gefiel, obwohl ich zugeben musste, dass es ihm gut stand. Er wirkte, als würde er sich über mich lustig machen. Mit mir spielen.

«Ich bin nicht sicher, ob sie passt.» Er nahm die Jacke vom Bügel und zog sie an. Es kam mir so vor, als ob er alle Bewegungen absichtlich in die Länge ziehen würde, als eine Art Aufführung für mich.

Ich verfolgte, wie er sich bewegte, aber nicht, weil mir sein hübscher Körper gefiel. Ich registrierte die gebändigte Kraft in seinen Bewegungen und musste zugeben, dass ich seine Stärke möglicherweise eher unterschätzt hatte. Wenn es darum ging, zu kämpfen oder wegzulaufen, würde ich mich wohl für die Flucht entscheiden. In einer körperlichen Auseinandersetzung würde ich sicher den Kürzeren ziehen, egal wie viele schmutzige Tricks ich kannte. Er war kraftvoll und geschmeidig, und er wusste offensichtlich, seinen Körper einzusetzen.

«Ich heiße Zach», sagte er und strich dabei die Vorderseite der Jacke glatt. Mein Blick verfolgte seine Bewegungen. Die Jacke stand ihm. Ich vermutete, dass ihm auch alles andere stehen würde.

«Sehr erfreut.» Mein Tonfall sollte distanziert und unfreundlich klingen. Das Glänzen in seinen Augen zeigte mir jedoch, dass ihn das nicht zu entmutigen schien.

«Jetzt sprechen wir uns immerhin schon mal mit Vornamen an.» Zach, der Fremde, machte einen Schritt vorwärts, und ich tat einen Schritt zurück, um den Abstand zwischen uns zu wahren. Er zog eine Augenbraue hoch, während er mich ansah. «Wollen Sie etwa weglaufen?»

Ich tat so, als hätte ich die Frage gar nicht gehört. «Bomberjacken sind diese Woche um 20 Prozent runtergesetzt. Wollen Sie sie gleich anbehalten?»

«Ja.» Er grinste mich an. «Ich nehme an, ich soll möglichst schnell bezahlen und dann verschwinden.»

«Sie sollten auch noch Lederpflege mitnehmen.» Ich deutete auf das Regal neben der Kasse. «Sie sollten sie damit behandeln, bevor sie das erste Mal nass wird.»

«Die Kuh, von der sie stammt, hat doch auch draußen gestanden und ist nass geworden», bemerkte Zach, und dabei zuckten seine Lippen so, als ob er sich beherrschen müsste, nicht sofort loszulachen.

«Eine Kuh ist allerdings auch kein modisches Kleidungsstück.» Ich ging um ihn herum zur Kasse, stets bemüht, ihm dabei nicht den Rücken zuzuwenden.

«Nun fangen Sie schon an zu bestimmen, wie ich mich kleide, und dabei sind wir noch nicht mal zusammen ausgegangen.» Zach, der hemmungslose Aufreißer, zog die Jacke wieder aus und gab sie mir, damit ich den Preis scannen konnte. Sein Flirten machte mich keinesfalls sicherer. Alles an diesem Fremden signalisierte *Achtung, Gefahr!*, egal wie toll er aussah in seinen engen Jeans, den Cowboystiefeln und der Lederjacke.

«Na, dann sind Sie ja nochmal glimpflich davongekommen, denn wir werden sicher nie zusammen ausgehen.» Ich setzte die Lederpflege mit auf die Rechnung und nannte ihm den Gesamtbetrag.

Zach gab mir eine goldene Kreditkarte, die meine Meinung von ihm um keinen Deut änderte. Geld hatte er also. Was ihn jedoch nicht ungefährlich machte. Vielleicht ging dadurch noch eine größere Gefahr von ihm aus. Manche Leute denken ja, dass man für Geld alles bekommt und man sich nicht mehr an Regeln halten muss.

Die Karte verriet, dass sein voller Name Zachary Neuri war. Ich gab ihm die Jacke, damit er sie gleich anziehen konnte, und tat die Flasche, von der ich nicht glaubte, dass er sie jemals benutzen würde, in eine Tüte. Weshalb es mich umso mehr freute, dass ich sie ihm verkauft hatte.

«Sie misstrauen mir irgendwie.» Zachs Lächeln verschwand, während er die Jacke überzog.

«Vor Männern wie Ihnen hat mich meine Mutter immer gewarnt.»

«Dann hätten Sie mich doch eigentlich schon erwarten müssen.» Bei diesen Worten sah er mich so durchdringend und entschlossen an, dass ich mich beherrschen musste, um nicht sofort einen Schritt rückwärts zu machen. «Wir werden uns wiedersehen, Chandra.»

Nachdem er gegangen war, blieb ich stehen und konzentrierte mich auf meinen Atem, bis sich mein Herzschlag schließlich wieder beruhigt hatte. Was war das für eine komische Bemerkung über meine Mutter gewesen? Ich hatte über meine Adoptivmutter geredet, aber konnte es sein, dass er irgendetwas mit meiner geheimnisumwobenen leiblichen Mutter zu tun hatte, über die ich nichts herausfinden konnte?

Schließlich machte ich mich daran, weiter Ordnung bei den Waren zu schaffen, aber ich wurde das Gefühl nicht los, dass ich beobachtet wurde. Als zwei andere Kollegen eintrafen und meine Schicht beendet war, freute ich mich, endlich abhauen zu können. Ich durchstreifte das große Einkaufszentrum noch eine Weile planlos, für den Fall, dass ich nicht einfach nur schreckhaft und paranoid war, nachdem ich Mr. Wir-sprechen-uns-noch getroffen hatte.

Normalerweise lassen mich solche Typen kalt, selbst die echt miesen. Aber Zach war anders gewesen. Ich konnte niemanden entdecken, der seine Größe und Figur hatte, konnte weder die braune Bomberjacke noch seine Locken irgendwo sehen, während ich immer wieder stehen blieb und mich umsah, als ob ich etwas suchen würde. Auf diese Weise näherte ich mich dem Ausgang und hielt auf den Parkplatz zu, auf dem ich mein Auto abgestellt hatte. Ich ging zügig aber gleichmäßig, mit erhobenem Kopf, die Augen geradeaus, die Schlüssel einsatzbereit in meiner Hand.

Zwei Männer und eine Frau stiegen aus einem Auto, das dicht bei meinem stand. Ich sah sie nicht direkt an, registrierte nur ihre Position und ging so, dass sich unsere Wege nicht kreuzen würden.

Trotzdem geschah genau das, da sich die drei direkt auf mich zubewegten und eine Art loses Netz um mich legten. Sie waren schon viel zu dicht an mich herangekommen, als dass ich noch die Möglichkeit gehabt hätte, die Tür aufzuschließen und mich in Sicherheit zu bringen. Deshalb stellte ich mich, sprungbereit wie eine Katze und meine Autotür im Rücken, locker in Position.

In meinem Nacken prickelte es wieder, und ein Schauder lief in Wellen über meine Haut. Ich ließ mich davon nicht irritieren, sondern behielt die drei genau im Auge.

Deshalb entdeckte ich Zach, bevor sie ihn überhaupt wahrgenommen hatten. Er tauchte hinter ihnen auf, scheinbar aus dem Nichts, und schob sich blitzschnell vor mich.

«Rhonda. Wilson. Miguel.» Zach nickte ihnen zu. «Wolltet ihr irgendwas?»

«Ist das deine neue Schlampe?»

Die Frau, die wohl Rhonda sein musste, hatte das gefragt. Angesicht dieses Knast-Jargons hatte ich plötzlich Zach und mich vor Augen, in orangefarbenen Gefängnis-Klamotten, und ich musste schlucken, um nicht laut loszulachen. Seine Schlampe? War das ein Witz?

«Das geht euch nichts an», antwortete Zach nüchtern.

«Aber sie hält sich in unserem Revier auf.» Das kam von dem hünenhaften, kahlgeschorenen Farbigen. Mir war nicht klar, ob es Miguel oder Wilson war, denn keiner von ihnen sah wie ein Latino aus.

«Sie arbeitet im Einkaufszentrum.»

«Dann sollte sie sich besser einen anderen Job suchen. Wäre gesünder für sie.»

Ich begann zu frösteln. War ich da in die Revierstreitigkeiten irgendwelcher Gangs hineingeraten? Na, vielen Dank auch, Zach.

«Ihr Wohlergehen ist mir äußerst wichtig.» Zachs Stimme bekam einen furchteinflößenden Unterton.

«So wichtig, dass du uns beleidigst?» Diese Bemerkung kam von Rhonda und wurde begleitet von einem Karate-Mawashi-geri, der zeigte, dass sie nicht nur hübsch war.

Danach ging alles sehr schnell, und Sekunden später

fanden sich alle drei auf dem Boden wieder. Zach packte mich am Arm, schnappte sich meine Schlüssel und öffnete das Auto, bevor er mich hineindrängte und mir ohne zu zögern folgte.

Ich schob mich über den Schaltknüppel auf die Beifahrerseite, mit dem Rücken zur Tür und einer Hand am Türhebel, um sofort wieder auszusteigen. Den anderen Arm ergriff Zach so fest, dass es fast schmerzte.

«Halt.»

Ich erstarrte. Dann entdeckte ich auf seinem Harley-Hemd eine Blutspur, die vorher nicht da gewesen war. Auch ein frischer Riss war zu sehen. «Sie haben vergessen, die Jacke zu schließen», sagte ich und starrte auf seine Verletzung. Das war ein Fehler gewesen. Das Leder hätte ihn möglicherweise geschützt. «Wer von ihnen hatte das Messer?»

«Rhonda.»

«Und mich beleidigt sie mit Knastjargon?» Kopfschüttelnd streckte ich meine Hand aus, um das Hemd hochzuziehen und nachzusehen, wie schlimm er verletzt war. «Brauchen Sie einen Arzt?»

«Nein. Es war ja kein Silber.»

Ich runzelte die Stirn und konnte mir nicht vorstellen, was es für einen Unterschied machen sollte, aus was für einem Metall die Klinge war. Meine Verwunderung nahm noch zu, als ich auf seinem perfekten, muskulösen Bauch keine Spur von dem Schnitt entdecken konnte, den er dem zerrissenen Hemd und dem Blut zufolge davongetragen haben musste.

«Da ist nichts, aber Sie dürfen mich gern genauer untersuchen.» Ich blickte auf und stellte fest, dass Zach mich amüsiert ansah, mit einer Glut in den Augen, für die es in Anbetracht der Situation eigentlich keinen Anlass gab.

Ich legte die Hand auf seine nackte Haut und betastete sorgfältig jeden Zentimeter, der nicht von seiner Jeans bedeckt war. Bauch, Rippen, Brust, alles kraftvoll und warm, nirgendwo war auch nur die Spur einer Verletzung zu erkennen.

«Ich kann meinen Reißverschluss aufmachen, wenn Sie weitermachen möchten.» Zach deutete auf seinen Schoß. Ich zog meine Hand zurück, ließ das T-Shirt herunterrutschen und lehnte mich zurück.

«Nein, vielen Dank.» Ich wusste nicht, was ich davon halten sollte. Noch immer traute ich ihm nicht, aber er hatte mich verteidigt und für mich gekämpft. Hatte für mich eine Verletzung davongetragen. Die nun irgendwie verschwunden war? «Wer zum Teufel sind Sie?»

«Zach.» Er nahm meine linke Hand, die er immer noch nicht losgelassen hatte, und zog sie an seine Lippen. Er drückte einen warmen Kuss auf meinen Handrücken. Hitze durchflutete mich. «Wir werden uns bald wiedersehen.»

«Nein, das werden wir nicht.»

«Der Mond nimmt zu.» Zach beugte sich zu mir herüber und legte mir seine andere Hand auf die Wange. Ich zuckte nicht zurück. «Noch drei Nächte, und dann werden wir Vollmond haben. Wenn du bis dahin nicht freiwillig zu uns kommst, werden wir dich holen müssen. Es ist so weit.»

«Gehören Sie etwa zu einer Bande oder zu irgendeinem Kult?», platzte es aus mir heraus. «Ich will nicht in irgendwelche Schwierigkeiten kommen.»

«Aber leider haben es die Schwierigkeiten auf dich abgesehen.» Zach streichelte meine Wange, ließ seinen Finger über meinen Kieferknochen gleiten und berührte meine heftig pulsierende Halsschlagader. «Du suchst dir besser einen neuen Job. Wir haben dich beschützt, aber uns ist nicht wohl dabei, wenn du dich sechs Tage in der Woche im Revier der Panther aufhältst. Nächstes Mal sind sie vielleicht noch mehr oder schneller als heute.»

Zach hatte unglaublich schnell reagiert, aber trotzdem hatten sie ihn erwischt. Und dann sollten sie noch schneller sein? Im Geiste verabschiedete ich mich bereits von meinem Job und fragte mich, wie lange es wohl dauern würde, bis ich einen neuen fände. Vielleicht sollte ich gleich anderswohin ziehen. Zachs Andeutungen, dass mich jemand ständig beobachtete, mir folgte und mich in drei Tagen holen wollte, ließen mir das Gras anderswo plötzlich sehr viel grüner erscheinen.

«Versuch nicht wegzulaufen.» Zach sah mich so besorgt an, als ob er meine Gedanken lesen konnte. «Es ist gefährlich für dich, wenn du nicht in unserer Nähe lebst, gerade jetzt. Du musst nach Hause kommen.»

«Ich habe ein Zuhause. Und Sie gehören nicht dorthin.» Nicht dass ich es als unangenehm empfunden hätte, neben ihm aufzuwachen, aber er schien bis zum Hals in Schwierigkeiten zu stecken. Und jeder, der neben ihm schliefe, würde automatisch gefährdet sein.

«Vielleicht gehörst du ja in mein Zuhause.» Zachs Lippen verzogen sich zu einem Lächeln, und er senkte seinen Kopf ein wenig. Was folgte, war kein richtiger Kuss, sondern eher ein Versprechen, eine angedeutete Berührung seiner Lippen, ein heißer Atemhauch. Aber es reichte, um mein Herz aussetzen zu lassen und mein Blut in Wallung zu bringen. «Komm zu uns, Chandra. Du findest uns an dem Ort, von dem du träumst.»

Bevor mir eine passende Entgegnung einfiel, war Zach bereits verschwunden, und ich fragte mich fast, ob ich das alles nur geträumt hatte. Für den Fall allerdings, dass es nicht so war und da draußen noch mehr Leute waren, die mich angreifen wollten, kletterte ich wieder auf den Fahrersitz und machte mich schnell auf zu meiner hübschen, sicheren, völlig normalen Wohnung, in der hoffentlich nicht noch mehr Überraschungen auf mich warteten.

KAPITEL 2

Zu Hause angekommen, fühlte ich mich immerhin ein bisschen sicherer, aber nicht sicher genug, um mich wohlzufühlen. In der Eingangshalle nahm ich noch meine Post mit. Wie immer blätterte ich sie gleich dort noch kurz durch. Natürlich war wieder einer davon für 2 c und nicht für 2 b. Den stellte ich oben auf die Briefkästen, wie alle Mieter es taten, wenn sie falsch zugestellte Sendungen fanden, da nur der Zusteller die Boxen von hinten öffnen konnte.

Angespannt und beunruhigt stieg ich die Treppe hinauf, bis ich vor meiner Wohnungstür im zweiten Stock stand. Als ich sie hinter mir zugezogen und abgeschlossen hatte, ging es mir ein bisschen besser. Es konnte einer Frau schon ganz schön an die Nerven gehen, plötzlich auf einem Parkplatz überrumpelt zu werden.

Ich warf die Post auf den Küchentresen, schlang rasch mein Abendessen in mich hinein, um meinen in letzter Zeit auffälligen Heißhunger zu stillen, und fütterte dann meine Goldfische, Ernie und Bert. Zusammen mit dem Aquarium, in dem sie lebten, hatte ich die beiden in der Woche gekauft, bevor ich meinen jetzigen Job angetreten hatte.

In einem Feng-Shui-Buch hatte ich gelesen, dass Goldfische in der Wohlstandsecke einer Wohnung vor finanziellen Problemen bewahren können. Jetzt fragte ich mich, ob es wohl auch ein Feng-Shui-Rezept gab, um herauszufinden, ob ein Arbeitsplatz in der umkämpften Zone zweier rivalisierender Banden liegt.

Ernie und Bert kamen mit geöffneten Mäulern an die Oberfläche und erwarteten ihr Abendessen. Ich streute eine Prise Fischfutter auf die Wasseroberfläche und sah zu, wie sie daran zupften.

«Ich habe heute ein paar neue Leute kennengelernt», erzählte ich ihnen und dachte dabei an Rhonda, Miguel und Wilson. Und Zach. Nicht zu vergessen Zach. Zach, der so heftig mit mir geflirtet hatte, dass die Haarwurzeln in meinem Nacken begonnen hatten zu prickeln, der drei Angreifer in die Flucht geschlagen hatte, von denen mindestens einer bewaffnet war, und der mir gesagt hatte, ich solle ihn erwarten.

Ich erwartete ihn quasi jeden Moment. Er hatte ja zugegeben, mich beobachtet zu haben, und angekündigt, dass er, sofern ich nicht binnen drei Tagen bei ihm auftauchen würde, käme, um mich zu holen. Er hatte durchblicken lassen, dass er etwas über mich und meine leibliche Familie wüsste. Er war der Erste, der mir nach einer Reihe von vergeblichen Versuchen dabei helfen konnte, die richtige Spur zu finden, und er hatte mich neugierig genug gemacht, um ihm wiederzubegegnen.

«Ich glaube, einer von ihnen wollte was von mir», fügte ich hinzu, obwohl Bert gar nicht danach gefragt hatte. «Er war ziemlich aufdringlich.» Wer erzählt schon, dass er einen beobachtet hat, und küsst einem dabei die Hand?

Ich sah mich in der Wohnung um. Sie war modern und schlicht eingerichtet. Hellgrauer Teppichboden, beigefarbene Wände, weiße Jalousien hingen vor den Fenstern und der gläsernen Schiebetür, die auf einen winzigen Balkon führte. Ich steckte immer einen Keil zwischen die beiden Scheiben, damit man sie nicht von außen öffnen konnte, falls mal jemand in den zweiten Stock geklettert käme. Was nicht sehr wahrscheinlich war. Aber die Begegnung mit meinen neuen Freunden hatte mich zumindest so weit verunsichert, dass ich ausprobierte, ob die Tür wirklich sicher verschlossen war.

Mit Ausnahme der Goldfische hatte ich nicht viel unternommen, um die neutrale Ausstattung etwas persönlicher wirken zu lassen. Im Wohnzimmer hatte ich eine

Futonliege stehen, die mir als Bett und Sofa doppelte Dienste erwies, ein Bücherregal mit meiner DVD-Sammlung und einen kleinen Fernseher.

Aus irgendeinem Grund nervte es mich heute, wie meine Wohnung aussah. Ich runzelte die Stirn und schaute genauer hin, um festzustellen, ob sich vielleicht irgendwas verändert hatte. Aber wenn das so war, konnte ich es trotzdem nicht entdecken.

Vielleicht betrachtete ich meine Behausung gerade auch nur mit den Augen eines Fremden, und es gefiel mir nicht, was sie über mich verriet. Farblos und zweckmäßig wirkte sie, unpersönlich, eher wie ein Wartezimmer und nicht wie ein echtes Zuhause.

Natürlich war es auch so etwas wie ein Wartezimmer. Ich hatte meinen Collegeabschluss ein Jahr früher als üblich machen können, und nun verschickte ich Bewerbungen, um eine richtige Anstellung zu finden. Bislang hatte ich zwei Angebote bekommen, für die ich in beiden Fällen an die Westküste ziehen müsste. Das klang zwar ganz interessant, aber eigentlich wollte ich Virginia nicht verlassen.

Fairfax County lag nicht nur in unmittelbarer Nähe von Bergen und Strand, sondern war gleichzeitig Sitz von immerhin sechs Fortune-500-Unternehmen. Diese Kombination aus Karrierechancen und Freizeitangebot war so leicht nicht zu überbieten. Vor allem aber hoffte ich dadurch, dass ich in meiner Heimat blieb, eines Tages herauszufinden, wer meine leiblichen Eltern waren. Oder zumindest Antworten auf einige meiner Fragen zu bekommen.

Wenn ich aber so sicher war, hierbleiben zu wollen, warum schien dann mein Leben nur aus Übergangslösungen zu bestehen?

«Ich bin jung», sprach ich mit mir selbst. «In meinem Alter lässt man sich noch nicht nieder. Man kleidet sich und lebt eben so, wie es möglich ist, wenn man während der Collegezeit seine Seele für Studiengebühren-Darlehen verpfändet hat.»

Bert und Ernie zogen zustimmend ihre Kreise. Fische sind wirklich angenehme Mitbewohner. Sie hören einem zu und widersprechen nie.

Das rote Licht an meinem Anrufbeantworter blinkte, also drückte ich auf den Abspielknopf.

«Hi, ich bin's, Michelle. Von deiner Post ist was bei mir gelandet. Ich behalte den Brief als Geisel, bis du mich zurückgerufen hast. Ich hab dich seit deinem Geburtstag nicht mehr gesehen.» Es folgte eine kurze Pause auf dem Band, bevor sie fortfuhr: «Ich hoffe, dass es dir gutgeht. Es klingt, als ob deine Albträume schlimmer würden.»

Die Stimme meiner Freundin sorgte dafür, dass sich mein Magen zusammenzog. In der letzten Zeit war ich allen aus dem Weg gegangen. Das hatte Michelle offenbar bemerkt. Außerdem lebte sie in der Wohnung genau unter mir. Wenn sie nachts laute Geräusche hörte, lag es also nicht an meiner Einbildung. Die schrecklichen Träume, die mich seit meiner Jugend verfolgten, kamen inzwischen jede Nacht.

Seit meinem einundzwanzigsten Geburtstag vor zwei Wochen schien einfach alles irgendwie aus dem Ruder zu laufen. Mein Stoffwechsel spielte völlig verrückt. Töne, Geschmack und Gerüche, auf die ich schon immer sehr empfindlich reagierte, erschienen mir plötzlich unerträglich. Jede Kleinigkeit regte mich auf. Aber was sollte ich ihr sagen? Vielleicht: *«Tut mir leid, Michelle, aber wenn ich dein Parfum rieche, ersticke ich fast, selbst wenn ich ein Stockwerk von dir entfernt bin?»*

Ich dachte wieder an Zach und seine merkwürdige Frage. *Träumst du manchmal von uns?* Es wäre gut, eine Erklärung für meine unruhigen Nächte zu finden und für die blauen Flecken, mit denen ich regelmäßig aufwachte, aber da ich ihm gerade erst begegnet war, konnte Zach ja wohl kaum etwas damit zu tun haben.

In jedem Fall fragte ich mich, was er mit *«uns»* gemeint haben könnte. Nicht das Trio, das er auf dem Parkplatz in die Flucht geschlagen hatte. Aber irgendeine Gruppe musste es geben. Es war also nicht nur Zach, der mich in drei Tagen erwartete. Aber dass dieses *uns* die Familie beschrieb, von der ich so wenig wusste, wäre bestimmt zu viel erhofft. Eine vage Sehnsucht blieb trotzdem, im Zaum gehalten von einer gehörigen Portion Vorsicht.

Ich wusste überhaupt nichts über meine Herkunft. Ich wusste so gut wie gar nichts über Zach. Und angesichts der Umstände, unter denen wir uns kennengelernt hatten, und angesichts der Dinge, die er geäußert hatte, gab es für mich jede Menge Gründe, vorsichtig zu sein, wenn ich zu ihm ginge.

Wobei ich ja noch nicht mal eine Ahnung davon hatte, was er dachte, wie ich ihn finden sollte, selbst wenn ich es wollte. Am Ort meiner Träume? Das ich nicht lache. Das konnte doch nur ein blöder Spruch sein. Außer, dass er ziemlich ernst gewirkt hatte, als er das sagte.

Ich war es leid, dass meine Gedanken wie ein Hamster im Rad kreisten, und befahl mir, Zach zu vergessen. Denn selbst wenn er hier auftauchen würde, um mich zu holen, würde das nicht heute passieren. Es war ja noch nicht Vollmond.

Als ich aufwachte, fielen mir drei Dinge auf. Ich spürte einen kalten Luftzug von einem geöffneten Fenster, merkte, dass es mir an verschiedenen Stellen ziemlich wehtat und dass ein mir unbekannter Mann mich von hinten umklammert hielt. Seine Hände hielten meine überkreuzten Handgelenke auf meiner Brust fest, und seine Beine hielten meine wie in einem Schraubstock fest.

Mir stellten sich die Nackenhaare auf, und Gänsehaut

zog über meinen Körper. Mein erster Verdacht galt Zach, aber der Mann hinter mir passte nicht zu der Erinnerung, die ich von seinem Körperbau und seinem Geruch hatte. Ich schloss die Augen und betete leise, dass es weder Miguel noch Wilson war.

«Hallo», sagte ich zögerlich. Meine Stimme klang so heiser, als ob ich vorher laut geschrien hätte. «Falls Sie hier sind, um mich auszurauben, ich bin pleite und besitze auch keine Drogen.»

«Ich bin nicht hier, um dich zu bestehlen. Ich bin hier, um auf dich aufzupassen», meinte der Mann hinter mir. Es klang, als ob ihn das ziemlich sauer machte.

Die Schmerzen fühlten sich an, als hätte ich gerade einen harten Boxkampf hinter mir. Ich versuchte mich zu strecken, aber mein geheimnisvoller Bewacher hatte mich fest im Griff.

«Würden Sie mich wohl bitte loslassen?» Jetzt, wo ich wach war, legte ich doch Wert auf ein bisschen individuelle Bewegungsfreiheit. Und außerdem wollte ich gern wissen, wer er war und wie er hier hereingekommen war.

«Damit du wieder zuschlagen und mir den Kiefer brechen kannst? Nein.»

Er *war* sauer. Aber wenn mein Schlag ihn so hart getroffen hätte, könnte er jetzt nicht mehr reden, also war er offenbar nicht verletzt. «Haben wir miteinander gekämpft?», fragte ich.

«Du hast gekämpft. Ich habe mich nur verteidigt.» Sein Griff wurde fester, als ob er mich wortlos warnen wollte, dass er nicht so schnell nachgeben würde.

Ich vermutete, dass er während einem meiner nächtlichen Anfälle hereingekommen war, und ich hatte mit ihm gekämpft, ohne aufzuwachen. «Das ist schließlich meine Wohnung, und ich habe Sie nicht eingeladen», merkte ich an.

«Wie gut, dass ich kein Vampir bin», antwortete mein

ungebetener Gast. «Ich hatte allerdings das Gefühl, dass du geschrien hast, weil du ein Problem hattest, also habe ich nicht lange um Erlaubnis gefragt.»

Ich wollte ihn fragen, ob Zach ihn geschickt hatte, um ein Auge auf mich zu haben. Nicht dass ich ihn dann automatisch als jemanden betrachtet hätte, der zu den Guten gehört, aber es würde immerhin bedeuten, dass er nicht zu den Panthern gehörte. Wer immer sie auch sein mochten. Ich fragte aber gar nicht erst, weil er, wenn er zur anderen Seite gehörte, nur noch ärgerlicher werden würde, wenn ich Zach erwähnte. Und es dann an mir auslassen würde.

Also schwieg ich und spürte, wie die Spannung stieg, bis sich mir buchstäblich die Nackenhaare aufstellten. Mit jeder Sekunde schien mein Herz schneller zu schlagen, und ich hatte Mühe, meinen Atem unter Kontrolle zu behalten. Ich bemühte mich, langsam zu atmen und damit eine gewisse äußere Ruhe vorzutäuschen.

Nach einer Zeit, die mir wie eine Ewigkeit vorgekommen war, aber kaum länger als eine Minute gedauert haben konnte, stieß er einen knurrenden Laut aus, der mich hätte erstarren lassen, wenn ich nicht ohnehin schon wie gelähmt gewesen wäre. «Ich werde dir nichts tun.»

«Gut.» Meine angespannte Stimme drückte genau das aus, was ich dachte.

Es klang wie ein unterschwelliges Kompliment.

«Trotzdem werde ich dich nicht loslassen. Du kämpfst mit allen Tricks.»

«Kenpo», sagte ich. «Der Kampf ist beendet, wenn dein Gegner sich nicht mehr wehren kann.»

«Sehr klug.» Seine Zustimmung verwunderte mich.

Ich fragte mich, wie lange wir so wohl noch verharren würden. Wir sahen fast aus wie die Parodie zweier Liebender, die in Löffelstellung liegen. Ich glaubte jedoch nicht, dass ich mich losreißen könnte und so lange frei bliebe, bis es mir gelungen wäre, die 911 zu wählen. Und selbst dann hätte er mich schon vor Beendigung des Anrufs wieder in seiner Gewalt, also lange, bevor Hilfe einträfe.

Ich hoffte also, dass er wirklich nur da war, um auf mich aufzupassen. Sonst hätte er mich längst gefesselt, meine Goldfische gestohlen oder mich umgebracht.

Vielleicht konnte man mit ihm verhandeln. «Sie können mich jetzt loslassen. Ich verspreche, dass ich Sie nicht schlagen werde.» *Außer, wenn Sie es verdient haben.*

Er antwortete nicht. Ich versuchte, mich aus seiner Umklammerung zu befreien, und sein Griff wurde noch fester.

«Der ganze Tag heute war schon so merkwürdig», sagte ich. «Warum sagen Sie mir nicht, was Sie von mir wollen?»

«Was könnte ich wohl wollen?» Seine tiefe, heisere Stimme bekam einen seltsamen Klang. Er ließ nicht locker, und er bewegte sich nicht, aber irgendetwas hatte sich plötzlich verändert. Das Wort «wollen» echote in meinem Kopf, und seine Bedeutung wurde mir mit jeder Wiederholung klarer.

Mein Herzschlag wurde noch lauter. Ich wünschte, ich hätte meinen verdammten Mund gehalten.

«Jetzt hast du Angst.» Er schien das komisch zu finden.

Na, super. Allein mit einem sadistisch veranlagten Unbekannten. Der mich umklammert hielt. Auf meinem Bett.

«Was ich will, ist ein Kuss.» Seine Stimme klang finster wie die Nacht. Ich schluckte, viel zu vernehmlich.

«Du hast Zach geküsst. Deshalb ist das nur fair.» Seine Stimme kroch über meinen Rücken abwärts und zog eine Welle der Anspannung hinter sich her.

«Er hat mich geküsst», korrigierte ich ihn gepresst. Und woher, zum Teufel, wusste er das?

Ich bemerkte etwas Vertrautes, den durchdringenden Geruch von Leder. Er trug eine Lederjacke. Hatte er sie bei mir gekauft? Würde ich ihn erkennen, wenn ich ihn sähe?

Das Leder knarrte, als er seine Position veränderte. Seine Lippen legten sich auf meine Schläfe, und ich hörte auf zu atmen. Seine Hände, die meine festhielten, schienen mich plötzlich unerträglich intim zu berühren. Wenn er sie nur ein bisschen bewegen würde, würden sie meine Brüste streifen. Das Sweatshirt, das ich trug, würde ihn nicht wirklich daran hindern. Es war weit und würde sich einfach hochschieben lassen.

«Dreh deinen Kopf», befahl er.

Wenn ich ihm mein Gesicht zuwandte, könnten sich unsere Lippen berühren. Ob er mich loslassen würde, wenn ich ihn küsste? Würde ihn das ablenken und mir die Möglichkeit geben, die Oberhand zu bekommen oder mich zumindest von ihm freimachen zu können?

Während meine Gedanken noch schneller rasten als mein Herz, hob ich mein Kinn und brachte so unsere Münder so dicht aneinander, dass sie sich berühren konnten. Dann versengte die Hitze meine Lippen, als sein Mund sich besitzergreifend auf sie legte.

Das war nicht der kurze Vorgeschmack, den Zach mir gegeben hatte. Es war heftig, erregend und besitzergreifend. Mein Schreck gab ihm eine adrenalingeladene Intensität und schickte mein Blut so schnell durch meinen Körper, dass ich dachte, das Herz würde mir in der Brust zerspringen. Als er versuchte, tiefer in mich einzudringen, hielt ich meinen Mund standhaft geschlossen, während seine Zunge über meine fest geschlossenen Lippen fuhr. Ungeduldig grollte er: «Aufmachen.»

«Nein.» Die Weigerung kam automatisch, und sie war ebenso dumm wie nutzlos. Seine Zunge nutzte die Gelegenheit, die ich ihr bot, und er drehte mich zu sich um, während er meine Arme auf den Rücken zog, wo er sie fest zusammenhielt.

Der Kuss war überwältigend, verheerend, und machte mich wehrlos. Ich ließ mich ganz hineinfallen, als ob etwas in mir erwacht wäre und die brutale Anziehungskraft willkommen hieß, die gleichermaßen kämpferisch wie verführerisch war. Seine Beine hielten mich weiter fest gefangen. Seine Wachsamkeit hatte keinesfalls nachgelassen. Der Respekt, den er mir damit zollte, machte mir Spaß. Befürchtete er wirklich, ich könnte ihm Schwierigkeiten machen, wenn er mir dazu die Gelegenheit ließe?

Sein Körper drückte sich gegen meinen. Sein mit Leder vermischter Körpergeruch stieg mir in den Kopf und benebelte meine Sinne. Gänsehaut zog über meine Haut, schien sich sogar auf meine Nerven zu legen, ließ eine entfesselte Botschaft durch Muskeln und Blutbahnen zucken, bis mich das Bedürfnis erzittern ließ, ihm tiefer, instinktiver begegnen zu wollen, als ich es bislang jemals erlebt hatte. Ich fühlte mich schwach, als ob Kraft meinen Körper verlassen hatte, und irgendwie schlaff. Er hob seinen Kopf und unterbrach den Kuss. Ich atmete zitternd und stoßweise, und es war mir egal, ob ich dabei klang wie ein Marathonläufer nach dem achtunddreißigsten Kilometer, während er vollkommen ungerührt wirkte. Ich brauchte Luft.

«So hat Zach mich aber nicht geküsst», murrte ich. Und ich fragte mich, ob das eine Beschwerde sein sollte. Niemand hatte mich jemals so geküsst. Es fühlte sich an, als hätte mich ein Güterzug der Leidenschaftlichkeit überrollt, als hätte er meine Libido mit einem rechten Haken getroffen. Ich hatte nicht darum gebeten, das erleben zu dürfen, aber ich hatte mich auch nicht dagegen gewehrt.

«Er wird es aber noch tun.»

Die Gewissheit in der Stimme des Fremden ließ mir einen Schauer den Rücken hinunterlaufen.

KAPITEL 3

Ich lag in den Armen eines Mannes, der in meine Wohnung eingebrochen war, und fragte mich, warum ich mich dabei völlig sicher fühlte. Allein sein Mund war eine tödliche Waffe. «Ich will Licht haben», sagte ich, sobald ich wieder sprechen konnte. «Ich möchte Ihr Gesicht sehen.»

Es erschien mir nicht fair, dass ich gerade den aufregendsten Kuss meines Lebens von einem Mann bekommen hatte, den ich nicht wiedererkennen würde, wenn er auf der Straße an mir vorüberginge.

«Nein.»

Es war die Sorte Nein, die keinen Widerspruch duldet, doch ich widersprach trotzdem.

«Doch.»

Keine Antwort. Schweigen breitete sich aus, und ich biss die Zähne zusammen. Es war schwer, mit einem Mann zu diskutieren, der sich nicht auf Diskussionen einließ. Ich versuchte mich loszumachen und nach dem Lichtschalter zu greifen, aber es bereitete ihm keine Mühe, mich davon abzuhalten.

«Verdammt.»

Er küsste mich auf den Scheitel. «Leg dich schlafen.»

«Na klar, es lässt sich ja auch so erholsam schlafen, wenn bei einem eingebrochen worden ist und man gefangen gehalten wird.»

Sollte ihn meine angesäuerte Reaktion interessieren, so ließ er sich das zumindest nicht anmerken.

Ich entspannte meine Muskeln, denn mich weiter körperlich gegen ihn aufzulehnen würde mich nur erschöpfen. Es fiel mir überraschend leicht, mich an den Körper des Unbekannten zu schmiegen. Meine Arme hatte er nicht mehr schmerzhaft verdreht, sondern hielt sie nur noch so zusammen, dass ich ihn nicht mehr schlagen konnte. Weil ich keinen steifen Hals bekommen wollte, rutschte ich ein Stückchen weiter nach unten. Er ließ es zu, dass ich es mir ein bisschen bequemer machte, aber ich konnte spüren, dass seine Muskeln noch immer angespannt waren. Er erwartete, dass ich irgendetwas tun würde. Das entlockte mir ein Lächeln.

«Sagen Sie mir denn wenigstens Ihren Namen?»

Er schwieg so beharrlich, dass ich nicht glaubte, er werde mir antworten. Als ich es schon fast aufgegeben hatte, sagte er: «David.»

David, dachte ich. Na, das passte ja ganz gut. Ich hatte schließlich gemerkt, dass sein Körper so fest wirkte, als ob Michelangelo ihn aus Marmor gemeißelt hätte.

Er küsste mich nicht noch einmal. Also schlief ich ein, da ich das Gefühl hatte, dass es das Beste sei.

Ich erwachte allein, mit ein bisschen Muskelkater und leicht geschwollenen Lippen, als Beweis dafür, dass ich das alles nicht nur geträumt hatte. Ich stand auf und machte mich auf leisen Sohlen daran, meine Wohnung wie ein Strauchdieb zu durchkämmen und Ausschau zu halten nach einem Mann, der eine Lederjacke trug und dessen Lippen in einem ähnlichen Zustand waren wie meine.

Bevor ich den Duschvorhang mit einem Ruck zurückzog, bekam ich fast eine Herzattacke, aber die Wanne war leer. Küchenschränke, Kleiderschrank – überall sah ich nach. Dann kontrollierte ich sämtliche Fenster, aber auch die waren alle fest zu. Allerdings war das über der Küchenspüle nicht abgeschlossen, und da erinnerte ich mich an den kalten Luftzug heute Nacht.

Hier also war er eingestiegen. Ich öffnete es und steckte meinen Kopf hinaus, um den Abstand zu meinem Mini-Balkon abzuschätzen. Ein großgewachsener Mensch konnte es, auf dem Geländer balancierend, wohl schaffen, an das Fenster heranzukommen, aber es musste jemandem schon sehr wichtig sein, wenn er das im zweiten Stock machte.

Ich zog meinen Kopf zurück und verriegelte das Fenster. Dann schloss ich es ab. Jetzt war die Wohnung so sicher vor Verrückten und küssenden Räubern, wie es ging, deshalb ging ich unter die Dusche und zog mich an. Ich würde heute nicht arbeiten gehen, aber ich hatte eine Menge zu tun.

Zwar hatte ich nicht vor, meinen Job hinzuschmeißen, nur weil Miguel und seine Leute mich eingeschüchtert hatten. Dass Zach und sie plötzlich dort aufgetaucht waren, wo ich arbeitete, war ja nur ein Ereignis gewesen. Schwerer wog für mich, dass ich plötzlich einen fremden Mann in meiner Wohnung gehabt hatte.

Wer immer diese Leute waren – bestimmt war mit ihnen nicht zu spaßen.

Ich mochte keine Situationen, in denen plötzlich Fremde auftauchten und mich in die Defensive drängten. Es war Zeit, nicht immer nur auf überraschende Ereignisse zu reagieren, sondern selbst etwas zu unternehmen.

Nach einem Telefonat, das ich führte, um eine Vertretung für meine Schicht zu finden, ging ich in die Bücherei. Ich hatte einen Hinweis bekommen, dem ich nachgehen wollte. Das war zwar nicht viel, aber alles, was ich hatte.

Zach hatte gemeint, ich würde sie an dem Ort finden, von dem ich immer träumte. Heute war ich aufgewacht und hatte mich an einzelne Fragmente meines Traums erinnert, die möglicherweise nichts anderes waren als die unterbewusste Aufarbeitung meiner Erlebnisse mit Zach und David. Trotzdem glaubte ich, es würde sich lohnen, dieser Spur nachzugehen. Zach und auch David waren bei mir gewesen. Zwar war David wie eine gesichtslose Erscheinung im Dunkeln erschienen, aber mit der Logik einer Träumerin hatte ich genau gewusst, dass er es war. Und irgendetwas an diesem Ort war mir so vertraut erschienen, als wäre ich schon einmal dort gewesen und würde ihn auch jederzeit wiedererkennen.

Zwei Stunden später dachte ich, dass der Ort, nach dem ich suchte, nur in meiner Phantasie existierte. Trotzdem war es, als ob ich ihn tatsächlich schon einmal gesehen hatte und mir nur nicht einfiele, wo.

Vielleicht war das aber auch besser so. Selbst wenn es sich nicht um einen Traum handelte, könnte es doch zu riskant sein, dorthin zu gehen. Obwohl, so wie es aussah, war es auch gefährlich, zur Arbeit zu gehen oder einfach nur zu Hause zu bleiben.

Einer Eingebung folgend, gab ich Zachs Nachnamen in das Suchfeld des Webbrowsers ein. Die Ergebnisse überraschten mich. Ich hatte Hinweise auf ein ortsansässiges Unternehmen erwartet oder vielleicht Zeitungsmeldungen über gesellschaftliche Ereignisse. Stattdessen erfuhr ich, dass Neuri der Name für einen nordslawischen Stamm war, dessen Angehörige sich in Wölfe verwandelten.

Neuri. Werwölfe. Zachs Bemerkung, dass das Messer ihn nicht ernsthaft verletzt habe, da es nicht aus Silber gewesen sei, nahm eine völlig neue Bedeutung an, genauso wie die Tatsache, dass er den Vollmond als wichtiges Ereignis bezeichnet hatte.

Die Worte begannen vor meinen Augen zu verschwimmen, und ich musste sie zusammenkneifen, um wieder klar sehen zu können. Ich hatte schon viel zu lange am Bibliothekscomputer gesessen. Ich beendete meine Internet-Sitzung und musste feststellen, dass es nicht nur an meinen Augen lag. Eine Welle der Benommenheit packte mich, und ich beschimpfte mich selbst dafür, dass ich das Frühstück hatte ausfallen lassen, um möglichst schnell Detektiv spielen zu können. Zu blöd!

Glücklicherweise hatte ich noch eine Flasche Gatorade und ein paar Müsliriegel im Auto. Ich hatte mir angewöhnt, immer etwas dabeizuhaben, falls mein Stoffwechsel mal wieder verrücktspielen sollte. Jetzt musste ich es bloß noch bis zum Auto schaffen, ohne ohnmächtig zu werden.

Ein schwarzhaariger Typ in Motorradklamotten las ein paar Tische weiter in einer Zeitschrift. Ich hatte ihn beim Hereinkommen flüchtig bemerkt, wobei er mich ignorierte und ich es deshalb für sicher genug hielt, dasselbe mit ihm zu tun. Trotzdem konnte ich mir nicht verkneifen, darüber nachzudenken, ob er sich wohl bewegen würde, wenn ich es täte. Ich schob meinen Stuhl zurück und schickte mich an, den Raum zu verlassen. Er blieb einfach sitzen und blätterte eine Seite um.

Siehst du, nicht jeder Mann, der eine Lederjacke trägt, ist Teil einer Verschwörung, die dich um den Verstand bringen will. Erleichtert, ein Problem weniger zu haben, stand ich langsam auf, damit mein Kreislauf nicht verrücktspielen und alles nur noch schlimmer machen würde. Dann ging ich zur Tür und tat dabei so, als würde ich im Vorbeigehen hier und da nach ein paar Buchtiteln schauen, damit mein Schneckentempo glaubhaft wirkte.

Als ich es schließlich bis in mein Auto geschafft hatte, tastete ich im Handschuhfach nach einem Riegel und stellte dabei fest, dass meine Hände so zitterten, dass selbst das Öffnen der Verpackung eine echte Herausforderung für mich war.

Das erschreckte mich noch mehr als Davids plötzliches Auftauchen gestern Nacht in meiner Wohnung. Es wäre gut gewesen, wenn meine leiblichen Eltern ein paar medizinische Informationen mit den Adoptionspapieren hinterlegt hätten. Zum Beispiel, ob ich vielleicht eine Veranlagung für Diabetes Typ 1 geerbt habe.

Der Riegel fiel mir aus der Hand, und ich fluchte. Ich griff danach, und meine Hand schien sich wie in Nebel schwimmend zu bewegen. *Nein, bitte, lass mich jetzt nicht ohnmächtig werden,* betete ich. *Ich werde auch brav sein. Ich werde meinen Arzt anrufen und sofort einen Gesundheitscheck machen lassen.*

Mein Gebet wurde von einem Klopfen an meine Seitenscheibe und dem Öffnen der Tür beantwortet. Ich wandte meinen Kopf in die Richtung, aus der das Geräusch kam, und war nicht im Mindesten verwundert, den Motorradfahrer dort zu sehen, der sich hinhockte, um mit mir auf einer Augenhöhe zu sein.

«Unvernünftige, störrische Person.»

Ich kniff die Augen zusammen. Das klang nicht wie ein barmherziger Samariter. Das klang eher wie mein mürrischer Babysitter von gestern Nacht.

«In deinem Zustand kannst du nicht fahren. Rutsch rüber.»

Wirklich. Autofahren wäre jetzt keine gute Idee. Ich nickte zustimmend, und im nächsten Moment sank mein Gesicht aufs Lenkrad. Eine männliche Hand schob sich dazwischen und bewahrte mich wahrscheinlich vor einer ordentlichen Beule. Ich wurde hochgehoben und auf den Beifahrersitz bugsiert, bevor der Motorradfahrer einstieg. «Hier. Trink das.»

Ich merkte, wie etwas meine Lippen berührte. Ich trank gehorsam. Die Flüssigkeit war süß und kühl, Balsam für meinen Hals, der trocken war wie Pergament. Die Flasche wurde weggezogen. «Durstig.»

«Langsam.» Die männliche Stimme klang bestimmt. Ich hörte, wie Papier aufgerissen wurde, und dann forderte mich mein Retter auf, zu essen. Das musste er mir nicht zweimal sagen.

«Du gehst unnötige Risiken ein», meinte er, während ich kaute. «Komm nach Haus. Wir können dir helfen.»

Ich hatte den Mund voll und konnte nicht sprechen, aber was hätte ich auch sagen sollen. Plötzlich wollte mich jeder irgendwo hinschicken, aber niemand dachte daran, mir etwas über den Weg dorthin zu verraten.

Der Nebel verzog sich, als das Essen und die Flüssigkeit ihre Wirkung in meinem Körper entfalteten, und ich blinzelte so lange, bis ich den Mann hinter dem Lenkrad deutlich erkennen konnte. Seine Lippen sahen nicht so aus, wie sich meine anfühlten, aber seine Größe, sein Körperbau und seine Stimme entsprachen denen meines späten Besuchers gestern Nacht.

Er war größer als Zach, auch war er älter und sah irgendwie härter aus, aber die Wangenknochen und der Schnitt seines Gesichts zeigten eine gewisse Ähnlichkeit. Er trug seine schwarzen Haare kürzer, also konnte ich nicht feststellen, ob sie lockig waren. Sein Tonfall war sehr viel harscher als Zachs. Er sah wütend aus und blickte mich aus grauen Augen ungehalten an.

Ich fragte mich tatsächlich, wie er wohl aussähe, wenn er lächelte, und warum ich das herausfinden wollte. *So* toll küsste er nun auch wieder nicht. Okay, gut, tat er doch.

Ich bemerkte plötzlich, dass er und Zach noch etwas anderes gemeinsam hatten. Von keinem von ihnen beiden ging irgendein aufdringlicher, unangenehmer Geruch aus. Sie waren beide erfrischend frei von Duftwässerchen, Aftershaves oder Weichspüler-Gestank. Wenn ich daran dachte, was für penetrante Gerüche von anderen Menschen ausgingen, fühlte ich mich regelrecht erleichtert.

«Hallo, David.» Meine Stimme klang alt und krächzend, und ich verzog das Gesicht.

«Chandra.» Er sprach meinen Namen so aus, als würde er den Ton am Ende abbeißen. Unter den gegebenen Umständen wunderte es mich nicht, dass er ihn überhaupt kannte.

«Sind Sie mir böse, dass ich letzte Nacht versucht habe, Sie zu schlagen?»

«Nein.» David gab mir die Flasche zurück, und ich trank mit hastiger Gier. «Ich bin böse, weil du ein Leben aufs Spiel setzt. Wahrscheinlich dein eigenes.»

Ich leerte die Gatorade-Flasche und aß den Müsliriegel auf, bevor ich mich aufrichtete. «Ich hab einfach nicht gefrühstückt. Das ist ja noch kein Verbrechen.» Obwohl es natürlich dumm gewesen war. Ich würde dafür sorgen, dass es nicht wieder vorkam.

Ich beobachtete ihn und setzte in Gedanken meinen Vergleich fort. Zach hatte jenen Schliff, der an Privatschulen und wohlhabendes Elternhaus erinnert. Wenn David jemals einen solchen Schliff gehabt haben sollte, hatte das Leben diese Politur inzwischen matt werden lassen. Wenn ich einen Tipp abgeben sollte, würde ich wetten, dass er mal Soldat gewesen war.

«Bist du fertig?»

«Nein. Sie müssen schon ein bisschen Geduld haben. Wenn Sie mir gestern Nacht erlaubt hätten, das Licht anzuschalten, hätte ich längst alles sehen können, was mich interessiert.»

«Ich meinte eigentlich, ob du satt bist.» Er warf mir einen undurchdringlichen Blick zu. Dachte er etwa, es würde mich nicht interessieren, mit wem ich die letzte Nacht verbracht hatte?

«Sie sind interessanter als Essen.»

Ein Muskel an seinem Kinn zuckte, aber er entgegnete nichts. Die Spannung im Auto wuchs, und ich hatte den Eindruck, dass er wirklich sauer war. Schließlich setzte mein Verstand wieder ein, und es wurde mir klar, dass ich ja nicht unbedingt hier in der unmittelbaren Nähe dieses groben, mir feindlich gesonnenen Mannes bleiben musste. Ich streckte meinen Arm nach dem Türgriff aus, aber David war schneller. Seine Pranke legte sich auf meine Hand und hielt die Tür zu. *Déjà vu*, dachte ich. Es war, als würde sich die Szene mit Zach im Auto wiederholen, und es ärgerte mich, dass ich langsamer war als jeder von ihnen beiden.

«Lassen Sie mich.» Ich bemühte mich, mit ruhiger

Stimme zu sprechen, und hoffte, dass ich nicht mehr sichtbar zitterte. Ich wollte nicht schwach wirken.

«Idiotin.»

«Hören Sie auf, mich zu beschimpfen.» Ich spürte, wie meine Augen schmaler wurden, als mich die Wut packte.

Er sah aus, als müsste er sich die Zunge abbeißen, während er sich das Wort «Entschuldigung» abrang.

Die Wut verschwand bei mir so schnell, wie sie gekommen war. Vielleicht hilft ein freundliches Wort tatsächlich, das Entstehen echten Zorns zu verhindern.

«Lassen Sie uns einfach nochmal von vorn anfangen. Hallo, ich heiße Chandra. Bei mir tauchen in letzter Zeit lauter merkwürdige Leute auf und tun so, als müsste ich wissen, was los ist. Aber was zum Teufel ist hier eigentlich los?»

Statt einer Antwort ließ David die Tür los und betätigte die Zündung. «Ich nehme dich mit nach Hause.»

Er nimmt mich wohin mit? In meinem Hinterkopf läuteten die Alarmglocken, und Adrenalin schoss mir ins Blut, das allen Zucker in meinem Körper verbrannte. Der graue Nebel kam zurück, und ich verfluchte meine Schwäche, während ich mich in den Beifahrersitz zurücksinken ließ. «Ist Zach da?»

«Ja.» Sein Gesicht spannte sich an, und er sah starr geradeaus. «Ich bringe dich zu Zach.»

«Gut.» Mit dem hatte ich ein paar Worte zu reden. David half mir, die Mühe zu sparen, ihn zu finden. Ich schloss für eine Minute die Augen. Ich öffnete sie wieder, als der Motor abgestellt wurde, und stellte entsetzt fest, dass ich keine Ahnung hatte, wie viel Zeit vergangen war und wo wir waren. Irgendetwas stimmte wirklich nicht mit mir.

Ich hörte das Geräusch von Schritten auf Kies, bevor sich meine Tür öffnete, und dann war Zach da, öffnete meinen Sicherheitsgurt und nahm mich auf den Arm wie ein Kind. David ging neben ihm, und wir gingen über eine überdachte Terrasse zum Eingang eines Wintergartens, in dem allerlei Pflanzen standen und der erfüllt war vom Duft nach Erde und sprießendem Grün.

Die Männer stritten sich. «Ich wollte, dass sie aus freien Stücken kommt», meinte Zach.

«Du hast nicht gesehen, wie sie hinter dem Lenkrad zusammengeklappt ist», schimpfte David zur Antwort. «Es ist zu spät für solche Späße.»

Zu spät? Das zu hören gefiel mir gar nicht, aber ich hatte irgendwie keine Kraft, etwas dagegen zu sagen.

Dann konnte ich der Auseinandersetzung nicht mehr folgen, denn sie hatten aufgehört, Englisch zu sprechen. Die fremden Laute beunruhigten mich aber auch nicht. Sie bewirkten, dass ich nicht vom Sinn der Worte abgelenkt wurde und mich ganz auf die Stimmen konzentrieren konnte. Ich mochte ihren Klang.

«Chandra. Trink das.» Das war Zach, freundlich, aber mit befehlendem Unterton.

«Später», sagte ich ausweichend. Ich wollte nicht unter Drogen gesetzt werden, aber wäre auch nicht in der Lage gewesen, mich dagegen zu wehren.

«Jetzt.»

Einer von ihnen hielt mich fest, während mir der andere etwas Scheußliches einflößte. Ich schluckte würgend und schnappte nach Luft, als es mich brennend durchströmte. Mir kamen die Tränen, und ich keuchte: «Wasser!»

Zach reichte mir ein Glas, was bedeutete, dass David mich festgehalten haben musste. Ich trank und seufzte vor Erleichterung, als ich spürte, wie es das Feuer in meiner Speiseröhre löschte. «Was war das?»

«Kräutertee. Ein Familienrezept.» Zachs Stimme klang ruhig, sein Gesicht wirkte gefasst. «Geht es dir jetzt besser?»

Das tat es wirklich. Der Nebel war verschwunden, und mich durchpulste neue Kraft. Mit jedem Herzschlag fühlte ich mich wacher und lebendiger. Ein fast euphorisches Wohlbefinden durchzog mich.

Einer Substanz, die dafür sorgte, dass man sich so schnell derartig gut fühlte, konnte man nicht trauen.

«Sag mir, dass das keine Drogen waren.»

«Nein, nur Eisenhut.»

Eisenhut? Mein Mund öffnete und schloss sich mehrmals hintereinander, bevor ich herausbrachte: «Aber der ist doch giftig.»

KAPITEL 4

Jetzt war mein Kopf wieder klar genug, mich in Panik zu versetzen. Ich war irgendwo, in der Hand eines Mannes, dessen Nachname seine Kenntnisse über Silber und Mondphasen verdächtig erscheinen ließen. Um es vorsichtig auszudrücken. Und er war nicht davor zurückgeschreckt, mir eine bekanntermaßen giftige Substanz in den Rachen zu schütten.

«Es ist medizinisch wirksam.» Zach sah mich stirnrunzelnd an. «Fingerhut ist auch giftig, sofern man keine Herzprobleme hat. Dann jedoch kann Digitalis Leben retten.»

«Danke, aber ich wollte eigentlich keine Biologie-Vorlesung, sondern ein Gegengift.» Meine Stimme kletterte sowohl im Ton als auch in der Lautstärke. David hielt mich noch immer fest, als ob er befürchtete, ich würde mich ansonsten auf Zach stürzen.

«Ganz ruhig.» Davids Stimme hinter mir klang tief und ruppig. «Es erleichtert nur die Metamorphose, mehr nicht.»

«Metamorphose?» Ich atmete tief in den Bauch, um etwas ruhiger zu werden. Es wäre wenig hilfreich, wenn ich in Panik verfiele. Ich musste einen klaren Kopf behalten. Das begann damit, dass ich meine Umgebung einschätzen musste.

Ein schneller Blick sagte mir, dass wir uns noch im Wintergarten befanden. Jetzt, wo ich bei vollem Bewusstsein war, verschlug mir der Anblick des Raumes fast den Atem. Ein Boden aus Terrakottafliesen, Bäume und Blumen in schönen Töpfen, weichgepolsterte Sessel und Sofas, so einladend locker und zufällig verteilt, wie es nur ein Profi kann.

Ich fühlte mich wie in der Fotoreportage eines Magazins für Innenarchitektur. Wenn das Zachs Haus war, dann hatte ich recht gehabt. Er hatte Geld. Ich war ein bisschen neidisch, nicht so sehr auf sein Bankkonto als vielmehr auf diesen Raum. Das war genau das, was ich mir wünschen würde, wenn Geld keine Rolle spielen würde.

Es war, wovon ich geträumt hatte. Letzte Nacht.

Ich blinzelte und drehte mich um, hoffend, dass ich jetzt keine blauen Fliesen sehen würde, die der Reihe nach die Mondphasen darstellten und sich wie ein gezackter Pfad durch den ganzen Raum zogen. Ich sah sie. Mein Herz pochte, und meine Haut prickelte angesichts des Wiedererkennens, während mein Gehirn verzweifelt nach einer rationalen Erklärung suchte.

Eine fiel mir auch gleich ein, und ich hielt mich erleichtert daran fest. Wahrscheinlich saß ich tatsächlich in der Fotoreportage einer Hochglanzzeitschrift. Denn dies war genau die Sorte Haus, die immer in «Architectural Digest» oder «Better Homes and Gardens» vorgestellt wurde. Bestimmt hatte ich dort irgendwann einmal ein Bild dieses Raumes gesehen, und es hatte sich mir nachhaltig eingeprägt. Und insofern hatte Zach mit seiner Frage, ob ich manchmal von ihnen träumen würde, in Verbindung mit den merkwürdigen Mondfliesen meine Traum-Episode von gestern Nacht ausgelöst.

«Gefällt es dir?», fragte Zach. «Ich beginne hier gern den Tag.»

Ich war begeistert. Ich hätte einiges darum gegeben, so etwas zu besitzen. Aber laut sagte ich: «Es ist hübsch. Ein ungewöhnliches Fliesenmuster.» Ich war gespannt, wie er den Ball aufnehmen würde, den ich ihm zugespielt hatte.

Aber er ging mit keinem Wort auf die symbolische Bedeutung ein. Stattdessen stand er auf und streckte mir eine Hand entgegen. «Möchtest du gern den Garten ansehen? Du bist ja passend angezogen.»

Na klar, warum nicht? Ich konnte mir ja immerhin mal den Garten anschauen, bevor ich zusammenbrechen würde. Obwohl ich mich wirklich überhaupt nicht unwohl fühlte. Ich hätte sofort einen Marathon laufen können. Hatte er mir mit dem Eisenhut einen Bären aufgebunden?

Jeans, Fleecepulli und Turnschuhe waren warm und bequem genug für einen Spaziergang an diesem sonnigen Tag. Statt einer Antwort reichte ich Zach meine Hand, und David ließ mich los.

Es war ein merkwürdiges Gefühl, so als ob der eine mich dem anderen übergeben hätte. Denn ich war ja nicht einer Einladung zum Mittagessen gefolgt, und insofern wollten sie natürlich sicherstellen, dass ich nicht plötzlich losrennen und in mein Auto springen würde. Für Zach könnte es ganz schön heikel werden, wenn ich in einer Notaufnahme zu Protokoll geben würde, er hätte mir eine tödliche Dosis verabreicht.

Zachs Hand war warm und kräftig. Durch den Wintergarten führte er mich zu einer Tür, die nach draußen führte. Der Garten sah selbst mitten im Winter beeindruckend aus. Vor uns befand sich ein Brunnen mit steinernen Figuren. Auf einem Kiesweg gingen wir um ihn herum. Zachs Schritt war zügig, und ich hatte keinerlei Mühe, ihm zu folgen. David blieb neben uns. Wir kamen an niedrigen Bänken und Lauben vorbei, sogar an einem richtigen Labyrinth aus akkurat gestutzten Hecken, bis sich vor uns eine große Wiese erstreckte, die in der Ferne an den Waldrand stieß.

«Wollen wir um die Wette laufen?», fragte mich Zach, und die Herausforderung blitzte in seinen Augen.

«Damit sich das Gift besser in meinem Kreislauf verteilt und mich schneller umbringt?»

«Ich habe dich nicht vergiftet. Fühlst du dich etwa so?»

«Nein.» Ich wollte es zwar den beiden gegenüber nicht zugeben, aber so gut hatte ich mich schon einen ganzen Monat lang nicht mehr gefühlt. Pure Energie prickelte in meinem Blut, und meine Muskeln vibrierten vor Bewegungsdrang.

«Lauf mit uns.» Zach ließ meine Hand los und wartete darauf, was ich tun würde. David kam dazu und stellte sich auf meine andere Seite, sodass wir eine Art Startlinie bildeten.

Ich drehte mich nach David um. An seinem Gesicht konnte ich erkennen, dass er wollte, dass ich mit ihnen um die Wette lief. Fast lächelte er. Hätte ich seinen Zustand beschreiben sollen, hätte ich ihn wohl am ehesten als «spielerisch ehrgeizig» bezeichnet.

Das alles machte keinen Sinn. Sie benahmen sich weder wie Entführer noch wie Killer. Ich fühlte mich in ihrer Gegenwart auch nicht bedroht. Das Warnsignal, das meine Haut in ihrer Nähe prickeln lassen hatte, war einer sprudelnden Lust gewichen, gemeinsam mit ihnen um die Wette zu laufen.

«Warum hast du mich hierhergebracht?», fragte ich David.

«Du brauchtest Hilfe.» Er zögerte kein bisschen, als er das sagte, und er sah mir dabei fest in die Augen.

«Bei der Metamorphose», sagte ich und wiederholte damit, was er im Wintergarten gesagt hatte. Er antwortete nicht.

Ich sah wieder zu Zach. «Warum hast du gesagt, ich hätte dich erwarten sollen? Warum hast du gedacht, ich wüsste, wohin ich gehen müsste, als du mich aufgefordert hast, zu euch zu kommen?»

«Weil wir dir am Tag nach deinem einundzwanzigsten Geburtstag zur Vorbereitung einen eingeschriebenen Brief geschickt hatten», entgegnete Zach. «Jemand anders muss ihn für dich entgegengenommen haben.»

Ich kniff die Augen zusammen und dachte zurück an die letzten beiden Wochen. Ich hatte viel Post bekommen, die meisten Briefe davon bestätigten dankend den Eingang meiner Bewerbung und versprachen, diese so lang zu den Akten zu nehmen, bis mal wieder eine Stelle frei wurde. Rechnungen. Und eine Menge Zeugs, das immer sofort in den Papierkorb wandert. Verlosungen und zweifelhafte Angebote, irgendwo kostenlos Urlaub zu machen.

Ein persönlicher Brief wäre mir aufgefallen. Also musste er wohl irgendwo anders zugestellt worden sein, und wahrscheinlich war er sogar der Grund für Michelles Nachricht gewesen.

«Seit meinem Geburtstag bin ich irgendwie nicht mehr ich selbst», meinte ich und dachte, das müsse Antwort genug sein.

«Oh, du warst sehr wohl du selbst», meinte Zach. «Sogar sehr viel mehr, als dir bewusst ist.»

Die beiden sahen sich über meinen Kopf hinweg an, und ich hasste es, dass die beiden über alles vollkommen im Bilde schienen, während ich keinen blassen Schimmer hatte, worum es ging.

«Dann hast du dich also gar nicht geweigert, zu kommen», meinte David. «Ich hatte schon befürchtet, du seiest ein bisschen stur.»

«Es wäre sehr freundlich, wenn jetzt mal jemand damit rausrücken würde, was hier eigentlich gespielt wird. Ich vermute, es hat damit zu tun, dass ich adoptiert wurde?», hakte ich nach.

«Ja.» Zach streckte seine Hand aus, um meine Wange zu berühren. «Die einfachste Erklärung ist die, dass hier das Haus deiner Familie ist. Und wenn man es etwas ausführlicher erklären will, geht es darum, dass du eine sehr außergewöhnliche genetische Veranlagung hast.»

«Oh. Na, wenn es weiter nichts ist.» In mir ging es drunter und drüber. Die gute Nachricht: Es bestand die Möglichkeit, häufiger in diesem Wintergarten Gast zu sein. Die schlechte Nachricht: Meine Gene scheinen sich gegen mich verschworen zu haben. «Werde ich sterben?»

«Nein.» Zach kam mir näher. Sein Berührung fühlte sich tröstlich an, und in seinen Augen lag Besorgnis. «Nein, keineswegs. Es geht nur darum, dass diese Veranlagung erst im Erwachsenenalter erkennbar wird.»

«‹Erkennbar›, was zum Teufel soll das heißen?» Ich bemerkte einen Anflug von Panik in meiner Stimme, aber das war mir egal.

«Das heißt, dass du bist wie wir.» David streckte nun auch den Arm aus, um mich zu berühren, und wir drei bildeten einen Kreis, durch den, das hätte ich beschwören können, eine Art Energie floss. Sie so zu berühren vermittelte mir irgendwie ein Gefühl der Stärke, der Verbundenheit, wie an der Schwelle zu ungeahnten Kräften. «Neuri.»

«Werwölfe», sagte ich laut und wartete darauf, dass einer von ihnen anfangen würde zu lachen, weil sie mich reingelegt hatten.

«Ja», meinte Zach. «Wollen wir jetzt den Wettlauf machen?»

Ich musste an meine überaus lebhaften Träume denken, an die ich mich am nächsten Tag nicht mehr erinnern konnte, an meine gesteigerte Empfindlichkeit für

Geräusche und Gerüche in den vergangenen Wochen, meinen verrücktspielenden Stoffwechsel. Die Allergie gegen Silber, die sich bei meinem ersten und gleichzeitig letzten Versuch gezeigt hatte, mir ein Piercing stechen zu lassen. An Davids Behauptung, dass er mich, vor dem Haus stehend, gehört habe, was für menschliche Ohren vollkommen unmöglich gewesen wäre.

«Ich hätte gern einen Beweis von euch», sagte ich.

Zach sah David an, der einen Schritt zurücktrat und schweigend begann, sich auszuziehen. Ich beschloss, dass es keinen Grund gab wegzuschauen, wenn er sich doch offenbar zeigen wollte, also sah ich ihm zu, wie er Hemd, Hose und schließlich alles andere auf den Boden warf. Er trug Boxershorts, die an ihm sogar sexy wirkten. Seine Brust und seine Schultern wirkten nackt noch kraftvoller, die Muskeln klar und gut ausgebildet, sein Bauch straff und flach, athletische Beine. Seine Muskeln sahen so aus, als seien sie echt und nicht durch Training im Fitnessstudio entstanden.

Bei einem Wettlauf würde er mich locker abhängen.

Ich sah weg, als er sich die engen Boxershorts über die Hüften schob. Es war mir peinlich. Zach, neben mir, wirkte konzentriert und ernsthaft, und das schien nicht daran zu liegen, dass er Ausstattungsvergleiche anstellte. Er strahlte Autorität aus und noch etwas anderes, das meine Haut kribbeln ließ.

Nackt hockte David sich hin wie zu einem Sprint-Start. Ich kämpfte gegen ein überwältigendes Verlangen an, mich ihm sofort anzuschließen, so als ob er bei mir einen Reflex auslösen würde. Ich zwang mich dazu, aufrecht stehen zu bleiben, und blieb mühsam ruhig, während eine fremde Kraft mich durchströmte und nach einem Ventil suchte, das sie nicht fand.

Davids Rückgrat schien sich zu verschieben, Muskeln und Sehnen dehnten sich, bewegten sich so, wie auch meine sich zu bewegen sehnten. Fell wurde sichtbar. Und dann sah mich plötzlich ein großer schwarzer Wolf mit Davids grauen Augen an.

«O Gott.» Ich taumelte und wäre über meine eigenen Füße gestolpert, wenn Zach mich nicht mit festem Griff an meinen Ellbogen gepackt hätte. «Und den hab ich geküsst?»

«Du hast *was*?» Zach zog mich dichter an sich heran und blinzelte.

Ich zuckte mit den Schultern. «Er ist in meine Wohnung eingestiegen. Wie haben uns geküsst. Auch mit der Zunge.» Zwei Zungen. Und wie sie gespielt haben.

Der Wolf grinste. Er trottete auf mich zu, und ich hätte schwören können, dass er vorhatte, an meinem Schritt zu schnüffeln. Daran hinderte ich ihn mit einem rasch hochgezogenen Knie, und er öffnete seinen Kiefer zu etwas, das klang wie ein lautloses Lachen. Er stupste meine Hand an, worauf ich meine Finger kurz hinter dem Ohr in sein dickes Fell hineinwühlte. Es heißt ja immer, dass man Dinge erst richtig glaubt, wenn man sie sieht, aber real werden sie erst, wenn man sie berührt. Er fühlte sich warm, weich und lebendig an. Dann schoss er davon, auf kraftvollen Beinen, die ihn über die Wiese fliegen ließen.

Neuri. Ich bebte und fragte mich, wie sich das wohl anfühlen mochte. Tief in meinem Innern tauchten plötzlich Fetzen eines Traumes auf, und mit einem Mal war alles wieder da. *Ich laufe auf vier Pfoten. Um mich herum sind andere Wölfe. Freude und ein Gemeinschaftsgefühl, das Echo unseres Triumphgesangs, der durch die Nacht zieht.*

«Werde ich mich auch so verändern?», fragte ich Zach mit schwacher Stimme. Ich überlegte, ob die seltsamen Regungen, die ich spürte, als David sich verwandelte, von der Wölfin in mir kamen, die versuchte, sich aus einem Körper zu befreien, der nicht wusste, wie er das zulassen konnte.

«Ja, morgen Nacht. Aber je näher wir dem Vollmond kommen, umso näher bist du der Metamorphose und umso unangenehmer werden sich die Symptome für dich anfühlen.»

Ich schluckte und nickte. Plötzlich war mir nicht mehr nach rennen zumute. Ich wollte mich hinsetzen und einfach nur den Kopf zwischen meine Knie stecken. Genauso, wie ich mich fühlte, muss ich auch ausgesehen haben, da Zach plötzlich besorgt wirkte und mich auf den Arm nahm. Ich hatte nichts dagegen.

«Du solltest noch mehr Tee trinken.»

Ich nickte und legte dann vorsichtig den Kopf auf seine Schulter. Ich würde mich in einen Werwolf verwandeln. In Anbetracht dessen fand ich nichts Schlimmes daran, noch mehr Eisenhut-Tee zu trinken.

Die anderen bekam ich zu sehen, als Zach mich auf demselben Weg zurück ins Haus trug, den wir vorher genommen waren. Männer, die von meiner Altersklasse bis in die späten Dreißiger reichten, und jeder von ihnen war eine Freude fürs Auge. Dabei ging es nicht nur darum, dass sie überaus ansehnlich beschaffen waren; es war die Art, wie sie sich bewegten, das Spiel ihrer Muskeln und Sehnen, das Selbstvertrauen, jenes kaum zu beschreibende gewisse Etwas, das Frauen dazu bringt, Männern hinterherzugucken. *Animalische Anziehungskraft*, schoss es mir durch den Kopf, und ich widerstand der Versuchung, laut loszulachen.

Einige waren größer als die anderen; ein paar hatten dunkle Haare, und andere waren blond. Sogar einen Rothaarigen wie mich gab es. Er bemerkte, dass ich ihn ansah und grinste. Er hatte Lachfalten in den Augenwinkeln, so als ob er häufig lächelte. Ich überlegte, ob wir beide wohl zu kastanienbraunen Wölfen würden, da Davids Haarfarbe auch der seines Wolfspelzes entsprochen hatte.

Sie kamen hinter uns ins Haus und waren erkennbar

neugierig auf mich. Mir fiel auf, dass keiner von ihnen erstaunt zu sein schien. Also hatte Zach offenbar die Wahrheit gesagt: Sie erwarteten mich bereits.

Ich winkte ihnen über Zachs Schulter hinweg zu, und wenn ich nicht so schwach gewesen wäre, hätte ihre Reaktion mich schlicht umgehauen. Synchron sanken sie auf ein Knie nieder, senkten den Kopf und legten den rechten Arm diagonal über die Brust, dass die geballte Faust auf dem Herzen ruhte.

«Prinzessin.»

Dieser Chor männlicher Stimmen beeindruckte mich noch mehr als Davids Verwandlung. Ich verkroch mich an Zachs Schulter und flüsterte: «Ich glaube, ihr habt die Falsche erwischt.»

«Unmöglich», sagte Zach ohne zu zögern. «Wir wissen, wer du bist.»

«Jetzt mal im Ernst», zischte ich. «Das sind mindestens zwanzig, und sie scheinen alle im falschen Film zu sein. Wenn du ihnen erzählt haben solltest, ich sei eine Prinzessin, dann werden sie irgendwann ziemlich sauer sein, dass sie vor der falschen Person auf die Knie gefallen sind.»

Zach öffnete die Tür zum Wintergarten und trug mich hinein. «Es sind nur neun. Elf zusammen mit meinem Cousin David und mir. Unser Rudel ist nicht mehr das, was es mal war, aber es sind immerhin genug, um dir eine faire Auswahl zu ermöglichen.»

«Was soll ich denn wählen?»

Ich wartete, bis Zach mich auf einem üppig gepolsterten Sessel abgesetzt und mir noch eine Tasse von dem tödlichen Kräutertee gebracht hatte. Er sah mir zu, wie ich trank. «Deinen Gefährten», sagte er mit undurchdringlicher Miene.

Ich prustete los.

Zach blieb vollkommen ernst, und mein Lachen klang jetzt fast hysterisch. «Das ist lachhaft», entgegnete ich.

«Zunächst einmal habe ich überhaupt nicht vor, mich zu binden. Ich habe ja noch nicht einmal einen anständigen Beruf. Und zweitens, selbst wenn ich auf der Suche nach einem Partner fürs Leben wäre: Wer bist du denn, dass du mir vorschreiben willst, ihn unter euch elf Männern zu finden?»

«Wer ich bin? Der Anführer des Rudels», antwortete Zach. «Der momentane Kopf, bevor du einen neuen Anführer bestimmst. Und wenn du glaubst, dass du keinen Gefährten brauchst, dann warte erst mal morgen ab. Du hast Bedürfnisse, die kein normaler Mann befriedigen kann. Ohne uns würdest du leiden.»

Ohne *uns? Plural?* Vor Anspannung zog sich mein Magen zusammen. «Das Ganze fängt an, mir unheimlich zu werden. Bitte sag mir, dass ihr nicht plant, eine Orgie oder etwas Ähnliches in der Art zu feiern.»

Zach lehnte sich zurück und sah mich mit wissendem Blick an. «War es dir unangenehm, David zu küssen?»

«Hm, nein.» ‹Unangenehm› war wohl kaum der passende Ausdruck.

«Hat es dir gefallen, von mir geküsst zu werden?»

Ich wand mich in meinem Sessel. «Es war okay.» Die pure Verheißung war es gewesen und hatte mir den Atem geraubt.

«Es wäre viel einfacher für dich gewesen, wenn du gleich hergekommen wärst, nachdem wir dir den Brief geschrieben hatten. Es tut mir so leid, dass du nicht mehr Zeit hattest, dich mit allem vertraut zu machen, aber du kannst einfach nicht verleugnen, wer und was du bist. Du wirst nichts tun müssen, was du nicht wirklich willst.»

Aufrichtigkeit schwang in seiner Stimme, und in seinen Augen stand Besorgnis. Komisch, dass ich mich dadurch kein bisschen besser fühlte.

Die Tür ging auf, und ich hörte Schritte auf den Fliesen. Die Männer, oder Neuri, wie ich sie vielleicht besser nennen sollte, kamen herein und stellten sich in einem Kreis um uns herum auf. Auch das ließ mir keine wohligen Schauer den Rücken hinunterlaufen. Obwohl ich eine Art energetisches Prickeln spürte, so, als ob ich mich in der Nähe einer Hochspannungsleitung befände. Fast hatte ich das Gefühl, die Luft müsste gleich anfangen zu vibrieren.

«Willkommen zu Hause, Chandra», sagte Zach beinahe förmlich. «Heute Abend werden wir die Rückkehr unserer Prinzessin feiern. Morgen Abend wirst du deinen Platz als unsere Königin einnehmen und deinen König bestimmen.» Plötzlich gefühllose Finger verloren die Macht über meine Tasse. Sie zersplitterte auf dem Fliesenboden.

KAPITEL 5

Wie bitte? Nein. Ich meine, ihr seid zwar alle wirklich sehr verlockend, aber nein. Versteht doch, es tut mir leid, aber ich werde ganz bestimmt nicht eure Prinzessin oder eure Königin werden», krächzte ich in die Stille hinein. «Ich habe andere Pläne. Ihr werdet euch ein anderes Mädchen suchen müssen.»

Zu erfahren, dass mir beim nächsten Vollmond Fell und Pfoten wachsen würden, war schon schlimm genug, aber auch noch gesagt zu bekommen, ich müsse einen von ihnen zu meinem Lebensgefährten machen, war nun wirklich ein bisschen viel.

«Es gibt keine anderen.» Zach sprach leise, aber mit stählernem Unterton.

«Blödsinn.» Ich sah ihn mit zusammengekniffenen Augen an. «Du wirst mir doch nicht erzählen wollen, dass alle Werwölfe zur Gruppe der Lebewesen mit Y-Chromosomen gehören.»

«Nicht alle. Aber die weitaus meisten.» Zach machte eine Handbewegung, und der Rotschopf, der mich angelächelt hatte, ging raus. Bereits ein paar Sekunden später kam er mit Handfeger und Kehrschaufel zurück, um meine Scherben zu beseitigen.

«Mit der Lykanthropie verhält es sich wie mit der Farbenblindheit», erklärte ein Blonder mit blauen Augen und einem angenehmen Bariton. «Sie ist meist an die Geschlechtschromosomen gebunden und betrifft daher mehr Männer als Frauen.»

Mein Biologieunterricht war noch nicht so lange her, dass ich ihm nicht hätte folgen können. Etwa zwölf Prozent der Männer sind farbenblind. Bei den Frauen betrifft es nur ein halbes Prozent.

Ich versank fast in meinem Sessel, als mir klar wurde, was das bedeutete, und ich versuchte, mich nicht wie eine Zielscheibe zu fühlen.

«Ihr verängstigt sie», meinte der Rothaarige. Er fegte die letzte Scherbe auf und zwinkerte mir zu. «Wir werden dich schon nicht beißen. Es sei denn, du magst das.»

«Hey, wie beruhigend.» Doch trotz meiner sarkastischen Antwort spürte ich, dass sein Humor meine Spannung ein bisschen abbaute. Aber auch nur ein bisschen. Immerhin schienen sie nicht sofort wie ein, nun ja, Rudel Wölfe über mich herfallen zu wollen. Was allerdings auch nicht bedeutete, dass ich etwas von ihnen wollte, weder gemeinsam, noch einzeln, geschweige denn, dass ich einen von ihnen heiraten wollte.

In der Gruppe stellten sie eine beeindruckende Auswahl vollendeter Männlichkeit dar. Gesund, jung, potent. So manche Frau würde das zu schätzen wissen. Verdammt, mir gefielen sie ja auch. Aber es war schwer, nicht immer daran zu denken, dass sie mich wahrscheinlich nur für das begehrten, was ich darstellte, nicht dafür, wer ich wirklich war. Selbst wenn ich mich tatsächlich Hals über

Kopf in einen von ihnen verlieben würde und bereit wäre, mich an ihn zu binden, würde ich von diesem Mann erwarten, dass er mich um *meinetwillen* begehrt.

Obwohl, wenn sie alle so küssten wie Zach und David, könnte es verlockend sein, diesen Aspekt zumindest so lange zu ignorieren, bis ich alle Möglichkeiten gründlich erforscht hatte. Mit einem Augenzwinkern vertrieb ich diese Gedanken, um mich zunächst einmal den naheliegenden Dingen zu widmen. «Ich freue mich wirklich, euch alle kennenzulernen, aber im Moment würde ich lieber allein mit Zach sprechen. Ich habe Fragen. Sehr viele Fragen.»

Zach nickte, und der Rest schickte sich an, den Raum zu verlassen, aber nicht auf dem Weg, auf dem sie ihn betreten hatten. Sie gingen durch die Tür am anderen Ende des Wintergartens ins Innere des Hauses.

«Lebt ihr alle hier?» Ich hatte das Gefühl, es sei vielleicht gut, mit ein paar ganz unverfänglichen Fragen zu beginnen.

«Wir leben alle zusammen, ja.»

Und weiter. «Seid ihr alle miteinander verwandt?» Eine gute Art herauszufinden, ob sie erwarteten, mich vielleicht mit meinem eigenen Cousin zusammenzutun.

«In den meisten Fällen ja, wenn auch sehr entfernt.» Zach lächelte so, als ob er ahnte, wo eine der Quellen meines Unbehagens lag. «Aus nachvollziehbaren Gründen haben wir einen sehr engen Draht zueinander und heiraten durchaus innerhalb der Familie. So überkreuzen sich immer mal wieder die Äste des Stammbaums, aber von uns hier steht niemand in einem so engen genetischen Verhältnis zu dir, dass die Blutsverwandtschaft ein Problem darstellen würde.»

Ich wusste nicht, ob mich das enttäuschen sollte. «Was ist mit meinen Eltern?»

«Es tut mir wirklich leid.» Zachs Gesicht wurde ernst,

und er rückte dichter an mich heran, während er meine Hand in einer unerwartet tröstlichen Geste mit seinen Händen umschloss. «Wir sind nicht unsterblich. Deine Mutter ist bei einem Autounfall ums Leben gekommen, und dein Vater starb … an gebrochenem Herzen. Er wurde von einem anderen Wolf herausgefordert, der offen anzweifelte, dass er trotz seiner Trauer das Rudel führen kann. Dein Vater gewann, ist dann aber an den Verletzungen gestorben, die er in dem Kampf davongetragen hatte.»

«Tödliche Kämpfe. Zwangsehen. Du schaffst es wirklich, alles sehr verlockend klingen zu lassen.» Meine Stimme wirkte etwas tonlos. Ich versuchte, die Bilder von sich gegenseitig zerfleischenden Wölfen zu verdrängen, die schreckliche Vorstellung, dass es Menschen waren, die unter diesem Fell steckten. «Und was geschah dann? Warum wurde ich adoptiert? Warum habt ihr mich die ganze Zeit in dem Glauben gelassen, dass ich ein normaler Mensch sei?»

Von allen Enthüllungen des heutigen Tages wog diese am schwersten. Das Wissen darum, dass mein ganzes bisheriges Leben eine Lüge gewesen war.

«Mein Vater war sein Stellvertreter, also fiel ihm die Führungsrolle zu, so lange, bis du bereit wärst, einen neuen König zu bestimmen. Und aufgrund der Streitigkeiten glaubte er, dass es sicherer für dich wäre, außerhalb des Rudels aufzuwachsen. Ray, der unterlegene Herausforderer deines Vater, oder einer seiner Leute hätten versuchen können, dich zu beeinflussen.»

Ich zitterte bei dem Gedanken an das, was Zach nicht ausgesprochen gelassen hatte: «Also sind nicht alle froh darüber, dass die verlorene Prinzessin zurückgekehrt ist.»

«Nein, nicht jeder.» Er gab die Wahrheit zu, und das gefiel mir, selbst wenn ich ansonsten hätte heulen können.

«Kann ich wenigstens darauf hoffen, dass keiner seiner

Gefolgsleute unter denen ist, zwischen denen ich mich entscheiden soll?» Ich konnte mich nicht dazu durchringen, den Begriff ‹Gefährte› zu verwenden. Selbst das Wort klang zu endgültig, zu konkret, und darauf war ich wirklich noch nicht eingestellt. Aber, verdammt, wenn ich nun wirklich den Mörder meines Vaters küssen müsste, oder einen der anderen Wölfe, die den Herausforderer unterstützt hatten?

«Sei ganz beruhigt, Prinzessin.» Zachs Mundwinkel gingen nach oben, nur ein ganz kleines bisschen. «Ray hat das Rudel mit seiner Herausforderung gespalten. Er hat gegen den Alpha-Rüden gekämpft und verloren. Das hat ihn zu einem Ausgestoßenen gemacht. Als er ging, sind seine Gefolgsleute mit ihm gegangen. Hier bei uns bist du sicher.»

«Gut zu wissen.» Trotzdem müsste er ja wohl noch irgendwo sein, oder? Herrje, ein Problem nach dem anderen. Erst mal musste ich aber noch etwas anderes klarstellen. «Zach, du musst begreifen, dass ich das, was ihr von mir erwartet, nicht tun kann. Selbst wenn es wahr wäre, selbst wenn ich kurz davor bin, mich in eine Wölfin zu verwandeln, so heißt das noch lange nicht, dass ich bereit bin, mein bisheriges Leben einfach so aufzugeben.»

«Das verlangt auch niemand von dir.» Er drückte meine Hand plötzlich fester. «Aber du musst begreifen, dass du uns brauchst. Im Moment wirst du das vielleicht noch nicht so sehen, aber morgen ganz bestimmt.»

Schreckliche Angst machte mir, dass ich plötzlich einen metallischen Geschmack im Mund hatte und meine Muskeln sich anfühlten wie Blei. «Sprichst du etwa über Brunft, über Läufigkeit?» *Wie in einem billigen Fernseh-Quiz*, dachte ich, kurz davor hysterisch zu werden. *Was könnte schlimmer sein, als ohne Vorwarnung zum Werwolf zu werden? Sich in eine läufige Werwölfin zu verwandeln.*

Er nickte. Mein Hals wurde eng, und ich hatte Mühe zu schlucken. Trotzdem bekam ich irgendwie meine nächste

Frage heraus. «Wird es in menschlicher Form passieren oder als Tier?»

«Als Mensch.» Er verharrte so regungslos, als ob er befürchtete, jede Bewegung von ihm könnte von mir als Aggression verstanden werden.

«Habt ihr …» Ich fuhr mir mit der Zunge über die Lippen und suchte nach einer Formulierung, mit der ich ihn nach der Beschaffenheit seiner Männlichkeit fragen konnte, aber da gab es bekanntlich keine unverfänglichen Umschreibungen. Alle wolfsartigen Geschöpfe haben eine Besonderheit an ihrer Peniswurzel. Diese Eichelknoten schwellen nach dem Eindringen an und halten die Kopulierenden fest zusammen, bis der Begattungsvorgang vollkommen abgeschlossen ist. Wie wolfsartig würden diese Männer sein? «Habt ihr … ach, verdammt, Zach, habt ihr Knoten?»

«Ja.»

Ich schätzte diese geradlinige Antwort. Kein Drumherumreden, kein Sich-lustig-Machen über meine Sorgen. Aber er hatte damit eine neue Frage bei mir aufgeworfen. «Habt ihr Jungs dadurch keine zwischenmenschlichen Probleme?»

Ich stellte mir gerade vor, wie die Riege männlicher Musterbeispiele, die ich gerade bestaunen durfte, zwangsweise enthaltsam leben musste, weil sie es nicht schafften, ihren menschlichen Freundinnen diese Sonderausstattung zu erklären. Stellte mir die dadurch aufgestaute sexuelle Erregung vor, die bestimmt ein Ventil brauchte.

«Die Knoten schwellen nur während des Geschlechtsverkehrs mit einem weiblichen Werwolf an. Gewöhnlichen Frauen fällt höchstens auf, dass wir um die Wurzel herum ein bisschen breiter wirken.»

Da hatte ich ja nochmal Glück gehabt. Mir wurde schwach, und das musste er bemerkt haben, da er schnell hinzufügte: «Vergiss nicht, du bist wie wir.»

Wie hätte ich das vergessen können. Ich erinnerte jetzt sogar, dass der Knoten ein Paar für mehr als eine halbe Stunde aneinanderfesseln konnte, und sie waren zu elft. Mein Herz begann zu rasen, und das Adrenalin signalisierte meinem Körper, dass ich etwas tun müsste. Noch bevor ich den klaren Entschluss gefasst hatte, zu fliehen, hatte ich schon einen Satz über die Rückenlehne gemacht. Im Vollbesitz meiner körperlichen Kräfte schaffte ich es, aus der Tür und bis zu meinem Auto zu kommen.

«Die Schlüssel, die Schlüssel», murmelte ich immer wieder wie eine Litanei, während ich mich ins Auto warf und nach dem Zündschloss tastete.

Doch meine Hand griff ins Leere. Hatte David etwa die Schlüssel an sich genommen? Ich tastete verzweifelt den Fußraum auf der Fahrerseite ab und überall sonst, wo er sie gelassen haben könnte, aber es war schon zu spät. Zach war da und griff durch die Tür auf der Fahrerseite nach mir, und auf der Beifahrerseite wachten drei andere Neuri.

«Nein, ich habe nichts gemacht!», schrie Zach einen von ihnen an, während seine Hände mich sanft, aber bestimmt packten. «Sie hatte Fragen. Sie wollte etwas über die Knoten wissen, und plötzlich ist sie einfach losgerannt.» Er zog mich aus dem Auto in seine Arme, ganz langsam. «Chandra, Chandra. Wir werden dir nicht wehtun, das verspreche ich dir.»

Die anderen drei kamen auf unsere Seite und rückten ganz nah an uns heran. Ich erkannte den schlanken Rothaarigen wieder und den muskulösen Blonden, mit denen ich drinnen gesprochen hatte, und noch einen weiteren Braunhaarigen, der so aussah, als sei er der Jüngste von ihnen. Ihre Nähe löste in mir widersprüchliche Gefühle aus, so als ob ich sie mit verschiedenen Augen sähe. Ein Teil von mir empfand ihre Gegenwart beruhigend und beschützend. Der andere Teil meines Ichs sah die drei unbekannten Männer als Bedrohung. Diese gespaltene Wahrnehmung lähmte mich.

Ich ließ es zu, dass sie mich wieder nach drinnen führten. Dieses Mal brachte mich Zach in ein richtiges Wohnzimmer, wo er mich in ein weiches Ledersofa drückte. Er nahm Platz auf meiner Seite, und der Rothaarige setzte sich auf die andere Seite. Die anderen beiden ließen sich am gegenüberliegenden Ende des Sofas nieder.

«Chandra, das ist Will. Und Matt und Jack sind Brüder.» Zach deutete der Reihe nach mit dem Finger auf sie, während er sie vorstellte. Ihre Namen zu kennen bedeutete für mich nicht, dass ich mich bei dem Gedanken besser fühlte, in einem läufigen Zustand Sex mit mir praktisch unbekannten Männern zu haben. Aber es nahm mir ein bisschen das Gefühl der, sagen wir, totalen Fremdheit.

Will war der junge, braunhaarige Mann. Er hatte freundliche schokoladenbraune Augen. Matt war der Dunkelblonde und Jack der Rothaarige. Sie hatten zwar beide blaue Augen, hätten ansonsten aber kaum unterschiedlicher aussehen können.

«Wir alle freuen uns, dass du hier bist», sagte Jack und lächelte jetzt nicht. «Bitte lauf nicht fort, bevor du Zach bis zum Ende zugehört hast.»

«Ich möchte mit David sprechen», sagte ich, und meine Lippen fühlten sich dabei steif an. Oder lag es daran, dass mein Kiefer so verkrampfte, um nicht gleich loszuschreien. «Ist er schon zurück?»

Ich musste ihn etwas fragen, wobei ich den schrecklichen Verdacht hatte, dass ich die Antwort darauf längst kannte.

Zach gab Will ein Zeichen, der daraufhin sofort aufstand. «Ich werde ihn holen.»

Zach schien tatsächlich der Anführer zu sein. Alle anderen sahen ihn an, hörten ihm zu. Was würde wohl aus der Gruppe, wenn ich mich weigern würde, mir einen Gefährten auszusuchen, oder wenn ich mich nicht für Zach entscheiden würde? Ich unterdrückte diese Bedenken und beschloss, jetzt erst mal an mich zu denken, bevor ich mir Gedanken darüber machte, was ich für eine Verpflichtung den Wölfen gegenüber hatte, wenn ich denn überhaupt irgendeine hatte.

Will brauchte nicht lange, bis er mit David zurückkehrte, der wieder seine menschliche Gestalt angenommen hatte. Er hatte Jeans angezogen, aber weder Hemd noch Jacke, sodass ich mich fragte, ob sie wohl als Wölfe eine höhere Körpertemperatur hatten.

«Kann ich mit ihm allein über ein paar Dinge reden?», fragte ich Zach, da ich annahm, dass die anderen ohnehin das tun würden, was er sagte, und ich deshalb gleich ihn als den Boss ansprechen konnte. Zach gab Jack und Matt ein Handzeichen, die schnappten sich Will und zogen gemeinsam mit ihm von dannen. David stand vor mir, die Hände in den Hüften. «Du willst etwas von mir?»

Diese Worte bewirkten in Verbindung mit dem Anblick seines nackten Oberkörpers, dass ich einen trockenen Mund bekam. Ich musste schlucken, bevor ich meine Frage herausbrachte. «Ja. Gestern Nacht hast du mir erzählt, dass du mich nicht loslassen würdest, weil du nicht wolltest, dass ich dir wieder den Kiefer breche.»

Er griff mit der Hand nach seinem Kinn und rieb es. «Es ist sofort wieder verheilt. Nichts, worüber du dir Sorgen machen müsstest.»

Mir war schlecht. «Ich habe dir den Kiefer gebrochen. Im Schlaf.» Weil meine Albträume nicht das waren, wofür ich sie immer gehalten hatte. Es waren die Zeiten, in denen die Wölfin, die tief in mir verborgen war, sich zu regen begann.

«Wie ich schon sagte: Du kämpfst mit allen Tricks.» Es war schwer, in Davids grauen Augen zu lesen, doch soweit ich es beurteilen konnte, musste er wohl einen Groll gegen mich hegen. Es war egal. Er hatte mir die Wahrheit gesagt.

Er war stärker als ein gewöhnlicher Mensch, und sogar für einen Mann war er sehr groß, schnell und kräftig gebaut. Und ich war in der Lage gewesen, ihn zu verletzen. Was würde ich einem normalen Menschen nach meiner Metamorphose antun können? Ich betreibe ein bisschen Kampfsport. Ich kenne die Schmerzpunkte des menschlichen Körpers und wie man effektiv Schaden anrichtet.

«Ich habe dir wehgetan», flüsterte ich. Dadurch, dass ich es aussprach, wurde es plötzlich noch realer.

David sah mich an und legte seinen Kopf. «Du hast mich geküsst und es damit wiedergutgemacht.»

Als ob ich das alles wiedergutmachen könnte.

Ich war außerdem mit meinem Auto zur Bücherei gefahren, um bereits zwei Stunden später nicht mehr in der Lage zu sein, wieder nach Hause zu kommen. Mir war schwarz vor Augen geworden. Was hätte alles passieren können, wenn ich in den Nebel eingetaucht wäre, während ich auf dem Freeway fuhr?

Die Schlussfolgerung war unvermeidlich. Ich war in diesem Zustand eine Gefahr für mich selbst und für andere. Ich kannte noch nicht alle körperlichen Begleiterscheinungen, aber ich war dabei, mich zu verändern. Im Moment sperrte ich mich zwar noch, die Risiken zu erkennen, die mit diesen Veränderungen verbunden waren, aber das konnte nicht ewig so bleiben. Hier war ein Wolfsrudel bereit, mir zu helfen, mit der Situation fertigzuwerden.

«Es tut mir leid.» In dem großen Raum klang meine Stimme ganz leise.

David kam auf mich zu und nahm dann den freigewordenen Platz neben mir ein, sodass ich von den beiden Männern eingerahmt wurde.

«Dass du mich geküsst hast?» David nahm meine Hand. Mit einem Mal fiel mir auf, dass Zach die andere hielt, und fragte mich, wann er sie wohl genommen hatte.

«Nein.» Dabei zog ich einen Mundwinkel zu einem zaghaften Lächeln in die Höhe. An dem Kuss war nichts gewesen, was mir leidgetan hätte, außer vielleicht, dass er irgendwann zu Ende war.

«Wir verstehen, dass du keine Kontrolle über dich hast, Chandra», sagte Zach, und sein ernsthafter Tonfall sorgte dafür, dass ich mich zu ihm umwandte. «Das wirst du lernen. Wir helfen dir dabei.»

In welchen Bereichen würde ich wohl noch außer Kontrolle geraten? Meine Augen tränten, und ich blinzelte die Feuchtigkeit fort. «Was ist mit Sex? Zach, du hast mir versprochen, dass man nichts von mir erwarten würde, was ich nicht selbst will, aber wenn ich nun außerstande bin, mich zu beherrschen?»

Ich spürte, wie mich eine doppelte Umarmung umschloss, da beide Männer einen Arm um mich legten und mich zwischen sich eingekuschelten. Zachs Arm schmiegte sich an meinen Rücken, während David mich um den Bauch fasste. Es fühlte sich warm und sicher an, nicht sexuell motiviert oder aggressiv.

«Wir werden dir helfen», sagte Zach und beantwortete meine Frage damit nicht wirklich. «Und deine Instinkte werden dich leiten. Wölfe sind monogam; sie suchen sich einmal einen Gefährten und binden sich dann fürs Leben.»

«Nettes Ausweichmanöver», seufzte ich. «Du hast mir ja bereits angedeutet, dass ich mich durch Reih und Glied küssen würde, wenn es in die heiße Phase geht. Erzähl mir also einfach, was passieren wird.»

«Es wird das passieren, was du willst», versprach Zach. «Wir werden um deine Gunst wetteifern. Du wirst wählen, wen du wann und wie willst.»

«Definiere, was du unter ‹um meine Gunst wetteifern› verstehst.»

Das Gefühl, zwischen zwei Männern eingeklemmt zu sitzen, mit der lebhaften Erinnerung daran, sie beide geküsst zu haben, bewirkte, dass mir immer heißer wurde und ich mich für Dinge zu interessieren begann, die über gemütliches Kuscheln hinausgingen. Das verhieß nichts Gutes.

«Sexuellen Wettbewerb», sagte Zach mit sachlicher Stimme, aber er strich mir über den Rücken, während er sprach, und diese beiläufige Berührung ließ mich schwach werden. «Ich weiß, dass dich die Sache mit den Knoten erschreckt hat, aber sexueller Kontakt ist ja nicht auf Geschlechtsverkehr beschränkt. Es gibt viele Möglichkeiten. Küssen. Streicheln. Oralverkehr, Erregen, Massagen.»

Ich leckte mir über die trockenen Lippen. «Also kann ich mich darauf einstellen, mit jedem von euch körperlichen Kontakt zu haben, aber nicht unbedingt alle … Knoten zu spüren zu bekommen.»

«Richtig.» Dem Anschein nach begann auch Zach das Thema unserer Konversation jetzt ganz schön zuzusetzen. Aber ich rechnete es ihm hoch an, dass er versuchte, es sich nicht anmerken zu lassen.

«Und der, mit dem es dann passiert, ist mein Gefährte?» Das schien mir der unfairste Teil der Angelegenheit zu sein, dass meine biologischen Triebe mich zwangen, mit jemandem Sex zu haben und dann mein Leben lang an diesen einen gebunden zu sein. Vielleicht ließe sich das ja dadurch vermeiden, dass ich durch sexuelle Praktiken Befriedigung suchte, bei denen es nicht zum Geschlechtsverkehr kam.

«Du kannst es auch mit mehr als einem Partner richtig treiben», sagte Zach mit betont neutraler Stimme. «Aber nach dem ersten Vollmond musst du deine Wahl verkünden.»

Das war eine ganze Menge zu verarbeiten, aber verdammt wenig Zeit dafür. Zitternd atmete ich ganz langsam ein und wieder aus. «Und der, für den ich mich dann entscheide, ist neuer Wolfskönig.»

«Ich werde mich deiner Wahl fügen, wie sie auch aussehen mag.» Zach schien mich nicht ganz verstanden zu haben, aber er hatte etwas angesprochen, woran ich bisher nicht gedacht hatte. Dass ich nämlich einen anderen als ihn wählen und er dagegen angehen könnte.

Also gab es immerhin zehn Männer, die durch den Wettbewerb um meinen Körper König werden könnten. Und nach dem, was ich bis jetzt von diesem Palast gesehen hatte, gab es sehr konkrete Gründe, dieses Ziel erreichen zu wollen. Ich bildete mir nicht ein, dass mein Herz einen ähnlichen Stellenwert hatte. Und mein Körper wandte sich gegen mich.

Ich drehte mich zu David um. «Hast du noch immer Lust auf einen Wettlauf?»

David sah zunächst Zach an, bevor er mir antwortete: «Klar. Ich zeig's dir.»

KAPITEL 6

Als ich schließlich draußen war, fühlte ich mich gleich ein bisschen weniger eingesperrt. Aber ich hatte nicht das Gefühl, dass ich genug Energie zum Laufen hatte. Furchtbare Angst vor einer vollkommen unbekannten Zukunft zehrte an meinen Kraftreserven. «Können wir nicht einfach ein bisschen gehen?», fragte ich David und deutete auf das Heckenlabyrinth. «Vielleicht da lang. Solange wir uns nicht verlaufen.»

«Klar.»

Offenbar ein Wolf, der nicht viele Worte machte. Ich steuerte auf den Eingang zu, und er passte sich meinem Schritt an, indem er langsamer ging.

«Ich hatte nicht erwartet, dass du hier raus wolltest, um zu reden.»

Wir betraten das Labyrinth, und ich blieb stehen, um den Duft des austreibenden, frischen Grüns einzuatmen. Selbst im Winter verströmte dieser Garten etwas verlockend Frühlingshaftes. David hielt neben mir inne, abwartend und aufmerksam.

«Nein», stimmte ich ihm zu. «Ich wollte raus, weil ich nachdenken wollte, und ich hätte gern eine Einschätzung der Situation von einem Soldaten. Wenn ich mich nicht sehr täusche, bin ich da bei dir richtig.»

Er nickte und bestätigte damit meine Vermutung. Das überraschte mich nicht. Man merkte es einfach an seinem ganzen Auftreten, seiner Art. Er strahlte eine disziplinierte Wachsamkeit aus, die deutlich machte, dass man es nicht mit einem Zivilisten zu tun hatte.

«Heer? Marine? Luftwaffe?»

«Marineinfanterie.»

«Das passt. *Marines*, immer als Erste im Einsatz.» Wir gingen weiter. «Mir fehlt noch so viel, damit ich mir ein Bild machen kann. Beispielsweise diese Panther, die ich im Einkaufszentrum getroffen habe. Stimmt es, dass es sich um richtige Panther handelt? Um Katzenmenschen?»

«Ja.»

Mit diesem simplen Wort sprengte er meine ohnehin schon erschütterte Vorstellungskraft vollends. Ich befand mich auf einer Reise, die über das mir Bekannte hinausführte, mitten hinein in ein unbekanntes Land von Drachen und Fabelwesen. Es gab also nicht nur Werwölfe, sondern auch noch andere Wesen, die ihre Gestalt ändern können.

«Machen sie Probleme?»

«In letzter Zeit attackieren sie uns verstärkt», meinte David. «Es gab vermehrt Vorfälle, bei denen Konflikte von einzelnen Leuten oder kleinen Gruppen angezettelt wurden. Angriffe auf unsere Territoriumsgrenzen. Ich glaube, sie bereiten sich darauf vor, uns in größerem Stil anzugreifen, sobald sie eine Schwäche wittern.»

«Zum Beispiel, wenn ein Wechsel in der Rudelführung stattfindet.» Ich stampfte wütend auf, weil ich das Gefühl hasste, in die Ecke gedrängt zu werden. Nicht dass ich etwas gegen Zach hatte. Ganz im Gegenteil, je mehr ich ihn kennenlernte, umso mehr beeindruckte er mich. Sein Rudel vertraute ihm und respektierte ihn. Das allein sprach Bände. Wie auch der Zustand des Anwesens, auf dem wir uns befanden. Sofern Zach für die Finanzen zuständig war, schien er sie sehr geschickt zu verwalten.

David ließ ein unbestimmtes Grummeln hören, widersprach aber auch nicht.

«Glaubst du, dass Zach der beste Rudelführer ist?», fragte ich ihn nach seiner Meinung, war mir jedoch nicht sicher, ob er sie mir verraten würde.

«Ja.»

«Warum?»

«Weil er zuerst denkt und dann handelt. Weil er das Ganze im Blick hat. Zum Vorteil des Rudels handelt.» Schweigend wanderten wir weiter, bevor David ergänzte: «Was aber keine Empfehlung für ihn als Gefährten ist. Es steht mir nicht zu, das zu beurteilen.»

«Hab dich ja auch nicht gefragt.» Wir schlängelten uns durch das Labyrinth, wobei David geschickt die Führung übernahm, um uns auf der richtigen Route zu halten. Nach einer letzten Runde waren wir in der Mitte angelangt, einer kreisrunden Fläche, umgeben von Hecken und mit einer Bank, die unter einer kleinen Rosenlaube stand und auf einen kleinen Brunnen blickte. Dieser hatte zwei Ebenen; eine obere, die eine Mädchenstatue mit

Wasser aus einem Krug füllte, und eine untere, die ein Wolfskopf aus geöffnetem Maul speiste. Wie passend.

Geschützt von den hohen Hecken und der Rosenlaube müsste dieser Ort im Sommer, wenn die Luftfeuchtigkeit auf alles drückte und alles in zähen Sirup verwandelte, eine schattige Oase sein. «Hübsch», sagte ich laut.

Ich betrachtete das friedliche Bild, während ich Davids Aussagen verarbeitete. Wenn ich mich für Zach entscheiden würde, bliebe die bisherige Ordnung im Rudel erhalten. Das wäre wahrscheinlich das Beste für alle Beteiligten, egal wie ich mich persönlich dabei fühlen würde. Und wie ich mich fühlen würde, konnte ich im Moment wahrscheinlich noch gar nicht wirklich einschätzen. Zu viele Schockerlebnisse, zu viele Offenbarungen, zu viel zu verdauen.

«Wird von mir erwartet, dass ich hier lebe?» Mit diesen Worten überquerte ich das kleine Rund und setzte mich auf die Bank, zog meine Füße auf die steinerne Sitzfläche und stützte das Kinn auf meine Knie.

«Muss man dir erst sagen, dass es für dich das sicherste wäre?» David saß neben mir und sah mich mit ernster Miene an.

«Nein. Das habe ich schon verstanden.» Nicht dass es mir besonders schlimm erschien, meinen Morgenkaffee im Wintergarten einnehmen zu müssen. Und in Anbetracht meiner heftigen Reaktion auf Parfums, Duftwässerchen und chemische Gerüche würde ich das Leben auf einem riesigen privaten Anwesen mit Menschen, die keine permanente Attacke auf meine Atemwege darstellten, als echten Bonus betrachten.

Aber abgesehen vom Luxus war es die Sicherheit, die zählte. Sollte ich tatsächlich der einzige weibliche Werwolf in der ganzen Gegend sein, dann wäre ich nicht nur ein Ziel für meine möglichen Gefährten. Ich wäre außerdem eine Zielscheibe für die Feinde des Rudels, und das schloss auch streunende Wölfe ein, die sich vom Rudel losgesagt hatten. Selbst wenn ich wüsste, wie ich die Metamorphose von der menschlichen zur wölfischen Gestalt bewerkstelligen könnte, und die Instinkte und Fähigkeiten beherrschte, die damit einhergingen, selbst wenn ich mir sicher sein könnte, niemanden zu verletzen, wäre es dumm, mich eines knappen Dutzends ergebener Leibwächter zu berauben.

Mein bisheriges Leben war endgültig vorbei. Meine Pläne für die Zukunft, nun ja, immerhin hatte ich schon ein wichtiges Ziel erreicht: Ich wusste jetzt, wer meine richtigen Eltern waren.

Ich ließ alles sacken, bis es mir schwer im Magen lag und ich mich ganz wirr im Kopf fühlte. «Weißt du, ich hatte als Kind solche ‹Heimliche-Prinzessin-Phantasien›», erzählte ich David. «Dass irgendwann, eines Tages, meine echte Familie auftauchen und sich herausstellen würde, ich wäre in Wirklichkeit eine Prinzessin. In meiner Phantasie kam allerdings nicht vor, dass mir bei Vollmond Reißzähne und ein Fell wachsen würden.»

Auch von einem markerschütternd heulenden Prinzen hatte ich nicht geträumt. Und Orgien hatten auch nicht auf dem Programm gestanden. Mein Vorstellungsvermögen erschien mir mit einem Mal beklagenswert unzulänglich.

Er antwortete nicht. Vermutlich überlegte er sich, dass es darauf zu Recht keine gute Antwort geben könnte. Nach einer Weile stellte ich fest, wie kalt und hart sich Stein an meinem Hintern anfühlen konnte. Steif stand ich auf. Ich wartete darauf, dass mein Babysitter wieder die Führung übernahm, und folgte ihm schweigend aus dem Labyrinth.

Als wir wieder ins Freie traten, nahm ich mir Zeit für einen eingehenden Blick auf das Haus. Es war ein weitläufiges Ziegelgebäude, das zwölf Personen mehr als ausreichenden Platz bieten dürfte. Wahrscheinlich könnte es die doppelte Anzahl an Menschen beherbergen, ohne dass sich jemand eingeengt fühlen müsste. Welches Zimmer man mir auch zuweisen würde, meine derzeitige Wohnung würde bestimmt mindestens zweimal hineinpassen.

Der Entwurf des Hauses wirkte anmutig, klassisch. Wer immer es geplant haben mochte, hatte ein Auge für Schönheit und die Fähigkeit, seine Vorstellungen in die Realität umzusetzen. Es wirkte sehr solide, und ich vermutete, dass es mehr als hundert Jahre alt war.

Dieses Haus hatte bestimmt schon eine Menge erlebt. Das Rudel hatte seinen Fortbestand seit frühester Zeit behauptet, wenn ich meinen Internet-Recherchen trauen konnte. Die slawische Mythologie geht bis ins Neolithikum, vielleicht sogar noch weiter zurück. Was durchaus Sinn ergibt, wenn man davon ausgeht, dass die menschliche Rasse und die Gestaltwandler eine gemeinsame Evolutionsgeschichte haben.

Aber ich wollte ja meine eigenen Wurzeln erforschen, erinnerte ich mich selbst. Es war zu spät, den Zeiten nachzutrauern, in denen ich noch nach der Devise ‹Was ich nicht weiß, macht mich nicht heiß› gelebt hatte. Vor allem, da das in meinem Fall eine ernsthafte Gefahr darstellen würde.

«David.» Er blieb stehen, als ich ihn ansprach, und drehte sich zu mir um. «Willst du Rudelführer werden?»

«Nicht wirklich.» Seine Stimme und sein Gesichtsausdruck wirkten unbeteiligt und verrieten keine Regung, aber ich meinte, bei ihm eine gewisse körperliche Anspannung zu bemerken.

«Warum hast du mich dann geküsst?»

Seine grauen Augen begannen zu glühen. «Ich habe nicht gesagt, dass ich dich nicht will.»

Oh. Ich musste mich bemühen, nicht über meine eigenen Füße zu stolpern, während ich diesen Satz sacken ließ und mir sagte, ihm nicht allzu viel Bedeutung beizumessen. Natürlich wollte er mich. Er war ein männlicher Werwolf, während ich ein Weibchen kurz vor der Brunft war. Natürlich war er geneigt, die Gunst der Stunde für sich zu nutzen, und der bevorstehende sexuelle Wettbewerb bot gewisse Freiheiten, sich auszuleben und zu genießen.

Trotzdem war es schön zu hören, dass er mich ohne Hintergedanken schlicht und einfach begehrte.

Wir gingen zurück ins Haus, ohne weitere Worte zu wechseln. Mein Kopf war voll mit Fakten und Mutmaßungen. Überspannung. Ich sehnte mich nach einem Bad und nach Schlaf. Mein Magen knurrte, weshalb ich auch noch eine Mahlzeit auf meine Wunschliste setzte, und zwar eine nahrhafte, die außerdem irgendetwas enthielt, um meinen Stoffwechsel zu stabilisieren.

Jack, der rothaarige Werwolf, erwartete uns im Wintergarten und folgte mir, als David mir das Haus zeigte. Jack war ein kleines bisschen größer als ich, aber nicht besonders viel. Sein schmaler, aber muskulöser Körperbau ließ ihn weniger einschüchternd wirken als seinen breitschultrigen Bruder. «Wo ist Zach?», fragte ich ihn.

«Er ist in einer Besprechung. Videokonferenz. Das übrige Team befindet sich kurz vor der Abgabe eines wichtiges Projekts, also werde ich dir Gesellschaft leisten.» Jack grinste mich an, offenbar sehr zufrieden mit dieser Regelung, und ich merkte, wie mich seine fröhliche Art entspannte.

«Projekt?»

«Jupp.» Zwischen den beiden Männern gehend, wurde ich über mehrere Flure bis zu einer großen, sonnigen Küche geführt. «Hier ist das Hauptgebäude von Neuri Enterprises Networks, wir programmieren, gestalten und implementieren Internetanwendungen.»

Werwölfe mit einem ganz normalen Beruf. Ich wollte erst loslachen, aber, na klar, auch sie mussten irgendwie ihren Lebensunterhalt verdienen. Steuern und laufende Kosten für dieses Anwesen hier waren vermutlich nicht gerade niedrig. «Ich kann mir vorstellen, dass ihr nicht dafür geschaffen seid, in einem x-beliebigen Büro zu arbeiten, wegen der nachtaktiven Phasen und den ständigen Fehlzeiten bei Vollmond.»

«Typische amerikanische Großunternehmen sind sicherlich zu straff organisiert, um unsere Lebensart zu verkraften», meinte Jack mit einem Augenzwinkern. «Die meisten unserer Kunden sind weiter weg, in New York, Kalifornien oder international. Aber dank Video- und Telefonkonferenzen muss man ja auch wenig reisen oder sich persönlich treffen.

Ach. Dann handelte es sich vielleicht um eine Branche, in der man möglicherweise auch eine technische Redakteurin gebrauchen könnte. «Vielleicht sollte ich Zach mal meine Bewerbungsunterlagen geben.»

«Die hat er schon. Du hast den Job.» Ohne zu zögern schob Jack mir einen Stuhl zurecht.

Ich kniff die Augen zusammen. «Bin ich krankenversichert?»

«Mit deiner natürlichen Selbstheilungskraft und Resistenz gegen jegliche Krankheiten wirst du so was kaum brauchen. Wir sind alle furchtbar gesund.»

Jack stellte einen Teller vor mich, auf dem etwas Unidentifizierbares lag, und David füllte ein Glas mit einer Flüssigkeit, bei der es sich offenbar wieder um Eisenhut handelte. Er warf mir einen Blick zu, den ich als Warnung verstand, mit den wechselnden Bedürfnissen meines Körpers nicht allzu sorglos umzugehen. Als ob man mir das noch sagen musste. Ich nahm das Glas und prostete ihm damit scherzhaft zu. Ich fing an, mich richtig an dieses Zeug zu gewöhnen. Es war gar nicht so übel, abgesehen von dem scheußlichen Geschmack und dem ätzenden Brennen im Hals.

«Wir erwarten nicht, dass du sofort anfängst», fuhr Jack fort. «Nach deiner ersten Metamorphose wirst du etwa drei Tage brauchen, bis du dich an alles gewöhnt hast.» Er wartete, bis ich mein Glas abgestellt hatte, bevor er mein Gehalt nannte und hinzufügte: «Zuzüglich Unterkunft, Verpflegung und Firmenwagen.»

Wie gut, dass er gewartet hatte. Sonst hätte ich mein Glas möglicherweise schon wieder fallen lassen, und er hatte doch schon einmal alles für mich aufwischen und wegfegen müssen.

«Ich habe ein Auto», sagte ich, weil mir nichts Besseres einfiel. Mir war gerade mehr als das Doppelte von dem angeboten worden, was ich mir in meinen kühnsten Träumen als Einstiegsgehalt vorgestellt hatte. Und dann auch noch ein Job mit der Flexibilität, die ich für meine besonderen Bedürfnisse brauchte. Und dann noch Unterkunft. Der Haken daran war natürlich, dass ich Job und Wohnung mit zwölf Männern teilte, die mir Arme und Beine ausreißen konnten, aber man kann schließlich nicht alles haben.

«Ja, aber uns allen wäre wohler, wenn du einen Volvo fahren würdest», gab Jack ohne mit der Wimper zu zucken zurück.

Das sicherste Auto der Welt. Ich habe verstanden, dachte ich. Ich begann, meine Pampe zu essen. Sie war so geschmacklos, wie sie aussah. «Will ich wissen, was ich hier esse?»

«Nein», antworteten David und Jack im Chor.

Na super. Ich versuchte, nicht darüber nachzudenken, was ich gerade in mich hineinschob. Ich hatte es satt, mich so beschissen zu fühlen, und die Tatsache, dass ich einfach so umgekippt war, machte mir immer noch Angst. Also tat ich, wovon die erfahrenen Wölfe meinten, dass es gut für mich sei. Immerhin war das Zeug leicht herunterzubekommen.

Jack und David sprachen leise über einen Terminplan,

während ich aß, und es war schön, wieder einmal etwas ganz Normales zu hören. Etwas Menschliches.

So, wie wir alle morgen Nacht eben nicht sein würden. Wir würden von tierischen Bedürfnissen getrieben sein, von tierischen Instinkten, und wir würden unsere tierische Gestalt zeigen.

Ich legte meine Gabel ab und starrte auf meinen Teller. «Wird es wehtun?» Meine leise Frage unterbrach ihre geschäftliche Unterhaltung. David antwortete, und er musste nicht einmal nachfragen, was ich damit meinte.

«Ein bisschen. Es ist unangenehm, wenn der Körper von der einen in die andere Form überwechselt. Ungefähr so wie Wachstumsschmerzen.»

Ich nickte und schob meinen Stuhl zurück. «Gibt es ein Zimmer für mich?» Ich sehnte mich nach Ruhe, nach Platz für mich und vielleicht einem Kissen, auf dem ich meinen Gefühlen freien Lauf lassen konnte.

«Ja, das gibt es.» Die beiden begleiteten mich zwei Treppen hoch in das oberste Stockwerk und durch einen Gang bis zu meiner Zimmertür. Ich drehte den Türgriff und trat ein, gespannt, wie meine Kammer im Wolfschloss wohl aussehen würde.

Die Tür öffnete sich in einen großen Wohnraum, von dem auf der einen Seite ein Schlafzimmer abging und auf der anderen Seite ein weiteres kleines Zimmer war, in dem ein Schreibtisch stand. Mein erster Eindruck war der von Geräumigkeit und Licht. Und hinsichtlich der Größe hatte ich vollkommen recht gehabt. Mein briefmarkengroßes Appartement würde in diesem hier völlig verschwinden.

Der Parkettboden glänzte, als ob er gerade erst poliert worden war, und leichte Gardinen schmückten die Fenster. Im Wohnzimmer standen ein braunes Ledersofa und ein passender Sessel mit hoher Lehne, ergänzt durch praktische niedrige Tischchen und einen farbenfrohen persischen Teppich, von dem ich ahnte, dass meine Füße in ihm versinken würden.

Es war ein gemütlicher Raum, nicht mädchenhaft oder verspielt, einfach nur schön und elegant. Eine Vase mit einem hübschen Gebinde aus Blüten und Grün, die auf einem der Tische stand, verströmte einen zarten Duft. Ich fragte mich, wer die Blumen hierher gestellt hatte, wo ich doch gerade erst angekommen war, und ob sie wohl aus dem Wintergarten stammten.

Ich wanderte ins Schlafzimmer und entdeckte, dass es dort einen begehbaren Kleiderschrank aus Zedernholz gab, der durch ein Oberlicht beleuchtet wurde, ein gefliestes Badezimmer mit einem gemütlichen Whirlpool, und breite Flügeltüren, die auf einen kleinen Balkon führten, von dem aus man über den Garten und auf das Heckenlabyrinth blickte. Zwei Stühle, ein Bistrotisch und ein Baum in einem Kübel sorgten dafür, dass der Balkon auch bei kaltem Wetter einladend wirkte.

Im Schlafzimmer befand sich außerdem ein schmiedeeisernes Doppelbett, das mir überdurchschnittlich groß erschien, obgleich es den Proportionen des Raumes entsprach. Passende Tischchen mit kleinen Messinglampen standen seitlich davon, und auf dem Boden lagen langflorige weiße Teppiche, die aussahen wie Schaffelle. Egal auf welcher Seite ich aus dem Bett steigen würde, meine Füße würden nicht kalt werden.

Eine dicke Steppdecke aus Satin, die einen Farbton irgendwo zwischen Lila und Mitternachtsblau hatte, war über das Bett gebreitet. Auf der nackten Haut müsste sie sich zugleich kühl und weich anfühlen. Ich versuchte, nicht daran zu denken, wer oder was meine nackte Haut auf diesem Bett noch berühren würde.

«Ist das okay?»

Ich drehte mich um und fing Jacks besorgten Blick auf. Wahrscheinlich hatte ich einen Moment zu lange auf das

Bett gestarrt, und immerhin hatte ich ja schon einmal versucht, abzuhauen. *Mach den netten Werwolf jetzt bloß nicht nervös.* «Prima. Alles prima.»

Zumindest mit den Räumlichkeiten. Sie waren schön, und wahrscheinlich hatten allein die Möbel mehr gekostet, als ich an Studiengeld für mein letztes Semester bezahlen musste. Mein Leben war ein Chaos, aber zumindest meine Privatgemächer waren hinreißend. Ich versuchte Jack zuzulächeln. Was mir nicht ganz gelingen wollte.

«Ich helfe ihr schon, sich zurechtzufinden», meinte David. Jack verstand den Wink und zog sich zurück, die Tür hinter sich schließend.

David kam auf mich zu und legte den Arm um meine Hüfte und schob mich zum Sofa. Wir setzten uns, und ich sträubte mich nicht, als er mich auf seinen Schoß zog, dass meine Beine auf den Seitenkissen lagen und seine Schulter mir einen bequemen Platz zum Ausruhen bot.

«Es wird nicht lange dauern bei Zach», sagte er, und seine Stimme klang in meinen Ohren wie ein beruhigendes Rauschen. «Wenn du möchtest, bleibe ich bei dir, bis er fertig ist.»

Ich nickte schweigend. Ich wollte. Vorher hatte ich gedacht, ich wollte Abgeschiedenheit und allein sein, um das alles richtig begreifen zu können, aber jetzt merkte ich, dass ich genau das wollte, was er mir anbot. Ich wollte festgehalten werden.

«Ich habe Angst», sagte ich mit einer Stimme, die kaum lauter war als ein Flüstern.

«Vor uns?»

Ich schüttelte verneinend mit dem Kopf. «Nicht wirklich. Vor mir. Davor, was ich tun könnte. Davor, was ich bin.»

Er sagte mir nicht, dass es dumm wäre, davor Angst zu haben. Stattdessen drückte er mich sanft. «Du wirst das schon schaffen.»

Ich mochte seine Zuversicht, selbst wenn ich sie nicht teilte. Ich versuchte, sie zusammen mit seiner Körperwärme durch meine Hautporen in mich aufzusaugen. Von den Hüften aufwärts war er immer noch nackt, aber es schien ihm überhaupt nicht kalt zu sein. «Habt ihr eine höhere Körpertemperatur als normal?», fragte ich neugierig. «Und hast du dein Hemd ausgelassen, weil es dir bequemer so ist, oder weil du möchtest, dass ich deine männliche Brust bewundere?»

«Ja, ja und nochmal ja – und wenn du es so siehst, ist es ja auch für dich ein Extra-Bonus.» Er hatte meine Fragen der Reihe nach beantwortet, dann meine Hand genommen und sie auf seinen Brustkorb gelegt. Ich spürte ihn gern und konnte nicht verhindern, dieses Gefühl mit der Berührung von Fell zu vergleichen.

«Das ist merkwürdig», sagte ich, ließ mich dadurch jedoch nicht davon abhalten, meine Hand auch über seinen Bauch gleiten zu lassen, wo ich seine Muskeln und Sehnen betastete. David war ein höchst appetitliches Beispiel eines männlichen Körpers, und es gab keinerlei Anzeichen dafür, dass er sich in irgendeiner Form von normalen Männern unterschied. Die Unterschiede mussten wohl unter der Haut liegen, dachte ich und begann zu frösteln.

«Dass ich kein Hemd anhabe?»

Ich lächelte und schüttelte den Kopf. «Nein. Merkwürdig ist, auf dem Schoß eines Werwolfs zu sitzen. Merkwürdig ist, dass ich dir in deiner einen Gestalt den Kopf gestreichelt habe und dass ich in deiner anderen Gestalt deine Zunge im Mund hatte. Wenn ich nicht selbst gesehen hätte, wie du dich verwandelst, würde ich es nicht glauben.»

Ich ließ meine Hand wieder aufwärtswandern, um seine Schulterlinie und die strammen Muskeln seiner Oberarme zu erforschen. Er hielt mich nicht davon ab, insofern fasste ich sein Schweigen als Zustimmung auf. Ihn zu berühren vermittelte mir auf merkwürdige Weise ein Gefühl der Sicherheit. So als ob ich damit die Dinge unter Kontrolle bekommen würde. Ob ich das morgen Nacht auch noch von mir sagen könnte? Oder würde ich dann nur noch meinem blinden Verlangen folgen?

«Ich wünschte, ich wäre nicht so», flüsterte ich. Mein Hals fühlte sich eng an, und ich schluckte immer wieder, um den Druck loszuwerden. «Wenn ich dich morgen berühre, werde ich nicht mehr wissen, ob ich es will oder ob es geschieht, weil meine innere Wölfin es verlangt.»

«Du *bist* die Wölfin.» Die Gewissheit in seiner Stimme ließ mich den Kopf heben und seinen Blick suchen. «Du willst, was du brauchst.»

«Bei dir hört sich das alles so einfach an.»

«Das ist es auch.» Davids Kopf senkte sich mir langsam ein Stückchen entgegen, wodurch ich viel Zeit hatte, mir zu überlegen, ob ich seinen Kuss annehmen oder ablehnen sollte. Ich beschloss, ihm auf halber Strecke entgegenzukommen.

KAPITEL 7

Seine Lippen bewegten sich auf meinen mit hitziger Gewissheit, so als ob es unausweichlich wäre, dass ich ihm nachgeben und mich öffnen würde. Und als genau das geschah, vertiefte er seinen Kuss, erforschte die inneren Bögen meiner geöffneten Lippen mit der Zungenspitze, bevor er sich hineinstürzte, um den ganzen Raum für sich zu beanspruchen. Er züngelte langsam vor und zurück, wobei er immer tiefer und kühner eindrang.

Als ich meine Zunge vorschnellen ließ, sie um seine

schlang und mit ihr vereinte, gab er einen tiefen, knurrenden Laut von sich. Seine Arme hielten mich jetzt noch fester, und ich registrierte vage, dass ich meine Finger in seinen Bizeps krallte. Was ihn nicht zu stören schien.

Das Geräusch einer sich öffnenden Tür drang wie aus weiter Ferne an mein Ohr, aber es irritierte mich nicht, bis ich spürte, wie sich das Sofa am anderen Ende senkte. Ich versuchte mich zu lösen, aber David hielt mich fest, während er mich mit einer Leidenschaft zu Ende küsste, die ausdrücken sollte, dass er sich nicht zu einem schnellen, unbefriedigenden Ende drängen ließ.

Als er schließlich den Kuss beendete und von meinem Mund abließ, fühlte ich mich benommen und atemlos. Ich drehte mich zu Zach um, von dem ich von Anfang an wusste, dass er es war, und fragte mich, wie ich wohl mit gerötetem Gesicht und von den Küssen eines anderen Mannes geschwollenen Lippen aussah.

Als Zach mich ansah, hatte ich das Gefühl, dass seine Augen dunkler waren, als ich sie in Erinnerung hatte, und ich konnte seinen Blick nicht recht entschlüsseln. Schweigend sah ich ihn an und fragte mich, ob er sich angesichts dieses kleinen Vorgeschmacks auf das, was morgen geschehen würde, genauso unwohl fühlte wie ich. Morgen würde er von mir sehr viel mehr sehen, als nur andere Männer zu küssen. Und er selbst wäre einer von ihnen. Bei diesem Gedanken bekam ich Bauchschmerzen, auch wenn es mich gleichzeitig neugierig machte. Bevor man mir so viel offenbart hatte, hatte der Wunsch, Zach noch einmal zu küssen, ganz oben auf meiner Liste gestanden. Jetzt war alles so kompliziert geworden.

«Kleine Übung für morgen?», fragte Zach.

Ich schüttelte den Kopf. «Eher das Gegenteil. Ich hatte einfach das Gefühl, etwas … Menschliches zu brauchen.» Eine kleine Geste. Einen Kuss oder eine Geste, die nicht durch einen biologischen Zustand hervorgerufen wurden oder durch eine grundlegende physische Verwandlung oder das Bedürfnis nach Lustgewinn. Die einfache menschliche Sehnsucht nach Berührung.

«Du wolltest, dass er dich etwas Menschliches spüren lässt.» Zach sah mich weiter an, und ich hatte den Eindruck, dass etwas in der Luft lag, eine gewisse Spannung. «Dann sollte ich dir vielleicht zeigen, wie es sich anfühlt, wenn du eins wirst mit dem Tier in dir.»

Mein Herz pochte fast schmerzhaft in meiner Brust. Ich erinnerte mich an den verzweifelten Drang, etwas zu tun, als David sich verwandelte. «Was ist, wenn ich es nicht schaffe?» Ich wusste nicht, wie man das macht, ein Wolf zu sein, wie man seine Gestalt verändert, wie man nach ihren Regeln lebt.

«Du kannst es.» David klang sehr sicher, als er mich hochhob und auf Zachs Schoß setzte. So, als ob er damit den Schwarzen Peter an ihn weitergab. «Sperr dich nicht dagegen, sonst machst du es dir unnötig schwer.»

Dann ging er, und ich musste mir auf die Zunge beißen, um ihn nicht zu bitten, noch zu bleiben. *Er wird wahrscheinlich noch was anderes zu tun haben, als die ganze Zeit auf mich aufzupassen,* sagte ich mir. Und was für ein Angsthase bin ich, wenn ich ihn nur deshalb zum Bleiben überreden wollte, damit er eine Art Puffer zwischen mir und dem Rudelführer bildete? Zach wollte mir also etwas zeigen. Hatte ich wirklich solche Angst davor, das Tier in mir zu erkennen?

«Du siehst so aus, als würdest du dich gegen eine ekelhafte Medizin sperren», murmelte Zach. Dabei klang er eher belustigt als beleidigt. Er ignorierte meinen vollkommen steifen und angespannten Zustand, während er mich in einer losen Umarmung hielt. «Du hast mich schon einmal geküsst.»

«Das war davor.» Bevor ich wusste, wer er war. Bevor ich wusste, was ich bin und warum er an mir interessiert ist. Bevor er mir gesagt hat, was mir bevorsteht. Bei dem Gedanken, mich hilflos inmitten einer erotisch aufgeladenen Männerrunde wiederzufinden, wich auch noch das letzte bisschen der warmen, sinnlichen Empfindungen, die David in mir ausgelöst hatte.

«Vor David.» In Zachs Stimme war ein harter Unterton, der mich wütend machte.

«Nein, du Arsch. Bevor du mir eröffnet hast, dass du vorhast, mich in den Mittelpunkt einer Orgie zu stellen, um herauszufinden, wer künftig die Ehre haben wird, mich regelmäßig mit seinem Knoten zu beglücken und gleichzeitig das Rudel zu führen.» Zu meinem Entsetzen versagte mir dabei fast die Stimme, und Tränen flossen mir aus den Augenwinkeln. «Ich will keinen Gefährten. Ich will nicht das Gastgeschenk auf eurer Sexparty sein. Ich will nicht alle aufgeben müssen, an denen mir etwas liegt, nur weil ich sonst vielleicht etwas tue, was ihnen schadet oder sie zur Zielscheibe für Werpanther oder streunende Werwölfe macht. Ich will keine –»

Die Litanei all dessen, was ich nicht wollte, wurde unterbrochen, als Zach mir einen Finger auf die Lippen legte. «Pssst.»

Ich verfiel in Schweigen, zitterte aber noch von dem Gefühlsausbruch, den ich zugelassen hatte und von dem ich nun nicht mehr wusste, wohin damit. Dann ersetzten seine Lippen seinen Finger und boten mir damit eine Möglichkeit, mich abzureagieren.

Die explosive Mischung aus Enttäuschung und Angst und dem Gefühl, eingesperrt zu sein, stieg noch einmal heftig in mir hoch und entlud sich dann in einem verzehrenden Kuss. Dabei verwandelte sie sich langsam, fast unmerklich in etwas, das nicht weniger heftig war, aber mir zeigte, dass es auch etwas gab, das ich mir wünschte. Und dieser glühende Wunsch wurde zu einem Schlüssel, mit dem Zach eine verborgene Tür öffnete.

Lust. Auf etwas Heißes, Wildes und Unbekanntes. Auf das Aufgestaute, Ungezähmte, das in meinem Blut kochte. Auf das Unbenannte und Unbekannte, das direkt unter meiner Haut lag, hungrig nach Berührung, ungestillt von dem Kuss, der jetzt gierig und fordernd geworden war. Mit jedem Zungenschlag nährte Zach die erwachende Kreatur in mir. Ich spürte, wie das Tier, das in mir verborgen war, immer weiter an die Oberfläche strebte und ihm nahe kam.

Ich ließ die Hände über seine Brust gleiten, weil ich mehr brauchte. Sein Hemd fühlte sich wie Seide an und schmeichelte meinen Fingern, während Zachs Wärme mich dazu verlockte, seine Haut und Muskeln zu erforschen. Ich zerrte an Knöpfen, merkte wie durch einen Nebel, dass sich seine Hände unter meinen Fleecepulli schoben, an den Seiten aufwärts bis zur Taille, was mir gefiel, aber nicht genügte.

Ein urzeitliches Verlangen stieg wie aus einer tief verborgenen Quelle in mir auf. Es floss voll und ganz in meinen Kuss, ich riss sein Hemd auf und ließ meine Finger flehend und fordernd zugleich über seine entblößte Haut gleiten.

Zach bewegte sich, sodass ich von seinem Schoß auf die Couch glitt, wo er sich auf mich legte, mich tief in die Polster drückte, sein Körper ein angenehmes Gewicht auf dem meinen. Aber immer noch brannte ich darauf, ihm näher zu kommen. Ungestilltes Verlangen brodelte in mir. Zu viel war noch zwischen uns, zu viel Stoff, und dann lag er auch noch in diesem verdammt ungünstigen Winkel auf mir …

Ich erstarrte, als mir klar wurde, wo ich gelandet war und wie schnell das geschehen war. Ich wollte ihn nackt, und ich wollte ihn in mir, dabei kannte ich ihn noch nicht einmal richtig.

«Was ist los? Hast du plötzlich Angst vor dem großen bösen Wolf?» Zachs Lippen spielten mit meinen. Zarte

Küsse, die streichelten und sich festsaugten und die nur aufhörten, um sofort wieder von Neuem zu beginnen.

«Ich hab keine Angst vor dir.» Ich bewegte meinen Mund im Einklang mit seinem, um den verführerischen Druck seiner Lippen auf meinen zu halten, doch vergeblich. Er lachte leise.

«Nicht? Dann muss es wohl was anderes sein.» Er nahm mit einer Hand mein Fleece-Shirt und schob es hoch. Einen Moment lang hielt ich die Luft an und überlegte, ob er es wohl so weit hochziehen würde, bis meine Brüste sichtbar wurden. Dabei verfluchte ich mich, dass ich heute morgen einen Sport-BH angezogen hatte statt einen glänzenden mit Spitze, der ihm den Mund wässerig machen würde. «Vielleicht befürchtest du ja, ich könnte nicht gut im Bett sein.»

Der spöttische Unterton in seiner Stimme machte mir Lust, ihm mitten in seine eitle Männlichkeit zu treten, aber damit würde ich mir ja nur selbst schaden. Ich wollte doch seine Leistungsfähigkeit nicht beeinträchtigen. Oder etwa doch? «Wer sagt denn, dass ich etwas über deine Qualitäten herausfinden möchte?»

Dieser Satz hätte natürlich weitaus überzeugender geklungen, wenn ich dabei nicht keuchend und bebend unter ihm gelegen hätte, unschlüssig, ob ich ihm sofort die Hose vom Leib reißen sollte oder nicht.

«Jedenfalls habe ich vor, dich so lange zu erregen, bis du nicht länger widerstehen kannst und es am eigenen Leib erfahren möchtest», meinte Zach. Er zog meinen Pulli noch höher und streichelte mit der Fingerspitze über die untere Wölbung meines BHs. «Aber fürs Erste habe ich noch ein anderes Ziel.»

Jetzt reichte es aber. Ich sollte ihm *wirklich* eine verpassen. Doch dann glitt ein Finger in meinen BH und ließ eine Woge heißen Entzückens über meinen Busen rieseln, und ich überlegte es mir anders. «Ziel?», konnte ich gerade noch herausbringen, bevor ich meine Fähigkeit zu sprechen einbüßte.

«Hmmm.» Er ließ seine Hände unter mich gleiten, hob mich gerade so weit an, dass er den Verschluss öffnen konnte, und legte mich dann wieder ab, ohne dass der BH noch im Weg war. «Ich möchte dir zeigen, was du bist, und dass es nichts gibt, wovor du Angst haben müsstest.»

Sollte er wirklich ein Ziel haben, war es, mich um den Verstand zu bringen. Warum zog er mir nicht einfach den Pullover und den BH aus, füllte seine geöffneten Hände mit dem, was so gern berührt werden wollte?

Aber Zach schien entschlossen, es langsam angehen zu lassen. In Anbetracht der Tatsache, dass ich am liebsten ein für mich ganz untypisches Tempo vorgelegt hätte, wertete dies ein Teil meines Gehirns als etwas Gutes. Mir lief ein Schauer des Entsetzens über den Rücken. Wollte ich wirklich so sein? Ein kopfloses, triebgesteuertes Wesen, ohne Rücksicht auf die Folgen?

«Nein», flüsterte ich.

«Doch.» Wieder küsste mich Zach, leicht, sanft, langsam, so als ob er alle Zeit der Welt hätte und zufrieden damit wäre, nichts anderes als das zu tun, was er gerade tat. «Du kannst der Wölfin in dir vertrauen, Chandra. Du hast verlässliche Instinkte.»

«Warum hat mich mein Instinkt dann nicht vor dir gewarnt?», murmelte ich an seinem Mund.

«Hat er ja. Du hast sofort gewusst, dass du auf mich Acht geben musst, als ich deinen Laden betrat.» Wieder küsste er mich, diesmal heftiger. «Du hattest dir schon überlegt, wie du mich ausschaltest, wenn ich versuchen sollte, dir etwas zu tun.»

Das entlockte mir eine verlegene Reaktion, halb Lachen, halb Seufzen. «Nein, das hatte ich nicht. Mir war klar, dass du mir kräftemäßig überlegen bist, also plante ich meine Flucht.»

«Und was sagt dein Instinkt dir jetzt?» Zach leckte meinen Mundwinkel und ließ eine Hand über meinen Brustkorb wandern, um mich zu necken und zu verführen.

«Er sagt mir, dass du mir nicht absichtlich wehtun wirst», gab ich zurück, und merkte, wie mich die ungewohnte Mischung aus Angst und Begehren deutlicher werden ließ, als ich eigentlich vorgehabt hatte. «Aber ich denke, du wirst es trotzdem tun.»

«Hart.» Zach zog sich ein Stück zurück, setzte sich aufrecht hin und zog mir das Sweatshirt über den Kopf. Er ließ den BH so, dass er mich gerade noch bedeckte, aber er hing lose und war offen, und wir beide wussten, wie leicht er ihn beiseiteschieben konnte, wenn er an das wollte, was darunter lag.

«Das finde ich nicht.» Ich sah zu ihm auf, verwirrt von den Gefühlen, die er in mir aufgewühlt hatte. «Ich denke, du handelst in bester Absicht, aber nicht notwendigerweise zu meinem Besten.»

«Du bist, was du bist, Chandra.» Zach sah mir tief in die Augen, während seine Hände weiter nach oben wanderten, unter meinen BH, wo er meine Brüste mit seinen Handflächen bedeckte und sanft drückte. «Ich habe dich nicht dazu gemacht, aber ich habe vor, dich dazu zu bringen, es zu akzeptieren. Du kannst nicht gegen dich selbst kämpfen, nicht, wenn die Metamorphose so kurz bevorsteht.»

«Ich mag es, wenn du mir unanständige Sachen erzählst.» Ich kniff meine Augen zusammen, wütend, dass er mich so intim berührte, meine Brüste liebkoste und mit den Fingerspitzen über meine Brustwarzen streichelte, so, als ob er das Recht dazu hätte. Das Recht, meinen Körper zu locken, mich winden zu lassen, nur auf ihn zu reagieren, während er sein eigenes Ding machte und ganz klar wusste, was dabei meine Rolle war.

«Glaubst du, ich habe Lust, jetzt über diese Dinge zu

reden?» Seine Augen wurden fast schwarz, und sein Griff wurde fest und fordernd. «Glaubst du nicht, ich würde dich nicht viel lieber sofort ausziehen und dich nackt unter mir spüren?»

«Oh …» Ich leckte mir über die Unterlippe, plötzlich fast ängstlich, das zu bekommen, was ich doch gewollt hatte, und das schien er mit einem Blick erfasst zu haben. Im nächsten Moment hatte er sich wieder meiner Lippen bemächtigt, verzehrend, wild, und seine Zunge drang tief in mich ein, heiß und süß, doch irgendwie auch geheimnisvoll und bedrohlich. Wenn er wollte, könnte er mich nehmen, hier und jetzt, und ich würde mich nicht wehren.

Aber ich war noch nicht so weit, selbst wenn mir das mein Körper signalisierte. Das wusste auch er und nahm das Tempo raus, zügelte seine Hände und Lippen und hielt mich einfach nur liebevoll im Arm. Ich lag ganz still, bis auf die Erschütterungen, die das Begehren und die Angst in mir auslösten. Mein Atem ging stoßweise, mein Herzschlag war so laut, dass ich meinte, sein Echo im Raum zu hören.

«Das ist es, wovor ich Angst habe», sagte ich schließlich in das Schweigen hinein. «Ich habe dich in mir gewünscht, obwohl ich dich weder kenne, noch einen Gefährten will und sowieso nicht weiß, ob ich bereit bin, die Konsequenzen zu tragen.»

«Du kennst mich besser als du denkst.» Zach spielte mit meinen Brustwarzen, eine leichte, wie selbstverständlich wirkende Berührung, lustvoll, ohne fordernd zu wirken. «Du weißt, ich würde nie weiter gehen, als du es selbst willst.»

Ich zuckte mit den Achseln, und diese Bewegung bewirkte, dass seine Hände mich auf irritierende Weise berührten. «Mag sein, aber du liegst immerhin auf mir.»

«Wenn es dir unangenehm ist, kann ich das ändern.» Er

nahm seine Hände fort, zu meiner Enttäuschung ebenso wie zu meiner Erleichterung, setzte sich auf und zog mich dann zurück auf seinen Schoß. Ich bemerkte, dass er nicht gesagt hatte, das Sweatshirt wieder anzuziehen. Stattdessen zog er mir den baumelnden BH ganz aus und setzte meine Brüste seinem Blick aus. Und den gönnte er sich, ausgiebig und lange, während seine Hände meinen Oberkörper erforschten, ihn streichelten und überall berührten.

Mir fehlte sein Gewicht, das mich in die Polster gedrückt hatte, und allein deshalb war es gut, dass wir unsere Position gewechselt hatten. Wenn er seine Hände in meine Hose geschoben hätte statt in meinen BH, wüsste er jetzt ganz genau, was er bei mir ausgelöst hatte. Bestimmt wusste er es ohnehin. Ich wand mich vor Unbehagen, wenn ich bloß daran dachte. Wie konnte man einem Werwolf irgendetwas verheimlichen? Geschärfte Sinneswahrnehmungen, genaue Beobachtung, wahrscheinlich sah er genau, wie sich meine Haut vor Erregung rötete, und fing den Duft aus der Luft auf.

«Hör auf», murmelte Zach. «Wenn du dich weiter so auf meinem Schoß windest, hast du die Folgen selbst zu verantworten. Meine Selbstbeherrschung hat Grenzen.»

«Oh. Entschuldigung.» Ich saß still, mehr aus Angst, ihm wehzutun, als zu sehen, wie er die Beherrschung verlor. «Reine Nervosität», fügte ich erklärend hinzu.

«Niemand wird uns stören.» Zach küsste mich auf die Schläfe und zog mich so eng an sich, dass meine nackte Haut seine berührte und die sanften Rundungen meiner nackten Brüste sich durch sein geöffnetes Hemd an seinen starken, warmen Brustkorb schmiegten.

«Das ist ein weiteres Thema.» Ich küsste die Wölbung seiner Schulter, da sie gerade in meiner Reichweite war. «Werden sie denn wirklich alle zusehen? Werde ich mich in aller Öffentlichkeit zur Schlampe machen, meine Beine für jeden spreizen, der möchte? Das wäre mir im Eifer des Gefechts vielleicht noch egal, aber wie sollte ich mich am nächsten Tag noch im Spiegel ansehen können? Wie werdet ihr miteinander weiterleben können, wo doch jeder von euch alles von den körperlichen Exzessen der anderen wissen wird?»

Zach nahm mein Kinn und hob es so weit an, bis er mir direkt ins Gesicht sah. «Wie können wir dir das nur begreiflich machen? Ich will dich. David will dich auch. Wir alle wollen dich. Wir sind ein Rudel, Chandra, alle sind irgendwie eins. Und du gehörst zu uns. Wir fühlen uns zu dir hingezogen, weil du zu uns gehörst, uns treibt es dazu, dich zu beschützen und für dich zu sorgen und, ja, dir Lust zu bereiten, soweit und in welcher Form du es möchtest.»

«Ich wette, dass ich sehr viel zulassen werde», seufzte ich. «Schau mich doch an. Du kommst rein, und ich knutsche mit David. Jetzt sitze ich halbnackt auf deinem Schoß, und ich habe keinen Gedanken daran verschwendet, vielleicht Davids Gefühle verletzt zu haben, während ich unter dir lag.»

Er drückte mich kurz. «Machst du dir Gedanken wegen der Eifersucht? Niemand wird dich dafür verurteilen, was du tust, wenn zum ersten Mal die Wölfin in dir zum Vorschein kommt. Die Brunft erleichtert die Metamorphose. Solltest du am Ende mich wählen, würde ich dir niemals vorhalten, was du mit den anderen getan hast. Du brauchst das, und außerdem ist es eine Frage der Gerechtigkeit. Jeder von uns will die Chance haben, derjenige zu sein, für den du dich entscheidest.»

Nicht alle, dachte ich und erinnerte mich an Davids Worte. Er hatte gesagt, er wolle gar nicht neuer Wolfskönig werden, und ich hatte ihm geglaubt. Er hatte die Ausstrahlung eines einsamen Wolfs. Eine Frau würde nicht zu seiner Art passen. Und ebenso wenig die Verantwortung für das ganze Rudel. «Vorhin hast du aber schon eifersüchtig gewirkt», hob ich hervor.

«Ich bin nicht vollkommen.» Zach strich über meinen Rücken, was mich trotz des heiklen Themas entspannte. «Aber es war nicht die Tatsache, dass du David geküsst hast, die mich gestört hat. Es war die Art, wie du dich von mir abgewendet hast. Und das lag ja wohl kaum an ihm, oder?»

«Es ist nicht sicher, dass ich mich für dich entscheiden werde», grollte ich. «Ich wollte nicht, dass du dir falsche Hoffnungen machst.»

«Dass du in alle Richtungen offen bleibst ist alles, was wir erwarten.»

Wie fair das klang. Und wie unfair es sich anfühlte.

KAPITEL 8

Ich kuschelte mich in Zachs Schoß und fragte mich, warum ich mich nicht einfach fallenlassen und den Augenblick genießen konnte.

Was kann man an dieser Situation nicht genießen? Du hast deinen eigenen Harem, sagte ich zu mir selbst. Es munterte mich nicht auf. Aus irgendeinem Grund fühlte es sich nicht so an, als ob sie dazu da wären, mir Vergnügen zu bereiten, sondern mehr, als sei ich etwas, das sie untereinander herumzureichen gedachten.

Ich seufzte unglücklich. «Viele Mädchen fänden das toll», sagte ich zu Zach.

«Du könntest es auch toll finden, wenn du endlich aufhören würdest, davor Angst zu haben.» Zach schob mich auf seinem Schoß ein kleines Stück zur Seite und ließ mich dann auf die Armlehne des Sofas sinken.

Dieser Stellungswechsel streckte meinen Oberkörper und stellte meine Brüste offen zur Schau. Ihm schien das zu gefallen, weshalb er sich eine ganze Weile damit begnügte, sich das ihm bietende Bild einfach nur anzuschauen, statt mich zu berühren. Was natürlich die Hitze und erwartungsvolle Anspannung steigen ließ, je länger es sich hinzog. Bis meine Haut sich angespannt und gerötet anfühlte und meine Brustwarzen zu spitzen Knospen wurden, die um Aufmerksamkeit bettelten. «Ein bisschen magst du es ja vielleicht doch», fügte Zach hinzu und warf mir einen wissenden Blick zu.

«Ich glaube, ich könnte vielleicht doch Blut lecken», murmelte ich. Und dann begann dieses Wort in meinem Kopf zu vibrieren, ließ mich blitzartig in eine Phantasie eintauchen, in der sich Zachs Mund leckend und saugend über meine Brustwarze schloss. Mein Unterleib zog sich lustvoll zusammen. Da hatte ich mit meiner Wortwahl aber etwas Dummes angerichtet, oder etwas Gutes, je nachdem, wie man es betrachtete.

Ich schüttelte den Kopf, um den Lustschleier abzuschütteln, der sich über mich gelegt hatte, und bedeckte mit den Händen meine Brüste. «Können wir eine Pause machen? Ich weiß schon nicht mehr, was ich rede.»

«Pause heißt, dass du später weitermachen möchtest.» Zach warf mir ein träges, aufreizendes Lächeln zu, das seine Augen bernsteinfarben glänzen ließ.

«Und das gefällt dir?» Das hätte ich zwar kaum noch fragen müssen, aber ich tat es trotzdem. Möglicherweise hatte aber auch die Hitze, die dadurch entstand, dass ich mit einem Werwolf flirtete, mit dem ich momentan noch nicht die Absicht hatte zu schlafen, bereits ein paar Schaltkreise in meinem Gehirn durchbrennen lassen.

«Ja. Ich bin hier noch nicht fertig. Ich habe sie ja bislang kaum gesehen.» Er starrte anzüglich auf meine Hände, denen es kaum gelang, meine Brüste wirklich zu bedecken.

«Wir haben uns auch gerade erst kennengelernt», betonte ich. «Da solltest du sie überhaupt noch nicht gesehen haben.»

«Und doch habe ich sie gesehen und berührt.» Er legte seine Hände auf meine und strich dabei wie aus Versehen über meinen Busen. «Wenn dich das gestört haben sollte, frage ich mich, warum du dich dann so unter mir gewunden und dieses leise Stöhnen von dir gegeben hast. Nichts davon hat wie ‹nein› geklungen.»

Ich errötete tief, von Kopf bis Fuß, wie das bei Rothaarigen häufig so ist. Vergeblich begann ich nach meinem Sweatshirt zu suchen, um sowohl meine Brüste als auch den peinlichen purpurroten Hauch auf meiner Haut darunter zu verstecken. «Na gut, dann hab ich eben keine Kontrolle über mich. Aber was ist mit meinem Pulli passiert?»

«Den habe ich dir ausgezogen.» Zachs locker witzige Art irritierte mich, besonders, weil sie ihn noch erotischer klingen ließ.

Ich kletterte von seinem Schoß herunter und wandte ihm den Rücken zu, während ich meinen Fleecepulli überzog. Meine Brustwarzen waren steif und rieben an dem Stoff, während sich meine Brüste locker und ohne den BH sehr frei anfühlten.

Ich drehte mich wieder um und verschränkte die Arme vor der Brust. Mein Blick ruhte auf Zach, insbesondere auf dem sehr attraktiven Anblick, den er mir mit seinen leicht geöffneten Schenkeln und dem Seidenhemd, das seine muskulöse Brust und seinen flachen Bauch einzurahmen schien, bot. «Könntest du bitte deine Knöpfe zumachen?»

«Bringe ich dich etwa aus dem Konzept?» Er zog eine Augenbraue hoch, da er meine Antwort offenbar längst kannte. Na gut, es war mir egal, wenn das so offensichtlich war, aber bedecken musste er sich auf jeden Fall, sonst wäre mein Mund gleich so mit ihm beschäftigt, dass ich nicht mehr reden könnte, und ich bezweifelte, dass ich dann noch irgendetwas von dem hörte, was er sagen würde, da mein Blut schon jetzt laut zu rauschen begann.

«Ja.» Das klang flehender, als ich beabsichtigt hatte. Zach begann, seine Knöpfe zu schließen, aber er beeilte sich nicht dabei. Ich biss die Zähne zusammen und wartete darauf, dass er fertig wurde. «Vielen Dank.»

Einladend klopfte er auf seinen Schoß. Ich schüttelte den Kopf und setzte mich auf einen Stuhl. Das war sicherer. Er runzelte die Stirn, und sein offensichtlicher Unmut traf mich sehr viel stärker, als ich erwartet hatte.

«Setz dich zu mir. Ich werde dir schon nichts tun.»

Sein Befehlston schien bei mir fast zwangsläufig die beabsichtigte Reaktion hervorzurufen. Ich stand auf und setzte mich neben ihn. Ich ließ ein bisschen Abstand zwischen ihm und mir, aber die Tatsache, dass ich ihm gehorcht hatte, schockierte mich. Das merkte man meinem Gesichtsausdruck und meiner Stimme an.

«Alpha ist also nicht nur ein Titel.»

«Nein. Und das hast du auch bereits gewusst.»

Ich nickte. «Deshalb könntest du mich auch dazu bringen, mich für dich zu entscheiden», sagte ich und formulierte damit eine meiner Ängste.

«Das kann man dann ja wohl kaum noch eine Entscheidung nennen, oder?» Zach sah mich finster an und beugte sich zu mir, um mir eine Hand auf die Wange zu legen. «Ich hätte dich gleich hier auf dem Sofa nehmen können, obgleich wir beide wussten, dass du noch nicht bereit warst. Aber dich dazu zu bringen, dich auszuziehen, macht mich noch lange nicht zu deinem Gefährten.»

Ich kniff die Augen zusammen, da ich das Gefühl hatte, irgendetwas nicht richtig mitbekommen zu haben. Das bemerkte Zach und meinte: «Dein Herz muss entscheiden, nicht deine Hormone. Der Akt des Beischlafs bedeutet noch nicht, dass damit deine Entscheidung für einen Gefährten gefallen ist. Nicht dass das ein schlechter Anfang wäre, aber es ist nicht der Geschlechtsakt, durch den deine Wahl erfolgt. Du könntest sogar mit jedem von uns schlafen und dich dann für keinen von uns entscheiden.»

Wieder kniff ich die Augen zusammen und warf ihm einen ungläubigen Blick zu. «Mit jedem? Was glaubst du wohl, wie viel ich aushalte?»

Er verzog sein Gesicht zu einem Lächeln. «Ich habe ja nicht gesagt, du solltest, sondern nur, dass du könntest.»

Ich räusperte mich. «Aha. Sex zwingt mich also nicht dazu, eine bestimmte Entscheidung zu treffen. Wenn ich dir oder einem anderen nicht widerstehen kann, bedeutet das nicht, dass ich für den Rest meines Lebens mit den Folgen leben muss.»

«Nun, du wirst für den Rest deines Lebens mit den Erinnerungen daran leben müssen.» Zachs Finger spielten in meinem Haar und zogen spaßhaft daran. «Ich werde jedenfalls mein Bestes tun, dass du sie niemals vergessen wirst.»

«Nun gut, klar, Erinnerungen sind Folgen, und hoffentlich werden es schöne Erinnerungen sein.» Ein Gedanke überkam mich: «Und was ist mit anderen Folgen? Ich nehme zwar die Pille, aber wirkt die auch bei Werwölfen?»

Zach hielt inne. «Diese Frage hat sich früheren Generationen nicht gestellt. Und andere Gestaltwandler haben uns leider noch nicht an ihren Erfahrungen teilhaben lassen. Was ich dir sagen kann, ist, dass Kondome aufgrund unseres Körperbaus nicht wirksam sind. Aber das ist normalerweise kein Problem, da wir gegen menschliche Krankheiten immun sind.»

Keine Kondome. Man sah meinem Gesicht an, dass ich diese Neuigkeit erst einmal verdauen musste. Zach ließ eine Hand durch mein Haar gleiten und fragte: «Ist der Gedanke für dich denn wirklich so schwer zu ertragen?»

Ich atmete aus. «Ich finde es besser, nur einen Mann zu haben, statt wahllos in der Gegend rumzuvögeln.»

Dann lieber gar nicht. Ein alles andere als befriedigendes Experiment im College hatte mich von der Vorstellung befreit, ich hätte während der Highschool etwas verpasst, wo ich jeden Kerl abgewiesen hatte. Ich hatte zwar nicht darauf gewartet, dass mich jemand heiraten wollte, aber auf irgendetwas muss ich wohl doch gewartet haben. *Irgendwas mit Biss*, überlegte ich und sah Zach an.

«Du bist doch nicht untreu, solange du weder eine Wahl getroffen, noch ein Versprechen abgegeben hast, und es ist ja auch nicht so, dass nicht jeder von uns Bescheid weiß. Du würdest ja niemanden heimlich betrügen.»

Ich stöhnte und verbarg mein Gesicht in seinem Hemd. «Ich bin doch keine Zirkusakrobatin in einer Manege. Ich will gar nicht daran denken, dass ihr alle zusehen werdet, wenn ich mit jedem von euch die intimsten Dinge mache.»

«Ist das wirklich so?» Seine Stimme wurde weicher, und er fuhr mir beruhigend über die Wirbelsäule. «Es macht dich nicht mal ein kleines bisschen an, wenn du dir vorstellst, wie du selbst im Mittelpunkt der Aufmerksamkeit stehst? Dir vorstellst, dass ich dich küsse und streichele, während David dich leckt?»

Mein ganzer Körper zog sich zusammen, und ich glaubte, mein Herz müsste stehenbleiben, als ich kurz versuchte, mir das Szenario vorzustellen. Wie Zachs vorwitziger Mund meinen eroberte, während David mit seinem anderes Terrain erforschte. Wie Zachs geschickte Zunge zwischen meine Lippen glitt, während gleichzeitig David die nassen Falten meines Geschlechts in Besitz nahm. Um ein Haar hätte ich angefangen zu wimmern.

«Vielleicht ein ganz kleines bisschen.» Meine Stimme klang abgehackt.

«Es ist nicht schlimm zu genießen.» Er sprach leise,

aber er brachte seine Akzeptanz klar und deutlich zum Ausdruck. «Und du wirst uns brauchen.»

Ich biss mir auf die Lippen. «Werde ich das? Oder wird es dabei nur um meinen Körper gehen?»

Zach veränderte unsere Positionen so, dass wir einander gegenüberlagen. Ich lag zwischen ihm und der Rückenlehne, und er schirmte mich mit seinem Körper nach vorn ab. So fühlte ich mich sicher und geborgen und hatte das Gefühl, er würde mich beschützen und nicht einengen.

«Du kannst dein Ich nicht von deinem Körper trennen.» Seine braunen Augen schimmerten besorgt, während er mich forschend ansah. «Von keinem deiner Körper. Willst du wirklich ausprobieren, was passiert, wenn du deine Seele und deine Emotionen von deinem Körper trennst? Das ist nicht gesund. Sex ist nichts Traumatisches, vor dem du dein Inneres in Schutz nehmen musst.»

Er überraschte mich. «Du scheinst ja mehr als nur äußerliche Qualitäten zu haben.»

Sein Mund berührte meinen kurz, nur einmal, ganz leicht und weich, bevor er den Satz wiederholte, der auch das Motto seiner Rudelführung sein könnte: «Alpha ist eben nicht bloß ein Titel.»

Ich rückte ein bisschen näher, um ihm zu zeigen, dass ich mir mehr Berührung, mehr Nähe wünschte. Zach schob sein Knie zwischen meine Beine, und ich gab mich dem intimen Druck seines Schenkels hin, der meine sanft öffnete. Vielleicht konnte ich mir selbst und auch meinem Körper ja wirklich vertrauen. Vielmehr meinen beiden Körpern; dem, den ich kannte, und dem, den ich gerade zu entdecken begann. «Ich fange an, das zu begreifen.»

Ich kuschelte mich an ihn und gestand mir selbst, dass ich es mochte, wie wir unsere Körper aneinanderrieben, ohne dass es dabei wirklich um Sex ging. Nun, vielleicht ging es ein ganz kleines bisschen um Sex. Aber hauptsächlich ging es um Wärme, um Nähe und um Sicherheit, und darum, sich wohlzufühlen. Mich so zu fühlen, als ob ich zu jemandem gehörte. Als ob ich nach Hause zurückgekehrt sei. Das überraschte mich, und Zach spürte die Veränderung in meinem Körper.

«Probleme?»

«Nein, ich bin nur überrascht.» Ich schlang meine Arme um seine Taille und drückte ihn, wobei ich das Gefühl hatte, einen kühnen Schritt zu tun. «Es fühlt sich gut an.»

«Gut», wiederholte Zach mit einer Stimme, die vor männlicher Selbstzufriedenheit strotzte.

«Nein, ich meine, wirklich richtig.» Ich suchte nach Worten, um es ihm zu erklären. «Noch nie hat es sich richtig angefühlt. Das Einander-nahe-Sein. Mit David hat es sich auch richtig angefühlt.»

«Wir sind ein Rudel.» Zach küsste mich sanft. «Alles ist gut und richtig. Du gehörst zu uns. Deine Sinne erkennen uns, selbst wenn deine menschlichen Sinne die Botschaft nicht interpretieren können.»

Rudel, überlegte ich. *War das ein anderes Wort für Zuhause?*

«Vertrau dir», flüsterte er und küsste mich dabei direkt unter dem Ohr auf einen Punkt, der mich erbeben ließ. «Vertrau dir selbst, du weißt, was richtig ist, und hast die richtigen Instinkte. Richte dich nach deinem Gefühl und tu, was dir guttut. Dein Bauchgefühl wird dich niemals anlügen.»

«Und als Nächstes wirst du mir dann erzählen, ich solle dir trauen», grummelte ich.

Zach schüttelte den Kopf. «Da nützen keine Worte. Da hilft nur eines.» Er setzte sich auf und zog sein Hemd über den Kopf. Dann entkleidete er mich. Ich ließ ihn, wobei mein Herz raste und ich die Bestimmtheit jeder seiner Bewegungen spürte. Als er anfing, mir das Höschen auszuziehen, ergriff mich Panik und ich schnappte nach dem Stoff, um ihn dort zu halten, wo er war.

«Ich kann dich auch kommen lassen, wenn du es anbehältst», sagte Zach, während er seine Hände noch auf dem dünnen Stoff hatte, der das Einzige war, das mich von der totalen Nacktheit trennte.

Ich wusste nicht, was ich sagen sollte, also suchte ich seine Lippen, und dann sagte für eine Weile keiner von uns beiden etwas. Er drückte mich in die Sofapolster. Sein nackter Brustkorb ruhte auf meinen Brüsten, und sein Gewicht und seine Leidenschaft erregten mich. Er schob sein Bein zwischen meine Schenkel, ließ dann eine Hand in mein Höschen gleiten. Ich keuchte bei dieser intimen Berührung. Er verschluckte den Laut und suchte die feste Knospe meiner Klitoris. Das Gefühl, wie seine Fingerspitze über diesen Punkt strich, hätte mir den Atem geraubt, wenn sein Kuss das nicht bereits getan hätte.

Zachs Zunge schlang sich um meine. Sein Körper drängte sich gegen meinen, während sein Finger noch tiefer rutschte, mich öffnete und von einer feuchten Höhle willkommen geheißen wurde, in die er eindrang.

Es war ein Vorgeschmack auf das, was noch kommen sollte. Morgen würde ich ihn wieder auf mir spüren, ohne Kleidung zwischen uns. Wenn seine Hand sich zwischen meine Beine vortastete, würde sie seinem Schwanz den Weg weisen. Diese Gewissheit ließ mich stoßweise atmen. Er schob einen zweiten Finger in mich, dann einen dritten und massierte meinen Kitzler mit dem Finger.

Der Druck auf meine Klitoris, zusammen mit den Empfindungen, die seine Finger in mir auslösten, wenn sie sich in mich hinein- und wieder herausbewegten, fühlten sich unbeschreiblich an. Meine Hüften kreisten, stachelten ihn an. Seine Brust rieb sich an meinen Brüsten, erregte meine Brustwarzen, als er sich auf mich legte.

Ich spürte, wie mein Rücken sich krümmte, als die Spannung erst plötzlich steil anstieg, um sich gleich darauf zu entladen. Ich kam mit einem wilden Aufbäumen, während sein Mund mich verzehrte und er mir mit einer Hand in meinem Höschen zeigte, wie leicht er mich kommen lassen konnte.

Ich wehrte mich nicht, als er mein Höschen auszog, um sich dann hinzuknien, meine Schenkel auseinanderzudrücken und meine freigelegte Möse mit seiner Zunge zu bearbeiten. Er schmeckte mich, lutschte an meinem Kitzler, bis meine Hüften sich in einem stummen Flehen nach mehr aufbäumten, begrub schließlich seine Zunge in mir, stieß sie hinein und zog sie wieder raus. Ich war durch den Orgasmus eher sensibilisiert als befriedigt, und seine Zunge ließ mich einem zweiten Höhepunkt entgegentreiben.

«Zach.» Ich vergrub meine Finger in seinen Haaren und versuchte, mich ihm noch weiter zu öffnen. Er bedeckte mit einer Hand meine Brust, während er die zweite genau oberhalb meines Schamhügels platzierte, damit sein Finger meine Klitoris erreichen konnte. Er eroberte meine Möse mit seinem Mund und seiner Zunge, fuhr mit den Händen spielerisch über meinen Körper und hörte nicht auf, bevor er nicht das letzte Quäntchen Lust aus mir herausgekitzelt hatte.

Anschließend lagen wir auf der Seite, sahen uns an, mit verschlungenen Beinen. Ich verschränkte meine Finger mit seinen und konzentrierte mich darauf, meinen Herzschlag zu verlangsamen.

«Das gefällt mir», murmelte Zach und drückte meine Hand fester.

Mir auch, dachte ich belustigt. Händchen halten. Nächstens werde ich noch Herzchen um seinen Namen malen.

«Zach.»

«Hmmm.»

«Ich habe Fragen.»

Er rückte dichter an mich heran. «Du willst vermutlich

nicht wissen, wie schnell ich die Strecke von diesem Sofa bis zu deinem Bett zurücklegen kann.»

Ich widerstand der Versuchung, loszulachen. «Nein.»

Er zog unsere Hände zu sich und küsste meine Fingerknöchel. Ich versuchte, nicht kribbelig zu werden und weiche Knie zu bekommen, aber ich schmolz doch dahin. «Frag mich, was du willst.»

«Wie bist du zum Alpha-Mann geworden?» Ich hielt den Atem an und hoffte, damit nicht ein schmerzhaftes Thema angeschnitten zu haben, aber ich hatte natürlich auch ein ganz persönliches Interesse an der Antwort. Ich wollte wissen, wie gefährlich es war, Wolfskönig zu sein.

«Mein Vater dachte, es wäre nicht richtig, jemanden, der nicht einmal halb so alt wäre wie er, ein Leben lang an sich zu binden. Er dachte, eine neue Königin würde auch einen neuen König brauchen. Er hielt das Rudel so lange zusammen, bis ich alt genug war, die Führung zu übernehmen. Dann trat er offiziell zurück, um seinen Ruhestand zu genießen.»

Also kam die Königsrolle nicht automatisch einem Todesurteil gleich. Gut zu wissen. «Ich habe Freunde und Familie außerhalb des Rudels. Wie werde ich das alles miteinander in Einklang bringen?»

«Zuallererst: Verabrede dich niemals mit ihnen bei Vollmond», meinte Zach. «Vermeide es einfach. Mach Alternativvorschläge; erzähl ihnen, du gehörtest zu einem Hexenkult, bei dem das wichtige religiöse Feiertage seien, falls du es erklären musst.»

Ich hatte auch schon erwogen, meinen Adoptiveltern einfach zu erzählen, ich sei in eine Wohngemeinschaft nur mit Männern gezogen, entschied mich aber dann, es so lange wie möglich hinauszuzögern.

«Also denkst du, es kann klappen?»

«Alles kann klappen, wenn es nötig ist.»

Er klang so überzeugend, dass ich ihm fast glaubte.

KAPITEL 9

Einige Stunden später schaute ich mich in einem hohen Spiegel an, der an der Tür zu meinem begehbaren Kleiderschrank hing. Cinderella ging zum Ball, und die gute Fee hatte ihr gerade rechtzeitig noch etwas zum Anziehen gebracht.

In diesem Fall war die gute Fee eine Internet-Boutique gewesen, und gebracht hatte das Paket ein Kurier. Das Abendessen war ein wichtiges Ereignis, nämlich meine offizielle Begrüßung und Vorstellung innerhalb des Rudels. Zach hatte um angemessene Kleidung gebeten und gab mir meine neue Kreditkarte, bevor er ging, um sich anderen Geschäften zu widmen.

Ich hatte mich für ein tannengrünes, enges Samtkleid entschieden, schulterfrei und ohne Ärmel, das bis zu den Knöcheln reichte und sich an meinen Körper schmiegte, wobei es hinten einen Schlitz hatte, damit ich überhaupt laufen konnte.

Flache Schuhe waren mir als praktische Wahl erschienen, da man nie weiß, ob man sich mal schnell bewegen muss, und bei High Heels verliere ich immer schnell das Gleichgewicht. Eine glänzende, hautfarbene Strumpfhose und seidene Shorts in der Farbe meines Kleides rundeten die Sache ab. Das Kleid selbst war im Mieder eng genug, um genügend Halt zu bieten, sodass ich gar nicht erst versucht hatte, einen passenden halterlosen BH zu finden, der nicht hervorblitzen würde. Bei einem solchen formellen Anlass schickt es sich nun mal nicht, seine Unterwäsche zu zeigen.

Im Bad hatte ich eine Dusche genommen und entdeckt, dass der Schrank gefüllt war mit einer Auswahl natürlicher Seifen, Shampoo und Pflegespülung, die meine Nase nicht reizen würden. Ich ließ die Spülung extra lange einwirken, damit mein dunkelrotes Haar besonders glatt und glänzend sein würde. Gut durchgebürstet sah es aus wie eine schimmernde Kopfbedeckung. Mein kurzer Haarschnitt und das ärmellose, schmal geschnittene Kleid betonten meinen entblößten Nacken. Vielleicht war ich aber auch nur nervös, weil ich einem Wolfsrudel meinen Hals zeigen würde.

Ich bemühte mich, so gut wie irgend möglich auszusehen. Ich musste selbst zugeben, dass mir das gelungen war, als ich noch einmal den Samt über meinen Hüften glatt strich. *Sei mutig. Es ist doch bloß ein Abendessen.*

Richtig. Ich reckte meine Schultern und verließ mein Zimmer, ging zurück bis ins Treppenhaus und hinunter ins Erdgeschoss. Nur wusste ich, als ich unten angekommen war, nicht einmal mehr, wo das Esszimmer war. Ich konnte mich nicht erinnern, auf dem Weg vom Wintergarten zur Küche daran vorbeigekommen zu sein, also entschloss ich mich, meiner Nase und meinen Ohren zu folgen.

Leise Stimmen verrieten mir, dass ich offenbar in die richtige Richtung ging. Ich fand eine geöffnete Tür und sah hinein, bevor ich den Raum betrat. Und dann wollte ich eigentlich nur noch dort stehen bleiben und das Bild genießen, das sich mir bot.

Die Jungs hatten sich schick gemacht. Niemals zuvor hatte ich außerhalb eines Schulabschlussballs oder einer Hochzeitsgesellschaft so viele Fräcke auf einmal gesehen. Sie alle sahen gut aus in ihren schwarzen Anzügen, frisch gestärkten, weißen Hemden und schwarzen Fliegen. Sogar David. David vielleicht ganz besonders, da er, mit Ausnahme des förmlichen Fracks, den er so korrekt trug wie eine Uniform, am wenigsten zivilisiert wirkte.

Obwohl eigentlich alle ein ganz klein wenig unzivilisiert aussahen, wenn man hinter die polierte Fassade sah. Es lag eine Stimmung in der Luft, bei der ich mich fragte, ob sie vielleicht eher irgendwelche munteren Kabbeleien austrugen als die Sitzordnung festlegten.

Zach sah in der festlichen Kleidung genauso gut aus, wie ich es erwartet hatte, der James Bond unter den Werwölfen, stilsicher und gewandt. Er schien sich im Anzug ebenso wohlzufühlen wie in dem Harley-T-Shirt und der Jeans, in denen ich ihm beim ersten Mal gesehen hatte. Wahrscheinlich war es bei ihm selbst auch dann noch so, wenn er gar nichts mehr anhatte.

Ich stellte fest, dass ich ihn mir nackt vorstellte, und genau in diesem Moment sah er auf und erwischte mich dabei, wie ich ihn beobachtete. Ich befürchtete, er könne meine Gedanken lesen, und spürte, wie mein Gesicht zu glühen begann. Aber so rot, wie ich geworden war, brauchte er das eigentlich gar nicht mehr.

Er kam durch den Raum auf mich zu und bot mir seinen Arm an. Ich warf ihm einen belustigten Blick zu, während ich seinen Arm nahm. Bei unserer letzten Begegnung hatte er mich ausgezogen und geleckt. Und jetzt wollte er sich plötzlich tadellos benehmen?

Nur für meine Ohren bestimmt flüsterte er mir zu: «Hübsches Kleid.»

«Danke», gab ich gefasst zurück.

In hörbarer Lautstärke sagte Zach jetzt: «Vielen Dank, dass du unserer Einladung gefolgt bist, Chandra.»

Ich schickte ein Lächeln in die Runde und sagte etwas Unverbindliches wie *«sehr erfreut, vielen Dank für eure Einladung»*. Dann führte Zach mich herum und stellte mich, bei David beginnend, offiziell vor. David nahm meine Hand und küsste sie mit großer Ernsthaftigkeit. Dabei sahen mich seine grauen Augen mit einem Ausdruck an, der verriet, dass er eigentlich gerne etwas ganz anderes tun würde.

Ich schluckte, während wir dort standen und er meinen Handrücken mit seinen Lippen sacht berührte. Es kam mir vor wie eine Ewigkeit. Ich fragte mich, wie zum Teufel das bloße Aussehen eines Menschen und eine höfliche, in aller Öffentlichkeit stattfindende Geste nur so sinnlich sein konnten. Er gab meine Hand frei und trat zurück, bevor ich anfing zu keuchen.

Ich bin verloren, dachte ich, und lächelte tapfer weiter, während Zach seine Vorstellung entlang der Rudel-Hierarchie fortsetzte. Den rothaarigen Jack und den blonden Matt kannte ich bereits. Beide warfen mir ein schurkisches Lächeln zu, drehten meine Hand um und küssten mich erst in die Handfläche und dann auf die Stelle am Handgelenk, an der mein Puls zu spüren war.

Ihre sanften Lippen fühlten sich außergewöhnlich erregend an, und ich kniff angesichts des Stromschlags, der durch meine Nerven zuckte, kurz die Augen zusammen. Jack grinste und zwinkerte mir über meine Hand hinweg zu. Ich grinste zurück, da es schlicht unmöglich war, ihn zu ignorieren. Das Defilee ging weiter, Begrüßungen und Willkommensbekundungen, Namen, die ich mir in Verbindung mit den dazugehörigen Gesichtern zu merken versuchte, während sie mich mit ihren besten Manieren fast unmerklich zu verführen suchten.

Als Letzter kam Will dran, der Jüngste, und ich überlegte, ob er wohl der Omega-Wolf sei. Wenn es so war, schienen sie nicht wirklich auf ihm herumzuhacken. Im Gegenteil, ich hatte eher den Eindruck, dass die anderen ihn als ihren Schützling behandelten, und Zach warf ihm einen zufriedenen Blick zu, als er meine Hand mit gekonnter Geste küsste.

Er richtete sich auf und lächelte mich an. Eine braune Locke rutschte ihm in die Stirn, die in entwaffnendem Kontrast zu der männlichen Entschlossenheit stand, die mir aus seinen schokoladenbraunen Augen entgegensah. Angesichts dieses Blickes fragte ich mich, welche Stelle meines Körper Will wohl als Nächstes am liebsten küssen würde. Dieser abschweifende Gedanke ließ mir eine Hitze ins Gesicht steigen, die mir die Wangen rötete. Als er das bemerkte, wurde Wills Lächeln noch breiter, aber er ließ mich los und trat einen Schritt zurück.

Zach führte mich zum Tisch, und ich hatte alle Mühe, dabei nicht über meine eigenen Füße zu stolpern. Das tat schon mein Herz, das hektisch und viel zu heftig schlug. Die Luft im Raum schien vor gespannter Erwartung fast zu summen, aber vielleicht war das auch ganz normal, wenn ein vollständiges Rudel so eng zusammen war. Wie zur Antwort hörte ich ein Summen in mir selbst und erkannte, dass sich die Wölfin in mir darauf freute, zum Spielen rausgelassen zu werden.

Zach setzte mich an das Tischende und nahm seinen Platz am Kopf der Tafel ein. Die anderen verteilten sich auf die Plätze dazwischen. David hatte sich ausbedungen, zu meiner Rechten zu sitzen. Ich denke, die Bedeutung unserer Sitzordnung konnte niemandem verborgen bleiben. Dabei fragte ich mich, wie ich den ersten Gang überstehen würde, ohne die Fassung zu verlieren, wenn sich unsere Augen zu oft begegnen würden. *Vergiss es nicht. Schau einfach nicht rüber.*

Männliche Stimmen um mich herum, die angefangene Gespräche fortsetzten. Ich hatte den Eindruck, dass sie sich miteinander und mit sich selbst wohlfühlten, und damit, dass ich jetzt hier war. Haltung und Stimmlage, die unbefangenen Blicke und das entspannte Lächeln, alles schien darauf hinzudeuten.

Ich spürte David ganz deutlich neben mir. Meine Lippen brannten noch von seinem letzten Kuss, den er mir gegeben hatte, der meinen Mund fast verschlang, während Zach zusah, und den er nur beendet hatte, um mich auf Zachs Schoß abzusetzen.

Aber da waren auch noch die anderen. Ich ließ meinen Blick über den Tisch wandern und spulte vor meinem inneren Auge noch einmal die Vorstellungsrunde ab. Ich hatte keinen Augenblick gezögert, jeden zu berühren. Ich hatte keinen Augenblick den Wunsch verspürt, meine Hand zurückzuziehen, war nicht verspannt gewesen, als jeder Einzelne von ihnen sie nahm und küsste.

Vielleicht lag es nur daran, dass ich niemals zuvor unter meinesgleichen gewesen war und jetzt plötzlich den Schritt von der Hungersnot zum üppigen Gelage tat, aber ich mochte sie wirklich. Sie gefielen mir, alle.

Ja, und vielleicht bist du auch einfach nur kurz davor, läufig zu werden, und versuchst, diesen Zustand schönzureden.

Ich hörte auf, mit meinem Wasserglas zu spielen, und hob mein Weinglas. Da Zach ohne Zweifel einen guten Tropfen auf Lager hatte, neigte ich das Glas ein wenig. Keine Frage, dieser Rote hatte Körper. Das Bouquet strömte in meine Nase, ein köstliches Vorspiel, und als ich den Wein dann probierte, hätte ich beinahe die Augen geschlossen und vor Lust geseufzt.

«Gefällt es dir?», fragte mich Nathan, der Wolf zu meiner Linken.

«Ich esse mit elf hinreißenden Männern zu Abend. Was daran könnte mir nicht gefallen?»

«Du findest uns hinreißend?» Er grinste mich an, und ich bemerkte ein neckendes Aufblitzen in seinen Augen.

«Ja. Ihr Jungs setzt schon ganz schön hohe Maßstäbe. Ich musste mein halbes Monatsgehalt für dieses Kleid hinblättern, um gegen euch nicht abzufallen.» Mit einer Geste deutete ich auf die Männergesellschaft in ihrer atemberaubend festlichen Garderobe.

«Es hat sich gelohnt. Und du kannst es dir ja jetzt leisten», meinte Zach vom anderen Ende des Tisches. Seine Augen leuchteten in bernsteinfarbenem Begehren und offener Bewunderung.

«Wo ich jetzt einen wesentlich besseren Job habe als den, den du mir geraten hast zu kündigen», gab ich zurück. Ich schüttelte den Kopf fast unmerklich, da ich das Gefühl hatte, dass da etwas über meinen Kopf hinweg entschieden worden war. Aber andererseits, wenn das Einkaufszentrum wirklich auf dem Gebiet der Panther lag und David mit seiner Vermutung recht hatte, dass sie sich rüsteten, das geteilte Wolfsrudel zu einer Kraftprobe herauszufordern, konnte eine Kündigung gar nicht früh genug kommen.

«Vielleicht beruhigen sich die Panther ja wieder, wenn du nicht mehr in ihrem Revier bist», meinte Nathan.

Ich riskierte einen Blick auf David. «Glaubst du wirklich, ich hätte die Eskalation bewirkt?»

«Nein. Du hast doch erst seit ein paar Monaten dort gearbeitet. Die ganze Sache ist schon viel älter.»

«Was ist mit den Wölfen, die das Rudel verlassen haben?» Ich nippte an meinem Wein, um das Schaudern zu vertreiben, das mich packte, wenn ich an den Mörder meines leiblichen Vaters dachte.

«Sie haben sich immer in sicherer Entfernung gehalten, aber wir wissen, dass sie die Gegend nicht verlassen haben. Ray ist von Zeit zu Zeit immer mal wieder irgendwo gesichtet worden.» Davids tonlose Stimme zeigte mir, wie wenig ihm diese Situation passte.

Auch mir gefiel sie nicht. Auf der einen Seite abtrünnig gewordene Werwölfe, auf der anderen Seite aggressive Werpanther. Und dass Ray sich zeigte, kam mir vor wie eine Provokation oder Warnung.

Das Gespräch über die Geschichte des Rudels ließ mich über Davids Vergangenheit nachdenken. «Bist du hier aufgewachsen?», fragte ich und deutete mit einer Handbewegung an, dass ich damit dieses Haus hier meinte.

«Nein, ich habe bei meiner Mutter gelebt. Mein Vater war ein Neuri. Sie haben sich getrennt, bevor ich geboren wurde. Er wusste nichts von mir, und sie wusste nicht, was er war.»

Das erklärte, warum er und Zach aus verschiedenen Welten zu kommen schienen. «Warum bist du zu den Marines gegangen?»

Er zeigte die Zähne, indem er mit parodistischem Talent ein grimmiges Lächeln zur Schau stellte. «Ich hatte eine Menge Aggressionen.»

«Du musst der Traum eines jeden Rekrutierungsoffiziers gewesen sein», murmelte ich. «Wie ist es dir bloß gelungen, während deiner Militärzeit unentdeckt zu bleiben?»

«Ich hab mich ganz früh freiwillig gemeldet. Hab ein falsches Alter angegeben und hatte schon fast die vier Jahre hinter mir, als Zach mich gefunden hat und ich gleichzeitig begriff, dass ich bei Vollmond nicht länger als ganz normaler Mensch durchgehen würde.»

«Du wusstest also auch nicht, wer du wirklich warst, bis du erwachsen warst.» Das überraschte mich. «Ich wusste ja gar nicht, dass wir so viel gemeinsam haben.»

Statt einer Antwort streckte David die Hand aus und streichelte mir über die Wange. Mir blieb fast das Herz stehen. Wieder begegnete ich seinem Blick. Das Feuer darin hätte die Antarktis in eine Wüste verwandeln können. Es sprang förmlich aus seinen Augen in meine und breitete sich in mir aus, beginnend in meiner Magengrube und sich von da an ausbreitend. Ein langsames Brennen, das meine Muskeln kraftlos werden ließ und mir das Gefühl vermittelte, lüstern zu sein. Reif.

Meine Lider senken sich, meine Lippen öffneten sich, und ich begann, etwas schneller zu atmen, während ich mich ihm kaum merklich entgegenlehnte. Einladend. Er ließ einen Finger über meinen Wangenknochen gleiten, zog eine Linie bis hinunter zu meinem Mund, berührte meine weiche, geschwungene Unterlippe. Mit den Zähnen schnappte ich nach seinem Daumen.

«Was für große Zähne du hast.»

Seine Anspielung auf das Märchen ließ mich zwinkern

und zerstreute das sinnliche Brennen zwischen uns. «Die habe ich, damit ich mein Abendessen besser essen kann», antwortete ich und schenkte dem Essen die Aufmerksamkeit, die es verdiente.

KAPITEL 10

Nathan sorgte dafür, dass mein Weinglas immer gut gefüllt war, und es wurde langsam ein angenehm beschwingter Abend.

Als zwischendurch die Gespräche einmal etwas abebbten, stand Zach auf, und alle Augen richteten sich auf ihn. Meine eingeschlossen. Natürlich waren sie während des Abendessens immer mal wieder zu ihm hinübergewandert. Es war wirklich interessant, dem Blick eines Mannes zu begegnen, den du hitzig geküsst hast, wenn ein langer Esstisch und eine Menge Leute dazwischen sind.

Jetzt suchte und fasste Zach meinen Blick. Ein leises Lächeln spielte um seine Lippen, und ich fragte mich, was er wohl vorhatte. «Es ist Zeit», sagte er.

Womit offenbar alle außer mir etwas anzufangen wussten. Alle standen auf. Ich folgte nur einen Augenblick später. Ich wollte David noch fragen, was das alles zu bedeuten hatte, aber in dieser Situation wäre es wohl als ein Zeichen schlechter Manieren gewesen, wenn ich Zach unterbrochen hätte. Er war der Alpha-Mann. Und so wartete ich auf Aufklärung.

Zach kam herüber und stellte sich neben mich. Wie eine Einladung streckte er mir seinen angewinkelten Arm entgegen. Ich nahm ihn und ging, wohin er mich führte. Bloß gut, dass ich flache Schuhe trug, dachte ich, als ich an das nie leer werdende Weinglas dachte, das ich so genossen hatte. Es wäre mir total peinlich gewesen, zu stolpern, während mir das Rudel folgte, das uns folgte.

So nah bei Zach zu sein, fachte die Glut wieder an, die er vorhin glimmend zurückgelassen hatte, und es gefiel mir gut, einen Vorwand zu haben, ihn zu berühren. Es war nicht viel, nur meine Hand auf seinem Arm, aber es erinnerte mich daran, wie meine Hände seine nackte Haut gestreichelt hatten. Und er mich. Ich schob den Gedanken schnell beiseite, um nicht doch noch zu stolpern, flache Schuhe oder nicht.

«Wo gehen wir hin?», fragte ich.

«Raus.»

«Könntest du das ein bisschen näher erläutern?»

«Nach draußen.» Ich hörte die Andeutung eines Lachens in seiner Stimme. «Du kannst meine Jacke anziehen.»

«Da draußen ist es aber dunkel.» Was wollten wir da bloß, durch die Gegend stolpern und über die niedrigen Hecken stürzen?

«So ist das nun mal nachts.» Er senkte seinen Kopf zu mir herab. «Angst?»

«Davor, mit einem Wolfsrudel blind im Dunkeln spazieren zu gehen? Ach was.» Trotzdem war es so, wenn auch nur ein bisschen, und es ließ meinen Puls in die Höhe schnellen.

Wir kamen in den Wintergarten, und Zach blieb stehen, um das Jackett auszuziehen und es mir um die Schultern zu legen. Er ließ sich Zeit, strich den Stoff über meinen Armen glatt, streifte meine Brüste, als er die Revers vorn zusammenzog.

Diese verstohlenen Zärtlichkeiten, ausgetauscht vor allen anderen, aber dennoch vor ihren Blicken verborgen, ließen mein Herz höher schlagen. Ein leichter Kitzel, dass man uns dabei sehen könnte. Und ich wollte wirklich nicht wissen, wie ich mich fühlen würde, wenn es ausgerechnet David wäre, der uns dabei beobachtete.

Und wie würde er wohl reagieren? Ich wusste es nicht. Hatte keine Idee. Keinen blassen Schimmer. Zu blöd, dass es für solche Situationen keine Anleitung gibt.

«Du hast ja Angst.» Zach hielt inne, die Hände immer noch an den Jackenaufschlägen.

«Aber nicht vor der Dunkelheit.» Nur vor den dunklen Dingen in mir, die raus wollten.

«Hast du etwa Angst vor mir?» Zachs Gesicht wurde plötzlich ernst, sein Blick verdunkelte sich.

«Nein.» Ich rückte ein bisschen näher an ihn heran und rieb den Kopf an seinem Kinn. «Vielleicht ein bisschen. Mir hat das etwas zu gut gefallen.»

«Was meinst du mit *das*?» Seine Händen strichen wieder über die Wölbungen meiner Brüste, und mein Atem stockte.

«Hör auf damit.» Aber die Art, wie ich mich an ihn schmiegte, drückte das Gegenteil aus.

«Ich werde mich benehmen», meinte Zach, indem er mir einen Arm um die Hüfte legte und mich aus der Tür geleitete. Wir gingen in die Nacht hinaus, die von Myriaden von Sternen und dem beinahe vollen Mond erhellt wurde. Das Rudel blieb in einer lockeren Gruppe zusammen.

«Für einen Spaziergang sind wir aber alle ein bisschen zu schick angezogen», bemerkte ich.

«Wir gehen nicht weit.»

Wir spazierten bis zu dem großen Brunnen, und ich stellte fest, dass er mittlerweile angeschaltet worden war. Außerdem war er beleuchtet, was ich bei Tage nicht bemerkt hatte. Der sanfte Lichtschein und das Murmeln des herabrieselnden Wassers erzeugte eine romantische und phantastische Atmosphäre. Musik aus verborgenen Lautsprechern tat ein Übriges, um meine Stimmung zu verstärken.

«Darf ich bitten?» Zach drehte sich zu mir.

«Hier?» Mit einer knappen Handbewegung deutete ich auf den Platz, auf dem wir standen.

«Ja, hier.» Er ließ die Hände auf meinen Rücken gleiten, leicht auf die untere Wölbung meiner Wirbelsäule drückend, um mich enger an sich zu ziehen.

Ich kam in seine Arme, und wir begannen einen langsamen Tanz. Ich legte meine Wange an seine Schulter und gab mich ganz dem Augenblick hin. Ich war noch niemals zuvor so romantisch umworben worden. Mondschein und Musik, die frische Nachtluft, durch die die einschläfernde Wirkung des Weins wie weggeblasen war, die verführerische Reibung von Zachs Körper gegen meinen.

Das Stück war beendet. Zachs Lippen streiften meinen Scheitel. «Danke schön.»

Dann gab er mich an David weiter, und mein Kopf begann sich zu drehen, als ich mich in seinen Armen wiederfand. Seine Hände legten sich auf meine Hüften, besitzergreifend, sicher, stark. Wie benebelt bewegte ich meine Füße, während ich Mühe hatte, mich dem schnellen Partnerwechsel anzupassen. Er bewegte sich anmutig und beherrscht, aber in seinen Bewegungen lag etwas ganz Besonderes, das mich erregte, so als ob unter einer nur dünnen Schicht von Zivilisiertheit bereits der wilde Jäger zum Vorschein kam.

Mit ihm zu tanzen löste in mir hungriges Verlangen aus. Ich bewegte meinen Körper in Einklang mit seinem, spürte, wie sich seine Hände eng um meine Hüften schmiegten und wie er mich immer enger an sich zog. Ich atmete immer schneller durch halbgeöffnete Lippen, und gerade, als ich dachte, er würde mich küssen, ließ er mich gehen. Und schon wieder hatte ich einen neuen Partner.

Ich hatte den Eindruck, dass sie mich um den Verstand bringen wollten. Jack allerdings wollte mich herumwirbeln und brachte mich mit seinen Possen zum Lachen.

Matt überraschte mich mit einem Tango, und als ich

protestieren wollte, weil ich keinen Tango tanzen kann, meinte er: «Folge einfach deinem Partner», und schaffte es irgendwie. Er zeigte mir die Schrittfolgen, und am Ende lag mein Rücken an seiner Brust, und er hielt mich sanft und locker, was sich so verführerisch anfühlte, dass ich fast meine Zunge verschluckt hätte.

Als ich mich schließlich bis zu Will durchgetanzt hatte, war ich dankbar, dass ich mich zu ganz simplen Tanzschritten einfach von ihm führen lassen konnte. Und während wir uns gemeinsam im Takt bewegten, fiel mir auf, dass Tanzen ein guter Weg ist, Hemmungen behutsam abzubauen, dass es mir erlaubte, zwanglos Tuchfühlung aufzunehmen, mich an den Geruch eines jeden von ihnen zu gewöhnen und daran, wie sie sich anfühlten, ohne vor irgendetwas Angst haben zu müssen. Schließlich ging es ja nur um Tanzen. Aber morgen Abend würde mehr geschehen, und dann wäre alles einfacher, weil ich schon mit allen gesprochen, gelacht, gegessen und getanzt hatte.

Ich wusste nicht, ob ich dankbar sein oder mich manipuliert fühlen sollte. Das Nachdenken überforderte meine Konzentration, und ich trat Will auf die Zehen.

«Tut mir leid.» Ich blieb stehen und verharrte in seiner Umarmung. «Ich glaube, ich habe mich ziemlich verausgabt.»

«Möchtest du dich setzen?» Will zeigte auf eine Bank vor dem Brunnen.

«Gern.» Ich ging darauf zu und ließ mich niedersinken. Das Rudel war gegangen, und ich witterte die Gelegenheit, mal einen Moment für mich zu haben. «Würde es dir etwas ausmachen, mir ein Glas Saft oder so zu besorgen? Ich hab das Gefühl, mein Energiepegel ist ziemlich in den Keller gerutscht.»

«Hast du dich übernommen?»

«Es geht mir gut. Ich muss mich nur mal einen Moment ausruhen.» Ich lächelte ihm aufmunternd zu. Ich stützte mich mit den Ellbogen auf den Knien ab und ließ mich seufzend nach vorne sinken. Jetzt, wo ich mich nicht mehr bewegte, wurde mir ein bisschen schwindelig. Ich beobachtete einen Grashalm neben meinem Fuß, der zu wachsen schien, um dann wieder kleiner zu werden, kniff die Augen zusammen und hoffte, dass ich nicht wieder ohnmächtig werden würde. *Komm bloß schnell wieder, Will.*

Ich sah mich um, um festzustellen, wo die anderen geblieben waren. Sie mussten ganz in der Nähe sein, aber ich konnte keine Schatten erkennen, die sich im Dunkeln bewegten. Ein Geräusch neben mir ließ mich den Kopf zur Seite drehen, die Hand schon ausgestreckt nach dem Getränk, das Will mir bringen würde. Aber es war nicht Will, der sich mir näherte. Selbst im Dunkeln erkannte ich den großen Mann vom Parkplatz vor dem Einkaufszentrum wieder, entweder Wilson oder Miguel. Er hatte sich ja nicht vorgestellt.

Ich versuchte noch, mich in Abwehrposition zu bringen, aber es war schon zu spät. Er hatte mich in einem unaufmerksamen Augenblick erwischt und nutzte die Angriffsfläche aus, die ich ihm bot, indem er meinen Arm mit festem Griff packte. Zusammengekrümmt zu sitzen ist zwar eine schlechte Ausgangsposition, wenn man sich verteidigen will, aber ich zielte mit meiner Ferse auf sein Knie und trat fest zu. Die Krafteinwirkung von fünf Pfund reicht, um ein Knie einknicken zu lassen. Such dir die verletzlichen Stellen aus; sieh zu, dass du ihn irgendwie ausschaltest.

Mein freier Ellbogen war schon auf dem Weg zwischen seine Beine, aber er wehrte mich ab und zwang mich noch weiter nach unten. Wenn er mich erst mal auf dem Boden hatte, würde ich es verdammt schwer haben, mich zu befreien. Deshalb warf ich meinen Kopf nach hinten und traf sein Kinn mit einem dumpfen Schlag. Er ließ ein bisschen locker. Ich entwand mich ihm und schaffte es, meine Hände zu einem Doppelhammer zu vereinen, mit dem ich ihm seitlich einen Schlag gegen den Kiefer verpassen wollte. Selbst ein mieser Werpanther müsste doch für einen Augenblick außer Gefecht zu setzen sein, wenn es mir gelänge, seinen Kiefer auszurenken.

Er wehrte mich erneut ab, indem er sich so schnell bewegte, dass sein Bild vor meinen Augen verschwamm, und dann traf mich seine Faust an der Schläfe, bevor ich ihn abblocken oder ausweichen konnte, und dann gingen bei mir die Lichter aus.

Ich öffnete meine Augen, als ich eine enorme Erschütterung spürte, und musste feststellen, dass ich wie ein Sack kopfüber auf der Schulter meines Entführers hing. Wir waren noch immer im Freien, und ich sah die Sterne durch das Blätterdach leuchten. Er rannte mit mir durch den Wald, den man vom Garten aus sehen konnte. Ich hatte den Eindruck, nur ein paar Augenblicke lang bewusstlos gewesen zu sein. Wir waren also immer noch auf Wolfsterritorium. Und bestimmt würde das Rudel kommen. Aber wie schnell? Hatte überhaupt schon jemand bemerkt, dass ich weg war?

Ich kannte noch einen Griff, der den Werpanther wahrscheinlich außer Gefecht setzen würde; ein Griff, der für Menschen tödlich sein kann. Leider würde ich dafür an seinen Hals kommen müssen, und dafür befand ich mich im falschen Winkel. Tatsächlich waren meine Möglichkeiten hier hinten ziemlich begrenzt, da ich ihn ja noch nicht einmal in die Nieren schlagen konnte. Was bedeutete, dass ich mich in eine bessere Position bringen musste.

Denk nicht bloß drüber nach, sondern tu was. Ich richtete mich auf und verlagerte mein Gewicht mit aller Kraft nach hinten. Dadurch überraschte ich ihn und zwang ihn so, sich auf seine Balance zu konzentrieren. Und in diesem Moment hatte ich die richtige Position und nutzte meine Chance. Meine Handkante erwischte seine Luftröhre, und ich versuchte nicht einmal, den Schlag zu bremsen. *Führe den Angriff ins Ziel.*

Er ließ mich los und sackte auf die Knie. Ich trat so fest wie ich konnte gegen seine Schläfe, und er brach zusammen. Ich nahm mir nicht die Zeit, festzustellen, ob mein Gegner tatsächlich außer Gefecht gesetzt war. Schließlich war auch Davids Kiefer im Nu wieder geheilt. Deshalb rannte ich fort, aber wohin? Ich kannte mich weder im Wald aus, noch wusste ich, wie ich zum Haus zurückfinden sollte.

Ich horchte auf Geräusche, beispielsweise auf eine Gruppe von Werwölfen, die mich retten wollten, aber über das laut in meinen Ohren rauschende Blut hinweg konnte ich kaum etwas hören, und meine Schuhe stießen ständig an Äste und Steine, während ich so schnell rannte, wie mein Kleid es mir erlaubte.

Dieses blinde Wegrennen hatte nur den einen Vorteil, dass es den Abstand zwischen mir und meinem Verfolger vergrößerte. Ich würde einen sicheren Ort suchen, um mich erst mal zu orientieren. Doch noch bevor ich einen solchen entdeckt hatte, trat mir ein Mann in den Weg, und ich krachte mit vollem Tempo in ihn hinein.

Der Aufprall schien ihn kaum zu berühren, aber ich taumelte ein ganzes Stück zurück. Ich starrte ihn an und versuchte zu verstehen, wer es war. Ein Jäger? Nachts, auf einem Privatgrundstück? Er sah eher aus wie der Förster aus Rotkäppchen und der böse Wolf.

«Du hast mir gar keine Gelegenheit gegeben, dich zu retten.» Er klang gleichermaßen vorwurfsvoll wie enttäuscht, während er mich sofort auffing, und mich an seine Brust drückte. «Ich wäre so gerne schneidig und imponierend aufgetreten. Dir sollten die Sinne schwinden bei meinem Erscheinen.»

Ich kniff die Augen zusammen. Freund? Feind? Jedenfalls kein Wolf. Allerdings machte er auch keinen menschlichen Eindruck. Er roch so grün wie der Wald.

«Der hat dir aber ganz schön eins verpasst. Ich konnte mich gar nicht schnell genug verwandeln, um es zu verhindern. Tut mir leid.» Er hielt mich in einem Arm, während er mit sanften Fingern über die Seite meines Kopfes strich, die den Schlag abbekommen hatte.

«Verwandeln?»

«Ich war der bezaubernde Grashalm, den du gesehen hast, kurz bevor unsere hübsche Party ein jähes Ende nahm.»

Also der, der gewachsen und dann wieder geschrumpft ist, sodass ich dachte, ich würde gleich wieder ohnmächtig werden. «Also bist du, na ja, der Rasen?»

Er lachte, ein heller, klingelnder Ton. «Ich bin der Leshii. Herr des Waldes und Freund der Wölfe. Ich kann so klein sein wie ein Grashalm, oder so groß, wie du mich jetzt siehst.»

«Das muss ja eine Katastrophe in Sachen Garderobe sein.» Ich fühlte mich benommen und außer Atem, zittrig und erschöpft. Vielleicht war all dies hier nur eine Halluzination, und gleich würde ich auf der Gartenbank wieder zu mir kommen, während Will versuchte, mir Eisenhut einzuflößen, und David mit mir schimpfte, weil ich es schon wieder übertrieben hatte.

«Es macht Spaß», meinte der Leshii mit fröhlicher Stimme. «Und jetzt werde ich dich trotzdem retten. Du wirst dich sonst noch verlaufen.»

«Danke.»

Sein Streicheln bewirkte, dass mir schwindlig wurde. Nur für einen Moment schloss ich die Augen. Als ich sie wieder öffnete, saß ich auf der Bank, Will beugte sich über mich und sah besorgt aus, weiter weg hörte ich laute Rufe. Ich sah mich um, konnte aber keine Spur mehr vom Herrn des Waldes entdecken, oder wer auch immer das gewesen war. Vielleicht hatte er sich wieder dem Rasen angepasst.

«Ein Panther hat mich mitgenommen», erzählte ich

Will. «Ich hab ihn im Wald zurückgelassen. Mehr hab ich nicht mitbekommen.»

Er nickte und rief den anderen etwas zu, was ich nicht verstehen konnte. «Sie werden ihn schon finden», versprach Will. «Kannst du laufen?»

Wie schlimm sah ich wohl aus? Wahrscheinlich wollte ich das gar nicht wissen. Ich nickte und bereute es augenblicklich, denn ich begann, schwarze Kreise zu sehen, und es fing an in meinem Kopf zu hämmern. «Mit etwas Hilfe», fügte ich hinzu und stützte mich auf ihn, als er mich aufrichtete.

Wir, oder besser gesagt, ich wankte hinein, und er war so nett, mich zu begleiten.

Wir begegneten einem kreidebleichen Jack, der meinen anderen Arm nahm. Seine Berührung war wie ein angenehmer Wärmeschauer. «Du siehst aber gar nicht gut aus», sagte er.

«Da solltest du erst mal den anderen sehen.» In meinem Magen machte sich ein taubes Gefühl breit. Und wenn ich ihn nun umgebracht hatte?

«Ich hoffe, ich werde ihn bald zu Gesicht bekommen.» Jack klang wütend. «Einfach hierherzukommen. Dich mitzunehmen. Will ist fast verrückt geworden, als er zurückkam, dich nicht mehr fand, sondern überall nur die Witterung von Panthern.»

Das Ganze konnte also nicht sehr lange gedauert haben, dachte ich benommen. Andererseits war ich währenddessen zweimal bewusstlos geworden. Und hatte mit einem Grashalm gesprochen. Hatte ich das geträumt? Mein Kopf tat weh, und ich hörte auf, darüber nachzudenken. Es war schon anstrengend genug, einen Fuß vor den anderen zu setzen, um durch den Flur, die Treppen hinauf bis in mein Zimmer zu kommen.

Jack hob mich aufs Sofa. Er strich über meine Stirn, und ich bemerkte, wie heiß sich seine Hand anfühlte, aber da es meine Kopfschmerzen linderte, beklagte ich mich nicht. Dann durchsuchten die beiden Männer alle Räume, wahrscheinlich um sicherzugehen, dass niemand außer uns hier war. Als sie zurückkamen sah ich, dass Will eine weiche Wolldecke mitgebracht hatte.

«Willst du mich jetzt zudecken und einkuscheln?»

«Ja.» Er schüttelte sie aus und breitete sie über mich, zog mir dann die Schuhe aus und deckte auch noch meine Füße zu. «Wir haben überall nachgesehen, es ist niemand da. Wenn du möchtest, kannst du also beruhigt die Augen zumachen.»

Als ob ich schlafen könnte, wenn um mich herum dieses Chaos tobte. Aber trotzdem fielen mir die Augen zu, und ich merkte, wie müde ich war. Nur konnte ich mich nicht richtig entspannen, wenn ich weiterhin wachsam sein musste. «Kann einer von euch bleiben, bis Zach zurück ist?»

«Wir werden nicht von deiner Seite weichen, selbst wenn du uns loswerden willst.»

Darauf wäre ich nicht im Traum gekommen. Der graue Nebel der Erschöpfung breitete sich über mich. Als ich darunter wieder zum Vorschein kam, war Zach da. Ich war zutiefst, vollkommen und schrecklich froh, ihn zu sehen, so als ob allein seine Gegenwart alles wieder gut werden lassen würde. Und ich handelte, ohne nachzudenken, als ich ihn umarmte und meinen Mund auf seinen drückte.

KAPITEL 11

Ich behaupte, dass ich wieder zu mir kam, nachdem ich ihm auf den Schoß geklettert war und ihn so lange geküsst hatte, bis die Sauerstoffversorgung ein echtes Problem darstellte. Aber eigentlich war es Zach, der sich irgendwann so weit von mir löste, dass er mir zumindest in die Augen sehen konnte.

«Wie fühlst du dich?»

Ich ging alles der Reihe nach durch. «Kopfschmerzen. Muskelkater. Klapprig.»

«Magst du reden?»

Ich nickte, und als mein Kopf nicht gleich gegen die schmerzende Bewegung protestierte, nahm ich das als Zeichen der Besserung zur Kenntnis.

Jack und Will waren verschwunden, wahrscheinlich während Zach und ich miteinander beschäftigt waren. Zach saß auf dem Sofa und hielt mich auf dem Schoß, ließ immer wieder seine Hand über mich gleiten, so als ob er sich selbst davon überzeugen wollte, dass ich tatsächlich ganz heil war. «Erzähl mir, was passiert ist.»

Ich erzählte ihm von dem Angriff des Werpanthers, aber zögerte zunächst, den Leshii zu erwähnen. Würde das nicht zu verrückt klingen? Nicht seltsamer als ein Werpanther, der entschlossen ist, jemanden zu entführen, dachte ich und fuhr mutig fort. «Dann tauchte ein Kerl auf, der aussah wie eine Art Förster und der sich selbst als Herrn des Waldes bezeichnete. Er behauptete, ich hätte mich verlaufen, und er brachte mich zurück. Und das war's auch schon.»

«Das war's auch schon», wiederholte Zach mit ausdrucksloser Stimme. «Seit dem Tod deines Vaters und seit Ray das Rudel gespalten hat, hat sich der Leshii nicht mehr gezeigt. Jetzt taucht er wegen dir wieder auf, und alles, was du zu sagen hast, ist ‹das war's auch schon›?»

Ich zuckte mit den Achseln. «Ich hatte eigentlich erwartet, du würdest sagen, dass ich spinne. Wer ist denn das?»

«Ein Freund und Verbündeter. Der Herr des Waldes, so wie er es gesagt hat. Wir sind sein Rudel. Beziehungsweise wir waren es. Als er verschwand, dachten wir, er hätte sich möglicherweise mit den abtrünnigen Wölfen zusammengetan. Aber vielleicht hat er ja auch einfach nur auf dich gewartet.»

«Oder er hatte etwas anderes zu tun», meinte ich. «Herr des Waldes klingt nicht nach einem Job, bei dem man sich wirklich langweilt. Aber was ist mit dem Panther? Habt ihr ihn gefunden?»

«Nein. Wir haben zwar den Ort gefunden, wo er zu Boden gegangen sein muss, und die Spuren eines Kampfes, aber seine Fußspuren führten von dort an den Rand des Waldes. Allerdings haben wir dort seine Fährte verloren.»

Ich atmete aus, obgleich ich gar nicht bemerkt hatte, dass ich überhaupt die Luft angehalten hatte, und das erleichterte mich. Ich hatte niemanden umgebracht. «War er denn allein gewesen?»

«Ja.» Zach ließ seine Hand sanft über meine Rippen gleiten, bis er sie um meine Taille legte. «Offenbar bist du ein ziemlich reizvoller Köder.»

«Findest du mich reizvoll?» Ich wollte an etwas anderes denken als an die Gefahr, in der ich geschwebt hatte. Was nicht heißen sollte, dass das Flirten mit Zach nicht auch irgendwie gefährlich war.

Zach ließ eine Hand abwärts über meine Hüfte bis hinab auf den Schenkel gleiten. «Reizvoll ist gar kein Ausdruck. Am liebsten würde ich dir dieses Kleid vom Leib reißen, aber ich glaube, jetzt ist nicht der richtige Augenblick dafür. Du hast eine traumatische Erfahrung machen müssen und bist vollkommen erschöpft.»

«Also wirst du vornehme Zurückhaltung üben.»

«Ja.»

«Kannst du heute Nacht trotzdem bei mir schlafen?» Ich bemühte mich, nicht allzu bedürftig zu klingen, aber in seiner Gegenwart fühlte ich mich so sicher, und ich wollte einfach nicht allein sein.

«Wenn du mich nicht darum gebeten hättest, hätte ich trotzdem darauf bestanden.» Er lächelte mir zu, aber das Lächeln erreichte nicht seine Augen, in denen noch immer Besorgnis lag. «Ich möchte dich an einem Ort, wo ich dich sehen und fühlen kann.»

«Das Bett ist groß», sagte ich. «Pass auf, dass du mich nicht verlierst.»

«Ich bin ein sehr guter Fährtensucher.» Zach schob mich so weit vor, bis meine Füße den Boden berührten. «Kannst du gehen?»

«Ich werde mich bemühen, sonst bin ich morgen ganz steif.» Ich verlagerte das Gewicht auf meine Füße und erhob mich. Gemeinsam gingen wir ins Schlafzimmer. Er legte Jacke und Schlips ab. Da fiel mir ein, dass ich mich gegen einen BH entschieden hatte, was mich einen Augenblick schwanken ließ.

«Probleme?», fragte Zach, als er bemerkte, dass ich nicht weiterkam.

«Ich hab unter diesem Kleid nicht viel an», sagte ich. «Und einen Schlafanzug habe ich auch nicht dabei.»

Ich hatte ja überhaupt noch nicht viel hier, wie mir bei dieser Gelegenheit klar wurde. Ich würde die Sachen aus meiner Wohnung holen lassen müssen. Zusammen mit Ernie und Bert. Ich hatte Michelle zwar eine Nachricht auf dem Anrufbeantworter hinterlassen und sie gebeten, die beiden zu füttern, aber gleich nachdem der Vollmond vorbei war, würde ich sie herholen.

«Aus meiner Sicht stellt das kein Problem dar.» Er warf mir einen heißen Blick zu.

Na gut, also dann. Ich zog den Reißverschluss auf, schlüpfte aus dem Kleid und versuchte, nicht rot zu werden, als ich mir vorstellte, wie Zach meine Brüste ansah, die ich gerade entblößt hatte. Ich vermied es, ihn anzusehen, indem ich vorgab, dass das Ausziehen der Strumpfhose meine ganze Konzentration beanspruchte. Nun hatte ich nichts weiter an als meine seidenen, seitlich geschlitzten Shorts. Der dünne Stoff stellte kein echtes Hindernis dar. Ich fühlte mich so gut wie nackt, tauchte deshalb schnell unter die Decke und zog sie mir bis zum Kinn.

Zach war inzwischen bei der Unterwäsche angelangt. Ich riskierte einen Blick, und mir gefiel, was ich sah.

Die Matratze senkte sich, als er zu mir stieg. Er rutschte in die Mitte des Bettes, legte einen Arm um mich und zog mich an sich. «Komm zu mir.»

«Ich bin so gut wie nackt», platzte es aus mir heraus.

«Ich weiß.» Er ließ seine Hand abwärts wandern und spielte mit dem Stoff, der meinen Hintern mehr oder eher weniger bedeckte. «Das ist hübsch.»

Er ließ die Hand streichelnd in das lose sitzende Höschen gleiten. Es schien spannend zu werden. Er ließ einen Finger über die untere Rundung meines Hinterns gleiten, zeichnete einen Weg zur Innenseite meiner Schenkel. Ich hielt den Atem an, während er mich so liebkoste.

«Ich dachte, du wolltest dich heute Nacht vornehm zurückhalten?», fragte ich, und meine Stimme klang belegt.

«Das bin ich doch.»

Verdammt. Dies war die zweite Nacht hintereinander, in der ich mit einem aufregenden Mann schlief, und zwar tatsächlich nur schlief. Obwohl es, da es immerhin zwei verschiedene Männer waren, wahrscheinlich besser war. Ich war mir nicht sicher, ob ich es mental verkraften würde, tatsächlich mit zwei Liebhabern zur gleichen Zeit zu schlafen.

«Du wirkst wieder ganz verspannt.»

«David», warf ich ein, da ich den Eindruck hatte, dieses heikle Thema besser offen anzusprechen. «Gestern Nacht habe ich mit ihm zusammen geschlafen.»

Zachs Hand blieb ruhig liegen. «Und das heißt?»

«Das heißt, ich fühle mich ein bisschen merkwürdig dabei, jetzt mit dir unter einer Decke zu liegen. Was nicht heißt, dass du gehen sollst. Bitte geh nicht.» Plötzliche Panik veranlasste mich dazu, mich zu ihm umzudrehen und mich an ihm festzuhalten.

«Ich gehe nicht weg.» Zach neigte mir seinen Kopf entgegen und küsste mich sanft auf die Wange, bevor er seine Lippen auf meine legte und eine langsame, tiefe Forschungsreise antrat, mit der er mich atem- und wortlos machte. Langsam schob sich seine Hand über meinen Körper abwärts, während ich genügend Zeit hatte, sein geplantes Ziel zu erraten und ihm ein Zeichen zu geben, dass er umkehren solle. Aber ich tat es nicht. Ich ließ es zu, dass sich die Hand sanft auf meine Scham legte, mit nur einer dünnen Schicht Stoff dazwischen, die verhinderte, dass er nackte Haut berührte. Verräterische Feuchtigkeit drang durch die zarte Seide, was Zach veranlasste, einen leisen, triumphierenden Laut von sich zu geben. «Du willst mich also.»

«Ich will euch beide.» Ich schluckte und widerstand dem Verlangen, mich seiner Hand entgegenzuschieben. Es fühlte sich so gut an, wenn seine Hand meine Möse bedeckte. Ich wollte mehr. «Und das verwirrt mich.»

«Du stehst kurz davor, zu erwachen.» Zachs Hand bewegte sich, glitt zunächst sanft aufwärts, dann wieder abwärts, streichelte mich, drängte mich, meine Beine zu öffnen und ihm den Zugang zu gewähren. «Du bist auf der Suche nach einem Gefährten. Du willst finden, wonach du suchst.»

«Und das kann ich nur, wenn ich mit euch allen Sex habe», sagte ich mit deutlichem Zweifel in der Stimme.

«Ja.» Wieder küsste er mich, heftig und wild. «Ich würde dich am liebsten ganz für mich behalten. Aber das würdest du mir morgen nicht danken.»

Seine Hand kreiste sanft, drückte, massierte meine Klitoris, und ich entschied, dass wenigstens dieser Part alles andere als schwierig war. Ich schob meine Beine auseinander und bebte, als ich ihn wild und zufrieden stöhnen hörte. Seine Hand schob sich aufwärts bis zu meinem Bauch, wo er das Bündchen der seidenen Shorts fand und es runterzog. Ich keuchte, als seine Fingerspitzen über die Wölbung meiner Schamlippen glitten, ohne dass zwischen uns noch irgendetwas war. Nichts, was ihn davon abhalten konnte, in mich einzudringen …

Ich hielt ihn eng umklammert, während er seinen Körper halb über mich schob. Seine Hand forschte und streichelte, während sein Mund sich wieder des meinen bemächtigte. Tiefe, nasse, heiße Küsse, die mir den Kopf verdrehten und mein Herz wie wild rasen ließen. Geschickte, gezielte, verführerische Liebkosungen zwischen meinen Beinen, bis meine Hüften sich ihm flehentlich entgegenschoben und schweigend um mehr bettelten. Hitze durchströmte mich. Ich zitterte angesichts des gewaltigen Begehrens, das er entfachte. Wenn er nichts unternähme, um mich zu befriedigen, würde ich zerbrechen.

Aber er tat es, indem er mich öffnete und zwei Finger in meine Spalte schob, sie streichelte, während seine Zunge in meinem Mund ein erotisches Echo erzeugte, rein und raus. Er fand meine Klitoris mit der Kuppe seines Daumens und streichelte sie, während er weiter tief in mich eintauchte und seine Fingerspitzen den Punkt erreichten, der mich unter ihm aufbäumen und laut aufstöhnen ließ.

Er schlug einen Rhythmus an, auf den ich einstieg und in dem ich mich bewegte. Seine Finger reizten mich, nahmen mich. Seine Küsse verführten mich. Der Druck seines Körpers auf meinem ließ mein wachsendes Begehren fast schmerzhaft spürbar werden, während er meinen Hunger nach Lust so lange nährte, bis es kein Zurück mehr gab.

Ich wand mich in lustvollen Krämpfen, ließ mich von den Wellen überrollen, ließ meine Muskeln seine Finger umfangen und drängte mich seiner Hand entgegen, um die Stimulation genau dorthin zu bekommen, wo ich sie brauchte. Die Erschütterungen wollten nicht abreißen, und seine Hand entlockte mir so lange immer neue Zuckungen, bis ich dachte, ich müsste bersten, wenn er nicht sofort aufhörte. Und so kam es mir auch endlich, wobei mir fast das Herz stehenblieb und ich mich immer wieder seiner Hand entgegenschleuderte, bis die Wucht meines Höhepunkts mich fast zerbrach.

Als sein Kuss endete und er die Hand zurückzog, überkam mich ein Gefühl der Betäubung. Ich protestierte leise gegen den Verlust.

«Es reicht», sagte Zach in strengem Tonfall. «Ich möchte nicht das erste Mal mit dir schlafen, wenn du dich so fühlst wie jetzt, gestresst und aufgewühlt vom Adrenalin.»

«Nein, du möchtest es lieber dann tun, wenn ich brünstig bin und mich in ein Ungeheuer verwandele», gab ich zurück. «Vielen Dank, dass du warten möchtest, bis du mich vor Publikum vögeln kannst und ich sowieso nicht mehr nein sagen kann.» Hilflose Wellen der Enttäuschung packten mich, vertrieben die letzten Reste von Lust und hinterließen einen bitteren Nachgeschmack.

«Chandra.» Er legte seine Stirn an meine. «So ist es doch nicht. Du kannst nein sagen. Du hast die Wahl. Und ist es wirklich so, dass du uns für Ungeheuer hältst?»

Ich seufzte. «Nein, ich möchte nur, dass du mich wirklich begehrst. Nicht, um die Machtstrukturen innerhalb des Rudels aufrechtzuerhalten. Nicht, um vor dem Rudel deine Führungsrolle zu behaupten, indem wir vor ihren Augen Sex haben. Wenn wir es jetzt täten, wäre es nur für uns ganz allein.»

«Ich will dich. Und zwar jetzt. Ich will nicht warten.» Zach rieb seinen Körper an meinem, ich spürte, wie sich die harte Wölbung seines Schwanzes gegen mich drückte und uns nur noch sein enger Baumwollslip trennte. «Aber hast du den Knoten vergessen? Das würde dir heute nicht guttun, und ich möchte es dir nicht antun, wenn ich weiß, dass du nicht gut damit umgehen kannst.»

Oh. Das hatte ich ganz vergessen. «Daran hatte ich nicht mehr gedacht», gab ich zu. «Du hast recht, wahrscheinlich ist jetzt nicht der richtige Moment dafür.»

Ich war angenehm sexuell befriedigt, unangenehm erschöpft von den vorangegangen Anstrengungen, und diese Kombination verlieh mir ein Gefühl absoluter Ausgelaugtheit. Wenn ich mich meiner Lust auf Zach hingeben würde, wollte ich ein vollkommenes Erlebnis. Nicht einen schnellen Fick, nach dem wir uns umdrehen und sofort einschlafen würden.

Besonders, weil es möglicherweise nur ein- oder zweimal stattfinden würde und dann nie wieder.

«Trotzdem sollte ich noch etwas für dich tun», sagte ich und berührte den Bund seiner Unterhose.

«Wenn du wirklich etwas für mich tun möchtest, dann schlaf jetzt, damit du morgen die Kraft hast, es zu Ende zu bringen.»

Dieser Gedanke allerdings würde mich garantiert die ganze Nacht wach halten.

KAPITEL 12

Als ich am nächsten Morgen erwachte, spürte ich als Erstes ein tiefes Gefühl des Wohlbehagens. Lustvolle Erwartung durchströmte meinen Körper, und ich fühle mich ausgesprochen entspannt und mit mir selbst im Reinen.

Der leere Platz neben mir war das Zweite, was ich bemerkte. Ich machte ein enttäuschtes Gesicht, als meine tastende Hand dort, wo Zach gelegen hatte, nichts weiter fand als kühle Laken. Ich horchte, konnte aber nicht hören, ob er sich noch irgendwie in meinen Räumen bewegte. Das trübte mein Glück an diesem neuen Tag ein bisschen. Ich wollte einen Guten-Morgen-Kuss.

Sei nicht so gierig, sagte ich zu mir selbst. Ich hatte doch letzte Nacht so viele bekommen. Fast mehr, als gut für mich waren.

Ich streckte mich und drehte mich um, genoss die frischen, glänzenden Laken und Zachs Duft, der immer noch an ihnen haftete. Die Sonne schien durch die Fenster, was bedeutete, dass ich wahrscheinlich verschlafen hatte. Meine Muskeln überstanden den Strecktest ohne Schwierigkeiten, weshalb ich mich an die Bettkante rollte und mich aufsetzte. Dabei rutschte die Decke von meinem Körper. Die kühle Luft fühlte sich auf der nackten Haut überraschend gut an und weckte mich endgültig.

Ich stand auf, ließ meine Zehen in dem weichen Schaffell-Teppich neben dem Bett versinken. Mmmm. Ich schloss meine Augen, um dieses Gefühl bewusst zu genießen. Meine neue Bude hatte schon einige Vorteile. Die Badewanne beispielsweise. Ich tappte barfuß ins Badezimmer und spürte, wie die kühlen Fliesen den polierten Holzboden ablösten.

Es war nicht schwer, die Wasserhähne einzustellen. Ich regelte die Temperatur und ließ das Wasser einlaufen, während ich mich nach einem Badeöl umsah. Im Schrank stand ein Fläschchen mit Rosenöl, und davon goss ich etwas ins Wasser. Kleine Menge, große Wirkung.

Immer noch lief das Wasser ein, und ich drehte mich vor dem Spiegel hin und her. Ich sah heute Morgen besser aus, als ich erwartet hatte. Mein Gesicht wies keinerlei Verletzung oder blaue Flecken auf. Ich hatte eine gute Farbe. Tatsächlich wirkte ich sogar richtig rosig. Die Lippen voller und röter als gewöhnlich. Na ja, sie hatten gestern Nacht noch etwas Extra-Training gehabt, und das schien noch in mir nachzuwirken.

Was mich auf einen interessanten Gedanken brachte. Wenn Zach mir schon mit Mund und Händen solche Höhepunkte bereiten konnte, wie müsste es dann erst *richtig* mit ihm sein? Meine intimen Muskeln zogen sich bei diesem Gedanken so zusammen, als ob ein direkter Nervenstrang von meinen heißen Phantasien in meinen Schoß führte.

Ich lächelte mein Spiegelbild an, bemerkte die Wölbung meiner Brüste, die von der kühlen Morgenluft spitzen Brustwarzen, die rosige Tönung meiner Haut. «Du siehst aus, als hätte es dir endlich mal jemand richtig besorgt», sagte ich. «Und es hat dir gefallen.»

Ja, das hatte es. Aber bevor ich mir mehr davon holen konnte, sollte ich mich erst mal frischmachen. Die Spuren der Abenteuer von gestern Nacht abwaschen und dafür sorgen, dass ich nach aufregenderen Dingen roch als nach dem Schweiß von gestern.

Ich stieg in die Wanne und versank bis zum Kinn im duftenden, warmen Wasser. Mit dem Fuß drehte ich den Hahn ab, tauchte dafür ein bisschen auf, was kleine Rinnsale an meinem Körper hinabgleiten ließ und einen zarten Rosenölschimmer auf meinen Brüsten hinterließ.

«Oh.» Ich hatte diesen Effekt von Badeöl auf der bloßen Haut vorher noch nie bemerkt, außer, dass es sie weicher machte und ihr Feuchtigkeit gab. Neugierig streichelte ich über die Schwellung meines Busens und spürte, wie meine Handfläche feucht über die Brustwarze glitt. Ein bisschen fühlte es sich an wie Massageöl. Es minderte jedenfalls die Reibung.

Ich kniff die Augen zusammen, als ich bemerkte, dass ich mich mit meinen Bewegungen selbst erregte, und hörte auf damit, tauchte wieder ins Wasser ein, um mich auf meine Reinigungsprozedur zu konzentrieren. Aber das Streicheln des Wassers und sein leichter Rosenduft lenkten mich immer wieder ab und ließen mich lustvoll in der Wanne räkeln. So als wäre ich ein Hund und würde mich in irgendetwas wälzen.

Ich erstarrte. «Was ist heute Morgen bloß los mit dir?», fragte ich mich halblaut, aber ich fürchtete, die Antwort bereits zu kennen.

Rosige Haut, die noch empfindlicher reagierte als gewöhnlich. Der ganze Körper sichtlich erregt. Und trotz der dramatischen Ereignisse letzte Nacht lag mir das Nachdenken über mögliche künftige Werpanther-Angriffe gerade ziemlich fern. Stattdessen machte ich mir Gedanken, wo Zach wohl hingegangen war, und hing lustvollen Träumereien nach.

«Hitze» war jetzt nicht mehr nur ein Wort. Inzwischen fühlte sie sich bereits an wie Fieber, ein Gefühl vollkommener Reife und absoluter Bereitschaft, eine Veränderung des körperlichen Zustands, die mir signalisierte, dass, wie auf Knopfdruck, jetzt die Natur den Lauf der Dinge bestimmen würde. Und das war gut so.

Während ich mich wusch, verweilten meine Hände immer wieder an bestimmten Stellen. Sie glitten über Waden und Schenkel, streichelten die Rundung meiner Hüften, streiften über den Brustkorb, um die Wölbung meiner Brüste zu erforschen. Ich legte eine Hand auf meine Möse und dachte daran, wie Zach mich dort berührt hatte. Daran, wie sich seine Finger in mir bewegt hatten, tief in mich eingedrungen waren, wie sein Daumen meine Klitoris gestreichelt hatte. Ich kam fast sofort, so als ob sich meine Muskeln an das Erlebte erinnerten.

«Heiliger Bimbam.» Mein Flüstern schien wie ein Echo durch den kleinen Raum zu hallen. Meine Möse pochte in lustvoller Reminiszenz, verlangte nach mehr.

Das musste ein Ende haben.

So schnell meine trägen Glieder es erlaubten, stieg ich aus der Wanne und schnappte mir ein Handtuch. Wie üblich begann ich, mich kräftig abzurubbeln, was mich jedoch aufjammern und ebenso schnell damit aufhören ließ, wie ich begonnen hatte. Das Abtrocknen schmerzte auf meiner Haut, als berührte ich rohes Fleisch. Also wickelte ich mich stattdessen einfach in das Tuch ein und tupfte das Wasser vorsichtig ab. Immer noch fühlte sich das Handtuch kratzig an, obgleich ich wusste, es war dick und kuschelig weich und hätte meine Haut unter normalen Umständen überhaupt nicht irritiert.

Na gut. Der Rest konnte ja auch einfach von alleine trocknen. Ich hängte das Handtuch wieder auf und ließ das Wasser ab, um alles ein bisschen ordentlich aussehen zu lassen, aber bei allem, was ich tat, war ich abgelenkt und ungeschickt. Unzufrieden tappte ich zurück ins Schlafzimmer und suchte die Sachen zusammen, die ich gestern getragen hatte. Ich zog den Fleecepulli über den Kopf, nachdem ich den BH gleich weggelassen hatte, aber trotzdem das Gefühl hatte, mir am liebsten alles wieder vom Körper reißen zu wollen, sobald der Stoff meine Haut berührte.

Es war schrecklich.

Die seidenen Shorts sahen zu dem sportlichen Sweatshirt zwar albern aus, aber ich hatte den Eindruck, sie waren weicher und saßen lockerer als das andere Höschen, das ich gestern auf meinem Weg in die Bücherei angehabt hatte. Also zog ich sie an und versuchte, zu ignorieren, dass der seidene Zwickel sanft in meinem Schritt scheuerte. Beim Laufen war das allerdings so gut wie unmöglich, und so hätte ich, schon als ich an der Flurtür war, mir am liebsten alles wieder vom Leib gerissen und es mir selbst besorgt.

Stattdessen musste ich etwas anderes tun. Aber was? Ach ja, ich musste David finden, oder Zach, oder irgendjemanden. Hauptsache Hilfe.

Ich ging auf den Flur hinaus und hielt verwirrt inne. Wie würde ich wohl schneller zum Ziel kommen, ging ich hinunter in den Wohnbereich oder klopfte einfach in diesem Stockwerk an verschiedenen Türen? War hier oben überhaupt jemand?

Nein. Die Wölfin in mir war ungeduldig und enttäuscht, diesen Flur verwaist zu finden. Mein Instinkt trieb mich zur Treppe. In dieser Richtung war Hilfe zu finden.

Ich war beinahe ganz unten, als ich anhalten und mich hinsetzen musste. Mein Atem kam stoßweise, die Reibung der Seide zwischen meinen Beinen war eine sinnliche Folter.

Ein Geräusch weiter unten ließ mein Herz höher schlagen. *Komm schnell hoch,* wollte ich rufen, schien aber keine Gewalt über Lippen und Stimme zu haben. Aber trotzdem tauchte kurz darauf Jacks Rotschopf auf. «Chandra?»

Ich winkte ihm entgegen und bemühte mich, nicht gleich wieder loszujammern, als der Pulli auf meinen Brustwarzen kratzte.

«Brauchst du Hilfe?» Er kam die Treppe herauf und blieb kurz vor mir stehen. «Oh. Ich verstehe. Du bist ein bisschen früh dran, oder?»

Ich leckte mir über die Lippen. Die Erleichterung, jetzt Hilfe zu haben, hatte mir meine Sprache wiedergegeben. «Keine Ahnung. Bin ich das?»

«Vielleicht ein bisschen.» Er lächelte mich an, aber seine Augen verdunkelten sich, bis sie fast mitternachtsblau waren. Eine Reaktion auf meinen Zustand? «Du wirst heute einen langen Tag haben. Er wird erst zu Ende sein, wenn der Mond aufgeht.»

So lang? «Das wird die Hölle.»

«Wir werden alles dransetzen, dir den Himmel auf Erden zu bereiten.» Er zwinkerte mir aufmunternd zu und streckte mir die Hand entgegen. Ich nahm sie und ließ zu, dass er mir beim Aufstehen half.

«Sogar die Klamotten tun mir weh», schimpfte ich. «Ich kann kaum laufen.»

«Ich könnte dich tragen», bot Jack an und wartete auf meine Zustimmung. Ich schwankte einen Moment. Es könnte passieren, dass ich etwas Peinliches oder Anstößiges täte, wenn er mich trug. Anderseits müsste ich mich wahrscheinlich ausziehen, um die Treppe weiter allein hinuntergehen zu können. Und ich wollte doch so lange wie möglich etwas anbehalten, wohinter ich mich sozusagen verstecken konnte.

«Trag mich, bitte.» Meine Stimme klang kratzig, so als ob ich Jack um etwas Intimeres bitten würde. Vielleicht war es ja auch so. Vielleicht konnte ich mich immer noch nicht mit dem Gedanken abfinden, es mit allen Wölfen auf einmal aufzunehmen. «Warte mal.»

«Ich warte, bis du so weit bist.» Jacks Stimme klang fest und beruhigend.

«Kannst du nicht dafür sorgen, dass ich hier oben bleiben kann?» Ich starrte ihn an, und ein hilfloses Flehen lag auf meinem Gesicht. «Mich von den anderen fernhalten, bis alles vorüber ist?»

Er sah betroffen aus. «Nein. Erstens werde ich dich nicht allein befriedigen können. Du würdest leiden. Zweitens musst du zulassen, dass jeder dich berührt. Es ist deine einzige Möglichkeit, festzustellen, wer dein Gefährte sein soll. Und wenn du dies einem von uns verweigerst, dann verweigerst du dich nicht nur einem potenziellen Gefährten. Du weist gleichzeitig auch ein Rudelmitglied zurück.»

«Zurückweisen?»

Jack nickte, sah dabei fast streng aus. Ich fragte mich, ob der fröhliche Lausbub nur eine Maske war, die er trug. «Wen von uns würdest du denn ausgeschlossen sehen wollen, weil du ihn nicht akzeptierst?»

Mein Mund öffnete und schloss sich wieder, als ich daran dachte, wie sie alle mich mit Handkuss begrüßt hatten, mit mir getanzt und mich willkommen geheißen hatten. Den

Eindringling gejagt hatten, von dem ich entführt worden war. David, der in meine Wohnung eingedrungen war, als er dachte, ich sei in Gefahr. Zach, wie er einen Messerstich abbekommen hatte, weil er mich beschützen wollte. Ich dachte daran, wie sie zusammenarbeiteten, eine echte Einheit. Und in dieser hatten sie mir einen Platz angeboten, so als ob ich dazugehörte. «Niemanden.»

«Dann nimm uns alle.»

Ich kämpfte gegen das Bedürfnis an, hier und jetzt loszuheulen. «Wie?»

«Wie auch immer du möchtest.» Jack strich mir über die Wange, und ich folgte dieser Bewegung, indem ich einen Kuss in seine Handfläche gedrückt hatte, noch bevor mir klar wurde, was ich da überhaupt tat.

Er fühlte sich gut an, das stimmte. Er gehörte zum Rudel. Ich genoss seine Berührung und würde ihm dafür gern etwas zurückgeben. Vielleicht würde sich alles als genauso einfach darstellen. Ich schloss meine Augen und nickte. «Na gut.»

«Braves Mädchen.» Jack hob mich vorsichtig hoch, bis er mich an seiner Brust in den Armen hielt.

Ich lachte auf. «Dein braves Mädchen, und auch das der anderen.»

Er drückte einen schnellen Kuss auf meine überraschten Lippen. «Das gilt aber für beide Seiten, Prinzessin. Wir alle gehören genauso dir.»

Während er mich den Rest der Stufen hinabtrug, hielt ich die Arme hinter seinem Nacken verschränkt und schmiegte mein Gesicht an die Stelle unter seinem Ohr. Zu gern hätte ich ihn dort geleckt, unterdrückte den Impuls jedoch. Ich wollte nicht, dass er stolpern und die Treppe hinunterfallen würde.

«Das kitzelt.» Jacks Stimme klang weich und zufrieden, so als ob er mich einladen wollte, fortzufahren.

«Mmm.» Ich wartete, bis er den nächsten Treppenabsatz erreicht hatte, bevor ich eine Zungenspitze über den äußeren Rand seiner Ohrmuschel gleiten ließ und ihre Form nachzeichnete. «Und das?»

«Auch.» Seine Arme drückten mich ein kleines bisschen fester. «Und zwar sehr angenehm.»

Ich knabberte an seinem Ohrläppchen, und es bereitete mir ein Heidenvergnügen, dass er sich sichtlich beherrschen musste, nicht aus der Balance zu geraten.

«Merk dir das für später», murmelte Jack und schien ein bisschen schneller zu gehen. Er trug mich an der Küche und am Esszimmer vorbei, bevor er schließlich in einen Raum kam, der aussah wie eine Bibliothek. Eingebaute Bücherregale bedeckten die Wände auf zwei Seiten. In einer weiteren Wand waren Fenster und an der vierten, ihr gegenüberliegend, befand sich ein Kamin. In der Mitte des Raumes entdeckte ich den gleichen Schaffellteppich wie die beiden in meinem Schlafzimmer, eine Reihe von gemütlichen Sesseln mit Polsterhockern und eine Ottomane ohne Rückenlehne. Außerdem lagen vor dem Kamin eine Menge locker aufgetürmter Kissen.

So viele Plätze, auf denen man sitzen, liegen, sich lagern konnte … Die vielen Stellungen, die angesichts dieser Einrichtung durch meinen fiebrigen Kopf schossen, ließen mich unwillkürlich die Augen zukneifen.

«Hier?», krächzte ich.

«Hier.» Jack ließ mich an seinem Körper hinabgleiten, bis meine Füße den Boden berührten, ließ jedoch seine Arme so um mich geschlungen, dass wir uns in einer engen Umarmung gegenüberstanden. Er legte mir eine Hand ins Kreuz, ließ die andere abwärts bis auf meinen Hintern gleiten und zog mich noch dichter an sich. Ich widersetzte mich nicht, mochte das Gefühl, wie er mich an sich drückte. «Der Raum ist groß genug für alle. Neutrales Terrain, niemandes Schlafzimmer. Für den Anlass geeignete Möbel.»

«Ach ja.» Ich rieb meine Brüste an seinem Brustkorb, voller Erwartung darauf, wie geeignet das Mobiliar wohl sein würde. Als Antwort drückte er meinen Hintern und beugte sich herab, um mir noch einen Kuss zu rauben. Ich öffnete die Lippen, und er vergeudete keinen Moment, sondern folgte sofort meiner Einladung, das Innere meines Mundes mit seiner Zunge zu erforschen.

Erkennbar schweren Herzens beendete er den Kuss. «Ich muss den anderen Bescheid sagen.»

«Oh. Na klar.» Ich atmete ein paarmal tief durch, in der Hoffnung, dass mich das beruhigen würde. Stattdessen schien das Atmen meine Brüste weiter anschwellen zu lassen, wodurch sich meine Brustwarzen noch stärker an Jacks schlanken, muskulösen Brustkorb schmiegten. Was mich dazu veranlasste, mich an ihm zu reiben, um diesen Effekt noch zu verstärken. «Entschuldigung. Ich bin abgelenkt», murmelte ich. «Irgendwie fühlt sich das so an wie die nymphomanische Version eines ADS-Syndroms.»

«Das muss dir nicht leidtun. Ich beschwere mich jedenfalls nicht.» Er ließ seine Hand unter die locker fallende Seide der Shorts gleiten, um die nackten Kurven meines Hinterns zu streicheln. «Aber wir können nicht ohne die anderen anfangen.»

«Weil das ja nicht fair wäre», ergänzte ich mit zusammengebissenen Zähnen, genervt, dass ich ihn loslassen musste, wo ich seine Berührung doch so sehr brauchte.

«Genau.» Jack grinste mich an und ließ mich los. «Jetzt werde ich mal meine Hände im Zaum halten, damit du dir ein Plätzchen zum Sitzen oder Liegen suchen kannst, je nachdem, wie du dich am wohlsten fühlst.»

«Als ob ich mich heute irgendwo wohlfühlen könnte.» Ich warf ihm einen genervten Blick zu.

«Ich beeile mich.» Wie zum Beweis sprintete er mit diesen Worten aus dem Raum.

Ich zerrte an meinem einengenden, kratzenden Fleecepulli. Am liebsten hätte ich laut geflucht. Stattdessen ging ich zu der Ottomane und ließ mich mit dem Gesicht nach unten und locker ausgebreiteten Armen und Beinen darauf fallen.

Draußen im Flur war das Laufgeräusch vieler Füße zu hören, gleich darauf im Raum, und ich atmete in die Kissen, hin- und hergerissen zwischen Erleichterung und Bestürzung angesichts der Ankunft meiner Verehrer.

Elf Männer. Eine läufige Werwölfin. Jetzt war es so weit. Ich feierte den ersten Vollmond nach meinem einundzwanzigsten Geburtstag.

Ich gratulierte mir selbst zu diesem Ereignis.

KAPITEL 13

Eine vertraute Hand berührte meinen Knöchel, wanderte mein nacktes Bein hinauf, um sich schließlich auf halber Höhe zwischen dem Saum meines Seidenhöschens und meiner Kniekehle auszuruhen. David. Ich erkannte ihn ohne hinzusehen, aber ich stützte mich auf und drehte meinen Kopf, um in seine grauen Augen zu sehen, fast ängstlich, was ich in ihnen entdecken würde. Blanke Geilheit? Abscheu?

Weder noch. Nur Lust und große Aufmerksamkeit. «Wie fühlst du dich?»

Ich rutschte auf dem Sofa ein Stück zur Seite, ließ dabei meine Hüften kreisen, kniff die Pobacken zusammen und entspannte sie wieder. «So, dass du deine Hand ruhig noch ein bisschen weiter nach oben wandern lassen könntest.»

«Abgesehen davon.» Er setzte seinen Weg aufwärts fort, bis er genau dort ankam, wo das Bündchen begann, ließ seine Fingerspitzen über die empfindliche Haut an den

Innenseiten meiner Schenkel streicheln, dass ich versucht war, mich zu bewegen, damit sie auch meine Spalte berührten. Obwohl auch das noch nicht genug sein würde.

Mein Atem ging ein bisschen schneller und ließ meine Stimme hektisch klingen. «Nervös. Wirst du mich dafür hassen?»

«Dich hassen?» Er sah mich ehrlich überrascht an. «Wofür?»

«Dafür, dass ich mich vor deinen besten Freunden ausziehen werde. Dafür, dass ich die Lustgrotte in einer Sexorgie sein werde. Dafür, dass ich die Schwänze von elf Männern durchprobieren werde.» Ich biss mir auf die Zunge, wütend auf mich selbst, weil mich das Bild, das ich selbst mit Worten gemalt hatte, ziemlich anmachte. Ich selbst im Mittelpunkt der gesamten männlichen Aufmerksamkeit, wie ich Händen, Mündern, Schwänzen gestattete, mir in jeglicher Form Lust zu bereiten, die mir gefiel und in den Sinn kam.

So, wie er aussah, machte David diese Vorstellung genauso an. Seine Augen verdunkelten sich, bis sie die Farbe eines Himmels kurz vor dem Gewitter hatten. Seine Finger liebkosten mich jetzt knapp unter dem Höschensaum, zärtlich, aufreizend. «Heißt das, du möchtest auch meinen Schwanz ausprobieren?»

«O ja.» Ich fuhr mir mit der Zungenspitze über die Lippen und drückte meinen Rücken so durch, dass sich ihm mein Becken einladend entgegenstreckte. «Das will ich.» Fast schluchzte ich auf, als seine Handfläche so weit über die Rundung meines Hinterns glitt, bis seine Fingerspitzen die Löckchen zwischen meinen Beinen berührten. «Und das ist längst nicht alles, was ich möchte.»

Ich drehte mich um, wollte mich nicht mehr vor ihm verstecken, sondern ihm dabei in die Augen sehen. Weil wir miteinander reden mussten, bevor mich der Strudel der Ereignisse mitreißen würde. «Was wirst du wirklich dabei empfinden? Wirst du mich noch begehren, nachdem ich Sex mit Zach hatte? Oder mit jemand anderem?»

David setzte sich mit einer Pobacke auf das Sofa neben mir und beugte sich über mich, um mir einen Kuss auf die Lippen zu hauchen. «Ich begehre dich. Davor. Danach. Und währenddessen. Ich werde dich dabei beobachten und dich gleichzeitig begehren. Und wenn ich an der Reihe bin, werde ich dir beweisen, wie sehr ich dich noch immer begehre, egal, wie viele andere schon vor mir waren.»

Mein Herz machte einen Sprung, und meine Möse zog sich zusammen. «Wirklich?»

«Vielleicht muss ich dich erst noch ein wenig überzeugen.» Er legte mir die Hände auf die Taille, ertastete die nackte Haut unter meinem Oberteil und schob es hoch. Entblößte erst meinen Bauch, die Rippen und dann die Brüste, bevor er es schließlich ganz hoch und über meinen Kopf zog. Er genoss den Anblick, der sich ihm bot, die halbnackte Verheißung, die sich ihm wollüstig hingegossen offenbarte, mit spitz knospenden Brustwarzen, die seine Aufmerksamkeit ganz auf meinen bedürftigen Zustand richteten.

«Wunderschön.»

Die Bewunderung in seiner Stimme wärmte mein Herz. Als ob mir nicht schon heiß genug wäre. Er senkte den Kopf und nahm eine Knospe zwischen die Lippen, was mich meine Augen so weit verdrehen ließ, dass ich fast in mein Inneres sah.

Das war fast schon zu viel für mich. Die feuchte Hitze seiner Mundhöhle auf meiner nackten Haut. Eine Zunge, die immer wieder über meine Brustspitze fuhr, gerade so fest, dass es mich zappeln und keuchen ließ. Das Saugen an meinen Brüsten, das sich direkt in meinen Unterleib zu übertragen schien. Gerade als ich das Gefühl hatte, es kaum noch aushalten zu können, ließ er von meiner

Brustwarze ab. Doch er blies sanft auf die feuchte Haut und bewirkte, dass die Spitze noch härter wurde, während mir ein tiefer Seufzer entfuhr.

Er wandte seine Aufmerksamkeit meiner anderen Brust zu, tat hier dasselbe und brachte mich damit zum Wimmern. Meine Hüften zuckten, als er die harte Knospe lutschte und umzüngelte, die unter seinen Liebesbezeugungen sogar noch mehr anschwoll. Als er diesmal auf die heiße Haut pustete, die sein Mund vorher mit Feuchtigkeit benetzt hatte, ging mein Atem so schwer, als wäre ich gerade gerannt.

«Toll.» Er sah mich an, ganz zielstrebiges Verlangen. Er beugte sich über mich, besitzergreifend und männlich. «Du schmeckst reif und süß, und deine Brustwarzen sehen aus wie Beeren, so rot vom Lutschen.»

Ich gab ihm darauf keine Antwort. Ich sah ihn nur an und fragte mich, was er wohl als Nächstes tun würde. Und dabei war es mir vollkommen egal, was es wäre und wer dabei zuschauen würde.

«Ich wette, du schmeckst überall so süß.»

Oh. Ich verstand, was er damit gemeint hatte, als er seinen Kopf senkte und sein hinterhältiger, wundervoller Mund abwärtsglitt, während er vom Sofa rutschte, meinen Bauch küsste, meinen Bauchnabel leckte und schließlich seine Hände auf beiden Seiten meine Shorts ergriffen, um sie bis zu den Schenkeln herabzustreifen. Er küsste meinen Venushügel, wanderte tiefer, forschte mit den Lippen nach der schmerzhaft prallen Knospe meines Kitzlers, bis er an diesem genauso saugen konnte, wie er es mit meinen Brüsten getan hatte. Mein Becken bäumte sich auf, und er gab einen Laut tiefer animalischer Befriedigung von sich angesichts der Reaktion, die er mir entlockt hatte.

Jetzt zog er mein Höschen noch weiter runter, bis es unterhalb meiner Knie war und seine Hände sich zwischen meine Schenkel schieben und sie auseinanderdrücken konnten. Dann küsste er mich zwischen den Beinen, leckte meine Spalte, während ich keuchte und stöhnte und mich immer weiter für ihn öffnete.

Seine Zunge erforschte meine Schamlippen, stieß in mich, schleckte und zuckte über meinen Kitzler. Abwechselnd lutschte, leckte und züngelte er tief in mich, und ich konnte nichts anderes tun, als mich diesen Gefühlen hinzugeben.

Die Spannung begann sich in meinem Bauch zu konzentrieren, und mein Körper bog sich unter der Heftigkeit meiner Reaktion. Ich musste mich bewegen. Ich musste mehr davon haben. Ich musste ihn dazu bringen, sofort aufzuhören. Ich musste ihm klarmachen, dass er niemals wieder damit aufhören dürfte.

«David.» Ich formte seinen Namen mit meinen Lippen, hatte aber nicht genug Luft, ihn auszusprechen. Meine Hände wühlten sich in sein Haar, legten sich um seinen Kopf, spornten ihn an. Mein Atem wurde schneller und immer schneller. Die Lust wurde zu einem Strudel, heftig, wild, der einem unausweichlichen Ende entgegenwirbelte.

Sein Mund legte sich fest über meine Möse, während seine Zunge tief in mich eindrang und ich mit einem lauten Schrei kam. Der Mahlstrom der Erlösung zermalmte mich in endlosen Zuckungen, und seine Zunge entrang mir fordernd und gierig auch noch das Allerletzte.

Erst dann wurde ich der männlichen Gesichter über mir gewahr, merkte, dass Zach neben mir stand und sie mir alle zugesehen hatten.

Brennende Röte überflutete mich, und vergeblich bemühte ich mich, meine Blöße mit den Händen zu bedecken. Ein lächerliches Unterfangen, während Davids Gesicht noch zwischen meinen Schenkeln lag, er seine Zunge noch immer durch meine geschwollene Spalte gleiten ließ und jeder gesehen hatte, was er dort tat.

«Kneifen gilt nicht», schalt Zach sanft. «Du machst alles gut und richtig.» Er kniete neben mir nieder und ließ eine Hand besitzergreifend über meine Brust streichen, fuhr kreisend mit der Handfläche über meine Brustwarze, die er anschließend sanft zwischen Daumen und Zeigefinger drückte. Dieses Kneifen entsandte einen lustvollen Stromstoß direkt in meinen Unterleib und führte dazu, dass ich mich Davids Lippen entgegendrückte.

«Gut und richtig? Ich hatte in meinem Leben bisher erst einmal Sex», flüsterte ich. «Das wird eine gewaltige Steigerung sein.»

Zachs Augen sahen plötzlich aus wie glühender Bernstein und leuchteten fast. «Nur einmal?» Er nahm meine andere Brust so in die Hand, als ob er ihr Gewicht abschätzen wollte. «Dafür wirst du mehr als entschädigt werden.»

«Genau das befürchte ich.» Bebend atmete ich ein und sah mich um, blickte in die Augen derer, die miterlebt hatten, welchen erotischen Anblick ich geboten hatte.

Jack zwinkerte mir zu. Matt bewegte aufmunternd seine Augenbrauen. Will warf mir eine Kusshand zu. Nathan lächelte einfach.

«Ich habe das Gefühl, gleich unterzugehen», seufzte ich.

«Wir werden dich nicht ertrinken lassen», versprach Zach. Er beugte sich zu mir herab, um mich zu küssen, und dann geschah es genau so, wie ich es mir vorgestellt hatte. Zachs Zunge in meinem Mund, während Davids Zunge in meine Höhle eintauchte. Diese doppelte orale Gunstbezeugung ließ mich fast den Verstand verlieren. Das Einzige, was ich vorher nicht bedacht hatte, war die zusätzliche Dimension, die durch die Zuschauer entstand und die mir umso deutlicher machte, welch unwiderstehlichen Anblick ich bieten musste. Ich fühlte mich nackt und zur Schau gestellt, und ich war der Begierde, die ich in ihnen hervorrief, hilflos ausgeliefert. Zwei männliche

Münder waren mit meinem Körper beschäftigt, und, der Himmel möge mir helfen, ich wollte noch mehr.

Ich suchte Jacks Blick und hob meinen Brustkorb, um meine Brüste in die Luft zu recken. Ich sah hinüber zu Matt, unfähig zu atmen wartete ich, dass die beiden näher kamen und sich links und rechts neben mich setzten. Zach machte ihnen etwas Platz, küsste mich aber weiter, zog mich mit geschickten Lippen immer weiter in seinen erotischen Bann, mit jedem Schlag seiner Zunge beanspruchte er meinen Mund mehr und eroberte ihn vollkommen. Und dann die beiden heißen, männlichen Lippenpaare, die sich auf meine Brüste legten, leckend, lutschend, sanft beißend, und mich mit einer Tandem-Stimulation in ein Delirium heißen Verlangens versetzten.

David suchte leckend den Weg zu meinem Kitzler und saugte sich an dem Lustpunkt fest, während eine Hand seinen Mund an meiner Pforte ersetzte. Er schob erst einen, dann zwei und schließlich einen dritten Finger in meine Möse, dehnte sie, füllte mich, machte mich bereit. Seine Finger bewegten sich rein und raus, tief und langsam, bis ich darauf brannte, heftiger genommen zu werden. Schneller. Ganz.

Matt und Jack zogen an meinen Nippeln, nahmen ihre Hände, um die empfindsamen Unterseiten meiner Brüste zu liebkosen, sie zu drücken, zu kneten und zu streicheln.

Zachs Mund wurde sanft, seine Küsse werbend und verführerisch, seine Zunge vereinte sich mit meiner, tastete sich über meine geöffneten Lippen, zog mich immer tiefer in eine Welt des Fühlens und Verlangens.

Dann hob er den Kopf und sah mir in die Augen, erkannte die entfesselte Intensität meiner Erregung. «Was nun?»

Ich wusste, was er wollte. Ich wollte es auch. Ich konnte mich nicht dazu überwinden, ihn darum zu bitten. Also schloss ich die Augen und versuchte mich darauf zu konzentrieren, wie Davids Mund und Hände mich immer wilder machten. Doch bevor ich mich von der Klippe der Leidenschaft fallen lassen konnte, auf die die vier Männer mich katapultiert hatten, schob David seine Hand ein letztes Mal in mich und entzog sie mir dann. Sein Mund löste sich von meinem Kitzler. Und ich hatte Mühe, nicht loszuheulen.

«Was nun?», fragte Zach erneut. Geduldig. Unerbittlich.

Ich umging die Frage, indem ich mich nach Will umsah. «Küss mich», sagte ich mit heiserer Stimme und Lippen, die geschwollen waren von Zachs Küssen.

Will gehorchte, indem er zu mir kam und den Platz Zach gegenüber einnahm. Ich wusste nicht, was mich erwartete. Ein Schmetterlingskuss, der sich sanft und langsam entwickelte. Ein nüchterner Kuss, ehrlich und ernsthaft. Was ich erlebte, war ein verzehrender Kuss, das heftige Aufeinandertreffen zweier Münder und die wilde Vereinigung zweier Zungen. Es war geil und verrückt und brutal, und es ließ mich umso deutlicher und schmerzlicher die schreckliche Leere spüren, die ich verzweifelt füllen musste.

Will hörte auf und küsste mich dann sofort wieder, so als ob er nicht fähig war, der Anziehungskraft meiner Lippen zu widerstehen. Ich drehte und wand mich, als sein Mund sich auf meinen presste, während Matt und Jack noch immer meine Brüste bearbeiteten und dafür sorgten, dass sich Lustwellen von den empfindsamen Warzenhöfen in meine Möse übertrugen.

Und immer noch war es nicht genug.

Will beendete seinen Kuss und entfernte sich. Matt und Jack ließen von meinen Brüsten ab und zogen sich gemeinsam zurück. Ich begann zu zittern, als die Stimulation aufhörte, und schloss die Augen.

Was nun?, hörte ich es in meinem Kopf wie ein Echo widerhallen. Ich wusste, es war unausweichlich, aber ich wollte diesen Schritt so lange hinauszögern, wie ich es irgendwie ertragen konnte. «Ich will, dass ihr mich alle berührt. Einer nach dem anderen.»

Da David dies bereits getan hatte, kam er an mein Kopfende und ließ mich mein eigenes Aroma auf seinen Lippen schmecken, während seine erfahrenen Hände meine Brüste verwöhnten. Ich küsste ihn und räkelte mich dabei mit weit gespreizten Beinen. Meine Shorts waren längst nicht mehr da, weil sie irgendwann unbemerkt abgestreift worden waren, und meine Möse zeigte sich offen und glänzend von der Aufmerksamkeit, die Davids Lippen ihr gezollt hatten, und von meinen eigenen Säften. Ein Bild totaler Hingabe.

Und einer nach dem anderen kamen alle Männer zwischen meine Schenkel und tauchten ihre Finger in meine hungrige Scheide ein, ließen ihre Fingerspitzen über meinen prallen Kitzler gleiten oder drückten ihn sanft, beugten sich herab, um mich zu schmecken. Dabei beschränkten sie sich nicht auf meine Genitalien, sondern streichelten auch meine Hüften und Beine, meinen Bauch, meine Arme, ließen kein Stückchen meines Körpers aus. Abwechselnd erregten sie mich, bis ich kurz vor dem Orgasmus war, hielten aber plötzlich inne. Der Letzte bedeckte meine Scham mit seiner Hand und massierte sie so lange sanft kreisend, bis ich in Davids Mund stöhnte und mein Becken hob, um mich selbst anzubieten. Dann endlich die ersehnte Befriedigung, aber nur durch einen Finger, der sich mit aufreizenden Drehungen in mir versenkte, wieder herausgezogen wurde, zurückkehrte, mit mir spielte.

Zach. Ich wusste es ohne hinzusehen.

Der Finger glitt hinaus und streichelte die gekräuselte Öffnung meines Anus. Ich hörte auf zu atmen. Die Säfte, die seine Fingerspitze bedeckten, ließen sie widerstandslos hineingleiten, und ich war überrascht, als dort plötzlich unerwartete Empfindungen zum Leben erwachten.

Diese Form der Liebkosung erschien mir ungeheuerlich, tabu, aber dennoch, warum sollte man etwas unerforscht lassen, bloß weil es verboten schien?

Ich gab mich ganz den dunklen Gelüsten hin, als Zach begann, seine Fingerspitze in die jungfräuliche Öffnung einzuführen, langsam tiefer eindrang, wieder zurückzog, um gleich darauf noch ein Stück weiter vorzustoßen. Und als schließlich eine andere Hand meine Möse zu streicheln begann, während David sich meinen Brüsten widmete und Zach einen zweiten Finger in meinen Anus schob und die empfindliche Rosette mit erregenden Bewegungen dehnte und weitete, spürte ich, wie ich über dem Abgrund zu schweben begann.

Ich öffnete meine schweren Augenlider so weit, dass ich erkennen konnte, wessen Hand zwischen meinen Schenkeln arbeitete. Nathan. Er lächelte mich an und ließ eine Fingerspitze spielerisch durch meine glitschige, erwartungsvolle Spalte pflügen, meine prallen Schamlippen streicheln und erkunden, indessen Zach seine Finger immer tiefer in meinem Po verschwinden ließ. Plötzlich steckte mir Nathan einen Finger in die Vagina, fest und blitzschnell, um ihn gleich wieder herauszuziehen.

Aus meiner Kehle kam ein tiefer Ton, und David entzog mir seine Lippen, um mir erst in die Augen zu sehen und dann abwärts, um festzustellen, was sie mit mir taten, nämlich doppelt in mich einzudringen.

Er sah mir erneut in die Augen, ruhig und bestimmt. «Jeder Mann hier hat jetzt einen Vorgeschmack von dir bekommen. Zach und Nathan füllen deine weiche Muschi und deinen strammen Arsch mit ihren Händen, während ich ihnen dabei zusehe. Und immer noch begehre ich dich.»

Ich zitterte vor Verlangen nach Erlösung und das Aufwallen vollkommen neuer Gefühle.

«Fick ihn.» David senkte seinen Kopf erneut auf mich

herab und flüsterte die Worte ganz nah an meinen Lippen. «Ich weiß, dass du mit Zach ficken willst. Du bist so weit. Wir haben dich darauf vorbereitet, und wir werden dich auf mehr vorbereiten, wenn er fertig ist und das Feuer in dir wieder von Neuem zu brennen beginnt.»

Mein Herz stolperte, und mir stockte der Atem, als er fortfuhr: «Fick ihn, fick sie alle, so viele und so oft du es brauchst. Nimm dir, was du brauchst, und gib dich uns hin, bis du befriedigt bist und du uns so lange ausprobiert hast, bis du dir sicher bist. Du musst dir sicher sein.»

Seine Lippen bewegten sich in einem so sanften Kuss über meinen Mund, dass es mir fast das Herz zerriss, als er mir ein Versprechen entgegenhauchte: «Nach all dem, egal, was geschehen mag, werde ich dich immer noch begehren.»

Ich erwiderte seinen Kuss, unfähig, irgendetwas anderes zu tun, während zwei andere Männer meinem glühenden Körper die sinnlichsten Empfindungen entlockten.

David hörte auf, mich zu küssen. Er strich mir übers Haar, bevor er mein Gesicht mit seinen Händen einrahmte. Für einen langen Augenblick versenkte sich sein brennender Blick in mir. Dann berührten seine Lippen meine Stirn, und er verschwand.

Was nun?, tauchte Zachs Frage wieder in meinem Kopf auf, gefolgt von Davids Antwort.

Fick ihn.

Vor Zuschauern.

Fick ihn, während David zusah, wie ein anderer Mann seinen steifen Schwanz zwischen meine Schenkel lenkt und in meinen erwartungsvollen Körper eindringt, wissend, dass dieser Akt uns so lange aneinanderketten wird, bis er entspannt genug ist, dass der abschwellende Knoten mich wieder freigibt.

Fick ihn. Von da an gibt es kein Zurück mehr. Keine Möglichkeit mehr *Halt! Stopp!* zu rufen, nachdem das männliche Organ in meine wartende Spalte eingedrungen ist.

Wieder schloss ich meine Augen, als meine Hüften sich hoben und wanden unter dem Ansturm der Empfindungen, die meine Lust nur weiter angefacht hatten, jedoch nicht in der Lage waren, sie zu befriedigen. Nur eines konnte das gewaltige Bedürfnis meines kurz vor der Metamorphose stehenden Körpers stillen.

Ich öffnete meine Augen wieder, streckte meine Hand aus, um Nathans Hand zwischen meinen Beinen zu berühren. «Hör auf.»

Er drehte den Finger, den er in mir versenkt hatte, und zog ihn dann langsam heraus. Und ließ ihn dann, während ich ihn ansah, zwischen seine Lippen gleiten, um mich auf der Zunge zu schmecken.

Unwillkürlich zog sich meine Vagina zusammen, und Zach spürte die Bewegungen der Muskeln, als er einen dritten Finger in meinen Anus schob und mir mit diesem erfüllenden Gefühl an diesem bislang unerforschten Ort einen lustvollen Vorgeschmack auf das gab, was noch folgen sollte.

«Zach.» Ich ließ seinen Namen wie eine gutturale Einladung klingen. «Das ist nicht genug.»

«Ich weiß.» Seine Stimme klang tief und heiser, während seine bernsteinfarbenen Augen so entfesselt glühten, dass ich meinte, den Wolf in diesem Mann erkennen zu können. Er zog seine Finger zurück, einen nach dem anderen, und ließ mich leer und mit dem brennenden Verlangen zurück, endlich ganz erfüllt zu werden.

«Jetzt musst du es sein. Zum ersten Mal.» Ich neigte meinen Kopf nach hinten, streckte ihm meine Kehle entgegen, ihm, dem Leitwolf des Rudels, erkannte an, was er war, unterwarf mich seiner Herrschaft und lieferte mich ihm aus.

«Fick mich, Zach.»

KAPITEL 14

Ich wusste nicht, was mich erwartete. Vielleicht am ehesten, dass er über mich herfallen und mich ohne große Umstände nehmen würde. Aber er ließ mich warten, meinen Körper darum betteln, genommen zu werden, während er seine Hand abwischte und das Gleitmittel weglegte, das er von irgendwoher genommen hatte, um das Einführen seiner Finger in meinen Hintern zu erleichtern.

Wie es schien, hatten die Jungs alles Nötige dabei. Wie aufmerksam von ihnen. Am Ende würde ich ihnen voraussichtlich dafür sehr dankbar sein.

Jack kam zu mir ans Kopfende und streckte mir ein Glas mit einem Strohhalm entgegen. «Trink das.»

Mist. «Noch mehr Eisenhut?»

«Protein-Shake.» Er führte den Strohhalm an meine Lippen, und ich trank gehorsam, obwohl sich jede Faser meines Körpers gegen den Aufschub sperrte. Wenn ich diesen Tag schon kopflos vor Begierde verbringen musste, dann am besten bei Männern, die sich gut um mich kümmerten. Auf mich allein gestellt wäre ich wahrscheinlich schon ausgetrocknet und geschwächt, da mich ja nicht nach essbarer Nahrung gelüstete.

Als Jack zufrieden festgestellt hatte, dass ich genug getrunken hatte, nahm er mir das Glas wieder ab. Und dann stellte sich das gesamte Rudel um mich herum, bedachte mich überall mit Küssen und Zärtlichkeiten, während das wilde Tier in mir sich in ihren Gunstbezeugungen sonnte. Zach schob mit beiden Händen meine Schenkel noch weiter auseinander, bevor er zwischen ihnen niederkniete, und ich bemerkte, dass er sich mittlerweile ganz ausgezogen hatte.

Hatten das auch die anderen getan? Ich sah mich um und blickte auf nackte Oberkörper und Füße hier und da,

Hosen mit geöffneten Knöpfen und weitere Anzeichen einer fortschreitenden kollektiven Nacktheit.

Gut. Wenn jeder alles von mir zu sehen bekam, dann sollte das ja wohl umgekehrt auch für mich gelten. Außerdem würde es den Hautkontakt so viel einfacher machen, wenn nicht immer irgendwo störender Stoff im Weg war. Ich mochte, wie sie mich berührten. Ich wollte sie auch anfassen, und ich fragte mich, warum ich das bislang vermieden hatte. Sie gehörten zu mir, und ich gehörte zu ihnen, und es war gut und richtig, dass sie all dies miterleben und daran teilhaben sollten.

Als Zach seinen Körper auf mich herabsenkte, durchströmte mich Jubel. Die Männer traten einen Schritt zurück. Das war es, was ich wollte. Das war es, was ich brauchte. Ich schob ihm mein Becken entgegen, legte Zach meine Schenkel um seine Taille und bot mich ihm so offen, so einladend wie möglich dar.

Er ließ seine harte Eichel zwischen meinen feuchten, geschwollenen Schamlippen spielen, hatte aber keine Eile, mich zu nehmen.

«Zach», stöhnte ich und wand mich unter ihm. «Bitte.»

Er rieb seinen Körper an meinem und drückte sich dabei gerade so fest an mich, dass er an meiner offenen Pforte testen konnte, wie bereit ich für ihn war. «Sicher?»

Ich krallte mich in seinem Rücken fest. «Es muss sein. Ich brauche das. Bitte, ich brauche dich in mir.»

«Alle sehen zu», flüsterte Zach so leise, dass nur ich es hören konnte. «Bist du dir wirklich sicher? Denn wenn wir einmal begonnen haben, gibt es kein Zurück mehr, bis alles vorüber ist.»

«Meinetwegen können sie sich Notizen machen, fotografieren, darüber abstimmen, wie gut wir unsere Sache machen, es ist mir egal.» Nur ein Gedanke drang durch die Lust zu meinem Verstand durch, und deshalb rief ich ihnen über Zachs Schulter hinweg zu: «Sollte einer von euch Fotos oder Videos ins Internet stellen, bringe ich ihn um.»

Jack lachte. «Niemand hat irgendwelche Kameras dabei. Obwohl man daraus einen tollen privaten Filmabend machen könnte, falls du es dir doch noch anders überlegen solltest.»

«Nein.»

Ich wandte meine Aufmerksamkeit wieder zu Zach. «Es tut mir leid, was ich gestern Abend gesagt habe. Dass ich sie nicht dabeihaben wollte. Dass ich sie gern wegschicken würde. Das möchte ich nicht. Ich möchte Sex mit dir haben, während sie uns zusehen. Sie sind ein Teil dieser Sache. Sie gehören dazu.»

Bei diesen Worten begann Zach zu stöhnen, und ich spürte, wie sich seine Muskeln anspannten. «Hauptsache, du bereust es anschließend nicht.»

Das war meine einzige Vorwarnung, bevor er seinen Schwanz in meine wartende Scheide rammte, fest und schnell und tief, und dann war es so weit. Ich spürte, wie der Knoten in mir anzuschwellen begann, während Zach meine enge Körperöffnung mit der ganze Länge und Breite seines Schafts ausfüllte und mich dabei dehnte. Das ungewohnte Gefühl der vollkommenen Penetration ließ mich nach Luft schnappen, ohne dass es dafür den Zusatzeffekt des Knotens gebraucht hätte.

«Zach.» Ich keuchte seinen Namen und klammerte mich an ihn, um mich seinen Bewegungen anzupassen. Er ließ mir einen Augenblick Zeit, mich an das Gewicht seines Körpers auf mir zu gewöhnen und an die intime Eroberung meiner Lustgrotte.

«Alles in Ordnung?», fragte er mich dicht an meinen Lippen, küsste und streichelte mich besänftigend, bevor er begann, sich auf mir zu bewegen.

«Mmm.» Ich erwiderte seinen Kuss, gab mich dem Augenblick hin, genoss Zachs einzigartigen Geruch, schwelgte in dem Empfinden, das sein auf mir ruhender Körper in mir auslöste, und in dem Gefühl, dass er vollkommen von mir Besitz ergriffen hatte. In seinen Küssen lagen schmelzende Süße und Zärtlichkeit, während seine kurzen, harten Stöße, mit denen sein Schwanz meinen Tunnel eroberte, von atemberaubender Gier zeugten. «Ich mag das.»

Was schwach und unzutreffend ausgedrückt war. Ich liebte es. Ich war verrückt danach. Nur das konnte etwas gegen die Glut ausrichten, die in meinem Körper brannte; nur das konnte mir Erleichterung und Befriedigung verschaffen.

«Schon im Einkaufszentrum», stieß Zach keuchend hervor, als er seinen Schwanz plötzlich so tief in mich rammte, dass ich die Eichel an der Öffnung zu meiner Gebärmutter spürte. Er versenkte seine Lenden so tief in meinem Schoß, dass es den Anschein hatte, er wollte weiter eindringen, als mein Körper es erlaubte. «Schon da hätte ich dich am liebsten auf den Verkaufstresen gesetzt und hätte dich genommen. An Ort und Stelle, im Laden.»

Ich gab einen unverständlichen Lustlaut von mir und spürte, wie meine Möse unwillkürlich auf die bildhafte Darstellung reagierte, die er gerade von sich gegeben hatte.

«Du hattest ganz recht», fuhr er mit heiserer, leiser Stimme fort. «Ich wollte dich vor Publikum vögeln. Ich will, dass sie hören, wie du stöhnst, wie du dich mir nackt und mit weit geöffneten Schenkeln hingibst. Ich will, dass sie wissen, dass es mein Schwanz ist, der dich so nimmt, dass du dich kaum noch bewegen kannst.»

Er bewegte sich in einer so unerwarteten, ständig wechselnden Folge von kurzen, flachen, dann wieder von langen, tiefen Stößen, dass ich seinen Rhythmus nicht vorhersehen konnte. Ich konnte mich nur ganz hingeben und jeden Stoß so nehmen, wie er kam.

«Sie sehen uns zu – jetzt», murmelte ich zurück. «Beobachten, wie du mich aufs Sofa nagelst.» Und sie ahnen, wie mich das anmacht. Ich fühlte mich stark und sexy. Geil. Meine Möse hielt Zachs dicken Schaft fest und drückte ihn als Vorbereitung auf den Höhepunkt.

«Ich werde es dir richtig besorgen», sagte Zach und ließ den Worten auch sofort Taten folgen. «Ich werde dich ficken, bis ich nicht mehr kann. Ich werde in dir kommen, bis ich leer bin, und alles in dir.»

O Gott, ja. Ich jammerte und ließ unter ihm die Hüften kreisen, zuckte und bockte, wand und streckte mich. Immer wieder nahm er mich, verfiel dabei schließlich in einen stetigen, gemäßigten Rhythmus, von dem er auch dann nicht abwich, als ich ihn schluchzend anflehte, wieder schneller und tiefer in mich einzudringen.

Verzweifelt bemüht, endlich befriedigt zu werden, bäumte ich mich wütend unter ihm auf, woraufhin er mich niederdrückte und mich mit ungezügeltem Tempo ritt. Die Welt um mich herum verschwand, bis nur noch Geilheit und Lust existierten, und Zach, der mein Verlangen eher anstachelte als stillte, mit jedem seiner entschlossenen Stöße dafür sorgte, dass es ins Unermessliche wuchs.

Sein Name wurde in meinem Kopf zur Litanei, und ich wiederholte ihn bei jedem Stoß. Zach, Zach. Ich klebte an ihm, schlang mich um ihn, und mit jedem Mal, dass er in mich eindrang, vereinnahmte er mich ein bisschen mehr, bis ich glaubte, vollkommen ihm zu gehören.

«Bitte, mach es mir. Bitte, ich brauche das», bettelte ich. Mein Körper wurde von Zuckungen gepackt.

«Sag mir, dass du mich begehrst», antwortete er mit leidenschaftlicher, angespannter Stimme. «Sag mir, dass ich in dir abspritzen soll.»

«O Gott, Zach, ja.» Ich klammerte mich an ihn, zitternd vor der Gewalt dessen, wonach ich mich so sehnte. «Ich begehre dich. Ich will, dass du in mir kommst.»

Er stieß ein lautes Knurren aus und gab die eiserne Kontrolle auf, die er über uns beide ausgeübt hatte. Er nahm mich mit schnellen und grausam tiefen Stößen. Er benutzte mich mit wilder Hemmungslosigkeit, und ich genoss es, genoss seinen unermüdlichen Schwanz, genoss jeden Zentimeter, den er in meinen willigen Schoß rammte. Er war nicht mehr sanft oder beherrscht, und ich wollte das auch nicht. Was ich wollte, war genau dies.

«Zach. Ja.» Leise bekräftigte ich mein Einverständnis und meine Erlaubnis, ließ meinen Körper das ausdrücken, wofür ich keine Worte mehr fand.

«Gleich komme ich.» Zach fickte mich, und sein Schaft rammte so hart und tief in mich ein, dass er bis an meinen Muttermund reichte. «Ich spritze in dich hinein, ich pumpe dich voll mit meinem Saft.»

Ich gab einen leisen Laut von mir, der meine Gier und mein Verlangen ausdrückte, hob ihm meinen Körper entgegen und spürte, wie sich meine Muskeln zusammenzogen, als der lange hinausgezögerte Höhepunkt mich packte. Ich fühlte, wie sich sein Schwanz noch einmal auszudehnen schien, spürte ihn mächtig in mir zucken, als er in heißen, nassen Schüben zu spritzen begann. Seine Säfte badeten das Innere meiner Vagina, die der Sex unglaublich empfindsam gemacht hatte, und das gab mir den Rest.

«Zach.» Ich hatte keine Ahnung, ob ich seinen Namen flüsterte oder schrie, aber es kam mir gewaltig und endlos. Meine Hüften zuckten, meine intimsten Muskeln melkten seinen Schwanz. Wieder und wieder ließen wir uns, untrennbar verbunden, von der Flutwelle der Erlösung mitreißen, bis wir schließlich sanft an Land gespült wurden.

Ich lag keuchend und verausgabt unter ihm. Er ließ sich auf mich sinken, den Schaft noch vollkommen in mir. Während wir so vereint dalagen, drückte ich ihn an mich und fragte mich, ob ich die Gefühle für mich behalten könnte, die diese Erfahrung in mir ausgelöst hatte. Ich konnte es nicht und ließ meinen Tränen freien Lauf.

«Chandra.» Zach erhob sich ein wenig, um meine Wange zu küssen, mein Gesicht zwischen seine Hände zu nehmen und mit den Daumen meine Tränen fortzuwischen. «Liebste, weine doch nicht. Der Knoten wird gleich abschwellen.»

Ja, das würde er. Aber ich würde dadurch nicht frei sein.

«Es geht mir gut», sagte ich zaghaft und flüsternd. Das stimmte nicht wirklich, aber er hatte mir ja nicht wehtun wollen. Das wusste ich. Das hatte ich schon gewusst, bevor ich ausgesprochen hatte, was unvermeidlich verletzt hatte.

Ich hatte ihn dazu aufgefordert, mich zu ficken. Ich hatte ihn angefleht, mich endlich zu nehmen. Er hatte mir jede Möglichkeit gegeben, es mir anders zu überlegen. Ich hatte es nicht getan. Noch mehr Tränen rollten und folgten dem Weg der vorangegangenen.

«Sag mir, was dir fehlt.» Zach schob seine Arme unter mich, schlang sie um mich, drückte mich an sich. «Egal, was es ist, sag es mir, und es gehört dir.»

Ein Stück seiner Seele wollte ich besitzen, so wie ihm nun ein Teil meiner Seele gehörte. Aber das durfte nicht nur deshalb geschehen, weil ich ihn darum bat. Also schüttelte ich einfach den Kopf und vergrub mich in seiner tröstenden Stärke. Ich spürte, wie der Knoten in mir abschwoll. Jetzt konnten sich unsere Körper trennen, aber noch war ich nicht bereit, ihn gehen zu lassen.

«Halt mich», sagte ich mit rauer Stimme. «Halt mich einfach noch ein bisschen länger fest.»

«So lange wie du möchtest.» Er blieb in mir, die Arme fest um mich geschlungen. Sein Körper lag schwer und beruhigend auf meinem, beständig und wirklich und warm.

Seine Lippen erforschten meine. Unsere Münder trafen aufeinander und vereinten sich in einem tiefen, süßen

Kuss, der mir fast das Herz zerriss. Als er seinen Kopf hob, sahen seine Augen aus wie mattes Gold. «Es soll dir nicht leidtun. Bitte bereue nicht, dass du dich mir hingegeben hast.»

Ich streckte einen Finger aus und legte ihn auf seine Lippen. «Das tue ich nicht.»

Zach legte den Kopf an meine Stirn. «Was ist es dann? Irgendetwas stimmt doch nicht. Glaubst du jetzt, ich sei ein Monster?»

Ich schüttelte ziemlich verblüfft den Kopf. «Was meinst du damit?»

«Ich hab dich durchgefickt wie ein Tier. Ich habe dich mit meinem Knoten an mich gekettet. Und das alles habe ich vor einer Gruppe anderer Menschen getan.»

Ich legte meine Hand auf seine Wange und streichelte sie. «Die Sache mit dem Publikum hat mich überhaupt nicht aus der Fassung gebracht. Ich dachte erst, das würde es. Aber nichts ist passiert.»

Er hob seinen Kopf, und plötzlich lag etwas Kämpferisches in seinem Blick. «Du hast meine Frage nicht ganz beantwortet.»

Achselzuckend entgegnete ich: «Wenn du ein Monster bist, dann bin auch ich eines.»

«Und dabei wolltest du doch etwas Menschliches.»

Das hatte er sich natürlich gemerkt. Ich wünschte, ich könnte die Uhr zurückdrehen und hätte mich selbst für diese Bemerkung ohrfeigen können. «Ich wollte dich.» Das stimmte, und es drückte auch alles andere aus, was ich ihm noch nicht sagen konnte. Ich strich ihm übers Haar, küsste seine Schulter, schlang meine Beine enger um ihn. «Ich will dich noch immer.»

Zach stützte sich ein bisschen auf. «Wo wir gerade dabei sind: Du solltest die kurze Verschnaufpause gut nutzen.»

Ich wusste, was er meinte. Das Brodeln in meinem Körper hatte ein wenig nachgelassen, aber immer noch spürte ich das Fieber. Der entspannte Zustand würde nicht lange anhalten. Ich würde mehr wollen, und das wahrscheinlich ziemlich bald.

«Du hast recht.» Widerstrebend löste ich mich von ihm. Er zog sich aus meinem Körper zurück und setzte sich neben mich. Mit beiden Händen griff er nach meinen und half mir, mich aufzusetzen, zog mich dabei so weit zu sich heran, dass ich mich bequem an ihn lehnen konnte.

Jack reichte mir erneut etwas zu trinken. Ich entzog Zach eine Hand, griff nach dem Glas und trank es in einem Zug leer, ohne auch nur mit der Wimper zu zucken, als ich den Geschmack von Eisenhut erkannte.

«Vielen Dank.» Ich versuchte, ihn anzulächeln, als ich ihm das leere Glas zurückgab, was mir aber nur teilweise gelang.

«Gern geschehen.» Er beugte sich herab, um mir einen Kuss zu geben, der mir einen angenehmen Schock versetzte. Zachs Händedruck wurde fester, und ich fragte mich, ob das schon erste Anzeichen von Besitzanspruch wären. Und wenn schon – das wäre eben Pech. Ich musste mit dieser Situation klarkommen. Da sollte ihm das ja wohl auch gelingen.

Als der Kuss vorbei war, zog Zach mich auf seinen Schoß und stand mit mir auf. «Wir wollen uns ein wenig frischmachen.»

«Gut.» Ich lehnte meinen Kopf an seine Schulter und fand seinen Vorschlag richtig, obgleich er eigentlich nutzlos war. Er hatte mich markiert, und nichts würde das jemals wieder abwaschen können.

Er trug mich in ein Bad, das neben der Bibliothek lag, und wusch uns dort beide mit so fürsorglichen Gesten ab, dass es mir fast die Kehle zuschnürte. Als er fertig war, legte er einen Arm um meine Taille und zog mich so weit zu sich heran, bis sich unsere Körper beinahe berührten.

Da schwebte ich ihm entgegen, bis ich an ihm lehnte, froh, wieder in seinen Armen zu liegen.

«Das gefällt mir», sagte ich leise und rieb dabei meine Wange an seiner Brust.

«Nur wir zwei.» Zach versenkte sein Gesicht in meinem Haar und beugte sich dann so weit herab, dass er meine Schläfe küssen konnte. «Ich wollte dich einen Augenblick ganz für mich haben.»

«Ich denke, diesen kurzen Moment haben wir uns verdient», sagte ich lächelnd, die Wange an seiner Haut.

Seine Arme hielten mich fester. «Auf die Gefahr hin, dass ich damit die Stimmung zwischen uns kaputtmache, muss ich dich etwas fragen.»

«Alles, was du willst», sagte ich leicht und liebenswürdig dahin. Und je nachdem, würde ich ihm sogar die Wahrheit sagen.

«David.»

«Soll das eine Frage sein?» Ich schmiegte mich enger an ihn und spürte, dass sich meine Brüste bereits wieder sinnlich spannten, die Knospen meiner Brüste wieder anschwollen. Eine neue Welle der Erregung baute sich auf.

«Mich hast du nicht gefragt, was du ihn gefragt hast.»

«Das ist immer noch keine richtige Frage.»

«Ich hatte nicht geglaubt, es so deutlich aussprechen zu müssen.»

Nein. Das musste er auch nicht. Ich seufzte und ließ meine Hände aus purer Freude am Fühlen über seinen Körper wandern. «Dich musste ich nicht fragen. Ich wusste, dass du mich nicht dafür hassen würdest, wenn ich mit ihm Sex hätte. Im umgekehrten Fall war ich mir nicht ganz sicher.»

Zachs Finger gruben sich fest in meine Haut. Besitzergreifend. «Und was wäre gewesen, wenn er ja gesagt hätte?»

Ich hob meinen Kopf und suchte seinen Blick. «Dann

hätte ich trotzdem zuerst mit dir gevögelt. Aber wahrscheinlich hätte ich versucht, nicht gleich im Anschluss daran mit ihm zu schlafen.»

«Du hättest es versucht.» In Zachs Augen brannten bernsteinfarbene Flammen.

«Richtig. Ich hätte es versucht.» Ohne zu blinzeln hielt ich seinem Blick stand. «Obgleich ich es vielleicht doch getan hätte.» Womit ich offen zugab, dass ich David trotzdem begehren würde, auch wenn ich wüsste, dass er mich hasst.

Zach küsste mich mit verheerender Leidenschaft, um sich schließlich von meinen geschwollenen und brennenden Lippen zu lösen. Was nicht mit der zunehmenden Bedürftigkeit meines Körpers zusammenpasste. Mein Atem kam stoßweise, ich spürte eine süße Anspannung in meinem Unterleib. Meine Haut war wild nach Berührung, und meine Vagina zog sich so heftig zusammen, als ob sie mich darauf aufmerksam machen wollte, ihre Leere schnellstmöglich zu füllen.

«Zach.» Ich drückte mich bebend an ihn. «Ich glaube, der Augenblick ist um.»

«Noch nicht ganz.» Er drehte mich so um, dass mein Rücken an seiner Brust lehnte und die Rundung meines nackten Hinterns weich zwischen seinen Lenden ruhte. Er legte eine Hand auf meine Brust und ließ die andere hinab zu meiner Möse gleiten. Mit der Handfläche massierte er meinen Kitzler, die Fingerspitzen liebkosten meine Schamlippen. Diese intimen Berührungen ließen mich aufstöhnen, und einladend öffnete ich meine Beine für ihn ein Stückchen weiter, damit zwischen meinen Schenkeln Raum für mehr Zärtlichkeiten wäre.

Auf diese unausgesprochene Einladung antwortete Zach, indem er seine Hand tiefer gleiten ließ und seine Finger in meine nasse Spalte schob. Er drückte meine Brust, küsste mich seitlich auf den Hals, drang mit flachen Stößen in mich ein. «Genau hier wirst du seinen Schwanz haben.»

«Ja.» Ich schloss meine Augen und drückte mich gegen seine Hand. «Möchtest du dabei zusehen?»

«Ich will, dass du meinen Schwanz in den Mund nimmst, während er es tut. Ich will, dass du deine Lippen um mich legst, so wie deine Beine ihn umschlingen.» Seine Stimme war tief und rau, und seine Hand bearbeitete mich zielsicher und geschickt.

«Ich bin nicht sicher, ob ich das schaffe», antwortete ich, bevor mein Atem stockte als Reaktion auf seine Worte und darauf, was er mit meinem Körper anstellte. «Eingeschränktes Wahrnehmungsvermögen. Aber trotzdem eine geile Vorstellung.»

«Wenn du es schaffst, will ich, dass du es tust.»

«Zach.» Gefühle stiegen in mir auf, blieben mir im Hals stecken.

«Ich will es dir nicht schwermachen.» Er rieb sein Kinn über meinen Scheitel, während er sprach. «Ich möchte nur, dass du weißt, dass ich dich auch dann noch begehren werde, wenn er dich nimmt. Du hast mich zwar nicht gefragt, aber ich dachte, ich könnte es dir trotzdem sagen.»

«Oh.» Er war immer noch bereit, mich zu teilen. Ich schluckte und war mir gar nicht so sicher, ob mir das die Sache erleichtert hatte oder nicht.

KAPITEL 15

Als Zach mich schließlich hinaustrug, war meine Haut am ganzen Körper leicht gerötet, und ich hatte das Gefühl, es sehr eilig zu haben. Ich bebte vor Verlangen. Der

Sex hatte mich für kurze Zeit befriedigt, hielt jedoch nicht lange vor.

Während unserer kurzen Abwesenheit hatten im Raum ein paar raffinierte Veränderungen stattgefunden. In einer Ecke stand ein Servierwagen mit Essen und Getränken. Sehr praktisch. Die ausgezogenen Kleidungsstücke waren weggeräumt worden, und dank meines verwirrten Zustands dachte ich einen Moment lang, ich sei in eine Mannschaftskabine geraten. So viele schöne, nackte, athletische Männerkörper, die als Gruppe mit ihrer Nacktheit so locker umgingen, als sei das in dieser Situation vollkommen angemessen.

Der Vergleich mit dem Umkleideraum setzte mich unter ziemliche Anspannung, was Zach sofort bemerkte. «Was ist?»

«Männergespräche in der Umkleidekabine», sagte ich, so, dass nur er meine Unsicherheit heraushören konnte. «Ich höre förmlich, wie ihr abschätzend über mich redet.»

«Sollte jemand auch nur ein Wort äußern, das nicht hundertprozentig als Kompliment gemeint ist, dürfte das allerdings nicht in meiner Gegenwart geschehen», sagte Zach mit strenger Stimme. «Andernfalls müsste ich ein Machtwort sprechen.»

Machtwort? Erschrocken kniff ich die Augen zusammen. Das erschien mir ein bisschen übertrieben, aber wenn er es so ernst nahm, müsste ich mir wenigstens keine Gedanken darüber machen, dass die Jungs hinterher schmutzige Bemerkungen über mich machen würden.

Ich fühlte mich immer noch merkwürdig dabei, sie jetzt alle wiederzusehen, nachdem sie mich abwechselnd beim Vorspiel berührt und dann meinen Orgasmus erlebt hatten, als David mich geleckt hat, bevor ich schließlich ein zweites Mal unter Zach kam.

Beim bloßen Gedanken daran spürte ich, wie meine Wangen zu brennen begannen. Vorhin hatte sich das alles gut und richtig angefühlt, aber jetzt plagten mich Schuldgefühle, und mir war alles plötzlich schrecklich unangenehm.

«Du gehörst zu uns», flüsterte Zach und stellte mich auf die Füße. Er küsste meine Stirn und legte mir schützend einen Arm um die Taille. «Geh und lass dir von ihnen zeigen, was das bedeutet.» Er schob mich vorwärts. Nur zögernd setzte ich einen Fuß vor den anderen, aber zu meiner Überraschung kamen sie mir entgegen.

«Hab dich schon vermisst», sagte Jack, indem er mich um die Taille fasste und mich zu einem schnellen Kuss an sich zog, der mich trotzdem voll erwischte. Mit einem Schlag war die ganze Lust wieder da. Er gab mich weiter an Matt, der mich in den Nacken küsste und meinen blanken Hintern mit spürbarem Vergnügen liebkoste.

Nach ihm kam Nathan und küsste mich leidenschaftlich, während seine Hände meine Brüste eroberten. Unter seinen Zärtlichkeiten wurden meine Brustwarzen so spitz, als ob sie sich nach noch mehr Aufmerksamkeit reckten. Hinter meinem Rücken begannen zwei weitere Hände, meinen Po zu kneten, und als ich mich umdrehte, stand ich vor Will, dessen Ständer mir munter entgegenwippte und meinen Bauch berührte. Fröhlich rieb er seine Nase an meiner und brachte mich damit zum Lachen.

Daniel. Sean. Cam. Aidan. Roman. Jetzt war es nicht mehr so wie gestern Abend, als ich noch Schwierigkeiten hatte, Namen und Gesichter zusammenzubringen. Inzwischen gehörten sie zu meiner Wirklichkeit, und in ihren Berührungen lag Zuneigung und Anerkennung. Worte konnten trügerisch sein, aber Körper konnten nicht lügen. Einer nach dem anderen ließen sie mich spüren, dass ich ihnen gehörte, und sie alle gehörten mir, küssten mich heiß und setzten mich in Flammen. Mein nackter Körper streifte sie der Reihe nach.

Sean und ich waren etwa gleich groß, was ihm die besten Voraussetzungen verschaffte, einen kühnen Vorstoß zu wagen. Als unsere Lippen sich begegneten und unsere Zungen sich berührten, ließ er seinen stolz geschwellten Penis zwischen meine Schenkel gleiten und stieß so vorwärts, dass sein Schaft sich zwischen meine Schamlippen schob.

Bei dieser Berührung begann ich zu zittern, erregt von dem Gedanken, sie alle so spüren zu können, ohne dass die Gefahr bestand, wie bei einer richtigen Vereinigung aneinandergekettet zu bleiben.

«Jetzt bin ich dran», sagte David hinter mir und veranlasste Sean damit, sich zurückzuziehen. Dabei ließ die Bewegung seine Eichel durch meine feuchte Spalte pflügen. Er stöhnte an meinem Mund, und ich gab diesen Laut wie ein Echo zurück. So nah, so gut, doch noch immer nicht genug.

Dann hielt David mich im Arm, und vor Glück wurden meine Knie ganz weich, denn es war, als käme ich nach Hause. Die Angst, dass der Sex mit Zach die zarten Bande zwischen David und mir zerrissen haben könnte, war im Nu wie weggeblasen. Er hatte mir versprochen, mich nicht zu hassen, hatte mir sein Einverständnis auch dadurch zu verstehen gegeben, dass er mich vor aller Augen ausgezogen hatte und dass er mich mit seiner Zunge auf den Fick mit einem anderen vorbereitet hatte. Und trotzdem hatte es bis eben ganz tief in mir noch eine ängstliche Stimme gegeben, die meinte, David könnte mich jetzt nicht mehr wollen.

Doch auch meine zweite Befürchtung, nach Zach nun nicht mehr genug für ihn zu empfinden, war wie weggeblasen. Ich schmiegte mich an David, bis ins Innerste meines Herzens froh, dass keinem von uns die Lust genommen war, unser Verlangen nacheinander zu stillen.

Vielleicht sähe das morgen schon wieder ganz anders aus. Wenn die Zeit der Hitze vorbei war und ich meine

Wahl getroffen hatte, könnte es sein, dass ich David anschauen würde, ohne versucht zu sein, ihn zu berühren. Mich nicht danach sehnen würde, von ihm genommen zu werden. Vielleicht wäre dann der Zauber zwischen uns verflogen, weil wir unseren Gefühlen nachgegeben hatten, oder er wäre einfach weg, weil ich Zach offiziell als meinen Gefährten anerkannt hatte.

In diesem Moment allerdings waren David und ich eins. Jeden gestohlenen Augenblick wollte ich genießen. Wir standen voreinander, streichelten uns nicht, schmiegten nur unsere Körper aneinander und hielten uns fest umschlungen. Sein Gesicht lag auf meinem seidigen Haar. Er atmete mich, und ich atmete ihn. Meinen Kopf in seine Halsbeuge gebettet, schwelgte ich in dem intensiven Gefühl, das uns verband.

Meine Hände erforschten die Weiten seines Rückens, beeindruckt von der geballten Männlichkeit, die von seinem Körper ausging, wissend, dass der eigentliche Zauber unter der Haut, in seinem Fleisch und Blut verborgen lag und vom Vollmond preisgegeben wurde. Ich hatte die Verwandlung mit eigenen Augen gesehen, hatte das Fell berührt. Ich wusste, wer er war. Ich konnte spüren, wer ich sein würde. Einander gleich. Tiere in menschlicher Gestalt, die auf den Augenblick der Erlösung warteten.

«Wie willst du mich?», fragte ich mit leiser Stimme. Mir schien klar zu sein, dass ich ihn als Nächsten wollte.

«Auf den Knien», antwortete David. Die Muskelpakete unter meinen Händen wölbten sich, als er mich noch fester drückte. «Ich will dich von hinten und auf den Knien nehmen.»

Ich schloss meine Augen, um mir das Bild auszumalen. Mein nackter Hintern in die Luft gestreckt, die Schenkel geöffnet, meine nasse Möse zur Schau gestellt. Unterwürfig. Empfänglich. David hinter mir, mit seinem dicken Schwanz, der nach vorn ragte. Seine Hände auf meinen

Hüften halten mich in Position. Das langsame, gleitende Eindringen seiner Männlichkeit, das Anschwellen des Knotens in mir, der uns aneinanderfesseln würde, der mich zu seinem Eigentum machen würde, bis er mich wieder entließe.

Ich bemerkte, wie schnell ich atmete und dass mir schwindlig war.

«Ich möchte nicht, dass du ermüdest.» Er senkte seinen Kopf und küsste mich seitlich auf meinen Hals, ließ seine Lippen mit einer zärtlichen Geste so über die empfindliche Haut gleiten, dass ich vor Verlangen bebte. «Ich werde dich über einen der Hocker legen, damit du eine Stütze hast, wenn du vor mir auf den Knien liegst. Genau so will ich dich.»

«Gut.» Ich war benommen vor Lust, verrückt vor Verlangen. «Jetzt?»

«Noch nicht.» David zwickte mit spitzen Zähnen in mein Ohrläppchen und zog vorsichtig daran. «Erst das Vorspiel. Gib den anderen eine Chance, dir Vergnügen zu bereiten, dich weich und prall und nass zu machen für mich, damit ich mich nicht zurückhalten muss, wenn ich dich ficke.»

Ich keuchte, gefangen von seiner Nähe, seiner Deutlichkeit, dem Bild anderer Hände und Zungen, die mich bereit machten, damit er mich anschließend ungezügelt nehmen konnte.

«Ich kann nicht mehr stehen», flüsterte ich, da ich plötzlich das Gefühl hatte, meine Beine würden nachgeben.

«Das musst du auch nicht.»

David hob mich hoch und trug mich hinüber zu einem Sessel, vor dem ein Polsterhocker stand. Zusammengeschoben waren sie so etwas wie ein halbes Bett, auf das er mich nun legte. So wäre es einfach, mich umzudrehen und so weit hinunterzuziehen, dass meine Knie den Boden berührten, damit ich es bequem hatte, wenn es so weit war. Meine Brustwarzen prickelten in der Erwartung des rauen Stoffes, wenn mein Körper, von seinen harten Stößen getrieben, darauf hin und her rutschen würde.

Er zog mich abwärts, bis meine Hüften auf der Kante der Ottomane lagen, und dann packte er meine Schenkel und schob sie weit auseinander. Eine wundervolle Position, um mich oral verwöhnen zu lassen. Köstliche Erwartung pochte zwischen meinen Schenkeln.

«Wer soll dich lecken?» David ließ seine Hand über meine Möse gleiten, streichelte und liebkoste sie, ohne sie zu öffnen. «Wer soll dich zum Orgasmus bringen?»

Ohne nachdenken zu müssen, wusste ich, wen ich wollte. Mein Körper zitterte noch immer in Erinnerung an Matt und seinen unglaublichen Tango. Er hatte mich mit seinem Tanz verführt. Jetzt wollte ich, dass seine Zunge zwischen den weichen Lippen meiner Spalte tanzte.

«Matt», sagte ich laut, und der heisere Klang meiner Stimme ließ dieses eine Wort Bände sprechen.

«Wirklich?» Sein Blondschopf tauchte über mir auf, sah mich über die Lehne des Sessels hinweg an. Seine Augen leuchteten übermütig, und ich grinste ihn an.

«Ja, wirklich.»

Träge und sexy lächelte er zurück. «Der Tango war's, oder?»

«Ja.»

Matt beugte sich vor, bis seine Lippen meine Stirn berührten. «Brauchst du vorher noch irgendwas? Etwas zu trinken oder zu essen?»

Kaum merklich schüttelte ich den Kopf. «Hab keinen Appetit auf Essen.»

«Sicher?» Er streckte die Hand über die Lehne, um meine Brustwarzen zu streicheln, indem er seine Handfläche nur ganz leicht darüberstreichen ließ. Ich reckte mich ihm entgegen, wollte unbedingt mehr.

«Sicher.»

Seine Hand verschwand, und sofort fehlte mir seine Berührung, bis er um den Sessel herumkam und sich zwischen meine geöffneten Schenkel hockte. «Nun, ich könnte schon einen Appetithappen vertragen.»

Ich verstand ihn sofort. Meine Zehen fingen an zu zappeln, und mein Becken schob sich ihm entgegen. «Jetzt gleich?», hauchte ich.

«Ja. Jetzt gleich.» Ohne jede Eile strichen Matts Hände an der Außenseite meiner Beine von den Fesseln bis hinauf zur Hüfte. Mir gefiel die Vorstellung, dass er offenbar vorhatte, sich viel Zeit zu lassen. Sein Kopf neigte sich, aber zu meiner Überraschung legte er seine Wange auf meinen Bauch, während seine Hände die Rundungen meines Beckens erkundeten und die Kurven meiner Taille. «Du fühlst dich an wie heiße Seide», sagte er.

Ein Lächeln huschte über meine Lippen. «Schmeichler.»

«Vorsicht.» Er beugte sich vor, ließ seine Zähne über die empfindliche Haut meiner Brüste streifen und entlockte mir ein Keuchen. «Wenn du mir unterstellst, ein Lügner zu sein, werde ich dich bestrafen müssen.»

«Mmm.» Das klang wie eine Mischung zwischen Schnurren und Lachen. «Und was stellst du dir da vor?»

«Ich habe viele Ideen.» Er ließ die Hände über meine Rippen gleiten, legte sie mir auf die Brüste, drückte zu und ließ wieder locker, um danach meine Brustwarzen fest zwischen seinen Fingern einzuklemmen. «Wie das hier, für den Anfang.»

Matt zog erst den einen Nippel, dann den anderen in die Länge, ohne die Klemme zu lockern. Diese Kombination ließ mich meine Scheide zusammenziehen, und ich fragte mich, ob er mich in meinem momentanen Zustand vielleicht schon allein so zum Höhepunkt bringen konnte.

«Oh.» Ich leckte mir über die Lippen und warf ihm

einen Schlafzimmerblick zu. «Und was würdest du als Nächstes tun?»

Er ließ meine Brust los und legte stattdessen eine Hand auf meinen Schamhügel, um meinen Kitzler zwischen Daumen und Zeigefinger nehmen und so lange drücken zu können, bis die Grenze zwischen Schmerz und Lust nicht mehr klar erkennbar war. Er nahm jetzt einen meiner Nippel in den Mund und zog fest daran, ließ ihn entwischen und wiederholte das Ganze auf der anderen Seite mit seinem Gegenpart.

Mein Atem kam jetzt stoßweise, und ich gab einen tiefen, begehrlichen Laut von mir. Er wiederholte seine köstliche, erotische Folter, aber der feste Druck auf meinem Kitzler und das heftige Saugen ließen meine Möse so pochen und putschten meine Nerven so auf, dass es einfach zu viel war. «Matt.»

Er lockerte den Druck ein kleines bisschen, was zu einem leichten Nachlassen des Reizes führte, legte dann seine Hand zwischen meine Schenkel und ging zu einer weniger unmittelbaren Stimulation über. Seinen Mund ließ er auf meinem Busen, ließ aber auch hier weniger Kraft walten, bis ich nur noch heiße, nasse Liebkosung spürte. Er leckte und schleckte jeden der beiden runden Hügel, schloss dann mit einem Kuss in der Spalte dazwischen.

«Sei lieb, dann muss ich dich auch nicht mehr bestrafen», sagte er und hob seinen Kopf. Er beugte sich vor und biss einmal sanft in meine Unterlippe.

Mein Bedürfnis, ungezogen zu sein, war das stärkste, dass ich je in meinem Leben empfunden hatte. Und das wusste er genau. Gleichzeitig stieß er jetzt einen Finger in mich und ließ seine Zunge tief in meinen Mund gleiten.

Ich öffnete ihm meinen Mund ein Stück weiter, genoss den leidenschaftlichen Kuss und die verführerischen Bewegungen des Fingers, der zwischen meinen Beinen ein und aus ging. Es fühlte sich so gut an, dass es fast schon wehtat. Ich wollte etwas in mir haben. Ich zitterte, und er hob den Kopf, um in mein gerötetes Gesicht zu sehen.

«So nah dran?» Matt klang überrascht.

«Es tut weh.» Ich starrte ihn an, mein ganzer Körper schrie nach Erlösung.

«Ich werde dich küssen und alles wiedergutmachen», versprach er. Dann verlagerte er das Gewicht so, dass sein Mund die Hand ablösen konnte. Die erste Begegnung zwischen seiner Zunge und meiner geschwollenen Möse ließ mich aufstöhnen. Er leckte meine Schamlippen, eine sanfte, beruhigende Liebkosung, stieß dann mit seiner Zunge tief in mich, um von mir zu trinken. Eine Hand legte er auf meinen Bauch, warm und beruhigend, ihn sanft massierend.

Angesichts der Süße dieses Augenblicks schloss ich die Augen. Dies war so viel mehr als nur Lust. Es war Zärtlichkeit und Fürsorglichkeit und Rücksichtnahme. Es war auch Begehren, ein sehr tiefes, unerschöpfliches, und Geilheit und Verlangen und noch etwas ganz anderes. Ein Gefühl der Zusammengehörigkeit, der seelischen Verbundenheit.

Jack hatte gesagt, sie zurückzuweisen würde bedeuten, sie aus dem Rudel auszustoßen. War es auch andersrum so? Matts liebevolle Lippen sagten ja. Sie alle zeigten mir, dass sie bereit waren, mich als Gefährtin und als ihre Königin zu akzeptieren.

Meine Beine legten sich um ihn, und ich ließ meine Füße an seinem Oberkörper hinabgleiten. Meine Hände gruben sich in sein Haar, nahmen seine Haut so in sich auf, wie er mich mit allen Sinnen erfahren hatte. Er zog die Zunge aus mir heraus, ließ sie durch meine Spalte gleiten, leckte meinen Kitzler, presste seinen Mund fest auf das Lustzentrum und ließ mich sein sanftes Saugen spüren. Seine freie Hand schob sich zwischen meine

Schenkel. Zwei Finger, schließlich drei, stießen in mich und verfielen in einen stetigen Rhythmus.

«Matt.» Ich sprach seinen Namen aus wie ein tiefes Seufzen, bewegte meine Hüften im Rhythmus der Stöße seiner Hand in meiner Möse. Er saugte mal stärker, mal schwächer an meiner Klitoris und steigerte dabei das Tempo, mit dem seine Finger in mich eindrangen. Und immer noch war es nicht genug. Verzweifelt machte ich ein Hohlkreuz, schob ihm meine Brüste entgegen und warf meinen Kopf zurück. «Matt.»

Er hob seinen Kopf, und in seinen blauen Augen lag Erschrecken. «Ich habe dich zu sehr erregt.» Er ließ die Hand zwischen meinen Beinen liegen, zog aber die Finger aus mir heraus. «Du kannst so nicht mehr zum Orgasmus kommen.»

Was meinte er damit, dass ich so nicht mehr kommen könnte? Ich hätte schreien können. Stattdessen wiederholte ich nur immer wieder die Litanei, die durch meinen gesamten Körper rauschte. «Ich will aber. Ich will aber.»

«Chandra.» Er drückte mir seine Hand fest auf die Möse. «Was du brauchst, ist ein Fick. Doch darum hast du mich nicht gebeten, also werde ich nicht so weit gehen.»

Ich starrte ihn an und hatte Probleme, seine Worte zu begreifen.

«Das geht schon klar.» David war neben mir und streichelte mir beruhigend über den Arm. «Wenn du ihn jetzt brauchst, ist das okay.»

Ich spürte, wie mir Tränen in die Augen stiegen. «David.»

«Ich bin da.»

«Hilf mir.»

«Immer.» Er küsste mich sanft auf den Mundwinkel. Da drehte ich meinen Kopf, bis unsere Lippen ganz aufeinanderlagen und aufeinanderblieben.

KAPITEL 16

Davids Mund fühlte sich heiß und unnachgiebig an. Zwischen meinen weit geöffneten Schenkeln wartete Matt auf meine Entscheidung und schien mit seiner festen Hand zwischen meinen Beinen verhindern zu wollen, dass ich auf der unsichtbaren Klippe des Wahnsinns ausglitt und abstürzte.

Ich erkannte plötzlich, dass es dieser Zustand war, den sie meinten, wenn sie davon sprachen, ich würde zu leiden haben. Ich brauchte, was kein normaler Mann mir jemals geben könnte, und in diesem Stadium brauchte ich sogar mehr, als ein einzelner Neuri mir geben konnte. Wahrscheinlich würde ich es tatsächlich mit ihnen allen treiben müssen, damit es ein Ende hätte.

«David», flüsterte ich seinen Namen dicht an seinen Lippen. «Ich kann jetzt nicht aufhören.»

Vielleicht, wenn wir uns an die Vorgaben gehalten hätten, wenn Matt weniger großzügig mit seinen Gunstbezeugungen gewesen wäre, weniger erfindungsreich. Und wenn er sich auf die orale Stimulation beschränkt hätte, hätte er es mir mit dem Mund besorgen können, und wir wären beide befriedigt gewesen.

Stattdessen hatte er mich viel zu sehr erregt, als das ich mit weniger als vollständiger Penetration hätte zufrieden sein können. Und er hatte durch seine Berührungen meinen Körper so auf seinen eingestellt, dass es nun sein Schwanz war, den ich mich in mir zu spüren sehnte. Ich war nicht sicher, ob ich in diesem Moment mit irgendeinem der anderen Erlösung finden könnte, und ohne diese Erlösung, so fürchtete ich, würde ich von der Klippe stürzen. «Ich kann nicht aufhören», wiederholte ich schluchzend.

«Pssst.» Er schob seine Finger durch meine kurzen Haarsträhnen und hielt meinen Kopf schützend in seinen

Händen. Mit dunklen Augen sah er mich an. «Hab keine Angst. Gib deinem Körper, was er braucht.»

«Ich muss mit ihm ficken.» Meine Lippen zitterten, als ich diese Worte aussprach.

«Dann tu es.» David gab mir noch einen kurzen, festen Kuss, bevor er mich losließ.

Ich sah Matt an, sah seine angespannte Haltung, und ich wusste, er hatte es wirklich nicht darauf angelegt, dass das passiert war. Keiner von uns beiden hatte das, aber wir waren über unser Ziel hinausgeschossen. Jetzt musste ich ihm zeigen, dass ich ihm weder die Schuld gab, noch ihn als zweite Wahl empfand, sondern ihn wirklich begehrte. Es war Zeit, alles andere hinter mir zu lassen, mich ihm und dem Augenblick ganz hinzugeben.

«Matt.» Ich sprach seinen Namen in einem kehligen Singsang. «Ich war sehr, sehr ungezogen.»

In seinen Augenwinkeln zeigten sich kleine Fältchen, und seine Lippen umspielte ein kaum merkliches Lächeln. «So, warst du das?»

«Sehr ungezogen.» Ich starrte ihn an, atmete heftig und schnell.

Er schüttelte den Kopf. «Dann werde ich dich wohl bestrafen müssen.» Er zog seine Hand weg und stand auf. «Dreh dich auf den Bauch.»

Obwohl ich am ganzen Körper zitterte, gelang mir das, und ich legte mich bäuchlings über den Polsterhocker, so wie David es sich gewünscht hatte.

Matt legte seine Hände auf meinen Po, zog die Rundungen nach, drückte sie. «Jetzt werde ich dir deinen Hintern mal ein bisschen anwärmen.»

Ich keuchte auf. Würde er das wirklich wagen?

Er legte eine Hand unten auf meine Wirbelsäule, genau oberhalb meiner Pobacken. Seine andere Hand versetzte mir einen heftigen Klaps, der mich zusammenzucken ließ. Dann noch einen. Und noch einen. Jedes Mal, wenn mich seine Hand traf, zog sich unwillkürlich meine Möse zusammen, und die Stelle, wo er mich getroffen hatte, wurde rot. Als er innehielt, biss ich mir auf die Lippe, damit ich nicht laut aufschreien und ihn anflehen würde, weiterzumachen.

«Siehst du.» Mit gierigen Händen und als Kontrast zu den Schlägen, die er mir verpasst hatte, liebkoste er leicht und aufreizend meinen Hintern und die Rückseite meiner Schenkel. «Jetzt wirst du dich wohl benehmen, oder?»

«Ja.» In diesem Augenblick hätte ich ihm wohl in allem recht gegeben, egal was es wäre, wenn er sich nur endlich das nehmen würde, was ich ihm so verzweifelt anbot, und mir dafür geben würde, was ich brauchte.

«Jetzt werde ich dich ficken.» Er beugte sich über mich, küsste mich in den Nacken. «Und wenn du mir Ärger machst, werde ich dich wieder bestrafen müssen.»

Meine Antwort auf diese sinnliche Drohung war keuchendes Atmen. Er packte meine Hüften, zog mich so weit an sich, bis sein Ständer in dem Tal steckte, das die Rundungen meiner Pobacken trennte.

«Auch ich will dich so», ließ Matt mich wissen. «Ich will mich an deinem Hintern reiben. Und dann, wenn ich kurz davor bin, werde ich zwischen deine Backen stoßen und dich ficken, während ich dich vollspritze.»

Ich schnappte nach Luft, angesteckt von seiner Phantasie, auch wenn ich ihn so dringend in meiner Möse spüren wollte, dass ich am ganzen Körper zitterte. «Das könnte mir gefallen.»

«Das kann ich mir denken.» Er schaukelte vor und zurück, ritt durch die schmiegsame Spalte, die seinen strammen Schaft beherbergte. «Ein schöner geiler Pofick wird einem ungezogenen Ding wie dir schon zeigen, wo's langgeht.»

Diese Variante hatte ich mir eigentlich für später aufgehoben. «Was ist mit dem Knoten?»

«Wenn ich schon kurz davor bin, wenn ich in dich eindringe, wird es nicht lange dauern, bis ich komme, und dann bist du bald wieder frei.»

Sein Brustkorb lastete schwer auf meinem Rücken, und sein Körper bedeckte meinen. Er schob die Arme unter mich und richtete mich so weit auf, bis wir beide knieten und er mich dabei stützte. Er hielt mich eng umschlungen, streichelte meinen Bauch, meine Brüste mit zärtlichen Gesten und hatte die gespielte Dominanz ganz abgelegt. «Aber das werde ich dir nicht antun, wenn ich dich jetzt nehme. Ich will dich ja nicht um dein Vergnügen bringen, indem ich's kurz mache.»

Ich schüttelte fast den Kopf angesichts dieser sehr verdrehten Logik, dass es ein Akt des Gebens sein sollte, seinen Schwanz so lange wie möglich in mir zu lassen, nicht ein Akt des Nehmens.

Matt strich mir über den Rücken, bis seine Hand zwischen meinen Beinen lag. «Ich will dich auf dem Rücken», sagte er. «Ich will dein Gesicht sehen, wenn es dir kommt.»

Ich bebte und nickte zustimmend. Er zog uns beide auf die Füße und stützte mich.

«Wo?», fragte ich. Ich war fast besinnungslos vor Geilheit, unfähig, mich für einen bestimmten Ort zu entscheiden, wo wir es uns bequem machen wollten.

«Auf den Kissen vor dem Feuer. Kannst du so weit gehen?»

Ich konnte noch nicht einmal mehr so weit sehen. Also schüttelte ich den Kopf, woraufhin er sich bückte, um mich unter die Knie zu greifen und mich an sich zu drücken. «Ich werde dich tragen.»

Das taten sie hier alle ziemlich gern, dachte ich, aber es wäre wohl noch viel beschämender, lusttrunken auf dem Boden herumzukriechen, also protestierte ich nicht.

Matt legte mich in das weiche Nest und blieb dann

eine ganze Weile über mir hocken, betrachtete das Bild nackter, zügelloser Hingabe, das ich ihm bot. «Gott, bist du schön», flüsterte er.

Er deckte mich mit seinem Körper zu, schob ein Bein zwischen meine und drückte sie auseinander. Er packte mich bei den Handgelenken, streckte meine Arme über den Kopf und hielt meine Hände so fest.

Sein steifer Schwanz lag jetzt zwischen meinen weit geöffneten Schenkeln, bereit, die Öffnung zu erobern, die er bereits mit seinem Mund und seinen Fingern erkundet und sie dabei so wild und nass gemacht hatte, dass er übers Ziel hinausgeschossen war und mich in diesen Zustand versetzt hatte.

«Darf ich bitten?» Matt sah mir tief in die Augen, während er seinen Körper auf meinen senkte und sich dabei schneller seinen Weg bahnte, als meine Möse sich dehnen konnte, um ihn aufzunehmen, sodass ich jeden Zentimeter seines Eindringens spüren konnte, bis sein Schwanz schließlich ganz in mir steckte.

Ich keuchte und bebte unter ihm, wollte ihn ganz, hatte plötzlich das wilde Bedürfnis, mich zu bewegen, meine Hüften kreisen zu lassen und ihn noch tiefer aufzunehmen. Ich spürte, wie er in mir anschwoll und meine Höhle noch strammer füllte, als der Knoten mich festhielt.

«Matt.» Ich schlang meine Beine um seine Oberschenkel, öffnete mich dadurch noch ein bisschen weiter für ihn und ließ ihn noch tiefer eindringen. «Fick mich, so tief du kannst.»

Das tat er. Wieder und immer wieder stieß er seinen Schaft in mich, fickte mich mit brutalen Stößen, die mich keuchen ließen, dann stöhnen, dann schreien vor Lust. Er nagelte mich am Boden fest, und jeder seiner kraftvollen Rammstöße in meine willige Höhle erfüllte mich mit einer Mischung aus Ekstase und Qual. Nichts war genug, egal wie schnell und tief er in mich eindrang.

Meine Beine wanderten höher, umklammerten seine Taille. Meine Arme schmerzten von der Heftigkeit meiner Umarmung, in dem Bedürfnis, ihn festzuhalten, ihn anzuspornen. «O Gott, Matt», schluchzte ich fast, verrückt vor Verlangen nach Erlösung. «Tiefer. Tiefer.»

«Ich tu dir weh», sagte er mit belegter, kehliger Stimme, und ich ahnte, dass er fast so weit war wie ich.

«Nein.» Ich schlug meinen Kopf von der einen auf die andere Seite und bäumte mich unter ihm auf wie wild. «Du tust mir weh, wenn du es mir nicht machst.» Ich begann zu weinen, Tränen der Verzweiflung und Angst, dass er mich in einen tiefen Abgrund stürzen lassen würde, wenn es ihm nicht gelänge, den wütenden Hunger zu stillen, der von mir Besitz ergriffen hatte.

Der Anblick meiner Tränen ließ ihn das Gesicht verziehen. Er ließ einen entfesselten Laut hören und gab meine Handgelenke frei. Jetzt verlagerte er das Gewicht auf seine Knie, schob mir seine Hände unter den Hintern und hob mich so weit an, dass sein Schwanz tief in mir blieb, während er sich zurücklehnte.

In dieser neuen Position hockte er aufrecht zwischen meinen gespreizten Beinen, umklammerte mit beiden Händen meine Hüfte, hatte meinen Hintern auf seine Oberschenkel gelegt und kniete auf den weichen Kissen. Auf denen ruhten auch meine Schultern, während mein Oberkörper in einer Schräge lag.

«Wenn es dir wehtut, brems mich bitte», wies Matt mich an. Und dann fickte er mich so tief und heftig, dass ich mich weder bewegen noch sprechen konnte und meine Brüste von seinen wilden Stößen auf und ab hüpften.

Mit jedem Eindringen rammte seine Eichel gegen meinen Muttermund, aber es tat nicht weh. Oder wenn es das tat, dann war es ein lustvoller Schmerz, und mein Körper konnte in seinem Zustand nicht mehr zwischen diesen beiden Empfindungen unterscheiden. Immer wieder zog er meine Hüfte seinen pumpenden Stößen entgegen, um sie mich noch intensiver, noch tiefer spüren zu lassen, und das brachte uns beide schnell bis an unsere Grenzen.

«Ich komme gleich», stöhnte er und steigerte nochmal das Tempo. «Komm zusammen mit mir, sonst muss ich dich bestrafen.»

Diese geile Drohung katapultierte mich über die Grenze zum Zerreißen. Vom Höhepunkt überwältigt, drehte und wand ich mich, und dann kamen wir gemeinsam, spritzte sein Schwanz in mich bei jeder Ejakulation und umklammerte meine Möse seinen Schaft.

«Du bist so eng.» Matt wurde noch schneller, entlud sich in mich. «Du bist so eng, so voll von meinem Schwanz.»

Er beugte sich wieder so über mich, dass er auf mir lag, mich in den Kissen versinken ließ, den Brustkorb auf die geschwollenen Spitzen meiner Brüste gepresst. «Ich ficke deine süße, enge Muschi, bis du nicht mehr kannst.»

Dieses Versprechen hielt er, indem er weiter in mich stieß, während wir uns beide in Wellen heftiger Leidenschaft verausgabten, bis ich schließlich unter ihm lag, ganz entspannt, bis auf das heftige Nachbeben, mit dem meine Muskeln seinen Schwanz immer wieder packen.

«Gut?» Matt stützte sich auf seine Ellbogen und sah mich fragend an.

«Sehr sogar.» Ich schenkte ihm ein zufriedenes, erschöpftes Lächeln, bewegte mich zufrieden unter seinem Gewicht und genoss das Gefühl seines harten Schafts, der noch immer tief in mir steckte.

Er senkte seinen Kopf und drückte mir einen sanften, schmelzenden Kuss auf die Lippen, als Wiedergutmachung dafür, dass er mich fast um den Verstand gebracht hatte, als Huldigung der gemeinsam erlebten Freuden. Wir küssten uns weiter, träge und zufrieden, bis der Knoten unsere Körper freigab und er seinen weichen, erschlafften Schwanz aus mir ziehen konnte.

Matt ließ sich auf die Seite rollen und hielt mich dabei so fest, dass wir mit verschlungenen Beinen nebeneinanderlagen und uns ansahen. Unsere Zungenspitzen berührten sich, lösten sich voneinander, berührten sich erneut, wenn unsere Münder verschmolzen.

Seine Hände liebkosten mich, streichelten beruhigend über meinen erhitzten Körper. Mit einem entspannten Aufseufzen kuschelte ich mich an ihn, streichelte ihn und ließ ihn mit meinen Händen wissen, dass ich nichts bereute. Ich war verträumt und zufrieden, dass meine körperlichen Bedürfnisse zumindest für den Moment befriedigt waren.

Ich spürte, wie sich ein muskulöser Körper hinter mich legte, sodass ich nun zwischen zwei Männern lag. Eine Hand, die nicht Matt gehörte, zog die Kurve meiner Hüfte nach.

Matt gab mir einen letzten, langen Kuss, bevor er seinen Kopf hob und über meine Schulter sah. «Warte, bis du dran bist. Ich bin noch nicht fertig mit ihr.»

Der Ton seiner Stimme ließ mich lächeln und verriet mir die Identität des Mannes hinter mir.

«Hallo, Jack.»

«Hallo.» Er knabberte an meinem Nacken und küsste den empfindlichen Punkt unterhalb meines Ohrs. «Lasst euch nicht stören. Ich genieße nur die letzte Wärme eures erlöschenden Feuers.»

«Mmm.» Und sicherlich wollte er sehen, wie es um mich stand. Ich bebte vor Vergnügen als Jack seine Handfläche über meine Brüste gleiten ließ. «Das fühlt sich angenehm an.»

«Na, dann muss ich wohl was falsch machen», sagte Jack, als er eine meiner Brustwarzen mit seinem Daumen massierte. «Ich hatte eigentlich vor, dich geil zu machen.»

Ich streckte mich und drehte mich um, sodass ich jetzt Jack ins Gesicht sah. «Küss mich.»

Er gehorchte und betäubte meine Lippen mit betörenden Küssen, die mich noch tiefer ins Reich der Sinne eintauchen ließen. Er ließ seine Hände über meinen Körper wandern, streifte mein Gesicht, die obere Rundung meiner Brüste, die zarte Haut auf meinem Bauch.

«So schnell kann sie noch nicht wieder», klärte Matt ihn von hinter meinem Rücken auf. «Ich hab sie zu hart rangenommen.»

Um antworten zu können, löste Jack seinen Mund von meinem: «Dann komme ich ja gerade recht zum Doktorspielen.»

Die Art, in der er das sagte, ließ mich aufhorchen, und ich erwachte aus der Lethargie, die mich erfasst hatte, aber er bedeutete mir, ich solle einfach so zwischen ihnen beiden liegen bleiben. «Ruh dich aus.»

Wieder küsste er mich und legte seine flache Hand auf meinen Bauch, zwischen Nabel und Schamhügel. Von seiner Handfläche ging eine intensive Wärme aus, die mich fast zu verbrennen schien, aber ich war zu entspannt, um hochzuschrecken, und schließlich spürte ich, wie die Hitze auf die darunterliegenden Muskeln übergriff. Ich bemerkte einen kurzen, stechenden Schmerz, dann nur noch Jacks angenehm entspannende Berührung.

«Siehst du.» Er ließ seine Hand einen Moment lang still liegen, dann begann er die seidige Haut zu streicheln, auf der sie geruht hatte. «Schon besser.»

«Was hast du mit mir getan?»

«Er ist zu unsanft mit deinem Muttermund umgegangen», sagte Jack. «Deine Selbstheilungskräfte sind noch nicht so stark, wie sie nach deinem ersten Wechsel sein werden, und bis es von allein wieder besser geworden wäre, musst du ja noch jede Menge Sex haben. Deshalb hab ich dir ein bisschen geholfen.»

Matt hinter mir lag plötzlich ganz still. «Ich hatte dich doch gebeten, Bescheid zu sagen, wenn es wehtut.»

Ich bemerkte den Schmerz in seiner Stimme und wusste, dass er sich selbst Vorwürfe machte, nicht mir. «Der Schmerz wäre größer gewesen wenn du es nicht getan hättest», sagte ich und dachte zurück an meinen verzweifelten Wunsch, erlöst zu werden.

Ich sah Jack in die Augen und war mir sicher, dass er nichts beschönigen würde, wenn ich ihm eine Frage stellte: «Kann die Brunst gefährlich werden? Es hat sich so angefühlt, als wäre ich wirklich verrückt geworden, wenn ich keinen Sex mit Matt gehabt hätte und er mich nicht bis zum Umfallen gevögelt hätte.»

«Gegen den Ablauf dieser Vorgänge kannst du nichts tun», sagte Jack mit ernstem Gesicht. «Du kannst deine Bedürfnisse nicht leugnen. Die Brunst ist Teil einer Metamorphose, in dem deine tierische Seite und deine menschliche Seite miteinander verschmelzen, währenddessen die Wölfin in dir durch sexuelle Begegnungen sich von Mal zu Mal deutlicher zeigt. Wenn du dich entspannst und zulässt, was deine animalische Persönlichkeit braucht, dann kann sie sich behutsam genug entwickeln, um im Einklang mit deinem menschlichen Geist zu bleiben.»

Ängstlich starrte ich ihn an, als bei mir der Groschen fiel: «Und andernfalls könnte es passieren, dass ich verrückt werde und zur Bestie mutiere?» Ein echtes Monster also.

Er schmiegte sich an mich, beruhigte mich mit der Kraft seines Körpers. «Das werden wir nicht zulassen. Wir kümmern uns um dich. Wir helfen dir.»

Es schüttelte mich. «Ein gereizter Muttermund scheint dafür kein allzu hoher Preis zu sein.»

«Na, du darfst beim nächsten Mal eben nicht so lange warten», schimpfte Jack. «Je länger du wartest, umso mehr Verlangen staut sich auf und desto schwerer ist es zu befriedigen.»

Das verschlug mir fast den Atem. «Zwischen Zach und Matt lag überhaupt nicht viel Zeit.»

«Trotzdem hat es schon zu lange gedauert.» Jack nahm meinen Schenkel und schob ihn über seinen. Behutsam zeigte er seinem Schwanz den Weg zu dem Lockennest zwischen meinen Beinen, das immer noch feucht war vom Sex. Ganz leicht bewegte sich sein Ständer zwischen meinen nassen Schamlippen, die sich öffneten, um ihn willkommen zu heißen.

Ich klammerte mich an ihn. «Warte. Zach. David.»

«Sie werden das verstehen. Sie wissen beide ganz genau, dass es nicht genügt, dich den ganzen Tag lang nur zwischen ihnen beiden hin und her wechseln zu lassen. Sie hätten zwischendurch nicht genug Zeit, sich zu erholen, und für dich würde alles viel zu lange dauern. Sie werden dich dadurch ja nicht verlieren. Und wir müssen dich ohnehin alle markieren.»

Ich kuschelte mich an ihn, da mein Körper das Unausweichliche offenbar eingesehen hatte, während mein Bewusstsein sich noch dagegen aufzulehnen schien. «Ich kann euch doch nicht einfach immer wieder abwechselnd ranlassen», flüsterte ich und fühlte mich mit einem Mal verloren.

«Doch, das kannst du, denn es bedeutet, dass wir dich sicher durch all dies bringen können.» Jack drehte sich auf den Rücken und zog mich auf sich. Unwillkürlich öffneten sich meine Schenkel und legten sich um seine Hüften. Ich sah ihn an und begann vor Erregung schneller zu atmen. Ich wollte, was er mir gerade anbot.

Matt streichelte aufmunternd meinen Rücken. Dann ließ er seine Hand auf meinem nackten Hintern liegen. «Na los. Lass Jack dich verwöhnen. Oder ich muss dir wieder den Hintern versohlen?»

Ich lachte leise auf, aber das Lachen mündete in einen Seufzer. Matt zog seine Hand fort, blieb aber bei uns. Ich legte meinen Oberkörper auf Jacks, freute mich daran, nach Matts kräftiger Statur seinen schmalen, sehnigen

Körper zu spüren. Jack schlang seine Arme um mich und drückte mich fest an sich. Ich hob mein Becken, bis meine Öffnung genau vor seiner Schwanzspitze lag. Mein erregter Schoß, offen und geschmeidig vom Sex, gab dem leichten Druck so bereitwillig nach, dass seine Eichel ohne jeglichen Widerstand in mich eindrang.

«Bis du bereit, das begonnene Werk zu vollenden?», fragte ich ihn heiser flüsternd.

Statt einer Antwort packte Jack meinen Hinten mit beiden Händen. Die Schwerkraft ließ meinen Körper auf ihn sinken, während er gleichzeitig von unten in mich stieß und sofort bis an die Wurzel in meiner einladenden, engen Höhle verschwand. Sein praller Ständer strahlte eine solche Wärme aus, dass er mich, so wie seine Hand es von außen, von innen zu heilen schien. Eine inzwischen vertraute Empfindung signalisierte mir, dass wir nun untrennbar miteinander verbunden waren.

«Das fühlt sich so gut an», seufzte ich. Komisch, dass genau jener Vorgang, vor dem ich zuerst solche Angst gehabt hatte, sich jetzt so beruhigend anfühlte. Ich fühlte mich durch den Knoten überhaupt nicht gefesselt. Nur sicher, dass er so lange in mir bleiben würde, wie ich ihn brauchte. Ich legte meine Wange auf seine Brust und lauschte seinem Herzschlag, der sich wie von selbst meinem anzupassen schien.

«Ich werde dafür sorgen, dass es sich gleich noch viel besser anfühlt», versprach Jack. Er schob sich mir entgegen, um noch ein kleines bisschen weiter in mich eindringen zu können. Und ich verlagerte mein Gewicht so, dass ich jeden Millimeter seines harten Schaftes, der mich durchbohrte, voll auskosten konnte. Dann hielten wir uns aneinander fest und fanden einen langsamen, stetigen Rhythmus, der mir kurz hintereinander eine Reihe von Orgasmen bescherte, die meine Lust immer höher steigen ließ.

Als Jack sich schließlich völlig gehenließ und sich mit

heftigen heißen Zügen, die mich wie heiße Pfeile durchbohrten, in mich entlud, brachte mich die Intensität unseres gemeinsamen Erlebens zu einem alles erschütternden Höhepunkt. Ich brach keuchend und mit geschlossenen Augen auf ihm zusammen, schlief beinahe ein, bis er uns vorsichtig trennte und mich neben sich bettete.

«Komm her.» Er kuschelte mich an sich, die Arme warm und sicher um mich gelegt, mein Kopf an seiner Schulter. «So mag ich dich, ganz sanft und zufrieden. Es ist schön zu wissen, dass ich es war, der dich in diesen Zustand versetzt hat.»

«Hmmm.» Ich küsste ihn auf den Hals. «Auch ich habe genossen, dass du es warst.»

«Und es war genau das, was der Doktor dir verordnet hatte: ein einfach schöner, lockerer Fick.»

Ich kicherte. «Na, ganz so einfach war's ja nun doch nicht. Immerhin hast du mich die ganze Arbeit machen lassen.»

«Von wegen. Die Hälfte der Zeit hast du doch einfach nur mitgemacht und gestöhnt.»

Wieder lachte ich und wusste mit einem Mal, dass alles gut werden würde. Was dies hier anging zumindest. Zu elft würden sie schon dafür sorgen, dass ich diesen Tag gut überstehen würde. Heute Nacht wäre endlich Vollmond, und alles wäre vorbei. Was dann am nächsten Tag geschehen würde, nun ja, das wäre ein anderes Problem.

KAPITEL 17

Matt war noch immer bei uns in unserem Kissenlager, woran ich mich jetzt erinnerte, als er sich von der anderen Seite wärmend an mich schmiegte.

«Ich kann das alles noch gar nicht fassen», sagte ich und räkelte mich genießerisch zwischen den wunderbaren nackten Männerkörpern. «Gerade habe ich es mit euch beiden getrieben, und jetzt liegen wir hier gemeinsam und kuscheln.»

«Wir kuscheln eben gern mit dir.» Matt drückte sich gegen meinen Po, und ich konnte deutlich seine wiederauferstandene Erektion spüren. Mir fiel die Phantasie ein, von der er gesprochen hatte und die wir noch nicht in die Tat umgesetzt hatten.

«Bist du sicher, dass da nicht noch was war?» Ich bewegte mich, bis ich seinen Schwanz der Länge nach im Tal zwischen meinen Pobacken fühlte.

«Ja, aber ich hab dich schon einmal gehabt, als ich eigentlich gar nicht dran war. Ich will ja nicht allzu gierig und selbstsüchtig wirken.»

Ich genoss es, im Arm von zwei Liebhabern zu liegen, mich begehrt, anziehend und umsorgt zu fühlen. Es war nicht das Gefühl, dass es das Richtige war, das ich in Zachs Armen hatte, nicht das Empfinden, nach Hause zu kommen, wie bei David. Mit Matt und Jack zusammen zu sein fühlte sich einfach nur gut an.

Irgendwie war ich richtig erleichtert, dass ich nicht für alle gleich empfand. Die geistige und gefühlsmäßige Verwirrung, in die mich das gestürzt hätte, konnte ich nun wirklich nicht gebrauchen. Trotz der deutlichen Dominanz in unserem Liebesspiel fühlte es sich keineswegs so an, als ob Matt Besitzansprüche auf mich hätte. Ich hatte es genossen, es hatte mich zutiefst erregt, er hatte mir eine Intensität von Gefühlen entlockt, die mein Körper wohl nie vergessen würde. Aber ich hatte nicht das Gefühl, deswegen für immer zu ihm zu gehören.

Ich hoffte nur, dass ich nicht schon morgen mein lüsternes Benehmen derart schrecklich fände, dass es unsere neugewonnene Freundschaft gefährdete.

«Worüber denkst du nach?» Jack verwuschelte meine Haare und drückte mich noch fester.

«Ich möchte, dass wir auch morgen noch Freunde sind», antwortete ich.

«Aber das sind wir doch jetzt schon», warf er ein.

Ich griff hinter mich, um Matt zu streicheln und ihn zu ermuntern, sich an meinem Hintern zu reiben, indem ich verführerisch und einladend meine Hüften kreisen ließ. «Und das gilt für uns alle», sagte ich. «Auch für dich, Matt. Und du warst sehr wohl an der Reihe vorhin. Ich hatte mir dich gewünscht. Ich habe dich begehrt. Wir hatten zwar nicht vor, es so weit kommen zu lassen, aber du hast nichts getan, was ich nicht auch wollte.»

«Und wenn du dich weiter so windest, wird es gleich wieder so weit sein», unterbrach mich Matt mit rauer Stimme.

«Mach weiter.» Ich lehnte mich zu Jack hinüber und streckte Matt meinen Hintern entgegen. «Ich möchte etwas nur für dich tun.» Ich wollte ihm auch körperlich zeigen, dass er nicht einfach der Erstbeste gewesen war, als mein Körper so dringend Sex brauchte, sondern dass gerade er diese wahnsinnige Lust ausgelöst hatte und der Einzige war, der sie auch befriedigen konnte.

«Führe mich nicht in Versuchung.» Er atmete heftig, und ich konnte seine Anspannung spüren. «Du musst dich ein bisschen ausruhen, noch etwas trinken, und wir müssen dich wieder frischmachen. Es dir jetzt nochmal zu besorgen, wäre zu egoistisch von mir.»

«Aber wenn nicht jetzt, wann dann?» Ich machte ein Hohlkreuz, wand mich anzüglich und entlockte ihm ein Stöhnen, indem ich seine Erektion immer wieder zwischen meinen nackten Pobacken auf und ab gleiten ließ. «Wir sind doch noch beim Nachspiel. Ich bin gerade sexuell auf euch beide eingestimmt. Und es ist eine Form von Penetration und kann mir helfen, die Zeit bis zum nächsten Mal zu überbrücken. Anschließend ruhe ich mich gern ein bisschen aus und mache mich frisch, aber jetzt will ich erst mal, dass Jack mich festhält, während du es mir besorgst.»

«ES tue.» Er lachte. «Du musst mir sagen, WAS ich tun soll.»

Ich grinste, obwohl ich wusste, dass er es nicht sehen konnte. «Matt möchte, dass ich ihm was Geiles erzähle», sagte ich zu Jack.

«Er ist halt ein bisschen begriffsstutzig», meinte Jack. «Er braucht immer sehr präzise Anweisungen.»

«Oh. Ich dachte, es wäre eigentlich ziemlich klar, was ich möchte, wenn ich meinen Hintern gegen seinen Schwanz drücke und er mir vorhin erzählt hat, dass er mich gern in den Po ficken würde», meinte ich. Ich hatte Mühe, ernst zu bleiben und das Lachen, das mir im Hals steckte, zu unterdrücken.

«Da hast du dich offenbar getäuscht. Aber vielleicht kann ich ja helfen.» Jack sah über mich hinweg Matt an. «Sie möchte in den Arsch gefickt werden. Also besorg's ihr.»

«Gleitcreme», rief Matt mit erhobener Stimme. Ich spürte, wie er mit einer Hand nach seinem Schwanz griff und ihn der Länge nach zu streicheln begann. Mit der anderen Hand streichelte und knetete er meinen glatten, nackten Po.

«Hier.» Es war Nathan, der das Gewünschte brachte, und ich war heilfroh, dass es nicht Zach war oder David. Jeder von ihnen hätte mich aus dem Konzept gebracht, hätte das Gleichgewicht gestört, in dem ich mich mit Matt und Jack befand. Nathan war neutral.

«Stellungswechsel?», fragte Jack.

«Noch nicht. Ich werde erst mal ihr Bein über deins legen, so ungefähr.» Matt rückte mich nach seinen Wünschen zurecht. «So kann ich bequem eindringen und tue ihr nicht weh.» Er drückte etwas Creme auf seine Fingerspitzen und strich über meine gekräuselte Rosette. Das kühle Gel war ein sehr angenehmer Kontrast zu der Hitze meines Körpers. Er wiederholte das Ganze an seinem Schwanz und bereitete seinen Angriff vor, indem er mit seinem Finger noch etwas Creme in mich einführte.

«Eng und heiß», murmelte er.

Tatsächlich merkte ich, als er es gesagt hatte, wie heiß mir war. Ich spürte, wie er seine Hand in meinem Rücken schneller bewegte, damit er schon kurz vor dem Orgasmus wäre und der Arschfick, den er vorhatte, nicht allzu lang dauern würde und dass mein an diese Reibung nicht gewöhnter Anus nicht übermäßig strapaziert würde.

Während er sich bereitmachte, fuhr er fort, meinen Anus zu streicheln und zu massieren. Jedes lockere Einführen seines Fingers ließ mich wohlig erschauern. Als er dann schließlich seinen Penis abwärts dirigierte und ihn an die bisher noch nie eroberte Öffnung führte, streckte ich mich ihm erwartungsvoll entgegen. Vorsichtig probierte er es, und prompt nahm mein Körper seine runde Eichel in sich auf.

«Sie ist so weit», sagte Matt zu Jack. «Dreh sie auf den Bauch. Ich will sie unter mir.»

Jack streckte seine Hand aus und strich mir übers Haar. «Kann ich etwas für dich tun?»

«Bleib bei mir.»

Sie halfen mir, mich in Position zu bringen. Jack schob ein Kissen unter meinen Bauch, damit mein Po höher lag. Matt schob sich über mich.

Ich schloss die Augen, als er ansetzte, anfing zu drücken und dabei seinen Schwanz langsam in meinen Hintern schob. Das Gleitmittel erleichterte das Eindringen zwar, aber ich hatte trotzdem das Gefühl, bis an die Grenze des Möglichen ausgefüllt zu sein, ein Gefühl, das nicht weniger wurde, je tiefer er eindrang.

«Fast», murmelte Matt. Er schob eine Hand unter

mich, um meine Möse zu liebkosen. Mit den Fingerspitzen tastete er nach meinem Kitzler und begann, ihn zu streicheln, um mir eine Reaktion zu entlocken.

«Bin fast drin. Nur noch ein kleines bisschen.» Noch einmal stieß er zu, und dann steckte sein Schwanz so tief in mir, wie es in dieser Position möglich war.

Jack streichelte beruhigend über mein Haar, Matt streichelte mich erregend zwischen den Beinen, und der Ansturm der unterschiedlichen Empfindungen war fast zu viel für mich. Die pure Lust, die Matts Prügel auslöste, indem er tief in meinen jungfräulichen Hintern eindrang. Die Zärtlichkeit und Nähe, die ich bei Jacks sanften Berührungen empfand. Das Gleiten von Matts Fingerspitze über meinen Kitzler, bis er pochte und meine Hüften schnelle, drängende Bewegungen vollführten.

«Ich will, dass es dir kommt», keuchte Matt, während er seinen Schwanz immer wieder in meine enge Höhle schob. Mit jedem Stoß reizte er meine empfindsame Rosette, bis ich glaubte, es nicht mehr aushalten zu können. «Ich will, dass es dir kommt, wenn ich dich von hinten nehme.»

Er verstärkte den Druck zwischen meinen Schenkeln, und seine Hände rutschten so tief, dass sein Handballen den Kitzler massierte, während seine Finger in meiner Möse verschwanden. Das Gefühl, ihn gleich doppelt in mir zu spüren ließ mich keuchen und seufzen. Mit meinen Muskeln packte ich Matts besitzergreifende Finger, erst zwei, dann einen dritten, die mich füllten und mich noch deutlicher spüren ließen, wie sehr sein Schaft mich hinten ausfüllte.

«Komm jetzt, für mich.» Matt rieb meine Spalte, schob seine Finger immer tiefer in mein Loch, stieß sein Becken immer härter gegen meinen weichen Hintern. «Komm, Baby, tu's für mich. Lass dich fallen. So ist's gut», lobte und feuerte er mich an, als er fühlte, wie meine Muskeln als Vorboten meines herannahenden Orgasmus zuckten.

Er beschleunigte seine Stöße, schob mir seinen dicken Schwanz wieder und wieder in den Anus. Um ihn noch tiefer aufnehmen zu können, drückte ich mein Kreuz durch, ich gierte nach den archaischen Lustgefühlen, die er mir entlockte. Er traktierte meine Möse mit unglaublicher Geschicklichkeit, vögelte mich unermüdlich, und ich hätte den Orgasmus, der mich jetzt packte, nicht einmal aufhalten können, wenn über uns die Decke eingefallen wäre.

Nichts um uns herum war noch wichtig, nur die glühenden Bewegungen seines Schwanzes, der sanfte Druck seiner Hand, das überwältigende Lustgefühl, als er sich in mich ergoss.

«Wow, das ist so geil», stöhnte Matt, und nahm mich noch heftiger, noch schneller. «Ich liebe die Art, wie du meinen Schwanz nimmst.»

«Und ich, wie du ihn mir gibst», keuchte ich und ließ meine Hüfte kreisen. «Nimm mich härter, Matt.»

Und genau das tat er, während er noch immer spritzte, es mir noch einmal mit der Hand besorgte und uns dem Zustand vollkommener Erlösung immer näher brachte. Als es vorüber war, blieben wir noch für längere Zeit zusammen. Sein Schwanz steckte noch tief in mir, und Jack streichelte mich zärtlich, während wir drei uns erholten.

«Warte nicht allzu lange bis zu deinem nächsten Liebhaber», sagte Jack mit mahnendem Unterton. Das hörte Matt, küsste meine Schulter und zog sich aus mir zurück, indem er sich auf den Rücken fallen ließ und den Platz um mich herum frei machte.

Ich hob meinen Kopf und sah Jack an. «Was du vorher über das Markieren gesagt hast – es geht dabei um Geruch, oder?»

«Ja. Du hast bereits alle von uns markiert. Nun müssen wir noch dich markieren.»

Kein Wunder, dass Zach gemeint hatte, ich müsse mit

jedem von ihnen Sex haben. Denn es sind ja unsere Sexualorgane, die den Duft produzieren. Ich hatte das Rudel markiert, als ich sie alle dazu aufgefordert hatte, mich anzufassen und zu lecken, bevor Zach seinen Anspruch anmeldete.

«Bleibst du in meiner Nähe?»

«Das musst du nicht extra fragen.»

Ich entspannte mich, denn ich wusste, er würde da sein, sollte ich mich noch einmal verletzen. Die Verbindung, die ich zu ihm und Matt empfand, zusammen mit meiner Lust auf Sex, machte mir klar, dass ich mehr Kontakt mit dem restlichen Rudel suchen musste. Es war zwar nicht das, was ich für Zach empfand, aber da war etwas, das uns jetzt vereinte und zusammenschweißte. Ich musste eine enge Bindung zu ihnen allen aufbauen.

Ich suchte Davids Augen und merkte, dass sie mich beobachteten. «David?»

«Ich werde warten.»

Und während er das tat, würde er alles sehen, was ich tat. Dieses Wissen versetzte mir einen erotischen Stromstoß.

«Daniel, Roman, Will», rief ich und hob dabei meine Stimme gerade so weit an, dass man mich hören konnte.

«Hier.» Sie stellten sich in einem lockeren Kreis um mich herum auf. Ich drehte mich auf den Rücken, nackt und mit gespreizten Schenkeln. Matt stand auf und ging hinaus, um gleich darauf mit einem feuchten Schwamm zurückzukehren, mit dem er mich frischmachte. Ich bedankte mich mit einem Kuss bei ihm und wandte mich dann Will zu.

Will mit den braunen Haaren, der Jüngste von ihnen, aber voller Lust und Überraschungen. Von ihm wanderten meine Augen zu Daniel, der selbst nackt und erregt noch angespannt wirkte. Dann kam Roman, dunkel und feurig.

«Wie willst du uns?», fragte er mich.

«Zusammen», flüsterte ich.

Wir näherten uns einander durch das sinnliche Zusammenspiel unserer Hände und Münder und Körper. Ich atmete ihren markanten Duft, erforschte die Umrisse ihrer Körper, küsste sie abwechselnd. Ich schubste Will auf den Rücken und streichelte ihn, rieb mein Becken an seinem, während Romans Zunge sich mit meiner vereinte. Es machte mich verrückt, ihn zu schmecken, weshalb ich unseren Kuss unterbrach und mit meinem Mund so lange abwärtsglitt, bis ich die Spitze seines Schaftes lecken konnte.

«Ich vermute mal, dein Hintern gehört mir», sagte Daniel und strich mit den Händen über meine Wangen.

Ich hörte die aufwallende Erregung in seiner Stimme und hatte plötzlich das Bild vor Augen, das diesen Zustand hervorgerufen haben musste: einen Schwanz in jeder meiner drei Öffnungen. Ich drückte mein Kreuz nach oben und schob meine Hüften einladend aufwärts. Will packte sie, drückte mich wieder zu Boden, und dann spürte ich, wie seine Eichel in mich eindrang. Gleich darauf füllte mich sein ganzer Schaft, kürzer und dicker als die anderen, und ich gab einen lustvollen, begeisterten Laut von mir, der dumpfer wurde, als ich Romans Ständer zwischen meine Lippen nahm. So, wie Will gebaut war, erwies sich sein Eindringen und das Gefühl seines Schwanzes als ebenso angenehm wie aufregend.

Daniel küsste und liebkoste Rücken, Hals und Pobacken, und ich merkte, dass er warten wollte, bis ich auf Will gekommen war, bevor er in mich eindrang. Als ich anfing, mich zu bewegen, spürte ich seinen Ständer durch meine Pospalte gleiten, und mir war klar, dass er schon kurz vor dem Orgasmus sein würde, wenn er schließlich zustieße.

Meine Lippen nahmen sich Romans Schwanz immer hungriger und fordernder vor. Daniel vergnügte sich an meinem nackten Hintern, und Will hielt meine Hüften noch immer so fest gepackt, dass es fast wehtat, wobei er es mir mit so heftigen, schnellen Stößen besorgte, dass ich mich auf ihm wand und laut stöhnte. Auch Daniels Bewegungen wurden nun schneller, und als ich ihn vor meinem Anus fühlte, gut mit Gleitcreme versehen, zuckte sein Schwanz bereits wie kurz vor der Entladung.

Einen Augenblick lang schienen wir gemeinsam über dem Abgrund zu schweben. Dann gab ich mich vollkommen Wills treibendem Rhythmus hin, bewegte mich kreisend auf ihm und nahm Roman noch tiefer, als ich kam. Will begann in mich zu spritzen, und Romans Prügel bäumte sich in meiner Mundhöhle noch einmal zu voller Größe auf, bevor er seinen heißen Saft abschoss. Ich ritt Will, schluckte dabei Romans Sperma, leckte und lutschte seinen Schwanz mit wilder Gier leer.

Immer noch schüttelten mich die Zuckungen eines scheinbar endlosen Höhepunkts, als Daniel von hinten in mich eindrang. Meine Möse packte Wills Schwanz, der jetzt stillhielt, mit kraftvollen Zuckungen, was mich besonders intensiv spüren ließ, wie Daniel sich jetzt stoßend seinen Weg in mein Hinterteil bahnte.

«Jetzt bin ich dran», stöhnte er und rammte sich so tief in mich, wie mein Po es zuließ. Er nahm mich mit einem Ausbruch glühender Raserei, rammte seinen Ständer in mich, entlud sich stoßweise, bis er sich bei diesem feurigen Akt vollkommen verausgabt hatte.

Nun küsste ich Roman von den Eiern bis zur Eichel, leckte ihn ein letztes, geiles Mal, während ein lustvolles Nachbeben durch meinen Körper zog. Das war, was ich brauchte: Berührung, Zusammengehörigkeit, Erfüllung.

Jetzt eilten Nathan, Aidan, Cam und Sean herbei. Ich spürte ihre Hände auf mir, Cams auf meinen Brüsten, Nathans dort, wo mein Körper noch mit Will vereint war. Aidan küsste mich gierig, als ich meine Lippen von Roman löste. Sean ließ seine Hand über meinen Bauch gleiten.

Daniel zog sich aus mir zurück und knetete meinen Hintern mit heiser gemurmelten, anerkennenden Worten. Dann zog er sich zurück, um den anderen das Feld zu überlassen. Sobald sich der Knoten gelöst hatte, hoben sie mich von Will und trugen mich hinüber zum Sofa.

Jetzt ergötzten sich Cam und Nathan an meinen Brüsten. Aidan eroberte meinen gesamten Körper mit seinen Händen, während er mich weiter küsste. Sean drückte meine Schenkel auseinander und schob seine Finger unvermittelt in mein Loch, was mich fast vom Sofa fallen ließ. Ich berührte sie alle, versuchte so viel wie möglich von jedem Einzelnen von ihnen zu ertasten und zu erfühlen, sie kennenzulernen, ihnen Anerkennung zu zollen.

Als mein Becken um Seans Hand kreiste, die in meiner Spalte verschwunden war, und ich mich bemühte, seine Finger immer noch tiefer in mich hineinzulocken, legte er sich auf mich.

Ich löste mich von Aidans Lippen und bedeutete Sean mit einem kehligen «Ja» und weit gespreizten Schenkeln, dass ich von ihm bestiegen werden wollte. Sein Schwanz drang ein wenig in mich ein. Dann war er in der richtigen Ausgangsposition und stieß zu. Mit beiden Händen packte ich Cams und Nathans steife Prügel und begann, sie im gleichen Rhythmus zu bearbeiten. Aidan rieb seinen Schwanz an meinen Lippen, die ich weit öffnete, um ihn aufzunehmen und mich vollkommen der Ekstase hinzugeben, die uns verband.

Das Badezimmer neben der Bibliothek hatte eine Badewanne, in der Platz für zwei war, und das war auch gut so. Auf mich selbst angewiesen, wäre ich nämlich möglicherweise ertrunken. Deshalb stieg David mit mir ins Wasser, und ich saß so zwischen seinen Beinen, dass ich mich an ihn lehnen konnte, während er mich wusch. Den Protein-

Shake, den er mir aufgedrängt hatte, hatte ich bereits in gierigen Zügen geleert.

«Na», setzte ich an und beobachtete dabei, wie er meine Brüste einseifte, «das ist ja mal ein ereignisreicher Tag gewesen. Ich hatte fünf Schwänze zwischen meinen Beinen, die alle nicht dir gehörten. Die wenigsten Männer hätten sich das von der Frau, mit der sie zusammen sind, bieten lassen, ohne das Weite zu suchen und auf Nimmerwiedersehen zu verschwinden.»

David fuhr fort, mich mit sanft und sorgfältig einzuseifen. «Sind wir denn zusammen?»

Ich zuckte mit den Achseln. «Ich meine ja nur.»

Er schöpfte mit den Händen Wasser auf, ließ es über meine Brüste rinnen, um die Seife abzuwaschen, wobei kleine Tröpfchen an meinen spitzen Brustwarzen hängen blieben. «Die meisten Freundinnen haben ja auch nicht so spezielle Bedürfnisse wie du. Mir geht es deshalb eigentlich mehr um deine Gesundheit als um deine Gepflogenheiten beim Sex.»

Ich seufzte. «Bis ich euch traf, hatte ich ja auch kaum Sex. Und jetzt bin ich schon fast eine Nymphomanin.» Dann stutzte ich. «Bin ich denn deine Freundin?»

«Du bist meine Geliebte.» Er küsste mich seitlich auf den Hals.

«Wir haben doch noch gar nicht miteinander geschlafen», warf ich ein.

«Aber wir haben zusammen geschlafen.» Er ließ seine Hände an meinen Seiten abwärtsgleiten. «Ich habe mit meinen Händen jeden Winkel deines Körpers berührt, habe dich geküsst, bis du alles getan hättest, was ich von dir verlangt hätte. Ich habe dich nackt ausgezogen, habe deine Schenkel geöffnet und dich mit meinem Mund zum Höhepunkt gebracht.»

Ich musste zugeben, dass das schon eine eindrucksvolle Bilanz war. Trotzdem ... «Zach», gab ich zu bedenken.

«Ich weiß.» David schlang die Arme um mich und drückte mich. «Ich würde nie etwas nehmen, was ihm gehört. Dafür verdanke ich ihm zu viel. Aber was mir gehört, das werde ich mir nehmen. Heute bist du meine Geliebte. Und was morgen ist, wird sich zeigen.»

Ich kniff die Augen zusammen. «Vielleicht, aber heute will ich, dass du es mir zeigst, und zwar so oft und in so vielen Stellungen wie möglich.» Ich wollte für den Rest meines Lebens Erinnerungen sammeln, denn egal, was ich für David empfand, egal, wie sehr ich ihn begehrte, gehörte ich doch Zach.

«Ich werde dir so viel geben, wie ich kann. Das hast du verdient.»

Ich entspannte meine Muskeln noch ein bisschen mehr, hatte das Gefühl, mit ihm zu verschmelzen. «Ich hab wirklich keine Ahnung, womit ich das verdient habe.»

«Für den Anfang machst du das alles sehr gut.» David ließ seine Hand abwärts- und über meinen Schamhügel gleiten.

«Nun», schnaubte ich und drehte meinen Kopf so, dass ich meine Wange an seiner Brust reiben konnte. «Ich hab mir gesagt, dass Gruppensex kein schlimmeres Schicksal ist als der Tod. Oder wahnsinnig zu werden. Oder sich in ein Wesen zu verwandeln, das einem Horrorfilm entsprungen sein könnte. Außerdem, das muss man ja auch mal sehen, kann man keinen von euch als ausgesprochen hässlich bezeichnen.»

«Und?», versuchte er mich weiter auszuhorchen, während er mich zwischen den Beinen wusch.

«Und wenn ich schon einen quasi Unbekannten heiraten soll, hab ich mir gedacht, ich könnte das hier sozusagen als einen ziemlich ausschweifenden Junggesellinnenabschied betrachten.»

«Also bist du jetzt im Reinen mit dem, was passieren wird.» Er stupste mich an die Schulter. «Beug dich ein bisschen nach vorn, damit ich dir den Rücken schrubben kann.»

«Es ist komisch», beugte ich mich gehorsam vor und begann dann fast zu schnurren, als er anfing, jeden Zentimeter meines Rückens mit seinen seifigen Händen zu bearbeiten und dabei Körperstellen erregte, von denen ich nicht einmal wusste, dass ich sie besaß. «Nichts ist so, wie ich es erwartet hatte. Für euch ist es selbstverständlich, wie ihr seid und wer ich bin. Das ist natürlich schon mal hilfreich. Außerdem kann man wohl kaum so tun, als bewegte man sich im Rahmen üblicher Normen, wenn der Penis, der in einem steckt, einen Knoten hat.»

«Ich hatte den Eindruck, dass du dich mit Jack und Matt sehr wohlgefühlt hast.» Davids Finger kneteten meinen Rücken. Die Seife wirkte wie ein Gleitmittel, das die Massage intensiver wirken ließ. Pure Glückseligkeit.

«Weil ich sie nicht sofort weggeschickt habe, nachdem ich einen Orgasmus hatte? Sie hatten es verdient, besser behandelt zu werden», sagte ich nachdenklich, erinnerte mich an Matts Anspannung, als er meinte, mich fahrlässig in eine Situation gebracht zu haben, die ich nicht gewollt hatte. An das Begehren und an die Zärtlichkeit, die er mir entgegengebracht hatte. «Es sind Menschen, nicht bloß Körperteile.»

«Also ist es doch mehr, als nur zu vögeln?»

David erinnerte mich daran, was ich erst vorhin gesagt hatte, während er mit seinen kräftigen Fingern Spannungen wegmassierte, die mir gar nicht bewusst gewesen waren, bevor er sich ihrer annahm und sie linderte.

«Das hab ich doch bloß gesagt, weil ich völlig ausgeflippt bin.» Ich fühlte, wie sich rote Flecken auf meinen Wangen abzeichneten. «Und ich hab das alles einfach noch nicht begriffen. Ich dachte, ich würde mich fühlen wie eine Dose mit Süßigkeiten, um deren Inhalt sich alle raufen. Aber so war es ja gar nicht.»

Ich dachte an Matt, wie er sich bemühte, mich durch Penetration zum Höhepunkt zu bringen, weil er wusste, was der Preis für sein Versagen gewesen wäre. Ich dachte an Jack, der mich durch seine Berührung geheilt und dann mit sanftem Nachdruck verführt hatte, weil er viel besser als ich selbst wusste, was ich brauchte. «Wenn ich zerbreche, wird es euch allen wehtun.»

David hörte auf, mir den Rücken zu schrubben, um seine Arme um mich zu legen und mich in einer heftigen Umarmung an seine Brust zu ziehen. «Ich werde nicht zulassen, dass du zerbrichst.»

Ich drehte meinen Kopf zur Seite und streckte ihm meine Lippen entgegen, damit er mich küsste. «Ich weiß.»

Sein Mund legte sich auf meinen, bis ich dem Druck schließlich nachgab und mich so umdrehte, dass ich ihm gegenübersaß. Er rutschte mir ein Stück entgegen, damit ich meine Beine um seine Taille schlingen konnte. Ich drückte mich an ihn, genoss es, wie seine krausen Brusthaare meine Brustwarzen reizten und sich sein steifer Schwanz gegen meine Spalte drückte. Jetzt fühlte ich seine Hände fest und beinahe schmerzhaft auf meiner Haut, und fast wünschte ich mir, dass sie Spuren auf mir hinterlassen würden. Ich wollte von ihm markiert werden, egal wie.

Er hörte auf, mich zu küssen, und drückte sein Gesicht in meine Halsbeuge. «Ich will dich.» Seine Stimme war tief und fordernd, sein Körper hart vor Anspannung. «Ich will in dir sein. Ich will wissen, dass dir nichts geschehen kann, weil ich in dir bin und dir das gebe, was du brauchst.

«David.» In diesem Augenblick loderte mein Verlangen noch nicht wieder so stark, aber ich hatte ihn schon gewollt, bevor das alles losging, und daran hatte sich nichts geändert. «Ich will dich auch. Ich wollte dich, als du in meiner Wohnung warst. Ich wollte dich oben auf dem

Sofa. Ich wollte dich, als du gestern Nacht meine Hand geküsst hast.»

«Du brauchst einen Gefährten.» Mit den Lippen erforschte er meine Halsbeuge, und mein Kopf fiel nach hinten, um ihm das zu erleichtern.

«Die Wölfin braucht ihn», murmelte ich mit belegter Stimme.

«Du bist die Wölfin.» David knabberte an meinem Ohr, und seine spitzen Zähne erzeugten bei mir einen heftigen Nervenkitzel. Er tastete sich zu meinem Mund zurück. Seine Zunge schob sich zwischen meine Lippen, und wir hörten auf zu reden.

KAPITEL 18

Zwei Worte hämmerten in meinem Kopf, rauschten durch mein Blut.

David.

Meiner.

Ich stemmte mich hoch, um unsere Körper in die richtige Position zu bringen. Er half mir dabei, hob mich an, bewegte sich, um an meine Öffnung zu kommen. Ich stieß einen wortlosen Schrei aus, der in seinem Mund verhallte. Ein heißer Schauer überzog meinen Körper, als er zum ersten Mal in mich eindrang und seine Eichel in mich schob.

Ich löste mich von seinen Lippen und keuchte: «Langsam. Langsam.»

Seine Hände legten sich um meine Hüfte. Er schnappte nach Luft. «Tut mir leid. Hab ich dir wehgetan?»

«Nein.» Ich bebte, als ich mich noch näher an ihn schmiegte und versuchte, ihn tiefer in mich zu ziehen.

«Ich möchte es nur so lange wie möglich genießen können.»

David lachte laut auf. «Wir sind in der Badewanne. Wenn du es langsam und ausgedehnt willst, müssen wir hier raus.»

«Gut», stimmte mein Mund zu, aber meine Möse hielt ihn fest und wollte ihn nicht gehen lassen. Er stöhnte.

«Tut mir leid», keuchte ich. «Ich kann nichts dafür. Ich will dich so sehr.»

David rutschte zurück, um unsere Körper zu trennen, und zog mich dann so auf seinen Schoß, dass wir ganz eng beieinander waren, er aber nicht in mich eindringen konnte. «Lass mich dich fertig waschen. Dann lassen wir es so langsam angehen, wie du es aushalten kannst.»

«Gut.» Ich ließ ihn mich abspülen, mochte ihn aber nicht loslassen, noch nicht einmal beim Aussteigen aus der Wanne.

Er wollte nicht, dass ich ihn als meinen Gefährten wähle. Das musste ich im Kopf behalten, durfte es nicht aus den Augen verlieren. Er wollte Zach nicht verdrängen, wollte nicht Rudelführer werden. Aber so lange David mich wollte, wollte auch ich ihn wenigstens so lange haben, wie es möglich war.

Schließlich stieg David aus der Wanne und half auch mir, bevor er mich tropfend abtrocknete.

«Woher weißt du, wie vorsichtig du mit dem Handtuch sein musst?», fragte ich und beobachtete, wie seine Hände die Wassertropfen von meiner Haut tupften.

«Bis nach dem Wechsel wirst du sehr empfindlich sein.» David glitt über meinen Körper abwärts und hielt inne, um meinen Bauchnabel mit der Zungenspitze zu umkreisen. Großes Verlangen überkam mich.

«David», hauchte ich seinen Namen mit erregter Stimme. Ich krallte mich in seinen Haaren fest und schob ihn tiefer hinab.

«Möchtest du, dass ich dich trocken lecke?» Seine Lippen wanderten über meinen Bauch und ließen mich erzittern.

«Bitte.»

Er ließ das Handtuch fallen und stand auf. Ich wollte protestieren, doch er schnitt mir das Wort ab, indem er meinen Mund mit seiner Hand bedeckte. Er drehte mich um und hob mich auf den Waschtisch.

Oh. Ich merkte, was er vorhatte, machte es mir auf der kühlen Oberfläche bequem und öffnete meine Beine weit, während ich mich an ihm festhielt und meine Lippen sich für ihn öffneten. Er ließ meinen Mund kurz seine Zunge spüren, bevor er sich abwärtsbewegte und überall Feuer hinterließ, wo seine Lippen mich berührten. An meinem Hals, auf meinen Brüsten, auf der empfindlichen Haut meines Bauches.

«David.» Ich schloss meine Augen und wartete darauf, dass er mich noch weiter unten küsste.

Stattdessen ließ er seine Zähne über das Innere meiner Schenkel gleiten. Ich keuchte und bog meinen Rücken unwillkürlich so durch, dass ich mich noch weiter für ihn öffnete und meine Brüste nach oben reckte.

Ein leises Klopfen ertönte an der Tür. David lehnte sich zurück und sah mich an. Ich wusste, dass mein Gesicht gerötet war und ich ziemlich abgehackt atmete, dass meine Brustwarzen höchst erregt waren und meine Möse rosig und prall um seine Aufmerksamkeit bettelte. «Möchtest du, dass ich ihn wegschicke – egal wer es ist?»

Ich schüttelte den Kopf und war mir plötzlich ganz sicher: «Es ist Zach. Lass ihn herein.»

«Diesmal werde ich nicht zurückstehen.» Davids graue Augen sahen plötzlich so düster aus wie ein Gewitterhimmel.

«Das möchte ich auch nicht.» Ich streckte meine Hand aus, um ganz sacht die Linie seiner Lippen mit einem

Finger nachzuzeichnen. «Sollte die Situation wieder so aus dem Ruder laufen wie mit Matt, nehme ich Zach anders. Mit meinem Mund, meinem Hintern. Und wenn ich ihn wirklich so sehr brauche, dass du mir nicht reichst für meine Befriedigung, dann könnt ihr euch abwechseln, aber dich will ich auf jeden Fall zuerst.»

Davids Blick verfinsterte sich noch mehr, bis seine Augen fast schwarz aussahen. Er legte mir die Hände auf die Hüften und packte mich so fest, dass sich seine Finger in meinen Körper bohrten. «Dann sag ihm, er soll reinkommen.» Er senkte seinen Kopf. Sein Mund berührte mich. Und der Himmel schien einzustürzen.

Er küsste mich hungrig, schleckte an mir wie an einem köstlichen Dessert, lutschte an meinen Schamlippen, umkreiste meinen Kitzler mit seiner Zunge, stieß sie dort hinein, wo ich mir einen anderen Teil seines Körpers ersehnte.

«David.» Mein Kopf sank nach hinten, und meine Bewegungen waren voll ungeduldigen Verlangens. «David.»

Wieder klopfte es. Seine Zunge tauchte noch tiefer ein. Ich hatte Mühe, Worte zu finden: «Komm rein.»

Zach öffnete die Tür und sah auf das Bild, das sich ihm bot. Ich, mit weit gespreizten Beinen auf dem Waschtisch sitzend. David, auf den Knien dazwischen, der mich besitzergreifend festhielt, den Mund auf meiner Möse.

Zach betrachtete zunächst alles, konzentrierte sich dann auf mein Gesicht, bevor sein Blick hinabwanderte zu meinen Brüsten. Im Nu war er bei uns und beugte sich über mich, um erst die eine Brustwarze mit seiner Zunge zu umkreisen, dann die andere.

«Zach.» Ich spürte, wie mein Begehren aufwallte, ihn noch intensiver spüren wollte. «Mehr, bitte.»

Er hob den Kopf und berührte mit den Lippen meine Schläfe. «Deshalb bin ich gekommen. Mehr.»

Ich lehnte meinen Kopf an ihn. «Wie spät ist es?»

Er strich mir erst übers Haar, dann übers Gesicht und ließ seinen Daumen über meine Wange streifen. «Es ist später Nachmittag. Fast schon Abend.»

So spät schon? Heute Morgen hatte ich noch das Gefühl, dieser Tag würde wie eine Ewigkeit sein. Ich hatte mich gefragt, wie ich das alles aushalten sollte. Jetzt verging die Zeit fast zu schnell, und ich hatte David noch nicht so berührt, wie ich wollte, hatte ihm noch nicht mit Mund und Händen und mit allem, was ich bin und habe, gesagt, dass ich mich nach ihm sehnte, verrückt nach ihm war, ihn begehrte.

Und auch meinen Hunger nach Zach hatte ich noch nicht gestillt. Bei jeder meiner erotischen Begegnungen mit den anderen hatte ich eine unsichtbare Verbindung zu ihm gespürt. Zwar waren unsere Körper getrennt, etwas anderes jedoch nicht. Unsere Herzen? Unsere Seelen? Ich wusste es nicht. Ich konnte es nicht in Worte fassen. Aber irgendetwas von mir war bei ihm, in ihm geblieben, und ich hatte das Gefühl, dass dies für immer so bleiben würde.

«Beide», flüsterte ich und legte dabei meine Hand auf Zachs Herz, so als ob ich es für mich wollte. «Ich will euch beide, nur euch beide, so lange wie möglich. Bis es vorbei ist.»

David hob seinen Kopf, und ich dachte, ich würde auf Ablehnung stoßen. Ich hielt ihn fest. «Verlass mich nicht.»

Zu jedem Zeitpunkt zuvor in meinem Leben wäre ich beschämt gewesen über den flehenden Ton in meiner Stimme. Vielleicht würde es schon morgen wieder anders sein, aber in diesem Augenblick hätte ich wohl so ziemlich alles gesagt oder getan, um ihn zu halten. «David, verlass mich nicht. Bitte. Ich brauche dich.» Tränen liefen mir über die Wangen, ohne dass ich versuchte, sie zu verbergen. Sie machten mich blind, und mein Verlangen machte mich blind genug, dass es mir nichts ausmachte.

«Ich werde nicht gehen.» David stand auf, ging zwischen

meinen Schenkeln in Position und begann, mit langen, tiefen, gleichmäßigen Stößen in mich einzudringen.

«Oh.» Das Lustgefühl war derart stark, dass es mir fast einen Schlag versetzte. Unsere Körper trafen aufeinander, aber neben der fleischlichen Vereinigung war da auch noch etwas anderes. Ein Gefühl der Vollkommenheit. Ich umschlang ihn, stemmte meine Hände gegen ihn, vergrub mein Gesicht in seinem Hals. Ich schmiegte mich an ihn und atmete den Duft seiner Haut ein. *Meiner.* «David.»

Seine Hände packten meine Hüften, und er zog meinen Körper an sich, um tiefer in mich eindringen zu können. «Werde. Nicht. Gehen.», stöhnte er und stieß dabei so in mich, als ob er jedes Wort einzeln betonen wollte.

Ich hatte jedes Zeitgefühl, jegliche Wahrnehmung von Dingen verloren, die nichts damit zu tun hatten, dass David in mir und Zach neben mir war. Ich wusste, dass Zach mich nehmen würde, wenn David fertig war. Das war es auch, was ich wollte. Und es war mir vollkommen egal, zu was mich das machte.

Schrille Schreie hallten durch den kleinen Raum. Mir war nicht klar, dass ich sie ausstieß, bis David mich mit einem Kuss, der nach Salz und Moschus schmeckte, zum Schweigen brachte. Ich ließ mein Becken kreisen, traktierte ihn mit den Fingernägeln, stachelte ihn auf, es mir noch heftiger zu besorgen. Was er auch tat.

Endlos lange nahm er mich, und mit jedem Mal, mit dem er sich tief in mir versenkte, versetzte er mir einen ekstatischen Stromstoß, der mich nach mehr verlangen ließ. Meine Nerven vibrierten, mein Blut kochte, mit jeder Zelle meines Seins erlebte ich bewusst, dass David mich besaß.

Etwas begann in mir zu wachsen, im Rhythmus der Stöße, mit denen David in mich eindrang. Es kam mir vertraut vor, so wie jenes vage Bedürfnis, meinen Körper jener unbekannten Kraft auszuliefern, als David sich in einen Wolf verwandelte. Unter meiner Oberfläche schien eine tiefgreifende Veränderung stattzufinden, eine Annäherung, und mit einem plötzlichen Aufbäumen, das mich nach Luft schnappen und mein Kreuz durchdrücken ließ, ergriff es von mir Besitz.

David pulsierte tief in mir, und ich umzuckte ihn, platzte fast vor Lust und Überschwang. Er ergoss sich in mich, gab, nahm, wollte immer noch mehr von mir. Weiter, immer weiter, und mein Verlangen wuchs mit jeder Welle der Erlösung, bis er mich zum äußersten Höhepunkt brachte und wir gemeinsam alles um uns herum vergaßen.

Herzschlag. Meiner? Seiner? Ich konnte es nicht unterscheiden. Haut an Haut, brennende Lust und Verlangen. Vertrautheit. Verschmolzene, miteinander verwobene Körper, die Verbindung zueinander ungebrochen.

«Kannst du mich hören?»

Die Stimme schien aus weiter Ferne zu kommen. Dann verschob sich meine Wahrnehmung, und es war Zach, der seine Lippen dicht an meinem Ohr hatte.

Ich leckte über trockene Lippen, versuchte mich daran zu erinnern, was Worte waren und wie man ihnen Ausdruck verlieh. Zusammengefügte Einzelteile. Zach, besorgt. David, noch immer untrennbar in mir verankert. Ich musste Zach anfassen, um uns beiden Gewissheit zu geben. Ihm, dass ich unverletzt war. Mir, dass die unsichtbare Verbindung, die uns verband, noch immer bestand.

Ich brachte die Kraft auf, eine Hand loszulassen, mit der ich mich an David festgeklammert hatte, obgleich mich mein Instinkt dazu bringen wollte, ihn an so vielen Stellen wie möglich festzuhalten. Obgleich ich am ganzen Körper zitterte, streckte ich wieder meine Hand aus, um sie auf Zachs Herz zu legen. Härter und schneller als erwartet klopfte es unter meiner Berührung.

«Zach», flüsterte ich seinen Namen, wandte ihm meinen Blick zu, ohne meine Wange von Davids Schulter zu nehmen.

«Alles klar?» Bernsteinfarbene Augen suchten meinen Blick.

«Ja.» Ich lächelte, nur ein kleines bisschen, aber mit enormer Wirkung. «Die Kraft in mir ist erwacht. Ich kann sie spüren, direkt unter meiner Haut.»

«Wie fühlst du dich?» Er legte seine Hand auf meine, drückte sie an seine Brust, als ob er ein Stück von mir ganz dicht an seinem Herzen behalten wollte.

«Als ob ich mich in eine Werwölfin verwandeln würde», lachte ich, ein leiser, weicher Klang, plätschernd und fließend. «Fühlt sich das immer so an? Ich fühle mich so stark.»

«Ja.» Zach streichelte meinen Handrücken. «Je näher wir dem Vollmond kommen, umso stärker.»

«Ich glaube, auf der Hantelbank könnte ich ein ganzes Auto stemmen», sagte ich. Ich ließ meine Wimpern sinken, bis sie meine Wangen berührten. «Wenn ich mich denn bewegen könnte», fügte ich hinzu. «Das war unglaublich.»

«Ich kann mich auch noch kaum rühren», meinte David. Ich spürte, wie er seine Stirn auf meinen Kopf sinken ließ.

«Das ist in Ordnung.» Ich schwelgte in dem Gefühl, David so nah bei mir zu haben, in mir; darin, dass es sich so gut und wunderbar anfühlte. Ich wollte das nicht verlieren. Ich fragte mich, wie ich überleben sollte, wenn ich dies nie wieder erleben dürfte. Schon jetzt wusste ich, dass ich mich schon grausam beraubt fühlen würde, wenn er sich nur aus mir zurückziehen würde. «Bleib.»

Er lachte leise. «Ich hab dir doch gesagt, ich würde nicht weggehen.»

«Mmm.» Ich küsste seine Schulter. «Entschuldigung, dass ich die Nerven verloren habe. Muss an den vielen Gefühlen liegen. Ich kann mich nicht daran erinnern, wann ich zum letzten Mal geweint habe.»

«Hormone. Vollmond. Eine schwierige Kombination.»

«Irgendwie werden wir uns aber bewegen müssen», sagte ich. «Dieser Waschtisch ist ziemlich hart, und außerdem kann ich Zach nicht so berühren, wie ich es gern würde.»

«Möchtest du zurück zu den Kissen?»

Einen lustvollen Augenblick lang dachte ich darüber nach. Es schien mir die beste Lösung zu sein.

«Ja.» Ich grinste, fühlte mich dabei sinnlich und verrucht und begehrenswert. «Ich möchte euch beide auf einmal. Ich will Zach in mir spüren und dich, wie du mich von hinten nimmst.»

«Sicher?», fragte Zach.

«Sicher.» Die Hand auf seiner Brust begann, ihn zu streicheln, genoss, wie sich seine Haut anfühlte, und konnte einfach nicht widerstehen, sie weiter zu erforschen.

«Kannst du dich jetzt bewegen?» Das war David.

Ich löste meine Beine von seinen Hüften und ließ sie an ihm hinabgleiten. «Solange ich nicht laufen muss.»

«Ich werde dich tragen», bot Zach an.

«Wir beide werden sie stützen», gab David zurück.

Eine gute Idee, mit der ich schnell einverstanden war. Ich wollte nicht, dass David mich losließ, aber ich hatte auch Lust darauf, dass Zach mich anfasste. Zwischen ihnen zu gehen, würde das doppelte Bedürfnis nach ihrer beider Berührung stillen.

David bewegte seine Lenden von mir weg und zog sich dabei aus mir zurück. Die Leere, die er zurückließ, beruhigte ich damit, dass sie wieder gefüllt werden würde. Und zwar bald. Zach nahm ein Tuch und begann, Davids Spuren sanft von meinen Schenkeln zu wischen.

Gemeinsam halfen sie mir vom Waschtisch und dann, mich hinzustellen. Fast umgehend fühlte ich mich wieder in der Balance. Geerdet. «Schon besser. Ich denke, ich schaffe es, wenn ihr beide mich stützt.»

Das taten sie, obgleich es ziemlich schwierig war, auf diese Weise durch die Tür zu kommen, und ich begann zu lachen, als wir es noch nicht einmal halb geschafft hatten.

«Ich hab den Eindruck, dir geht's ganz gut», sagte Jack, als wir hinausgestolpert kamen, sextrunken und unter dem Einfluss des bevorstehenden Mondwechsels. Er sah mich mit seinen leuchtend blauen Augen an, in denen ich seine eigentliche, tiefergehende Frage lesen konnte.

«Ja», lachte ich wieder. «Mir geht es gut. Nie habe ich mich besser gefühlt. Küss mich, Jack.»

Ich spürte, wie angespannt die beiden Männer reagierten, die mich hielten, ging aber nicht weiter darauf ein. Ich gehörte ihnen, aber Jack war etwas Besonderes. Ich wollte einen letzten Kuss von ihm.

Jack näherte sich mir und drückte mir einen Abschiedskuss auf die Lippen, der sich eher formell, sogar zeremoniell anfühlte.

«Jack», schmollte ich. «Einen richtigen Kuss.»

«Ich will hier niemanden herausfordern.»

«Niemand wird das so empfinden», sagte ich.

«Ich schon.» Jacks Stimme klang plötzlich tiefer, und diese Stimmlage ließ mir einen erwartungsvollen Schauer den Rücken hinunterlaufen. Dann legte er mir schnell die Hände um die Taille, während er meinen nackten Körper an sich zog und seine Lippen meine verschlangen. Ich öffnete sie unter dem Druck, ließ meine Zunge mit seiner spielen. Meine Nippel rieben sich an seiner Brust und wurden bei der Berührung sofort steif. Ganz hinten aus seiner Kehle kam ein Geräusch, er zog mich noch eine Idee enger an sich, küsste mich noch ein bisschen heftiger. Und dann war es vorbei, er zog sich ein Stück zurück und ließ eine kleine Lücke zwischen uns entstehen. Noch einen Augenblick lang ließ er seine Hände auf meiner Taille, bevor er sie fortnahm.

«Danke.» Ich lächelte ihn an, fühlte mich leicht und glücklich und angenehm aufgekratzt.

«Es war mir ein Vergnügen.»

«Das hat man gesehen», knurrte David, und ich musste wieder laut lachen.

Ich stieß ihn mit meiner Hüfte an und sagte: «Das hatte er verdient.»

«Und was ist mit mir?»

«Du verdienst noch mehr.» Ich ließ ihn spüren, wie sehr ich mich nach seinen Berührungen sehnte, und wie sehr es mich danach verlangte, dass er mich wieder ganz nehmen würde.

«Und ich?»

Ich wandte mich Zach zu, angezogen von seiner Stimme. «Du auch.» Wilde Leidenschaft flackerte auf und ließ das Lachen verschwinden. «Beeilen wir uns.»

KAPITEL 19

Zu dritt strebten wir gemeinsam unserem Ziel entgegen. Als wir den Kissenberg erreicht hatten, nahmen sie mich schon in ihre Mitte, während wir noch standen. Zach sah mich an, David presste sich gegen meinen Rücken, und beide rahmten mich ein mit der Hitze ihrer Körper.

Ich ließ meine Hände über Zach wandern, fasziniert von seinen Muskeln, der gezügelten Kraft seines Körpers. Ich rieb mich an David und war wie betäubt davon, seine Haut über meine gleiten zu spüren.

Plötzlich überfiel mich Unsicherheit, und ich warf mich Zach in die Arme. «Ist das in Ordnung?»

«Was soll das heißen? Dass wir wieder nicht allein sind? Dass du diesmal oben bist? Dass wir dich in unsere Mitte nehmen?»

Ich schüttelte den Kopf. «Dass du der Letzte bist.»

«Ist doch nur fair.» Zachs Lippen streiften meine Stirn. «Ich war ja auch der Erste.»

Der Erste und der Letzte. Diese Gerechtigkeit leuchtete mir ein.

«Zach.» Zitternd lag sein Name auf meinen Lippen. Er senkte den Kopf und raubte mir küssend den Atem. Seine Hände wanderten abwärts und legten sich auf meine Brüste. Davids Zähne streiften über die Rückseite meines Halses und bissen einmal kurz in meinen Nacken, was meinen Körper in erwartungsvolle Anspannung versetzte.

Es war himmlisch, zwischen ihnen beiden zu stehen, von ihnen beiden berührt zu werden. Doch schnell drohte aus dem sanften Vergnügen ein loderndes Inferno der Lust zu werden. Ich holte lange und zitternd Luft, versuchte, mein loderndes Herz zu beruhigen, um dies hier noch einen Moment länger genießen zu können.

Ich wollte sie berühren und von ihnen berührt werden, wollte Zeit zum Küssen haben und dafür, sich einfach nur im Arm zu halten. Doch mein Körper schrie, es sei nicht genug. Ich müsse mehr haben. Jetzt. Sofort.

Diesen Konflikt konnte man mir wohl ansehen. Zach legte mir als neutrale Liebkosung eine Hand um die Taille. «Was brauchst du?»

Ich schüttelte kaum merklich den Kopf. «Zu viel.» *Atme. Atme.* «Ich wünsche es mir langsam, aber ich glaube nicht, dass ich es aushalten kann. Ich fühle mich wie in einem führerlosen Zug, der rasend schnell fährt, und ich kann die Bremsen nicht finden.»

«Das ist in Ordnung.» Seine Hände schoben sich so in mein Kreuz, dass er mich an sich ziehen konnte.

«Ich würde mich zügeln, wenn ich könnte. Ich möchte dich überall berühren und dich in den Mund nehmen. Aber ich kann nicht. Ich bin selbstsüchtig. Es tut mir leid.»

«Nicht selbstsüchtig», sagte Zach und küsste mich sanft.

«Zach.» Ich gehörte zu ihm. Ich gehörte zu ihnen beiden, und ich brauchte es, dass die beiden mich vögelten. «David. Jetzt. Bitte, jetzt.»

Sie ließen mich los. David stützte mich, während Zach es sich auf dem Rücken bequem machte. Dann hoben sie mich gemeinsam an und halfen mir, mich auf Zach zu setzen. Mein Oberkörper lag auf seinem, meine Knie links und rechts von ihm. Davids Hände streichelten die Rundungen meiner Pobacken. Zach streichelte meine Schultern. Ich rutschte auf ihm hin und her, spürte das dringende Bedürfnis, mich zu bewegen.

David strich etwas kühles, glitschiges über meinen Anus. Ich stöhnte leise und hob meinen Hintern an, bot mich ihm an, lud ihn ein, mehr zu versuchen. Langsam drang sein befeuchteter Finger in mich ein, entschwand, kehrte wieder. Ein Vorgang, der mich bereitmachte und die Hitze in mir auf kaum erträgliche Weise zum Sieden brachte.

Ich rutschte aufwärts, bis ich spürte, dass Zachs steifer Penis genau vor meinem Eingang lag. Das Bedürfnis, jetzt einfach wieder abwärts zu stoßen und sein Fleisch schützend mit meinem zu umgeben, ließ mich zittern. Ich brauchte Zach wieder in mir, aber es musste so sein, dass sie beide zur gleichen Zeit in mich eindrangen. Also wartete ich und biss mir auf die Unterlippe, während David sich in Position brachte. Ich spürte, wie seine Eichel, geschmeidig von der Creme, Kontakt aufnahm und dann sofort vorwärtsdrängte, als ob sie es eilig hätte, einen weiteren Teil von mir zu erobern.

«Jetzt», sagte ich mit leiser Stimme, aber sie hörten mich genau. Ich überließ ihnen diesen Schritt. Selbst entspannt und vollkommen bereit könnte es schwierig werden, den doppelten Ansturm gleichzeitig zu bewältigen, der uns vereinigen würde.

Zach begann sich in meiner Spalte zu bewegen, während David mich von hinten eroberte. Mein Anus dehnte sich und verstärkte das Gefühl einer unglaublichen Ausgefülltheit. Sie bewegten sich langsam und vorsichtig und drangen nur ganz langsam tiefer in mich ein, um mir Zeit zu geben, mich daran zu gewöhnen, dass es zwei Schwänze waren, die mich nahmen. Als sie beide ganz in mir waren, ließ ich mich auf Zach sinken und blinzelte ein paar Tränen fort.

Das war es, was ich wollte. Dass beide mich nahmen, mich für sich beanspruchten, mich fickten. Dass sie das Fieber, von dem mein Blut zu kochen begonnen hatte, durch ihre Hitze heilten.

«Alles okay?», fragte Zach, und seine Stimme, direkt neben meinem Ohr, klang tief und rau.

«Nein.» Vorsichtig hob ich meinen Kopf ein bisschen, um ihn ansehen zu können. «Nichts ist okay. Ihr beiden bewegt euch einfach nicht genug.»

Bernsteinfarbenes Feuer loderte in seinen Augen, aber er bewegte sich nicht. «Wir wollen dir nicht wehtun.»

«Tut mir weh.» Ich ließ mich wieder sinken, liebkoste seine Brust mit meinen Lippen. Im Gegensatz zu den Worten, die ich ihnen hinwarf, um sie in Flammen zu setzen, klang meine Stimme weich und verträumt. «Nehmt mich so heftig, bis ich es nicht mehr aushalten kann. Besorgt es mir, bis ich schreiend komme, weil Davids Prügel mich von hinten fickt, während dein Schwanz mich von vorn vögelt.»

Hinter mir entfuhr David ein kehliges Stöhnen. Sein Schwanz pochte in meinem Po. Zack bäumte sich unter mir auf, zwang mich dazu, ihn noch tiefer aufzunehmen, wobei seine Eichel immer wieder gegen meinen Muttermund stieß.

Sie begannen sich in einem Rhythmus zu bewegen, bei dem erst Zachs praller Penis so weit in mich rammte, wie ich es aushalten konnte, während David sich ein Stück zurückzog. Dann stürmte David voran, um mich ganz auszufüllen, und Zach zog sich so weit zurück, wie der Knoten es ihm erlaubte. Dieses Muster schien sich endlos zu wiederholen. Abwechselnd rammten sie sich in mich, ohne mich jemals ganz zu verlassen. Zuerst bewegten sie sich langsam, dann allmählich umso fester und schneller, je mehr sie spürten, wie heiß ich auf sie reagierte.

«Ja. Ja. Genau so», stöhnte ich hingebungsvoll. «Mehr, Zach. Oh, David. Ja.»

«Ich will dich.» Davids Flüstern hallte in meinen Ohren, als er in mich stieß und sich mit wilder Gier in mir versenkte.

«Da hast du mehr», grollte Zach und entfaltete eine Härte, die mich nach Luft schnappen ließ.

Meine Liebhaber. Für diesen Augenblick waren sie mein, und ich nahm sie auf in meinen Körper, wieder und immer wieder, begrüßte den gemeinsamen Anspruch, den sie auf mich erhoben. Sie waren mein, sie machten mich zu der ihren, und ich gab mich ihnen beiden hin. Leidenschaft ergriff von uns Besitz, die sich zu einem wahnsinnigen Akt der Vereinigung steigerte. Zachs Schwanz zuckte schon in mir, als mein Orgasmus sich ankündigte. Der Gegendruck ließ mich wissen, dass auch David gleich so weit wäre. Die Gewissheit, dass sie sich beide in mich ergießen würden, brachte meine inneren Muskeln dazu, sich zusammenzuziehen, und dann verschmolzen wir weiß glühend.

Ich verlor jegliches Gefühl für Zeit. Als ich wieder hören und sehen und fühlen konnte, lag ich auf dem Bauch inmitten der Kissen zwischen Zach und David. Hände streichelten meinen Körper, strichen über meine Haare. Nackte Haut wärmte mich. Ich musste schlucken und hob meinen Kopf und fand mich Auge in Auge mit David wieder. «Hey.»

«Hey.» Er küsste mich auf die Nasenspitze.

«Was ist passiert?», fragte ich. Dann wurde ich dunkelrot, da mir plötzlich jedes meiner Worte wieder einfiel und die Porno-Vorstellung, die ich gegeben hatte, und deshalb ergänzte ich schnell: «Ich meine, abgesehen vom Offensichtlichen.»

Sein Gesicht war ernst. «Wusstest du, dass man ohnmächtig werden kann, wenn es einem heftig genug kommt?»

Ich blinzelte. «Nein. Ist dir das passiert?»

«Beinahe.»

Zach liebkoste meinen Nacken so sanft, dass mir Schauer über den Rücken liefen. «Dich hat es am stärksten erwischt, weil du in der Mitte warst», meinte er.

Ich atmete tief aus. «Ihr wollt doch nur, dass ich mich besser fühle, weil ich umgekippt bin wie eine prüde Jungfer.» Obwohl eine prüde Jungfer wahrscheinlich bereits beim Gedanken an die heutigen Ereignisse in Ohnmacht gefallen wäre.

Inzwischen kam mir das alles vor wie eine Fieberphantasie, so irreal. Außer, dass ich noch immer nackt war. Und zwei nackte Männer mich berührten, als wäre das absolut alltäglich. Ich drehte mich auf den Rücken, damit ich sie besser ansehen konnte, und so konnte ich auch meinen Blick durch die leere Bibliothek schweifen lassen. «Wo sind die anderen alle hingegangen?»

«Ins Esszimmer. Jack hat etwas zu essen bestellt.» Zach küsste mich, und der warme Druck seiner Lippen löste ein angenehmes Prickeln in meiner Mitte aus.

«Ist es vorüber?»

«Ja.» Zachs Hand legte sich auf meinen Bauch, streichelte mich, glitt tiefer und verharrte auf meinem Venushügel. David liebkoste meine Brüste. Meine Brustwarzen wurden steif unter seiner Berührung, und mein ganzer Körper schien in Erinnerung an seine vollkommene Befriedigung zu seufzen.

«Ich möchte nicht, dass ihr mich jetzt schon verlasst.»

Zach berührte meine empfindliche Spalte mit sanften

Fingern. «Wir gehen nirgendwo hin. Außer in die Badewanne. Wenn du so weit bist.»

«Erst frischmachen, dann essen?»

«Ja.»

Wir standen auf und gingen hinüber zu der bereits gefüllten Wanne. Stöhnend ließ ich mich bis zum Kinn ins Wasser sinken. «Das fühlt sich so gut an.»

Jetzt, wo ich nicht mehr im Sex-Rausch war, konnte ich allerlei kleine Wehwehchen spüren, die von den ungewohnten Strapazen kamen und die jetzt alle Aufmerksamkeit forderten.

«Du hast es wohl ein bisschen übertrieben, du wildes Ding, oder?» David stieg zu mir und zog mich auf seinen Schoß.

«Mm, nein. Ich glaube, es war gerade richtig so.» Ich küsste ihn aufs Kinn, war verrückt vor Glück, weil er noch hier war, mich in den Armen hielt, mich berührte.

«Sicher?» Er ließ seine Hand über die Rundung meines Pos gleiten.

«Sicher.» Ich schmiegte mich an ihn. «Ich denke, in meinem Gehirn sind sämtliche erotischen Sicherungen durchgeknallt, aber das war es wert.»

Zach rutschte hinter mich und küsste meine nackte Schulter. Seine ruhige Stimme fuhr mir ins Herz wie der Pfeil des Amor: «Keine Reue?»

Ich fühlte einen stechenden Schmerz, als ob das empfindliche Organ überall getroffen war, verdrängte das aber schnell und schüttelte den Kopf: «Nein.»

Wir wuschen uns, halfen einander, ließen uns aber auch Zeit für sinnliche Gesten. Als wir schließlich wieder trocken waren, fühlte ich mich gefasst genug, dem Abendessen mit meinen elf Liebhabern ins Auge zu sehen.

Jemand hatte uns frische Sachen bereitgelegt. David gab mir ein Paar weite, weiße Frotteehosen, die tief auf meiner Hüfte saßen, und ein passendes ärmelloses Oberteil, das meinen Bauch frei ließ und das in der Mitte zwischen meinen Brüsten von Reißverschluss geschlossen wurde.

«Keine Unterwäsche?», fragte ich ihn, wobei das Shirt vorn noch weit offen stand.

«Nein.»

Ich zuckte mit den Achseln. Wahrscheinlich würden wir sowieso bald wieder nackt sein, und ich würde dabei mehr als meine Kleider wechseln. Gleich die Unterwäsche wegzulassen wäre also durchaus praktisch. David griff nach den Enden des Reißverschlusses, zog ihn zu und ließ dabei noch einmal seine Hand zwischen meinen Brüsten entlanggleiten.

Ich schnappte nach Luft. «Danke.»

Ich spürte, wie sich Zachs Arm um meine Taille schlang, und lehnte mich an ihn. Die Jungs hatten keine Hemden angezogen und trugen lockersitzende Hosen. Ich griff nach Davids Hand. Nach einem Augenblick des Zögerns ergriff er die ihm entgegengestreckte Hand, ließ mich seine Hand halten, während ich Arm in Arm mit Zach zum Esszimmer ging.

Zach schob mir den Stuhl zurecht und blieb, mit den Händen auf meinen Schultern, so lange hinter mir stehen, bis er sicher war, dass er mich am anderen Ende des Tisches zurücklassen konnte. David hatte meine Hand losgelassen, kurz bevor wir den Raum betraten, als ob er damit jeden formalen Anspruch auf mich abtreten würde.

Möglicherweise war meine offizielle Wahl bereits verkündet worden, aber soweit ich es beurteilen konnte, schien sich niemand daran zu stören. In dem Raum herrschte fröhliche Feierstimmung, und ich ließ mich von der Partylaune anstecken. Auf dem Tisch war genug Essen aufgefahren worden, um eine ganze Armee satt zu machen.

Ich sah auf meinen reichlich gefüllten Teller. «Und das

soll ich alles aufessen?», fragte ich Nathan, da ich mich irgendwie nicht traute, mit David zu sprechen.

«Ja.» Seine ernste Miene und der mitfühlende Klang seiner Stimme erstaunten mich. «Du musst doch viel essen, damit du genug Energie für deine Metamorphose hast.»

Oh. Richtig.

Nathan sah, was ich für ein Gesicht machte, beugte sich zu mir herüber und nahm meine Hand. «Beim ersten Mal fühlt es sich ein bisschen beängstigend an, aber dann macht es Spaß. Du wirst es erleben.» Er lächelte mich an, und in seinen Augen leuchtete Begeisterung.

Klang wie eine Beschreibung von Sex. Ich nahm einen Bissen und stellte fest, dass ich einen unglaublichen Appetit hatte. Als ich ein paar Minuten später ungläubig auf meinen leeren Teller starrte, lachte Nathan nur und bot mir an, noch einmal nachzulegen.

Als das Geschirr abgeräumt war, wurden die Gespräche immer lauter, bis Zach aufstand und uns bedeutete, dass wir uns erheben sollten. Aber diesmal ging es nicht nach draußen zum Tanzen. Die Jungs fingen an, sich auszuziehen. Ich schluckte, was allerdings nicht an dem Anblick all der nackten Männerkörper lag, der mir ja inzwischen vertraut war. Es war so weit. Jetzt war die Zeit gekommen, das Tier in mir zum Vorschein kommen zu lassen, die Wölfin, die schon ungeduldig unter meiner Haut zu lauern schien.

KAPITEL 20

Eine kaum merkliche Spannung machte sich in mir breit und ließ meine Hand ungeschickt am Reißverschluss nesteln. Schließlich gelang es mir sogar, ihn zu verklemmen, also gab ich auf und zog mir das bauchfreie Oberteil einfach über den Kopf. Als Nächstes die Hose. Ich war nicht sicher, was ich tun sollte, also faltete ich meine Sachen ordentlich und legte sie auf meinen Stuhl.

Das Summen, das ich schon bemerkt hatte, als zum ersten Mal alle Wölfe in einem Raum zusammen gewesen waren, wurde stärker. Meine Haut juckte, und in meinen Muskeln machte sich eine Art dumpfer Schmerz breit.

Alle anderen hatten inzwischen auf dem Boden Platz genommen, und ich erinnerte mich, dass David eine Art Startposition wie vor einem Wettrennen eingenommen hatte, bevor er sich mir in seinem anderen Erscheinungsbild gezeigt hatte. Erst gestern war das gewesen. Seitdem hatte sich so viel verändert, dass es sich anfühlte, als sei es mindestens schon eine Woche her.

Ich kauerte mich hin und konzentrierte mich auf meinen Atem. Ich hatte das Gefühl, mich strecken zu müssen, also tat ich es und fühlte, wie mich plötzlich eine merkwürdige Welle durchzog, als ob ich versuchte, Muskeln einzusetzen, die ein Mensch nicht besitzt. Auch ein weiteres Strecken bewirkte keine Linderung. Aus dem Ziehen wurde ein Brennen, so als ob ein über seine Grenzen hinaus belasteter Muskel noch weiter seine Funktion erfüllte. Die Sehnen und Bänder in meinen Armen dehnten sich, in meinen Beinen begann es zu zucken. Meine Wirbelsäule wurde beweglicher und veränderte sich. Hände und Füße wurden kleiner und nahmen eine andere Form an. Ich schloss die Augen, aus Angst vor meinem Anblick mitten in dieser Verwandlung, und spürte dann, wie sich meine Nase und meine Kieferknochen verschoben. Mein ganzer Körper bebte, als das Tier aus mir heraus zum Vorschein kam, ich auf vier Pfoten stand und mich schüttelte.

Begeisterung machte sich in mir breit. Frei! Ich öffnete die Augen und sah mich nach meinen Rudelgenossen um. Neben mir wartete ein schwarzer Wolf. David. Mein Blick fiel auf ein kastanienrotes Fell, und schon kam ein munterer Jack und kauerte sich vor mich, Vorderbeine ausgestreckt, die Nase fast auf den Pfoten, um dann aufzuspringen und mir mit der Sprache seines Körpers zuzurufen *«Na, macht das nicht Spaß?»*

Von seiner Begeisterung angesteckt, sprang ich ihn an, und mit verknäulten Gliedmaßen rollten wir uns auf dem Boden. Zach trottete heran und schnupperte an mir, und sofort setzte ich mich hin, peinlich berührt davon, dass er uns erwischt hatte, wie wir im Haus herumtollten wie die Welpen. Ich stieß ein entschuldigendes Winseln aus. Zach berührte meine Nase mit seiner Nasenspitze, stellte sich dann neben mich. Ich spürte die Anspannung in seinen Muskeln, und ich erinnerte mich an seine Herausforderung zu einem Wettrennen.

Gut. Ich kannte den Weg nach draußen, und ich kannte das Spiel. Ich rannte los und stellte fest, dass mein neuer Körper sich schneller bewegte, als ich erwartet hatte. Zach hatte keine Mühe, das Tempo zu halten, und ließ mir dann den Vortritt, aber mir war klar, dass das richtige Wettrennen erst draußen beginnen würde. Hinter uns hörte ich das Geräusch rennender Pfoten, und dann ging es über die Mondfliesen des Wintergartens hinaus in die Nacht.

Der Vollmond und die leuchtenden Sterne machten es leicht, etwaige Hindernisse zu erkennen. Außerdem stellte ich fest, dass sich meine Nachtsicht deutlich verbessert hatte, so, als ob ich plötzlich mehr Grauschattierungen wahrnahm. Es war so schön, dass mir zum Singen zumute war, also tat ich es, und mit einem Mal sangen wir alle zusammen. Der Chor unserer Stimmen ließ mich erbeben. Ich fühlte mich verwegen, übermütig, voller Freude. Hierher gehörte ich.

Unser Lied verstummte. Zach war zu meiner Rechten

und David zu meiner Linken. Wortlos forderten sie mich mit Blicken heraus. Doch ich brauchte keine Ermunterung. Meine Muskeln strotzten vor Lust, mit ihnen um die Wette zu rennen, stark und geschmeidig.

Ich lief los. Sie liefen mit mir, und bald waren wir nur noch als pfeilschnelle, anmutige Schemen zu erkennen, die vom Mondlicht vergoldet wurden. Wir erreichten den Wald, und ich begann, pfeilschnell von Baum zu Baum zu sprinten, wollte lieber Fangen spielen, als nur um die Wette rennen. Sie setzten mir nach, und ich entkam ihnen, lachte innerlich, wusste aber auch, dass mich früher oder später einer von ihnen anspringen und in ein zerzaustes Fellknäuel verwandeln würde.

Nur dass, bevor einer der beiden dazu kam, mir plötzlich ein Schatten in den Weg sprang, der schlanker aussah als ein Wolf.

Panther, zuckte es mir durch den Kopf. *Ein Eindringling*, knurrte die Wölfin in mir. *Ein Feind. Gefahr. Angriff!* Ich hatte Mühe, diesen Impuls zu unterdrücken. Warte auf Zach oder David, stell fest, ob noch mehr von ihnen da sind, ruf das Rudel. Aber der Panther wollte den Kampf, also musste ich nach seiner Pfeife tanzen.

Ich fühlte mich seltsam alleingelassen, als mein Wolfshirn mir ganz andere Körperzonen signalisierte, auf die ich zielen sollte, als die Schwachpunkte eines menschlichen Organismus. Außerdem schien mein Wolfskörper Bewegungsabläufe gespeichert zu haben, die so gar nicht zu den als Mensch verinnerlichten Verteidigungstechniken zu passen schienen.

Ich wusste, wie man auf zwei Beinen kämpfte. Wenn ich jetzt versuchte, mich wie ein Mensch auf vier Beinen zu verhalten, würde das höchstwahrscheinlich böse enden.

Da fielen mir Davids Worte wieder ein. *Du bist die Wölfin.*

Na, dann los. Aus dem Weg; lasst die Wölfin kämpfen

wie ein Wolf. Jetzt kam mir mein Instinkt zu Hilfe, und ich bewegte meinen Körper mit dem Tempo und der Geschicklichkeit, die von Muskeln und Reflexen gesteuert wurden statt durch bewusste Entscheidungen.

Ich wollte nicht töten. Unter seinem Fell war der Panther ein Mensch, und selbst wenn er gekommen war, um mich zu töten, wollte ich ihn nur verletzen oder kampfunfähig machen. Aber als sich meine Zähne um seinen Hals legten, war es schwer, der Versuchung nachzugeben, fester zuzubeißen. Ich widersetzte mich dem Instinkt, der mich gerettet hatte, und hielt ihn einfach nur fest. Hilfe konnte nicht weit sein.

Erstarrt in dieser merkwürdigen Szene hörte ich Kampfgeräusche in der Nacht und begriff, warum Zach oder David nicht längst aufgetaucht waren. Sie waren selbst in Kämpfe verwickelt. Die Werpanther mussten sich genau überlegt haben, heute Nacht mit gesammelter Kraft anzugreifen. Warum, konnte ich mir allerdings nicht wirklich erklären. Außer, dass sie vielleicht dachten, dass ich während meiner ersten Metamorphose verletzlicher wäre, mit meinem neuen Körper noch nicht so gut vertraut, und die Männer dank meiner Gegenwart abgelenkt und müde sein würden.

Und ich hatte ja auch noch keinen neuen Rudelführer benannt.

Da traf mich ein neuer Gedanke. Hatten die Angriffe der Werpanther nicht erst begonnen, nachdem die anderen Wölfe sich vom Rudel getrennt hatten und in der Gegend herumstreunten? Steckte Ray, der Bastard, hinter alldem, weil er eine Chance witterte, die Macht an sich reißen zu können?

Die Idee, dass er jahrelang krank und besessen auf eine solche Gelegenheit gewartet haben könnte, machte mich verrückt. Ich musste unbedingt mit Zach und David darüber reden.

In der Zwischenzeit musste ich mir überlegen, was ich mit der Katze tun sollte, die ich mir geschnappt hatte. Ich konnte den Kerl ja nicht ewig festhalten. Wenn ich ihn losließe, würde er vielleicht weiterkämpfen. Ich wollte zwar nicht zum Mörder werden, aber selbst sterben wollte ich auch nicht.

Die Lösung meiner Probleme tauchte in Form eines Grashalms auf. Diesmal sah ich genau, wie er wuchs, und aus meiner neuen Perspektive heraus hatte ich das Gefühl, nie etwas Wundervolleres gesehen zu haben.

Der Herr des Waldes. Mit den Augen eines Tieres betrachtet war er das. Wenn ich mich so hätte bewegen können, wie ich wollte, denke ich, ich hätte mich ihm zu Füßen auf den Boden geworfen und ihm meine Kehle entgegengestreckt.

«Nun bekomme ich doch noch Gelegenheit, dich zu retten.» Er lächelte mich so fröhlich an, als ob ihm die Aussicht darauf Vergnügen bereitete. Er wandte seine Aufmerksamkeit dem Panther zu, und das Tier, das ich zu Boden gedrückt hielt, begann zu zittern. «Du gehörst nicht hierher. Dies sind meine Wälder. Meine Wölfe.»

Seine Stimme bebte vor Kraft und Autorität. Ich spürte, wie jeglicher Kampfgeist aus der Katze wich.

«Verschwinde.»

Der Panther gehorchte, fast schneller, als ich ihn loslassen konnte, und floh in die Nacht.

«Diese Probleme müssen aufhören.» Der Leshii trat vor und legte mir die Hand auf den Kopf. «Trotzdem lässt du das besser die Jungs zu Ende bringen. Ich werde deinem Alpha sagen, dass ich dich nach Hause geschickt habe. In deinem Zustand solltest du nicht kämpfen.»

Beunruhigt überlegte ich, was er damit meinen könnte. Welcher Zustand? Die erste Metamorphose? Die Müdigkeit nach einem anstrengenden Tag?

Der Leshii kraulte mich hinterm Ohr. «Ah, ich sehe,

du hast es noch nicht gewusst. Meine beiden roten Wölfe haben einen kleinen roten Welpen gezeugt.»

Mir blieb fast das Herz stehen. Hätte ich nicht vier Pfoten gehabt, die mich aufrecht hielten, wäre ich wahrscheinlich vor Schreck vornübergekippt. Jack? Ich würde mit Jack ein Baby haben? Wie konnte ich ihn zu meinem Gefährten machen, wenn ich tief in meiner Seele wusste, dass ich Zach gehörte?

Entweder konnte der Leshii Gedanken lesen, oder es gelang ihm mühelos, den Ausdruck auf meinem Gesicht zu entschlüsseln. «Du kannst dich gar nicht für Jack entscheiden. Rote Wölfe sind etwas Besonderes, haben spezielle Gaben. In einem Stamm würde man ihn wohl als Schamanen bezeichnen. Du kannst ihn nicht zum König bestimmen. Er kann seine Fähigkeiten und Verantwortung nicht ablegen, um diese Rolle zu übernehmen.»

Scheiße. Scheiße, Scheiße. Schwanger. Und nicht von Zach, nicht einmal von David. Den Vater kann ich nicht heiraten. Kann aber auch niemand anderen heiraten, weil ich ja einen König bestimmen muss, oder es gibt jede Menge Ärger. Sowohl innerhalb des Rudels als auch außerhalb.

Unter der Last der Anstrengungen des Tages und angesichts meines Dilemmas begann ich zu zittern. Die Verzweiflung brachte meinen Körper ins Wanken. Ich brach zusammen, rollte mich auf dem Boden zusammen und stellte kurze Zeit später fest, dass ich wieder Haut trug.

«Was mache ich bloß?», fragte ich laut, ohne eine Antwort zu erwarten.

«Das Richtige», antwortete der Leshii, so, als ob das absolut klar wäre.

«Ich weiß aber nicht, was das ist.» Meine Stimme klang verzagt und hoffnungslos.

«Du wirst es wissen. Auch du bist etwas ganz Besonderes.»

Besonders. Ich wollte lachen, aber es war überhaupt nicht komisch, und das Lachen würde womöglich in Hysterie umschlagen, bevor es schließlich mit Tränen endete. Und im Moment hatte ich nun wirklich nicht die Kraft, auch noch einen Nervenzusammenbruch zu verkraften. Vielleicht irgendwann später.

Morgen würde ich erst mal mit Zach und David sprechen. Einen König bestimmen. Ein Vornamen-Buch kaufen. Mir etwas ausdenken, was ich meinen Eltern erzählen könnte. Dann könnte ich vielleicht mal einen Nervenkoller einschieben. Außer, dass der natürlich schlecht für das Baby wäre. *Zum Teufel.*

Ich ließ mich vom Herrn des Waldes nach Hause bringen. Keiner von den anderen war schon zurück, und ich war erleichtert. Ich wollte jetzt niemanden sehen. Ich ging nach oben in meine Zimmer und stellte mich unter die Dusche, da ich mich zu müde fühlte, ein Bad zu nehmen. Anschließend betrachtete ich mich selbst im Spiegel, um festzustellen, ob man schon irgendeine Veränderung sehen konnte.

Ich starrte mich aus dem Spiegel heraus an, mit Augen, die dunkler als gewöhnlich waren, aber ansonsten war alles beim Alten. Mein Gesicht sah kalkweiß aus, aber Rothaarige sind eben blass. Mein Körper jedenfalls sah kein bisschen anders aus.

«Du wirst das Richtige tun», befahl ich meinem Spiegelbild. Na klar.

Ich verließ das Badezimmer und entdeckte auf dem Nachttisch im Schlafzimmer meine Handtasche. Jemand musste sie mir heraufgebracht haben. Wie fürsorglich. Ich öffnete sie und nahm meine Pillen heraus. Ich könnte den Rest der Monatsration auf einmal nehmen, so wie es manche Studentinnen am Morgen danach taten. Stattdessen warf ich sie in den Müll.

Das Bett zog mich an wie ein Magnet. Nackt stieg ich

hinein, zog mir die Decke bis zum Kinn hoch und hätte mir am liebsten obendrein noch ein Kissen aufs Gesicht gelegt.

Als ich aufwachte, fühlte ich mich warm und sicher, und es fühlte sich so an, als sei alles in Ordnung. Ich war nicht allein in dem großen Bett. Von hinten schmiegte sich Zach an mich, und sein Arm, der auf meinem Brustkorb lag, hielt mich ganz fest.

Ich drehte mich um und kuschelte mich an seine Brust, umarmte ihn und schob einen Fuß über seine Unterschenkel. «Mmm.» Ich küsste seine Halsbeuge. «Guten Morgen. Oder ist es immer noch Nacht?»

«Ist das so wichtig?» In Zachs Stimme lag etwas, dessen Interpretation mir nicht sehr viel Mühe bereitete. Ich spürte, wie sich sein Penis gegen meinen Bauch drückte, prall und steif und bereit.

«Nicht, wenn wir nicht aufstehen müssen.» Ich legte meine Hand um seinen Schaft, erforschte die Länge und den Umfang dieses Körperteils, das unter der seidig weichen, straff gespannten Haut so viel männliche Erregtheit und Härte ausstrahlte.

Er ließ die Hände über mich gleiten, packte die nackten Rundungen meines Hinterns, streichelte meine Brüste. Und gemeinsam suchten wir weiter. Da gab es so viele Stellen und Punkte zu entdecken, so viele unterschiedlichen Aromen und Zonen. Er mochte es, wenn ich ihn hinten am Hals so leicht mit den Fingerspitzen streichelte, dass ich ihn dabei kaum berührte, und er begann zu stöhnen, als ich meine Fingernägel über seinen muskulösen Hintern zog.

Seine Lippen legten sich auf meine, während er eine Hand zwischen meine Schenkel schob und sie auf meinen Venushügel legte. Seine Fingerspitzen liebkosten ganz zart die verborgenen Fältchen. «Wie fühlt sich das an?»

«So als ob mehr draus werden könnte.» Antwortete ich und lächelte an seinem Mund. Und das wurde es. Er drehte mich auf den Rücken und legte sich auf mich, bedeckte mich mit seinem Körper, schob seine Schenkel zwischen meine. Ich spürte, wie er an meine weiche, feuchte Pforte klopfte und ermunterte ihn mit einem leisen Stöhnen.

Langsam drang er in mich ein, schob sich mit einer gelassenen Bewegung in mich, ließ meiner Spalte Zeit, sich für ihn zu dehnen, sich ihm zu öffnen und ihn so tief aufzunehmen, bis ich ihn ganz in mir spürte.

Noch nicht ganz, noch fehlt etwas, flüsterte es aus einer Ecke meines Bewusstseins. Ich schob den Gedanken beiseite. Ich hatte so viel von ihm, wie es ging. Ich hüllte Zach ein, schlang, zusätzlich zu der intimsten Verschmelzung, die uns vereinte, meine Arme und Beine um ihn.

Jetzt schwoll der Knoten, und ich hielt den Atem an. Wieder legten sich Zachs Lippen auf meine. Er begann, sich in mir zu bewegen, sanfte, vorsichtige Stöße, ein gemächliches Liebesspiel, mit dem er mich für die ungeduldige, aggressive Begierde des gestrigen Tages entschädigen wollte. Die Süße dieses Erlebnisses machte, dass mein Hals schmerzte und meine Augen zu brennen begannen.

Er nahm mich mit in einem Rhythmus, dem ich mich schnell anpasste, dem ich leicht folgen konnte, während er sich wiegend auf mir bewegte und dabei tief in mir versank. Dabei bedachte er mich mit Küssen, die mich einem unsichtbaren Abgrund näher und immer näher brachten. Er nahm mich mit einer solchen Aufmerksamkeit, dass keine meiner Sehnsüchte ungestillt blieb. Haut auf Haut, Herz an Herz, Atemzug für Atemzug eroberte er mich, und ich gab mich ihm vollkommen hin.

KAPITEL 21

Ich zog mich an und verließ meine Zimmer, während Zach noch unter der Dusche stand. Ich hatte eine ziemlich lange Liste von Menschen, mit denen ich reden musste, aber ich hatte den Eindruck, dass die erste Person, mit der ich über mein kleines Problem sprechen sollte, diejenige war, die an seiner Entstehung beteiligt war.

Der Weg durchs Treppenhaus hätte mir, verglichen mit gestern, leichtfallen müssen, aber meine Füße fühlten sich an wie Blei, und mein Herz war noch schwerer. Schreckliche Angst lag mir im Magen. Obwohl ich mir beinahe sicher war, dass Jack nicht böse sein würde.

Er könnte allerdings auch der einzige Wolf sein, auf den das zutraf.

Meine Schritte wurden immer zögernder, als ich durch das stille Haus in den friedvollen Wintergarten ging, wo er stand und durch die gläserne Front nach draußen sah. Zwei Schritte hinter ihm blieb ich stehen.

«Jack.» Meine Stimme klang gepresst und heiser.

Er drehte sich um, und Besorgnis lag wie ein dunkler Schatten in seinen blauen Augen. «Chandra?» Er merkte, wie steif ich dastand, sah die Abwehrhaltung, mit der ich meine Arme um mich geschlungen hatte, und kam zu mir. Er legte mir die Hände auf die Oberarme. «Was ist schiefgelaufen?»

So viel. Mir blieben die Worte im Hals stecken, deshalb nahm ich seine Hand und legte sie auf meinen Bauch. Wenn er eine Gehirnerschütterung erkennen konnte, indem er meinen Kopf berührte, und eine Verletzung meines Muttermunds durch bloßes Handauflegen erfühlen konnte, würde er spüren, was jetzt unter seiner Handfläche lag.

Er holte tief Luft. Seine andere Hand wanderte hinauf

zu meiner Taille und zog mich enger an sich. Ich machte einen halben Schritt vorwärts und legte ihm den Kopf auf die Schulter.

«Ich kann nicht sagen, dass es mir leidtut.» Von der Taille ließ er die Hand zu meiner Wirbelsäule gleiten und massierte mich dort sanft. Die Hand auf meinem Bauch wölbte sich, so als wollte er den kleinen Lebensfunken dort drinnen behüten und beschützen.

Ich schloss meine Augen und spürte, wie mein Hals sich verengte und mir das Sprechen schwermachte. «Ich möchte auch nicht, dass es dir leidtut.»

«Was möchtest du dann?»

Ich holte tief Luft. «Ich weiß es nicht. Ich kann dich nicht wählen. Du bist nicht mein Gefährte, und selbst wenn du es wärst, hast du eine Position im Rudel, die niemand anders einnehmen könnte.»

«Ich bin vielleicht nicht dein Gefährte, aber ich bin genauso für diese Sache verantwortlich wie du.» Er legte seine Wange auf mein Haar, das vom Sex und vom Schlafen noch immer ein bisschen zerzaust war. «Außerdem bin ich dein Freund. Was willst du tun?»

«Ich will es», flüsterte ich mit tränenerstickter Stimme. «Ich will es behalten, aber ich weiß noch nicht, wie das gehen soll.»

Jack ließ meinen Bauch los, um auch noch den anderen Arm um mich legen zu können. «Ich will es auch. Wir werden alles mit Zach besprechen. Ich werde dir beistehen.»

Eine Hürde wäre genommen, dachte ich und holte beruhigt tief Luft. Eine Bemerkung hinter unserem Rücken bewirkte, dass ich die Luft in einem Zug wieder abließ.

«Ihr seht so aus, als würdet ihr es euch gutgehen lassen.»

David. Ich versuchte, mich für diese Situation zu wappnen, meinen Knien, meiner Wirbelsäule Entschlossenheit zu verleihen. Früher oder später musste ich es ihm ja ohnehin sagen. Ich hatte nur gehofft, es würde etwas später passieren. Nachdem ich Zeit gehabt hatte, Zachs Duft abzuwaschen, und während ich noch dabei war, herauszufinden, wie ich mit einem Kindsvater umgehen sollte, der nicht mein Mann werden könnte.

«Ja. Es geht uns gut.» Das klang munterer dahergesagt, als mir zumute war, und ich zuckte zusammen.

Jack bemerkte mein Unbehagen. Er ging nicht auf David ein und nahm mein Gesicht in die Hände, sah mir geradeheraus in die Augen. «Ich meine es ernst. Ich steh das mit dir durch.»

«Ich weiß.» Seine fürsorgliche, offene Reaktion ließ meine Anspannung schwinden. Ich stellte mich auf die Zehenspitzen und gab ihm einen dankbaren Kuss auf die Wange. «Danke.»

Dann wandte ich mich David zu und schwankte. Jack griff nach meinem Ellbogen, um mich zu stützen. Wie gut. Davids Miene hatte mich getroffen wie ein Schlag in die Magengrube und ließ die Luft aus mir entweichen. Ich sah ihn an und wäre beinahe in seinem Anblick ertrunken.

Das Gefühl war noch immer nicht weg. Welche anderen Dinge mochten sich noch nicht verändert haben seit gestern? Das musste ich wissen, und zwar, bevor ich etwas Unwiderrufliches zu Zach sagte.

Ich stolperte auf ihn zu. Er kam mir nicht entgegen. Er wartete, bis ich die Distanz zwischen uns selbst zurückgelegt hatte, und selbst dann machte er keine Anstalten, mich zu berühren. Ich hörte, wie Jack hinter uns leise den Raum verließ und uns allein ließ.

«David.» Ich leckte mir die trockenen Lippen, starrte ihn an und merkte überdeutlich, wie schnell sich meine Brust hob und senkte und wie schnell mein Herz raste. Er lächelte nicht. Er starrte mich nur mit verschlossener Miene an, und seine Körpersprache signalisierte mir, dass er mich nicht an sich heranlassen wollte. Unser Schweigen zog sich in die Länge, wurde immer unangenehmer, aber ich konnte mich nicht entziehen. Ich musste es einfach wissen.

«Wenn du darauf wartest, dass ich dich küsse und umarme wie Jack, solltest du vielleicht erst ein Bad nehmen. Du riechst nach Sex und dem Alpha.»

Mein Gesicht brannte, und am liebsten hätte ich ihm ins Gesicht geschlagen. Stattdessen schoss ich zurück: «Gestern scheint dich das nicht gestört zu haben.»

Er blieb ungerührt. «Gestern warst du eine läufige Wölfin. Was für eine Entschuldigung hast du heute?»

Gute Frage. Ich hatte keine. Ich wusste nicht, was ich sagen sollte. Ich konnte keine schwache Stelle in seiner Verteidigung erkennen. Wenn ich keinen BH angehabt hätte, hätte ich vielleicht meinen Reißverschluss aufgezogen und ihm meine nackten Brüste gezeigt, um ihn vorübergehend abzulenken.

Aber wahrscheinlich hätte auch das nichts genützt. Möglicherweise hätte er noch nicht mal hingesehen. Ich stellte mir seine grausam kalte Stimme vor, wenn er gesagt hätte: *Danke, aber das hatten wir schon.*

Wieder leckte ich mir über die Lippen. «Du machst es mir nicht leicht.»

«Ach, wirklich.» Er sah mich so lange an, bis ich zu Boden blickte. «Das muss ja schlimm sein.»

«Ja», nickte ich zustimmend, aber resigniert. «Das ist es wirklich.» Dann trat ich ihm zwischen die Beine. Er wehrte mich so leicht ab, wie ich es erwartet hatte, da es aber nicht mein Ziel gewesen war, ihn wirklich zu treffen, war es mir egal. Ich fiel ihm in die Arme, und als sich unsere Körper berührten, hatte ich das Gefühl, nach Hause zu kommen. Ich erstarrte, wie vom Blitz getroffen, und sah ihn mit großen Augen an.

Auch David hielt inne. Dann knurrte er wütend, griff nach meinen Armen, drehte mich um, presste mich mit dem Rücken an seine Brust und hielt dabei meine Arme fest über meiner Brust gekreuzt. «Du hast ihn gefickt. Noch vor einer halben Stunde hast du für ihn die Beine breitgemacht. Du hast ihn gefickt, und jetzt kommst du zu mir? Hast du geglaubt, ich würde dich noch immer begehren? Hast du gedacht, du kannst mich dazu bringen, ihn deinetwegen herauszufordern?»

«Nein», flüsterte ich, aber David hörte mich.

David konnte unmöglich mein Gefährte sein. Er wollte mich nicht. Er fühlte nicht, was ich fühlte. Aber ich fühlte es nun einmal, und selbst wenn Zach mich nehmen würde, schwanger von einem anderen Mann, wie könnte ich mich allein ihm versprechen?

Selbst jetzt, selbst als Davids Zorn und Abscheu wie Dolche in mein Herz stießen, wäre ich verloren, sobald er mich küssen würde. Ob in einem Jahr oder in zehn Jahren, wenn er mir nur den kleinen Finger reichen würde, ginge ich zu ihm. Ich wäre nicht in der Lage, mich zu beherrschen.

Das bedeutete wohl, dass ich meinen Stolz getrost auf die Liste der Dinge setzen konnte, die ich seit gestern verloren hatte. Demütigung brannte auf meiner Haut, in meinen Augen schwammen Tränen.

«Nein», flüsterte ich noch einmal mit bebenden Lippen. Die Bedeutung seiner Worte ließ mich am ganzen Körper zittern. «Ich habe nicht geglaubt, du würdest mich noch wollen.» Warum sollte er? «Lass mich los.»

Ich musste raus. Ich musste fliehen, wegrennen, mich verstecken. Aber vor allem durfte David mich nie wieder anfassen. Warum hielt er mich immer noch fest? Er setzte mich in Flammen, und in meinem Mund war nur noch Asche.

«Lass mich los!» Ich kämpfte, wand mich, bohrte meine Finger in die erstbesten Nervendruckpunkte und riss mich los, sobald David etwas locker ließ. Bevor er reagieren konnte, war ich schon losgerannt, und als ich den Wald erreichte, war ich für keinen Verfolger mehr einzuholen. Trotzdem watete ich durch einen Bach, um meine Spur zu verwischen, bis meine Hose völlig durchnässt war und meine Beine sich vor Kälte taub anfühlten, bis ich schließlich in den Schutz der Bäume zurückkehrte.

Lauf in den Wald; Wald, kannst du mich nicht verstecken?

Ich lachte mich selbst aus, und der hohe, schrille Ton ernüchterte mich. Ich blieben stehen, stemmte meine Hand gegen einen Baum, um mich zu besinnen, atmete schwer. David hasste mich also. Was bedeutete das? Ich musste damit aufhören. Musste aufhören, mich wie ein kleines Mädchen zu benehmen, und stattdessen erwachsen werden.

Es war Zeit, mich daran zu erinnern, dass ich eine Art Monster war.

Zeit, mir klarzumachen, dass da jetzt noch jemand anderes war, an den ich denken musste.

Und dann war da Zach. Zach, der mich öffentlich anerkennen und wahrscheinlich auch privat nett zu mir sein würde, weil er das Richtige tun wollte und ein anständiger Mann war. Eine Vernunftehe musste ja nicht zwangsläufig ohne jegliche Aufmerksamkeit oder Wärme sein. Unbestreitbar verband uns etwas, und körperliche Anziehung galt ja auch schon viel. Es lag also an mir, etwas aus meiner Zukunft zu machen.

Ich richtete mich auf und wischte mir mit dem Handrücken die Tränen aus dem Gesicht. Nun denn. Ich hatte einen Plan. Nach Hause zu gehen, Zach zu suchen, mir Luft zu machen und alles auszusprechen, einschließlich meiner ungewollten Schwangerschaft und der verhängnisvollen Anziehungskraft von David.

Ich drehte mich um und ging in die Richtung, aus der ich gekommen war.

Ich kam nicht sehr weit, denn bald hatten mich Panther

umzingelt, und dieses Mal befanden sich meine Freunde Rhonda, Wilson und Miguel in äußerst interessanter Gesellschaft. Ein Mann war bei ihnen, der alt genug war, um mein Vater sein zu können, dessen schwarzes Haar von grauen Strähnen durchzogen war, und der mich mit dem kältesten Blick bedachte, den ich je erlebt hatte. Da würde ja selbst ein Ofen Frostbeulen bekommen, dachte ich und widerstand der Versuchung, mich durch Reiben meiner Oberarme selbst zu wärmen.

Mit eiskalter Sicherheit wusste ich, wer er war. Deshalb sagte ich laut: «Hallo, Ray.»

Kalt und abschätzig sah er an mir herab. «Du weißt also, wer ich bin. Dann wirst du auch wissen, was ich will.» Dann stellte er mir eine Frage, die mir Gänsehaut machte. «Hast du schon einen König bestimmt?»

Ich zögerte keinen Augenblick: «Ja.»

Ein freudloses Lächeln umspielte seine Lippen: «Die Schlampe lügt.»

«Für dich immer noch Frau Schlampe. Oder Königin der Schlampen. Ich höre auf beides.»

Rhonda verschluckte einen Laut, der verdächtig nach einem unterdrückten Lachen klang.

«Schlampen-Königin.» Der Mörder meines Vaters kam auf mich zu und öffnete den Reißverschluss meines Oberteils. Im Stillen dankte ich meinem Entschluss, heute Morgen einen Sport-BH angezogen zu haben. Ich traute mich nicht, seine Hände wegzuschlagen. Nicht jetzt, nicht wenn er nur vorhatte, mich dadurch zu erniedrigen, dass er meine Brüste entblößte.

Wenn er natürlich versuchen würde, mich vor einer ganzen Horde von Augenzeugen zu vergewaltigen, konnte ich für nichts garantieren. Ich würde ihn so schnell und so brutal ich konnte umbringen.

Sein Grinsen wurde breiter, so als ob er die Gedanken auf meinem Gesicht lesen konnte. «Sie denkt, sie könnte sich gegen mich wehren.» Er klang, als gäbe ich ihm Anlass, sich auf etwas zu freuen. Er trat hinter mich, öffnete meinen BH, riss ihn herunter. Ich blieb ganz still stehen, wartete darauf, was er als Nächstes tun würde. «Sie meint, sie könne mir die Stirn bieten.»

Ray packte mich bei den Haaren und nutzte den Griff aus, mich auf die Knie zu zwingen. Mit einer obszönen Geste liebkoste er meine Brüste. «Sie glaubt, sie kann es ablehnen, wenn ich ihr befehle, mich zum König zu machen.» Seine Hand rutschte tiefer, packte meine Hose, zog sie herunter.

Er zerrte den Stoff bis hinab auf meine Waden, rammte mir sein Knie in den Rücken und zwang mich auf alle viere. «Wenn ich fertig bin, wirst du alles tun, was ich will, um den Schmerzen ein Ende zu bereiten.»

Ich riss mich von ihm los, ließ mich auf den Rücken fallen, packte seine Eier und drückte mit einer Kraft zu, die ich vor zwei Tagen noch nicht aufgebracht hätte. Er wurde dunkelrot und ließ seine geballten Fäuste auf mich niederprasseln, aber ich ließ nicht los. Stattdessen drückte ich noch fester zu.

«Hattest du vor, den da zum Einsatz zu bringen?», fragte ich ihn. «Ich denke, dann solltest du ein bisschen warten, bis er wieder gewachsen ist.»

Die Panther kamen nicht näher, um ihm zu helfen, und ich überlegte, ob sie dies hier wohl als eine Art Duell betrachteten. Vielleicht würden sie sich gar nicht einmischen. Was nicht hieß, dass sie mich laufen lassen würden, wenn ich ihn umgebracht hatte. Aber dieses Problem konnte warten.

«Dafür werde ich dich ganz langsam umbringen», drohte er mir.

Ich schüttelte den Kopf. «Du sagst es falsch rum. So ist es richtig: Du hast meinen Vater umgebracht. Mach dich bereit, zu sterben.»

Die Bestie wurde zum Werkzeug meiner Rache, in mir bäumte es sich auf, ich bekam Reißzähne und einen kraftvollen Kiefer. Dann ergoss sich der süße Geschmack von Blut in meinen Mund und Ray stürzte zu Boden, mit einem klaffenden Loch, wo vorher sein Hals gewesen war.

«Oder versuch, das zu heilen», grollte ich, wobei nur ein Knurren zu hören war, da ich die menschliche Sprache verloren hatte. Ich schüttelte die Überreste meiner Kleidung ab und ließ die Metamorphose vollständig von mir Besitz ergreifen. Einen Augenblick später stand ich auf allen vieren über Rays am Boden liegendem Körper. Das Tier, das ich geworden war, beschloss, dass er vielleicht nicht schwer genug verletzt war, um mir nie wieder gefährlich werden zu können, also riss ich ihm den Bauch auf und zerrte seine Eingeweide in den Dreck.

Ich warf meinen Kopf in die Luft und heulte meinen Sieg gen Himmel. Dann rannte ich davon wie der Wind, während meine übrigen Feinde sich berappelten, um mich zu verfolgen.

KAPITEL 22

Als ich flüchtete, hatte ich den Eindruck, als würde es langsam zu einer schlechten Angewohnheit von mir, blind und orientierungslos durch den Wald zu rennen. Ich brauchte dringend eine Karte der Gegend und musste lernen, mich zurechtzufinden. Außer, dass die Gegend jetzt tatsächlich mein Zuhause war, hatte ich keinerlei Heimvorteil.

Ich hörte, wie mir etwas folgte, und es klang wie das Geräusch von Tausenden von Pfoten. Wie viele dieser verdammten Katzen waren es? Ich hatte sie nicht genau gezählt. Aber ich musste keine Köpfe zählen, um zu wissen, dass sie mehr waren als wir, vielleicht sogar doppelt so viele. Kein Wunder, dass sie mutig genug waren, gegen uns zu kämpfen.

Und bestimmt waren es nicht nur Katzen, die mir auf den Fersen waren. Als Ray das Rudel verlassen hatte, war er nicht allein gegangen. Die anderen Abtrünnigen würden kommen und ihr Zuhause wiederhaben wollen.

Verdammt sollte ich sein, wenn ich das zuließe. Denn es gehörte auch mir.

«Du kannst nicht einfach davor weglaufen.» Da war die muntere Stimme wieder. Deren Besitzer immer wieder über den Weg zu laufen, schien ebenfalls zu meinen schlechten neuen Angewohnheiten zu gehören. Ich rannte weiter. Schließlich wollte ich nicht bremsen und sofort einen Panther am Hals haben. Da packte mich jemand am Schlafittchen und ließ mich so in der Luft hängen, dass er mir ins Auge sehen konnte. «Und hören kannst du auch nicht. Hab ich dir nicht gesagt, du sollst das die Jungs machen lassen?»

Ich knurrte. Wenn ich Königin werden sollte, könnten sich die Jungs ruhig schon mal daran gewöhnen, auch mal Mädchen mitspielen zu lassen.

«Kein Grund, in solchem Ton mit mir zu reden.» Der Leshii klang keineswegs beleidigt. Der Herr des Waldes drückte mich an seine Brust wie ein Schoßhündchen und strebte auf das Haus zu. «Du wirst deinen Spaß schon noch bekommen.»

Ja, so wie jetzt, wo uns gleich alle möglichen Katzen überrumpeln und in den Waldboden treten würden. Ich sah über die Schulter des Leshii und fragte mich, warum ich plötzlich hinter uns nichts mehr hörte. Mit fragendem Blick sah ich ihn an.

«Wo sie geblieben sind? Ich hab ihnen eine Abkühlung empfohlen.» Er lächelte und wirkte regelrecht schadenfroh. Ich hätte wetten können, dass sie sich plötzlich in irgendeiner ziemlich unkomfortablen Lage wiedergefunden hatten. «Du hast ein bisschen Zeit, bis sie sich berappelt haben und wiederkommen. Nutze sie gut.»

Ich nickte, als Zeichen, dass ich ihn verstanden hatte, was sich in meinem Zustand sehr merkwürdig anfühlte, und mein Wolfs-Erstaunen über dieses Empfinden erheiterte den Leshii von Neuem. Er lachte noch immer, als er mich auf der Türschwelle absetzte.

Dann versank er im Gras und verschwand aus meinem Blickfeld, bevor ich die Klappe zum Wintergarten mit der Schnauze aufdrückte. Meine Krallen scharrten über die Mondfliesen. Und mir stellten sich die Nackenhaare auf, als ich die Witterung des Streits mit David aufnahm. Ich machte einen Bogen um diese Stelle und lief in den Haupttrakt des Hauses.

Ich lauschte und hörte Stimmen in der Bibliothek. Meine Pfoten führten mich in diese Richtung. Seltsame Geräusche unterbrachen immer wieder die undeutliche Stimme. Was das für Laute waren, konnte ich trotz meines deutlich verbesserten Gehörs nicht erkennen. Bis ich schließlich den Raum betrat und mein Blick auf elf heißblütige Kampfmaschinen fiel, die sich auf das Ende der Welt vorzubereiten schienen.

Sie luden Waffen, und Zach schimpfte lauthals mit David. Nun, er schimpfte nicht wirklich. Seine leise, zornige Stimme war so viel schlimmer als Schimpfen, dass ich mich am liebsten hingeworfen hätte. «Du hast sie gehen lassen. Du hast sie ganz allein weggehen lassen.»

«Ich habe sie nicht gehen lassen.» David sprach jedes Wort einzeln aus. «Sie kämpft mit unfairen Tricks. Sie hat sich befreit und ist einfach auf und davon gerannt, und dann habe ich ihre Fährte verloren.»

«Worüber habt ihr euch überhaupt gestritten?» Zach sah aufgebracht aus. Ihm stand das ausgesprochen gut, wirklich. Aber ich erwartete nicht, dass David unseren Streit genauso empfand wie ich.

«Über nichts.» David schob ein weiteres Magazin ein.

Beim Klang des Wortes ‹nichts› zog sich mein Magen zusammen. Das Gefühl, wenn wir uns Haut an Haut berührten, war für mich Heimat, und für ihn nichts. Alles, was auf mich eingestürmt war, schien mir plötzlich zu viel, und ich begann zu taumeln. Der Streit mit David. Meine idiotische Flucht. Rays widerlich obszöne Hände auf mir, schlimmer als das, was er mir mit seinen Schlägen angetan hatte. Aber welchen Schaden mochten seine Fäuste angerichtet haben?

Mir stockte der Atem, und ich suchte mit verzweifelten Blicken nach Jack. Jack, wo war Jack? Jack würde mich einfach nur berühren und mir dann sagen, dass alles in Ordnung ist.

Ich entdeckte ihn und pirschte mich voran, und alle erstarrten, bis auf Jack, der sich hinkniete und seine Arme ausbreitete, in die ich mich flüchtete. Ich schob meine Schnauze in seine Halsbeuge, winselte leise und verlor dann das Bewusstsein. Als ich meine Augen blinzelnd öffnete, lag ich nackt in seinem Schoß.

«Jack.» Ich erkannte meine eigene Stimme kaum. Sie klang wie das Krächzen einer Krähe. «Sag mir, dass alles in Ordnung ist.»

Jack streichelte über meinen Bauch und lächelte mich beruhigend an. «Alles ist gut.»

Vor Erleichterung fühlten sich meine Muskeln ganz schlaff an. «Oh. Gut. Das ist gut.»

«Was ist gut?» Zach tauchte in meinem Gesichtsfeld auf, und er suchte meinen Blick.

«Dem Baby ist nichts passiert.»

Hinter mir ließ David etwas fallen, das mit lautem Knall auf der Erde landete.

Zach beugte sich herab, um mich in seine Arme zu ziehen. «Ist es das, worüber David und du gestritten habt?», fragte er.

«Nein.» Ich legte Zach einen Arm um den Hals. «Nicht direkt zumindest. David hat bis jetzt nichts davon gewusst.»

«Okay.» Zach sah mich besorgt an. «Du hattest Blut an der Schnauze. Was ist geschehen?»

Ich begann zu zittern. «Darüber kann ich jetzt nicht sprechen. Muss erst mal duschen.» Ich drückte mich an ihn. «Ist es zu spät, um auf dein Angebot zurückzukommen?»

«Nein. Es ist nicht zu spät.» Seine Arme drückten mich fester. «Bist du verletzt?»

Ich schüttelte den Kopf. «Mir ist nichts passiert.» Ich drehte mich um und sah David an. Am liebsten hätte ich ihm sofort in die Eier getreten, aber er war unser Soldat, und ich hatte versprochen, mich wie eine Erwachsene zu benehmen. Das Wohl des Rudels über meine persönliche Gefühle zu stellen. «Es ist gut, dass ihr vorbereitet seid. Die Panther werden kommen, und sie haben sich mit den abtrünnigen Wölfen verbündet.»

Ohne mit der Wimper zu zucken fragte David: «Kommen sie gleich jetzt?»

«Nein. Der Leshii hat sie weggeschickt, aber er meinte, sie wären bald zurück.»

«Wir werden bereit sein», sagte David mit tödlicher Entschlossenheit. Gut. Sollte er gehen und die bösen Jungs bekämpfen, aber mich bitte in Ruhe lassen.

Zitteranfälle schüttelten mich, und ich klammerte mich an Zach fest. «Kalt», jammerte ich. «Duschen, bitte. Ich möchte sauber sein.» Ich wollte die Spuren abwaschen, die der Mörder meines Vater auf meiner Haut hinterlassen hatte.

«Ich werde dich schon wieder sauber und warm bekommen», versprach Zach. Er trug mich bis hinauf in mein Zimmer und setzte mich erst ab, als wir in der Dusche waren. Er zog sich aus und kam mit mir unter den Strahl, nahm mich in den Arm, damit ich mich an ihn lehnen konnte, während das Wasser auf uns niederprasselte. Er seifte alles ein, was er erreichen konnte, und drehte mich dann so um, dass ich mit dem Rücken zu ihm stand und er meine Vorderseite waschen konnte.

Seine Hände fühlten sich so gut an auf meiner Haut. So richtig. Ich legte meine Hände auf seine und führte sie zu meinen Brüsten. «Da», sagte ich so, dass meine Stimme durch das Wasserrauschen gerade noch zu hören war. «Da hat er mich angefasst. Ich möchte, dass du mich dort so lange streichelst, bis ich keine anderen Hände mehr fühle als deine.»

Zach wurde sehr still. «Chandra. Wo sonst hat er dich berührt? Bist du vergewaltigt worden?»

Ich schüttelte den Kopf. Ich griff nach dem Hahn, stellte das Wasser ab und sagte in die plötzliche Stille: «Ich habe ihn getötet.»

Zach drehte mich zu sich um. «Wen?»

«Ray. Es war Ray.» Ich holte tief Luft und fuhr fort: «Ich muss dir alles erzählen, aber das kann ich nicht im Stehen.»

Zach legte einen Arm um mich, stützte mich beim Aussteigen aus der Dusche und folgte mir. Er schlang ein Handtuch um mich wie einen Sarong und eines um seine Lenden. Dann führte er mich zum Bett.

«Hier.» Er türmte Kissen am Kopfende auf, um sich dagegenzulehnen, während er mich zwischen seine Beine nahm und ich mich an seine Brust lehnen konnte. Seine Arme legte er um meine Taille. «Bequem so?»

Ich nickte. Ich legte ihm eine Hand auf den Arm, der sich stark und warm anfühlte. Ihn zu berühren, vermittelte mir das Gefühl, alles sei in Ordnung. Und vielleicht stimmte das ja auch. Aufrichtigkeit wäre jedenfalls ein guter Anfang.

«Ich hätte heute Morgen nicht mit dir schlafen sollen», platzte es aus mir heraus. «Ich wusste schon gestern Abend, dass ich schwanger bin, und ich habe es dir nicht gesagt. Das war falsch. Heute Morgen war ich gerade erst aufgewacht. Ich war abgelenkt.» Ich ließ unausgesprochen *durch deinen Körper und die Gefühle, die du bei mir ausgelöst hast.* «Ich habe einfach nicht nachgedacht, aber das ist keine Entschuldigung.»

Zach drückte mich sacht. «Hast du dich deshalb hinterher einfach davongeschlichen?»

«Ja.» Ich fühlte, wie mir eine leichte Röte in die Wangen stieg, aber ‹davongeschlichen› war eine ziemlich zutreffende Beschreibung. «Es ist nicht von dir. Jack ist der Vater. Ich habe es ihm zuerst erzählt, weil ich dachte, er hat es verdient, es als Erster zu erfahren. David hat uns im Wintergarten gesehen und … ich glaube, er hat es falsch verstanden.»

«Also habt ihr gestritten.»

«Nicht genau deswegen, aber ja, das haben wir.» Meine Finger zogen eine Linie von seinem Handgelenk zum Ellbogen. «Lass uns gleich noch einmal auf David zurückkommen. Zu Jack: er ist nicht mein Gefährte. Er weiß das, und er akzeptiert, dass du es bist.» *Na also. Raus damit. Weitermachen.* «Ich will das Baby, Zach. Ich habe es nicht geplant, ich habe nicht erwartet, dass es passiert, aber nun ist es so, und ich werde es behalten. Das solltest du wissen, bevor du einwilligst, mich zur Gefährtin zu nehmen.»

Zach beugte sich vor, schob einen Arm unter meine Knie, hob mich hoch und drehte mich so, dass ich seitlich auf seinem Schoß saß und er mir ins Gesicht sehen konnte. «Hast du geglaubt, ich würde dir sagen, dass du es wegmachen sollst? Du solltest dich zwischen deinem Kind und mir entscheiden?»

«Ich wusste überhaupt nicht, was ich denken sollte, Zach.» Ich senkte den Blick auf seine Schulter. «Ich bekomme ein Kind von einem anderen Mann. Ich würde verstehen, wenn das die Situation für dich verändern würde. Und wenn das so wäre, würde ich es lieber wissen, bevor wir es offiziell verkünden.»

Aber nun wurde es schwieriger. Ich bereitete mich mental darauf vor, weiterzumachen. «Es mag sein, dass du mich nur zum Wohle des Rudels nimmst, um vor unseren Feinden ein starkes, einiges Bild abzugeben. Ich könnte verstehen, wenn das dein einziger Grund wäre, aber du solltest wissen …»

O Gott. Ich konnte es nicht sagen. Meine Zunge schien wie festgeklebt, und mein Hals schien meine Stimme zu verschlucken.

«Chandra?» Zach streichelte mir über die Wange, so sanft, dass ich hätte heulen können. «Was sollte ich wissen?»

Feigling, Feigling. Sag's doch.

«Ich liebe dich.» Die Worte brachen verzweifelt aus mir heraus. Ich holte tief Luft. «Ich fühle mich gut, wenn ich bei dir bin. Richtig. Sicher. Warm. Ich genieße es, mit dir zusammen zu sein. Beim ersten Mal –» Meine Stimme versagte und ich musste schlucken, bevor ich weitersprechen konnte. «Beim ersten Mal, als wir miteinander Sex hatten, wusste ich, dass ich für immer dir gehören würde. Der Knoten ließ mich zwar wieder los, aber ich wusste, dass ich nie wieder frei sein würde.»

«Möchtest du denn frei sein? Du hast mir gesagt, dass du gar keinen Gefährten willst.»

Ich legte ihm meine Hand aufs Herz. «Ich will dich. Ich möchte mit dir zusammen sein. Ich glaube, wenn ich das nicht könnte, würde irgendetwas in mir zerbrechen.»

So, wie mich Davids grobe Reaktion zerbrochen hat. Ich wusste nicht, wie ich es aushalten sollte, wenn Zach mich auch zurückweisen würde, aber wenn er mich so nehmen sollte, wie ich war, musste er auch wirklich alles wissen. «Da ist noch etwas.»

«Noch mehr? Kein Wunder, dass du fortgelaufen bist», murmelte Zach. Seine Hände bewegten sich auf mir, streichelten mich, beruhigten mich. «Und das alles hast du in dich hineingefressen.»

Halb lachte, halb schluchzte ich: «Es waren eben zwei ereignisreiche Tage.»

«Du bist ins kalte Wasser geworfen worden. Du hast die Situation gemeistert. Jetzt bist du einfach am Ende deiner Kräfte.» Die Bewunderung in Zachs Stimme tat mir gut. «Erzähl mir alles, was dir wichtig ist. Rede es dir von der Seele.»

Ich kuschelte mich an ihn. «Das könnte ein Grund für dich sein, mich aus deinem Bett zu werfen», warnte ich ihn.

«Wäre das nicht egal? Wir haben doch in deinem Bett geschlafen.»

Ich schüttelte den Kopf, und mein Hals war wie zugeschnürt. «Damit macht man keine Witze. Ich habe heute einen Mann getötet, aber das jetzt ist schlimmer.»

«Das bezweifle ich.» Zach küsste mein Haar. «Und ich warte immer noch darauf, dass du mir die ganze Geschichte erzählst.»

Es schüttelte mich, wenn ich an das Blut in meinem Mund dachte. Rays am Boden liegender Körper. Der Geruch des Todes. «Darauf komme ich noch. Ich dachte, ich fange erst mal mit den internen Dingen an, die das Rudel betreffen, und dann kommen die anderen Probleme. Obwohl Ray ja nun kein Problem mehr darstellt.»

«Was also gehört noch zu den internen Dingen?» Zach massierte mir den Rücken, und ich spürte, wie die Spannung in meinem Körper ein bisschen nachließ. «Kommst du jetzt wieder zurück auf den Streit mit David?»

«Ja.»

Ein Moment lang sagte ich nichts, versuchte, die richtigen Worte zu finden. Und dann brach es aus mir heraus, stockend und unbeholfen, aber ehrlich. «Gestern habe ich dir gesagt, dass ich David will, selbst wenn er mich hassen sollte.» Meine Finger gruben sich in Zachs Haut wie zu einer Umklammerung. Mich an ihm festzuhalten beruhigte mich und gab mir die Kraft, weiterzusprechen. «Das tut er, und ich will ihn noch immer.»

Zach wurde still. «Willst ihn – wie?»

Ich atmete aus, bevor ich antwortete: «Ich sehe ihn an, und ich möchte ihn berühren. Ich berühre ihn und habe das Gefühl, nach Hause zu kommen. Es ist nicht verschwunden. Ich dachte, das Gefühl würde vergehen, wenn wir ihm einmal nachgegeben haben, und die Leidenschaft würde es verbrennen, aber heute Morgen habe ich ihn gesehen, und wieder hat es mich voll erwischt. Ich habe ihn berührt, und alles war sofort wieder da.»

«Was war da?» Zach klang nicht wirklich gelassen, nur sehr beherrscht.

Ja, was war es. Besessenheit? Verliebtheit?

«Er hält mich für eine Hure.» Ich sprach das hässliche Wort laut aus und dabei wurde mir in meinem Innern so kalt, dass ich meinte, nie wieder warm werden zu können. «Er hat recht. Ich gehöre zu dir, und ich bin schwanger von einem anderen Mann, aber das ändert nichts. Wenn er mich berührt, irgendwann, irgendwo, würde ich sofort wieder meine Beine für ihn spreizen und ihn anflehen, mich zu ficken, weil ich seine Hure bin.»

Ich hatte nicht bemerkt, dass ich zu weinen begonnen hatte, bis Zach mir die Tränen fortwischte.

«Schhh.» Er schaukelte mich auf seinem Schoß. «Schhh, alles ist gut.»

«Zusätzlich zu allem anderen konnte ich damit nicht auch noch fertigwerden, also bin ich weggelaufen», sagte ich. «Irgendwann hielt ich an, weil mir klar wurde, wie dumm das war. Aber da war es schon zu spät. Die Panther umzingelten mich, und Ray war bei ihnen. Er wollte mich vergewaltigen, und ich denke, er wollte mich so lange quälen, bis ich ihn zum König erklären würde. Er ist nicht sehr deutlich geworden, aber er hatte offenbar etwas Schmerzhaftes vor. Er riss mir die Kleider herunter und zwang mich auf alle viere. Da drehte ich mich um, bekam Reißzähne und riss ihm den Hals auf.»

Ich zitterte und schluchzte. «Er ging zu Boden. Da habe ich ihm den Bauch aufgerissen, damit er endgültig tot ist. Und dann bin ich losgerannt, und die Panther alle hinter mir her, bis der Herr des Waldes auftauchte und sie wegschickte. Er sagte, sie würden wiederkommen, aber bis dahin hätten wir noch etwas Zeit.»

Ich schmiegte mich an Zach und klammerte mich an ihm fest, als ob er das Einzige auf der Welt wäre, das noch Bestand hatte. Ich weinte, bis keine Tränen mehr übrig waren, nur noch ein dumpfer, leerer Schmerz. «Ich dachte immer, ich wollte wissen, wer ich wirklich bin», sagte ich, als ich wieder sprechen konnte. «Ich wollte wissen, wer meine wirklichen Eltern sind, weil ich glaubte, dass es mir zeigen könnte, wer ich bin. Jetzt weiß ich es.»

Monster. Hure. Mörderin. O Gott, wie sollte ich da auch eine Mutter sein können?

«Schhh.» Zach bewegte sich, dass wir uns so ausstrecken konnten, dass wir nebeneinanderlagen und uns ansahen. Er hielt mich eng umschlungen. «Alles ist gut.»

Ich schüttelte den Kopf. «Nichts ist gut. Aber wir haben andere Probleme, mit denen wir uns beschäftigen müssen. Ich glaube, die streunenden Wölfe haben sich mit den Panthern verbündet, um uns zu überfallen. Sie wollen die Rudelherrschaft übernehmen. Sie werden versuchen, mich dazu zu bringen, einen von ihnen zum König zu machen.»

«Lass das meine Sorge sein.»

«Okay. Deine Sorge.» Mir fielen vor Erschöpfung die Augen zu.

«Du bist müde.» Zach zog das Steppbett über mich und deckte mich gut zu. «Ruh dich aus.»

Ich schlief nicht ein, eher schaltete ich ab. Zu überwältigt von allem, um noch weiteren Problemen gewachsen zu sein, zog ich mich in heilsames Vergessen zurück.

Und als ich aufwachte, hielt mich David in den Armen.

KAPITEL 23

Lass mich los.» Eigentlich sollte ich die Kraft haben, mich aus eigener Kraft zu lösen, aber ich fühlte mich innerlich so taub, so ausgelaugt. Ich brachte einfach nicht genug Willenskraft auf, aus der Umarmung auszubrechen, die Himmel und Hölle zugleich war.

«Zwing mich.»

Ich schloss die Augen. Vielleicht ginge es besser, wenn ich ihn nicht ansähe. «Lass das, David. Wenn Zach mich nicht rauswirft und zu den Panthern abschiebt, sind wir Rudelgenossen. Wir müssen miteinander auskommen. Das wäre einfacher, wenn du mich nicht quälen würdest.»

«Dies ist eine Qual für dich?»

«Ja. Ich hatte dich nicht für einen Sadisten gehalten.»

«Erzähle es mir.» Er rückte näher, drückte seinen Körper an meinen. «Erzähle mir, auf welche Weise es dich quält.»

Oh, wenn du wüsstest, auf wie viele Arten. «Du willst mich nicht, also ist es einfach nur gemein, wenn du mich anfasst. Ich kann aushalten, dass du mich nicht berührst, aber wenn du es tust, kann ich mich nicht dagegen wehren, dass ich dich begehre. Ich hasse mich selbst dafür, aber das ändert nichts daran. Also musst du aufhören.

Lass es sein. Lass es einfach sein und fass mich nie wieder an.»

Meine Stimme war schrill vor Verzweiflung. Erregung durchzog mich, und mein Körper bebte in unerfülltem Verlangen, ihm näher zu kommen, das Handtuch herunterzureißen, das mich bedeckte, die Decke wegzuschieben und meinen nackten Körper an ihn zu schmiegen.

«Ich fasse dich gern an.» Seine Hände formten sich um meine Brüste. Ich schnappte nach Luft. Der Stoff, der uns trennte, war nicht dick genug, um das scharfe Schwert der Begierde aufzuhalten, das mit der Spitze auf mich gerichtet war.

«Hör auf.» Aber mein Körper bewegte sich einladend, der Rücken krümmte sich, bot meine Brüste zur Berührung an, und meine Brustwarzen wurden steif.

«Das willst du doch gar nicht.» Er zog die Decke weg, entfernte den fragwürdigen Schutz des Handtuchs. Ich war unfähig, mich zu bewegen. Ich lag einfach nur da, während er meinen nackten Körper betrachtete, sehnte mich danach, dass er mich anfasste, betete darum, dass er es nicht tat.

«Warum tust du das? Was habe ich dir angetan?»

«Was du getan hast?» Seine Miene verfinsterte sich. «Du hast zugelassen, dass ich dich begehre. Du hast mich für etwas entflammt, was ich nicht haben kann. Ich will dich nicht begehren.» Er stieß mich auf den Rücken und beugte sich über mich, und ich merkte, dass er nackt war, als er sich auf mich legte. Mein Herz raste. Er fühlte sich so gut an. Zu gut.

«Ich will dich auch nicht begehren.» Meine Worte klangen sanft und kehlig. Ich hörte mich genauso an, wie ich mich fühlte: berauscht von der Lust. Wenn er mich nicht freiließe, würde er unweigerlich in mir enden. «Warum tust du das, David?»

Sein Körper bewegte sich auf meinem, und mein Körper

antwortete, und ich hielt die Luft an, als wir genau richtig lagen. Sein steifer Schwanz schob sich zwischen meine Beine. So nah. Er antwortete mit einem leisen Knurren. «Zach meint, vielleicht wäre ich dein Gefährte.»

Zach. Er hatte mir das angetan? Hatte mich in die Falle gelockt, hatte mich hilflos meinen eigenen Begierden ausgeliefert? Das Gefühl, verraten worden zu sein, durchzuckte mich. Ich hätte niemals erwartet, dass auch Zach mich liebte. Ich hatte die Worte ausgesprochen; er nicht. Trotzdem hätte ich geschworen, dass er mich niemals so verraten würde.

«Nein.» In meinen Augen brannten Tränen. «Zach hat gesagt, die Wahl richtet sich nach dem Herzen, nicht nach den Hormonen.»

«Ist das alles, worum es hier geht? Hormone?» David bewegte sich ein bisschen, und die Spitze seiner Eichel drückte sich an mich.

Das konnte ich nicht aushalten. Ich wollte ihn. Ich musste ihn in mir spüren. Nur noch ein Herzschlag, dann würde es so weit sein. Ich musste das beenden, sofort. «Ja. Nein. Wie zum Teufel soll ich das wissen?» Ich schrie die Worte, während ich versuchte, mich wegzudrehen. «Tu mir das nicht an, David.»

«Was soll ich dir nicht antun? Dass ich dich dazu bringe, zu erkennen, was du fühlst?» Er rollte zur Seite, und ich dachte schon, das würde mir einen Aufschub geben, aber dann spürte ich seine Hand zwischen meinen Beinen.

«Lust. Ich fühle Lust.» Ich schloss meine Augen, wollte ihn ausblenden, selbst als seine Finger in mich eindrangen und meine feuchte, pralle Möse ihm keinen Widerstand entgegensetzte.

«Sonst nichts?» Er senkte seinen Kopf, um eine Brustwarze in den Mund zu nehmen. Er züngelte und lutschte, während seine Finger tiefer in mich eindrangen und ich mich nach jedem bisschen peinigenden Lustempfindens sehnte, das seine Hände und Lippen mir geben konnten.

«Selbstverachtung.» Ich konnte mich nicht bremsen, und ich konnte auch ihn nicht bremsen. «Verrat.» Zach hatte mich an David weitergegeben, als wäre ich ein Gelegenheitskauf gewesen und er hätte es bereut. Ich hatte ihm offenbart, dass ich ihn liebe, hatte ihm mein Herz ausgeschüttet, und er hat David zu mir geschickt, damit er mich fickt.

David ließ meinen Nippel los und zog seine Zähne über die Wölbung meines Busens, was mich zum Keuchen brachte. «Lass es hinter dir.»

Ach, wenn ich das nur könnte. «Das Baby ist nicht von dir, wenn es dir darum gehen sollte.»

«Ich weiß. Zach hat es mir gesagt.» Er küsste meine andere Brust. «Wenn ich das gewusst hätte, hätte ich dich heute Morgen nicht so fest gehalten. Es wird nicht wieder vorkommen.»

Ich wusste nicht, ob ich lachen oder weinen sollte. «Denkst du, das hat mir wehgetan? Gar nichts war das. Aber du hast mich behandelt wie Abfall. Du hast gesagt, dass du mich nicht mehr willst.»

«Das habe ich nie gesagt.» Davids Lippen zogen einen brennenden Pfad über meinen Hals.

«Du hast mich eine läufige Wölfin genannt, hast mir vorgeworfen, was ich gestern getan habe.» Der Schmerz traf mich noch einmal mit voller Wucht. «Woher nimmst du die Unverfrorenheit, mir etwas vorzuwerfen, wonach du selbst angestanden und darauf gewartet hast, bis du selbst an die Reihe kommst?» Ich drehte mich um, sodass seine Hand nicht mehr in mir war, und kehrte ihm den Rücken zu. Schützend rollte ich mich zu einem Ball zusammen. «Hau ab, David. Geh Katzen jagen.»

«Die einzige Muschi, die mich interessiert, ist hier.» David legte sich wie ein Löffel hinter mich, und sein

Körper presste sich an meinen. Sein Schwanz schob sich zwischen meine Beine, und ich schnappte nach Luft. «Wir werden das klären.»

«Was werden wir klären?»

«Die Sache mit dir und mir.» Seine Lippen liebkosten meinen Nacken, und er streichelte mit kundiger Hand meine Brust. «Wenn du nicht meine Gefährtin bist, würdest du nicht auf allen vieren vor mir knien. Wenn du nicht meine Gefährtin bist, würdest du mir nicht deine Schenkel öffnen und mir deinen süßen Hintern entgegenstrecken. Wenn du nicht meine Gefährtin bist, würdest du nicht die Art lieben, wie ich dich nehme, und du würdest nicht stöhnen und darum betteln, dass ich es dir besorge.»

Seine Worte und Hände zeigten Wirkung. Ich setzte ihm keinen Widerstand entgegen, als er mich hinknien ließ. Er streichelte die aufragende Rundung meines Hinterns, und als seine Hand tiefer glitt, öffnete ich meine Schenkel und drückte mein Kreuz durch, um mich ihm anzubieten.

«Das beweist gar nichts», sagte ich, als er seine Eichel an meine willige Öffnung führte. «Du wirst mich immer noch hassen, wenn es vorbei ist, und du wirst immer noch nicht der König der Wölfe sein wollen.»

«Ich hasse dich nicht.» David verteilte Küsse auf meiner Wirbelsäule. Er schob sich vorwärts. Meine gierige Möse öffnete sich, um ihn aufzunehmen.

Da es mir nicht gelingen würde, meinen verräterischen Körper dazu zu bewegen, ihn zurückzuweisen, probierte ich es mit Worten.

«Heute Morgen noch habe ich in diesem Bett mit Zach gevögelt. Ich fand es wundervoll. Ich liebe ihn.»

«Vielleicht liebst du uns beide?» David stieß tief in mich. Als der Knoten anschwoll, um uns zu verbinden, hätte ich vor Erleichterung fast geweint, weil es genau das war, was ich brauchte, was ich wollte, wonach ich mich sehnte.

«Ich kann nicht euch beide lieben. Wölfe sind monogam,

und ihre Partnerwahl gilt ein Leben lang.» Aber wenn ich ihn nicht liebte, warum hatte er dann genug Macht über mich, mich so sehr zu verletzen? Warum hatte mir seine Zurückweisung einen solchen Stich versetzt, dass ich noch immer meinte, aus dieser Wunde zu bluten?

«Rote Wölfe sind etwas Besonderes.» Davids Oberkörper lag auf meinem Rücken, so als wolle er mich schützen. Mit beiden Armen hielt er mich eng an sich gedrückt, während er mich mit kraftvollen Stößen nahm. «Noch nie hat es eine rote Königin gegeben. Vielleicht hast du zwei Gefährten.»

«Du hast gesagt, dass du mich nicht begehren willst», erinnerte ich ihn, und mein Körper bewegte sich gegen seinen, um jeden Stoß, den er mir gab, noch tiefer in mir zu spüren.

«Das stimmt.» Seine Zähne fuhren über meinen Hals. «Ich will dich nicht so sehr begehren, dass ich dich verliere. Deshalb teile ich dich lieber mit einem anderen Mann.» Er wurde immer schneller, sein Schwanz stieß mit unermüdlichem Nachdruck immer wieder in mich. «Du gehörst mir. Aber du bist auch seine Gefährtin, und wenn ich ihn wegen dir herausfordere, würde es dich zerreißen.»

Bei seinen Worten hielt ich die Luft an und ließ sie erst wieder ab, als er tief in mich drang, hart und gierig jeden Zentimeter meiner Höhle für sich beanspruchend.

«Das alles gefällt mir nicht. Es passt mir nicht, genau zu wissen, dass du auch ihn begehrst, zu wissen, dass er es wieder und immer wieder mit dir treiben wird und du es jedes Mal genießen wirst, wenn er dich fickt.» David zog mich so hoch, dass ich mich auf Händen und Knien aufstützte, dann packte er mich auf Taillenhöhe und rammte sich in mich. «Mir passt das gar nicht. Ich bin höllisch eifersüchtig.»

«David.» Mehr konnte ich nicht sagen. Mit jedem Stoß

machte er mich schärfer, bis Begehren und Geilheit uns wie eine Spirale in einen Orgasmus hineinkatapultierten, der uns beide packte.

«Liebe auch mich», flüsterte er heiser, während unsere erschöpften Körper noch immer verbunden waren. «Ich weiß, dass du ihn liebst, aber liebe auch mich.»

Ich öffnete die Augen und nahm die Welt wieder wahr. «Das tue ich. Ich liebe dich, David.»

Er zog sich aus mir zurück, hinterließ ein Gefühl der Leere, der Unerfülltheit. «Dreh dich um.»

Das tat ich und lag nun auf dem Rücken und blickte ihn an. Seine Augen wirkten fast schwarz, sein Gesicht angespannt. «Es tut mir leid», sagte er. «Es tut mir leid, dass ich dich abgewiesen habe. Dass wir gestritten haben. Dass ich Dinge gesagt habe, die dir wehgetan haben.»

Ich leckte über meine trockenen Lippen und starrte zu ihm hoch. Mein Widerstand war gebrochen, und ich wusste, dass er durch meine Augen bis in mein Herz sehen konnte. «Du darfst so etwas nie wieder tun», flüsterte ich. «Ich liebe dich, aber du darfst mich nie wieder so verletzen.» Wenn er es täte, war ich mir nicht sicher, ob ich es überleben würde.

Er beugte sich zu mir herunter und küsste mich, eine lange und intensive Vereinigung. Als sie endete, legte er seine Stirn auf meine. «Ich werde dir nie wieder einen Grund geben, wegen mir wegzulaufen. Zach hat uns allen erzählt, was geschehen ist. Es war mein Fehler, dass du heute gefährdet wurdest. Mein Fehler, dass Ray dich fast erwischt hätte. Für den Rest unseres Leben werde ich derjenige sein, zu dem du gelaufen kommst, und ich verspreche dir, dich zu beschützen.»

Ich schüttelte den Kopf. «Zu einer solchen Dummheit gehören immer zwei», sagte ich. «Ich habe mich in Gefahr begeben. Auch ich werde das nie wieder tun.»

David legte sich neben mich und zog mich an sich.

Seine Hände streichelten und liebkosten mich, als ob er mich unbedingt weiter berühren musste, obgleich die Leidenschaft abgeklungen war. «Wie fühlst du dich?»

«Gut.» Ich schmiegte mich an ihn. «Wenn du das Baby meinst, dann ist es noch zu früh, um überhaupt irgendeinen Unterschied zu merken.»

«Ganz so meinte ich es nicht.» David legte seine Hand auf meinen Bauch. «Jack ist glücklich. Bist du es auch?»

«Alles ist irgendwie durcheinander und überwältigend.» Ich legte meine Hand auf seine, ein zaghafter Versuch, auf ihn zuzugehen. «Ich will es, und ich freue mich, dass Jack es auch will. Ich weiß nicht, wie die anderen darüber denken. Du und Zach. Der Rest des Rudels. Dadurch wird natürlich alles komplizierter.»

«Ich glaube nicht, dass du dir darum Sorgen machen musst.» David streichelte die zarte Haut auf meinem Bauch. «Sie streiten sich schon, wo das Kinderzimmer eingerichtet werden soll.»

Ich lachte. «So viele begeisterte Onkel. Dieses Kind wird bestimmt schrecklich verwöhnt werden.» Und fügte ernüchtert hinzu: «Und hat drei Väter. Das wird die eine oder andere interessante Frage aufwerfen.»

«Ein Vater und zwei ganz besonders engagierte Onkel. Wir werden nicht versuchen, Jack zu verdrängen.» Seine Hand schob sich aufwärts und legte sich auf meinen Busen. Er ließ seinen Daumen über eine Brustwarze streichen, was mir einen lustvollen Laut entlockte, denn ich genoss das Gefühl seines Körpers so dicht bei mir und die Art, wie er mich berührte.

«Zuerst habe ich geglaubt, Zach hätte dich geschickt, weil er mich nicht mehr wollte», sagte ich. «Als wollte er mich weitergeben, wie man Kleidung vererbt, die einem nicht mehr passt.»

David sah mich stirnrunzelnd an: «Vererbtes Kleidungsstück. Keksdose. Ich bin mir nicht sicher, ob ich daraus schließen soll, dass du von uns keine hohe Meinung hast oder von dir selbst.»

«Ich bin ein Adoptivkind. Vielleicht habe ich deshalb Angst davor, verlassen zu werden.» Ich streckte meine Hand aus, um auch ihn zu streicheln, froh, dass er da war. «Du sagtest, du würdest mich mit ihm teilen. Will er das auch?»

«Er möchte, dass du glücklich bist.» David streckte seine Hand aus, um mir übers Haar zu streichen. «Und das möchte ich auch. Ebenso Jack. Und was wünschst du dir?»

Ich rollte mich so auf ihn, dass ich ihn mit meinem ganzen Körper spüren konnte. «Außer dem Weltfrieden und einer guten Geschichte, die ich meinen Adoptiveltern erzählen kann?»

«Ja, außerdem.» Er schloss mich in die Arme, und seine Lippen berührten meine Stirn.

«Ich möchte, dass wir zu dritt darüber reden.» Ich küsste die Rundung seiner Schulter, verliebt in jeden Winkel seines Körpers. «Was wir uns vorstellen, wie das alles funktionieren soll. Ich möchte nicht dem ganzen Rudel verkünden, dass ihr nun beide meine Gefährten seid, um nachher eingestehen zu müssen, dass wir nicht damit umgehen können.»

David legte mir eine Hand auf meinen nackten Po. «Wie es ist, mit uns beiden Sex zu haben, weißt du ja schon.»

Ich schüttelte den Kopf. «Ich weiß, wie es unter besonderen Umständen ist. Wie es war, als ich zum ersten Mal in Wallung war. Als ihr beide bereit wart, mich zu teilen, weil es das war, was ich in dieser Situation brauchte und keiner von euch irgendeinen Besitzanspruch anmelden konnte. Das ist nicht dasselbe, wie zu wissen, dass ihr beide für den Rest unseres Lebens meine Liebhaber sein werdet. Keiner von euch beiden hat bis jetzt erwartet, seine Gefährtin mit einem anderen zu teilen.»

«Nun, keiner von uns beiden will zurücktreten.» Seine Hände bewegten sich, gruben sich in meine Haut. Diese besitzergreifende Geste schürte meine Bedenken. «Selbst wenn einer von uns beiden dich gehen lassen könnte, glaube ich, dass dich der Verlust des anderen Gefährten am Boden zerstört sein lassen würde. Zach denkt genauso darüber. Und wir werden nicht versuchen, diese Theorie praktisch auszuprobieren.»

Ich musste das erst einmal verarbeiten, während ich David über meine Poren aufzunehmen schien und Stärke und Wohlbehagen daraus schöpfte. Ohne ihn würde ich mich gebrochen fühlen. Ihn zu berühren, heilte mein Herz. Und ich wollte mir nicht einmal vorstellen, wie es sich anfühlen würde, Zach zu verlieren.

Ich konnte keinen von ihnen beiden aufgeben. Ich brauchte sie beide. Ich liebte sie beide. Ich konnte die Wahrheit nicht verleugnen, aber gleichzeitig bereitete sie mir Kopfschmerzen.

«Nicht nur ihr beide müsst diese Dreierbeziehung akzeptieren», sagte ich. «Ich muss herausfinden, wie ich damit umgehen kann, euch beide zu lieben. Und dann ist da noch das Rudel. Auch sie müssen hinter unserer Beziehung stehen. Ich möchte nicht, dass dadurch gerade jetzt Unmut oder eine Spaltung entsteht.»

Mich fröstelte, wenn ich an die vereinten Kräfte von Werpanthern und abtrünnigen Wölfen dachte, die über uns herfallen würden. «Aber das steht sowieso auf einem anderen Blatt, David. Wir sind zahlenmäßig unterlegen, David. Wenn wir nicht alle fest zusammenhalten, werden wir verlieren. Aber selbst wenn wir fest zusammenhalten, kann das passieren.»

«Wir haben immerhin den Heimvorteil. Zudem wissen wir, dass sie kommen. Und außerdem scheint der Leshii immer wieder zur Stelle zu sein, um dich zu beschützen.»

«Heute hat er mich auf jeden Fall gerettet», sagte ich

und schmiegte mich an ihn. «Ich denke nicht, dass ich es geschafft hätte, ihnen allen davonzulaufen.»

Er drückte mich. «Und du fragst dich ernsthaft, warum du zwei Gefährten brauchst. Es sind einfach zwei nötig, um dich zu beschützen.»

Das konnte ich nicht bestreiten. In der Nacht vor dem Vollmond hatte ich einen Werpanther in die Flucht geschlagen. In der darauf folgenden Nacht einen zweiten. Heute schließlich war ich von einer ganzen Truppe umzingelt worden. Ray hätte ich wohl in jedem Fall umgebracht, aber es wäre mir kaum gelungen, dem Rest zu entkommen, wenn der Leshii nicht eingegriffen hätte.

«Zwei Gefährten», sagte ich und versuchte, das in meinen Kopf zu bekommen. «Wir müssen uns mit Zach zusammensetzen. Und wir müssen planen, was wir als Nächstes tun.»

«Ich werde ihn holen. Du bleibst hier.» David stand auf und deckte mich sorgfältig zu.

Ich rollte mit den Augen. «Ich bin gerade mal zwei Minuten schwanger. Es ist nicht so, als müsstest du mich deswegen ins Bett packen.»

«Du bleibst hier. Du hattest noch keine Gelegenheit, dich von deiner ersten Metamorphose zu erholen, sondern rennst stattdessen durch den Wald und kämpfst verwegen wie ein Kerl.» Er warf mir ein Lächeln zu, das mir den Atem stocken ließ, da es sich anfühlte, als würde man zum ersten Mal die Sonne sehen. «Außerdem gefällt es mir, dass du so auf mich wartest.»

«Oh. Na gut.» Ich starrte ihn an, geblendet von dem Bild, das sich in meine Netzhaut eingebrannt hatte. In den wenigen Tagen, seit ich ihn kennengelernt hatte, hatte ich ihn angespannt, wachsam, sexuell erregt, wütend, belustigt oder besonnen erlebt. Glücklich hatte ich David noch nicht gesehen. Ich beobachtete ihn, wie er das Schlafzimmer verließ, und fühlte mich benommen.

Vielleicht könnte es tatsächlich klappen. Vielleicht könnten wir einander glücklich machen. Natürlich müssten wir erst noch herausfinden, wie eine Ehe mit zwei Männern im Alltag funktionieren könnte. Ich stellte mir vor, wie ich zwischen ihren Schlafzimmern hin und her wechselte, wie bei einer Art gemeinsamem Sorgerechts unter Erwachsenen. Ich verzog das Gesicht, weil mir die Vorstellung absolut nicht gefiel. Nein. So ginge das nicht. Vielleicht sollten besser sie es sein, die umzogen, um abwechselnd die Nächte mit mir zu verbringen? Aber wahrscheinlich würden sie das genauso wenig schätzen.

Oder sollten wir alle drei zusammen schlafen, ich in der Mitte? Das gefiel mir. Sogar sehr. Ich hatte ja schon Witze gemacht über meine Ängste, verlassen zu werden, aber das schien mir eher wie die Spitze eines Eisberges. Vielleicht brauchte ich tatsächlich mehr als einen Mann.

KAPITEL 24

Du bist ja wirklich liegen geblieben.» David setzte sich zu mir auf die Bettkante, beugte sich zu mir herunter und küsste mich auf eine Art und Weise, die mir seine Wertschätzung deutlich zeigte. Dann half er mir, mich aufzusetzen, und Zach gab mir einen Protein-Shake. Ich stöhnte laut auf.

«Ach, nicht schon wieder. Wenn ihr mich schon mit Kalorien vollstopfen wollt, kann ich da nicht lieber eine Pizza bekommen?»

«Na klar. Später.» Zach nahm den Platz auf meiner anderen Seite ein und griff nach meiner Hand. Er verschränkte unsere Finger ineinander. Eine Geste, die mir das Gefühl gab, ein frischverliebter Teenager zu sein. *Er hat meine Hand gehalten! Wir gehen jetzt miteinander!* Ich trank den Shake und hoffte, dass er auch meinen Geisteszustand wieder normalisieren würde.

Als ich das Glas geleert hatte, nahm David es mir ab und stellte es auf den Nachttisch. Ich sah von einem zum anderen. «So», sagte ich schließlich, «nun sind wir also drei.»

«Ja.» Zach drehte unsere vereinten Hände um und sah ernst aus. «David meinte, du hast geglaubt, ich hätte dich aufgegeben, als ich ihn zu dir schickte. Dafür muss ich mich bei dir entschuldigen. Ich dachte, es wäre leichter für euch, darüber zu reden, wenn ich nicht im Raum bin.»

Ich drückte seine Hand. «Ich hatte erwartet, dass du mich wegschicken würdest, weil ich dir die Wahrheit offenbart habe. Das kommt jetzt … unerwartet.»

«Unvorhersehbar.» Zach hob meine Hand an seine Lippen und küsste meine Fingerknöchel. «Aber es passt.»

Ich nickte. Es passte und stimmte alles. Von Anfang an hatte ich mich zu ihnen beiden hingezogen gefühlt, noch bevor die Brunft alles zusätzlich verkomplizierte. Rückblickend hätte ich mich eigentlich nicht wundern dürfen, dass meine Gefühle für David nicht weniger wurden, als ich wieder in dem Zustand war, den ich ab jetzt als normal anerkennen musste.

«Gibt es Neuigkeiten in Sachen Katzenseuche?», fragte ich.

«Ja. Ein paar Leute sollen verhaftet worden sein, weil man sie beim Nacktbaden am Strand erwischt hat.»

Das entlockte mir ein Lachen. «Na ja, der Leshii sagte, er hätte ihnen eine Abkühlung empfohlen. Bin gespannt, wie lange es dauern wird, bis sie den Papierkram erledigt und ihre Strafe bezahlt haben.»

«Mindestens bis heute Abend.» David nahm meine andere Hand und hielt sie zwischen seinen. «Dadurch haben wir ein bisschen Zeit.»

«Gut.» Zeit. Wie wenig davon wir erst miteinander verbracht hatten. «Das ist alles so verrückt. Wir haben uns gerade erst kennengelernt. Wie können wir sicher sein, dass es halten wird? Was passiert, wenn einer von euch in einer Woche oder einem Monat oder einem Jahr aufwacht und feststellt, dass seine Gefühle einfach nicht mehr da sind?»

«Mit der Gefährtenwahl entsteht eine Verbindung, die nicht vergeht. Sie hält ein Leben lang.» Zach strich mir mit seiner freien Hand übers Haar, eine tröstende Geste. «Du wirst uns das einfach glauben müssen, aber in der Geschichte unseres Rudels hat es nie eine Ausnahme davon gegeben.»

«Das jetzt sieht schon nach einer Ausnahme aus», merkte ich an.

«Glaubst du, dass es deshalb nicht von Dauer ist?» David sah mich durchdringend an. «Früher oder später wirst du uns schon vertrauen müssen.»

«Und bis dahin nimm es einfach als Arbeitshypothese», meinte Zach trocken. «Wir jedenfalls tun es. Wir sind dabei, ein Leben lang.»

«Na gut. Das Rudel mag vielleicht akzeptieren, dass ich zwei Gefährten habe, aber ich glaube nicht, dass es ihnen gefallen wird, zwei Rudelführer zu haben. Zach, ich denke, du solltest König bleiben», sagte ich. «David will es sowieso nicht werden, und selbst wenn, bist du trotzdem besser für diese Aufgabe geeignet. Seid ihr damit beide einverstanden?»

«Mein Gott, ja», brummelte David.

Angesichts seines Tonfalls musste ich mir ein Kichern verkneifen.

«Ich bin einverstanden», sagte Zach. «Wahrscheinlich wird das Rudel unsere Dreierbeziehung besser akzeptieren, wenn wir nicht zur selben Zeit versuchen, die Führung zu verändern. Wenn die Abtrünnigen vor der

Tür stehen, müssen sich alle auf das eigentliche Problem konzentrieren, ohne sich um eine Veränderung unserer Traditionen Gedanken machen zu müssen.»

«Außerdem werden die bösen Buben bestimmt jede Schwachstelle ausnutzen. Ein falscher Zeitpunkt, um die Führung zu wechseln.» Ich lehnte mich in ihrer Mitte zurück und dachte *Na, das ging ja besser als erwartet.* «Und was ist mit, nennen wir's mal so, Räumlichkeiten?»

«Ich denke, das Haus wird jede Möglichkeit bieten, die du dir wünschst», meinte Zach. «Und wenn nicht, dann werden wir es eben umbauen.»

Ich spürte, wie ich rot wurde. «Ich meinte, wie wir es mit dem Schlafen machen. Was würdet ihr davon halten, wenn wir alle drei zusammen schlafen würden? Und wenn ja, wie häufig? Nicht nur wegen Sex. Aber vielleicht sollten wir darüber noch einmal nachdenken.»

«Sie wird rot», bemerkte David.

«Das ist ja süß. Und auch aufregend.» Zach streichelte die obere Wölbung meiner Brüste. «Ich denke, wir werden ziemlich oft Sex haben. Wie wär's, wenn du uns einfach sagst, wann du zu müde bist?»

Meine Haut glühte noch mehr. «Werdet ihr beide bei mir schlafen? Oder euch abwechseln? Oder was?»

«Ich denke, wir sollten alle zusammen wohnen.» David sah bei seinen Worten Zach an, nicht mich. «Wenn wir beide bei ihr sind, ist sie doppelt so sicher. Wir können ja sehen, wie viel Zeit jeder für sich selbst noch braucht, aber wir sollten beide bei ihr wohnen.»

«Einverstanden.»

«Das klingt bedenklich», murmelte ich.

«Wir nehmen unsere Rolle als deine Gefährten sehr ernst», fügte Zach hinzu. «Daran wirst du dich gewöhnen müssen. Du verwandelst dich erst seit kurzem, du bist eine rote Königin mit noch unbekannten besonderen Fähigkeiten, und schwanger bist du auch noch. Du kannst uns beschimpfen, weil wir zu übervorsichtig sind, aber wir werden dich nicht aus dem Auge lassen.»

Wenn ich überlegte, wie viel Ärger ich mir jedes Mal eingehandelt hatte, wenn sie nicht da waren, war das sicherlich ein Argument. «Okay», sagte ich. Dann zog ich die Stirn kraus: «Was meinst du mit unbekannten Fähigkeiten?»

«Du hattest bisher nicht die Gelegenheit, sie zu entdecken», sagte David. «Jack stellte ganz zufällig fest, dass er durch Handauflegen Diagnosen stellen und heilen kann, und zwar kurz nach seiner ersten Metamorphose. Er hat außerdem außerkörperliche Erfahrungen. Bei dir wissen wir noch nicht, was du für Fähigkeiten hast.»

«Oh.» Bei meinem Glück würde meine außergewöhnliche Fähigkeit wahrscheinlich darin liegen, besonders tief erröten zu können. Aber dann kam mir ein Gedanke: «Eine Sache würde mir einfallen. Als ich mich zum ersten Mal verwandelte, passierte das auf dieselbe Weise wie bei David. Aber heute, bei Ray, veränderte sich nur mein Gesicht. Erst dann verwandelte ich mich ganz. Ist das ungewöhnlich?»

«Ja.» Zach sah David über meinen Kopf hinweg an. «Teilwandlung ist nicht vollkommen unbekannt, aber es ist eine seltene Fähigkeit. Im Kampf sehr nützlich, wie du bereits festgestellt hast.»

«Also wissen wir jetzt, was ich kann.»

«Nein», sagte David kopfschüttelnd. «Wir kennen eine Fähigkeit. Geh davon aus, dass es noch mehr gibt.»

Ich ließ Luft ab. «Es wäre echt schön, wenn diese ganze Werwolf-Geschichte mit einem Handbuch geliefert würde.»

Zach grinste über meinen Tonfall: «Na, welche Beziehung kommt schon mit Handbuch, wir werden sowieso unser eigenes schreiben müssen. Aber nochmal zurück zu den Räumlichkeiten. Wir sollten dich aus Sicherheitsgründen hier in dieser Suite lassen, und wenn du nichts dagegen hast, werden wir gemeinsam hier wohnen. Und wenn wir mehr Platz brauchen, können wir eine Wand einreißen.»

«Ich habe nichts dagegen.» Ich sah Zach an, dann David, und fühlte mich plötzlich unerklärlich schüchtern. «Ich möchte euch beide bei mir haben.»

«Ich möchte auch Zeit allein mit dir», warf David ein. «Eine Zeit, wo du nur mir gehörst und ich dich nicht teilen muss. Dies hier werden unsere gemeinsamen Räume sein, aber sowohl Zach als auch ich sollten die Möglichkeit haben, es so einzurichten, dass wir mit dir allein sind, wenn wir es brauchen.»

«Keine ganze Nacht», sagte ich. «Ich möchte, dass sich keiner von euch beiden aus seinem eigenen Schlafzimmer verbannt fühlt. Aber auf ein oder zwei Stunden intimes Beisammensein sollten wir uns schon einigen können.»

«Ab und zu werde ich dich bestimmt auch einmal ganz für mich haben wollen», stimmte Zach zu. «Wir sind von Natur aus besitzergreifend. Diese Eigenschaft sollten wir nicht herausfordern, indem wir dir nicht gelegentlich ein bisschen Raum gönnen.»

Ich nickte. «Damit kann ich leben. Ich bin gern zur gleichen Zeit mit euch beiden zusammen, aber ich mag es auch, mit jedem von euch allein zu sein. Wir werden wohl eine Balance finden, die uns allen gerecht wird.»

«Irgendwelche anderen Bedenken?», fragte Zach.

Ja. Keiner von euch beiden hat mir bis jetzt gesagt, dass er mich liebt. Ich konnte mich nicht dazu durchringen, es laut zu sagen, stattdessen platzte es aus mir heraus: «Abgesehen davon, dass ihr garantiert die Lust auf mich verlieren werdet, wenn ich aussehe wie ein Ballon?»

Die beiden wechselten typische Männerblicke. Dann legten sie liebevoll jeder eine Hand auf meinen Busen. «Aber du weißt schon, dass die auch größer werden, oder?»

«Und empfindsamer auch», murmelte David. Er streichelte meine Brustwarze, bis ich mich lustvoll wand.

«Aber außerdem werde ich rund werden wie ein Ballon», erinnerte ich sie. «Ist euch das wirklich klar?»

«Wir hoffen sogar, dass du bereit bist, es zu wiederholen», meinte Zach. «Und dann nicht mit Jack. Sondern mit uns.»

«Oh.» Bei diesem Gedanken kniff ich kurz meine Augen zusammen. «Das wird wahrscheinlich gerade dann passieren, wenn wir es nicht darauf anlegen. Aber ich denke, wir haben fürs Erste genug, woran wir uns gewöhnen müssen.»

«Wir haben nicht vor, dich barfüßig und ständig schwanger in die Küche zu verbannen», warf David ein, «aber du solltest schon wissen, dass wir uns beide Kinder wünschen.»

Bei dieser Ankündigung begann sich mein Kopf zu drehen. Wenn ich eins von jedem von ihnen bekäme, hätte ich drei Kinder von unterschiedlichen Vätern. «Wäre es ein Hinderungsgrund für euch, wenn nicht?», fragte ich.

«Nichts wird unseren Plan verhindern.» Zach beugte sich zu mir und küsste mich auf die Schulter. «Du bekommst uns, das ist das Wichtigste. Alles andere sind nur Details.»

«Oh», rutschte es mir wieder raus, während ich versuchte, das zu verarbeiten. Es gäbe nichts, weshalb sich die beiden von mir abwenden würden. Keiner von ihnen hatte mir zwar gesagt, dass er mich liebte, aber engagiert waren sie.

«Also, wie fangen wir's an?», fragte ich Zach. «Sollten wir etwas tun oder sagen, irgendetwas Offizielles?»

«Das ist doch bereits geschehen», sagte er und sah überrascht aus dabei. «Du hast uns beide anerkannt. Jetzt verkünden wir es einfach.»

Bereits geschehen. Ich war jetzt gebunden. Doppelt. Ich ließ mich auf das Bett sinken, da ich flach liegen musste, um das zu verarbeiten. Sie taten es mir nach, und wir legten uns so bequem hin, dass David in meinem Rücken lag, während Zach mich ansah, und beide umarmten mich.

«Aber euch ist schon klar, dass wir so ganz ohne Feier nicht auskommen werden», sagte ich, sobald ich mir sicher war, dass ich wieder einen zusammenhängenden Satz herausbekommen konnte. «Ich habe menschliche Freunde und Familie, die alle eine Hochzeit erwarten werden.»

«Dann werden wir eben Hochzeit feiern.» Zachs Lippen legten sich auf meine und küssten mich lange und innig. Ein Gefühl, das von Davids Gegenwart verstärkt wurde. *Doppelte Lust, doppeltes Vergnügen,* dachte ich und fühlte mich ein bisschen albern. Doch dann holte mich die Realität wieder ein Stück weit ein.

«Ach, und überhaupt», sagte ich und legte meine Hand auf Davids Hand, die auf meiner Brust ruhte. «Nur einer von euch kann der Bräutigam sein.»

Es war David, der sofort sagte: «Zach. Er soll der offizielle Ehemann sein. Damit alles seine Ordnung hat und zusammenpasst.»

«Und das würde dich nicht stören?», fragte ich und drehte dabei meinen Kopf so, dass ich ihm einen Kuss auf seinen Oberarm drücken konnte.

«Du bist meine Gefährtin. Dafür brauche ich keine Beweise.» Seine Hand bewegte sich über meine Brust und schickte einen Schauer durch meinen Körper. «Solange wir die Hochzeitsnacht gemeinsam verbringen.»

«Bist du damit einverstanden?», fragte ich Zach, und mir war klar, dass meine Lippen geschwollen waren von seinen Küssen und mein Gesicht gerötet von dem, was David mit mir anstellte.

«Er wird neben uns stehen», sagte Zach und beobachtete, wie ich mich in Davids Armen entspannte und mich seinen lustvollen Berührungen hingab, «als Trauzeuge. Und wir gemeinsam werden wissen, dass das Gelöbnis für uns alle drei gilt.»

Ich lächelte. «Das gefällt mir.» Dann wurde ich wieder ernst. «Wir werden aber noch ein bisschen warten müssen. Und wir werden uns auch ein paar plausible Erklärungen zurechtlegen müssen.»

«Warum warten? Du gehörst doch schon zu uns», brummte David und vergrub sein Gesicht in meinem Nacken.

Ich rollte meine Augen, obwohl er mein Gesicht gar nicht sehen konnte. «Ich kann den Menschen, die mich lieben und aufgezogen haben, nicht erzählen, dass ich einen Typen heiraten werde, den ich vor gerade einer Woche kennengelernt habe, aber dass das okay sei, weil wir eine geheimnisvolle Verbindung zueinander haben. Oh, und dass ich auf dem Weg zum Altar dann noch mit einem anderen geschlafen habe, der der Vater ihres künftigen Enkels sein wird.»

Zach lachte. «Wenigstens wird das Baby rotes Haar haben, und niemand wird sich fragen, woher das kommt.»

Mit finsterer Miene sagte ich: «Das ist nicht komisch.» Obwohl es natürlich genau das war.

Er küsste mich noch einmal, und zusammen mit Davids Zärtlichkeiten an meinem Hals und meinen Brustwarzen ließ es mich für einen Augenblick alles andere vergessen. Als Zach erneut das Wort ergriff, musste ich mich zusammenreißen, um zu hören, was er sagte.

«Sag deinen Freunden und deiner Familie einfach, dass wir schon seit einer Weile zusammen sind, es aber geheim gehalten hätten, bis wir uns sicher waren. Aber nun machen wir es öffentlich, weil du schwanger bist und mit mir zusammenziehst. Bestimm einfach einen Hochzeitstermin in sechs Monaten. Das gibt jedem genug Zeit, sich daran zu gewöhnen und nicht das Gefühl zu haben, dass du da in etwas hineinrennst, was du später bereuen könntest.»

Ich blinzelte. «Das klingt klug und sehr erwachsen. Kein Wunder, dass du hier der Boss bist.» Auf jeden Fall war es eine gute Geschichte, die man erzählen konnte, glaubhaft und ohne haarsträubende Details, die sowieso niemand glauben würde. Das würde sogar meinen Winterschlaf abdecken, in den ich vor meiner Metamorphose gefallen war, und erklären, warum ich alle gemieden hatte.

Er berührte meine Lippen. «Ich habe dir doch gesagt, dass wir das schon alles hinkriegen mit deinen menschlichen Freunden und deiner Familie. Ich finde es viel besser, es langsam angehen zu lassen und dann Zustimmung von allen zu spüren, als die Menschen vor den Kopf zu stoßen, die dir etwas bedeuten.»

«Danke.» Ich blickte ihm einen Moment lang tief in die Augen, erstaunt, entrückt. Ich sah unseren Hochzeitstag vor mir.

Eine Hochzeit im Garten, und es war Frühsommer. Ich tanzte erst mit Zach, dann mit David, dort am großen Brunnen, wo wir alle am ersten Abend miteinander getanzt hatten. Mein weißes Kleid schwebte über das Gras, und im Hintergrund spielte ein Streichquartett. Meine zwölf gutaussehenden Männer in ihren Fräcken ließen Michelle bestimmt das Wasser im Mund zusammenlaufen.

«Sieh dir das an», sagte ich zu Zach, als David mich zu ihm zurückbrachte. «Meine Brautjungfer macht Matt schöne Augen, und er flirtet zurück.»

Wir beobachteten, wie sie sich beobachteten, und ich dachte darüber nach, wie passend es wäre, wenn die beiden zusammenkämen. Einmal im Monat bekäme er zwar ein Fell; aber schließlich ist niemand perfekt. Und im Bett würde er all ihre Erwartungen übertreffen. Dann schnappte ich nach Luft, da ich ein plötzliches Ziehen spürte, und legte eine Hand auf meinen Bauch.

«Alles in Ordnung?» Es war Zach, der das sagte, aber beide legten mir sofort ihre Hände auf den Bauch.

«Ja. Es scheint, als will der Kleine auch tanzen.» Zu dritt

standen wir beieinander, fühlten das Baby strampeln, während wir uns ansahen, und es war ein so schöner, so vollkommener Augenblick, dass ich glaubte, mein Herz müsste vor Glück zerspringen.

«Chandra? Jack wird gleich da sein.»

Ich blinzelte. Ich lag auf dem Rücken, sah zu Zach und David auf. Ihre Gesichter sahen sehr besorgt aus. Die Musik und der Duft des Gartens waren verschwunden.

«Was ist passiert?», fragte ich.

Zach antwortete: «Plötzlich hast du ins Leere geblickt und nicht mehr reagiert. Du warst nicht mehr ansprechbar, und deine Augen bewegten sich nicht mehr. Da hat David Jack geholt, damit er feststellt, was mit dir los ist.»

Oh. Ich fuhr mir über die Lippen. «Ich glaube, es hat sich gerade eine weitere Eigenschaft gezeigt. Ich war nämlich auf unserer Hochzeit.»

KAPITEL 25

Auf unserer Hochzeit warst du?» Zach strich mir über die Stirn, und ich war mir nicht ganz sicher, ob er mich beruhigen wollte oder festzustellen versuchte, ob ich Fieber hatte.

«Ja.» Ich verzog nachdenklich das Gesicht und sortierte in meinem Kopf die Einzelheiten. «Sie hat hier stattgefunden, draußen im Garten, am großen Brunnen. So in etwa sechs Monaten, wie du gesagt hast. Ihr Jungs hattet alle Fräcke an, und meine Freundin Michelle war die Brautjungfer. Ich habe mit euch beiden getanzt, und dann spürten wir gemeinsam, wie das Baby strampelte.»

In plötzlicher Sorge biss ich mir auf die Lippe, als mir ein weiterer Gedanke in den Sinn kam. «Vielleicht habe ich ja auch nur unsere *mögliche* Zukunft gesehen. So, wie sie so aussehen *könnte*, wenn wir alles richtig machen.»

«Dann machen wir eben alles richtig», warf David trocken ein.

Ich nickte. Gute Idee. Ich wollte nämlich nichts falsch machen. Ich wollte auf unserer Hochzeit mit meinen beiden Gefährten tanzen, um mit meiner alten und meiner neuen Familie gemeinsam zu feiern. Wir alle hatten so viel zu verlieren. Also würden wir es verhindern.

Abgesehen davon, freute ich mich unbändig darauf, zu sehen, wie Michelle und Matt zusammenfinden würden. Ich vermisste sie. Ich vermisste alle meine Freundinnen, aber nachdem ich so lange in der Wolfs-Burg vom Testosteron belagert worden war, musste nun auch mal wieder ein bisschen Zeit für die Mädels sein.

«Zeit für die Mädels», sagte ich laut, und es traf mich wie ein Blitz. Dann sah ich Zach an: «Ich habe eine Idee.»

Aber bevor ich ihm davon erzählen konnte, wurden wir unterbrochen.

«Hey.» Jack betrat das Schlafzimmer und kam auf mich zu. «Wie geht es dir?»

«Gut», verkündete ich ihm strahlend. «Gute Nachrichten. Die ersten zwei Drittel werden wir ohne größere Probleme überstehen.»

Zach zog die Decke über mich, und ich stellte fest, dass ich nackt war. Huch. Na ja, da gab es ja schließlich nichts, was Jack nicht schon gesehen hatte.

«Das ist tatsächlich eine gute Neuigkeit.» Er sah mir tief in die Augen, nicht auf den Körper. Ich fragte mich, ob wohl irgendwas mit meinen Pupillen los wäre. «Und woher weißt du das?»

«Ich habe einen Besuch in der Zukunft gemacht. Nicht körperlich. Mein Körper war die ganze Zeit hier. Ich muss wohl ausgesehen haben, als hätte ich einen merkwürdigen Anfall.»

Jack nickte und legte mir seine Hand auf die Stirn. Ich spürte, wie es oberhalb meiner Augen in der Mitte warm wurde. «Dein drittes Auge hat sich geöffnet», teilte er mir mit. «Dein geistiges Auge. Hattest du vor deiner ersten Metamorphose schon mal Visionen?»

Ich dachte an meinen Traum, in dem ich mit dem Rudel über die Mondfliesen im Wintergarten gelaufen war. «Nicht richtig. Ich hatte ein paar Träume. Und, na ja, jeder hat ja Eingebungen. Aber nicht so wie eben. Es war, als wäre ich dort gewesen. Geräusche, Gerüche, alles war da.»

«Nun, kleine Wahrsagerin, ich denke, es geht dir gut.» Jack zog seine Hand fort und drückte einen schnellen Kuss auf die Stelle, die sich gerade unter seiner Berührung erwärmt hatte. «Du bist ein bisschen erschöpft und zeigst ein paar Stresssymptome, aber das ist normal, wenn man bedenkt, was alles passiert ist. Dein Körper verarbeitet immer noch die Metamorphose, und du hast dich ja auch wirklich nicht geschont.»

Ich zog ein Gesicht. «Das ist nicht meine Schuld. Die Dinge passieren einfach.»

«Nein, es ist nicht deine Schuld.» Er wuschelte mir durchs Haar und machte wieder Platz für meine beiden Gefährten. «Ihr solltet versuchen, sie heute Nachmittag im Bett zu halten. Mit welchen Mitteln auch immer. Ärztliche Anweisung.»

«Als ob das nun erholsam wäre», murmelte ich. Aber interessant könnte es werden. Und war körperliche Betätigung nicht gut gegen Stress?

Jack ging raus, und ich hob meine Hand, bevor Zach und David mich vergessen lassen würden, was ich gerade sagen wollte. «Wartet. Kein Sex, bis ihr mir nicht gesagt habt, was ihr davon haltet.»

«Wovon sollen wir etwas halten?» David rückte dichter an mich heran und ließ seine Hand meinen nackten Rücken hinabwandern. «Sag es schnell.»

«Zeit für die Mädels», wiederholte ich und fing Zachs Blick auf. «Die Panther haben ja versucht, mich zu kidnappen, oder? Wie wäre es, wenn wir den Spieß umdrehen würden? Wenn wir uns ihre Königin schnappen würden und ich mich mal von Frau zu Frau mit ihr unterhalten würde? Vielleicht könnten wir die Probleme ja auf diplomatischem Weg beilegen.»

Zachs Lippen begannen zu zucken. «Diplomatie mit vorgehaltener Pistole?»

«Wenn's nützt», sagte ich achselzuckend. «Sie werden sich ja wohl nicht gegen ihre Königin auflehnen, oder? Wenn sie sich mit uns auf einen Waffenstillstand einigt, werden die anderen sich wohl oder übel daran halten müssen. Sie können sie ja nicht einfach austauschen. Bleiben also nur noch die Wölfe, die wir uns vorknöpfen müssen, und ich glaube nicht, dass die schon mitbekommen haben, dass der Leshii zurück ist. Gegen ihn werden sie nicht vorgehen. Ich bin noch nicht einmal sicher, ob sie es könnten.» Ich erinnerte mich an den Zwang, den ich verspürte, mich vor dem Herrn des Waldes auf den Boden zu werfen, und wie der Panther auf seinen Befehl hin das Weite gesucht hatte. «Aber egal, wir sind jünger, stärker und in der Lage, sie zu schlagen. Wir können nur nicht gegen alle gleichzeitig antreten, da sie uns rein zahlenmäßig weit überlegen sind.»

«Das ist eine gute Idee.» Zach sah David an. «Wo können wir sie denn am einfachsten abfangen?»

«Wenn sie aus der Polizeiwache kommt, nachdem sie ihre Strafe bezahlt hat», sagte David. «Oder, falls sich dort keine Gelegenheit ergibt, müssen wir sie verfolgen und auf die nächste gute Chance warten.»

«Wenn Jack seine übersinnlichen Fähigkeiten einsetzt, könnte er vielleicht ausmachen, wann sie besonders verwundbar ist», schlug ich vor. «Dann könnte Matt oder jemand anders sie schnappen.»

«Das gefällt mir.» Zach zog die Decke herunter und liebkoste mich in einer Art und Weise, die mich dahinschmelzen ließ. «Ich werde mal gehen und den Jungs von unserem Plan berichten. Und ihr beiden lasst euch mal besser nicht zu sehr gehen ohne mich.»

«Würde uns nicht im Traum einfallen.» Ich bekam ihn am Hemd zu fassen und zog ihn für einen Kuss zu mir herunter. «Beeil dich.»

Als er gegangen war, hob David mich auf seinen Schoß. Ich kuschelte mich an ihn und sagte: «Einer von uns beiden hat zu viel an.»

«Das muss wohl ich sein.» Er ließ seine Hand über meine Haut gleiten, von der Brust bis zum Bauch, und dann weiter abwärts. «Du jedenfalls hast nichts an.»

«Kein Fitzelchen», grinste ich ihn an und fühlte mich beschwingt und verliebt.

«Hör auf, mich dazu zu verführen, dich meinen Knoten spüren zu lassen, bevor Zach zurück ist.» David schob seine Hand zwischen meine Beine, legte sie zärtlich auf meinen Schamhügel und drückte ihn vorsichtig. «Wo wir uns doch gerade erst darauf geeinigt haben, unser Spielzeug zu teilen.»

«Ich bin euer Spielzeug?», sagte ich, mit den Hüften kreisend, um ihn dazu zu bringen, weiterzumachen.

«Du bist meine Gefährtin.» Seine Hand drückte auf meine Möse, und mein ganzer Körper bebte vor Lust. Dann küsste er mich und zeigte mir, was das für ihn bedeutete.

«Ich hab euch doch gesagt, ihr sollt ohne mich nicht zu weit gehen», sagte Zach plötzlich hinter uns.

Ich zwinkerte mit den Augen, blind und benommen: «Bist du nicht gerade erst gegangen?»

«Vor einer Viertelstunde», sagte er kopfschüttelnd und fing an, sich auszuziehen.

Ich sah ihm zu. Dann blickt ich zu David auf: «Solltest du das nicht auch tun? Ich dachte, ich hätte bereits erwähnt, dass du zu viel anhast.»

«Aber wenn ich mich ausgezogen hätte, wäre ich jetzt schon in dir.» Er schob einen Finger tief in meine Scheide, um zu demonstrieren, was er meinte. Ich stöhnte.

«Zieht euch aus, beide, und beeilt euch.»

«Sie ist wirklich anspruchsvoll.» David ließ mich auf die Matratze plumpsen, stand auf und entledigte sich der Kleidungsstücke, über die ich mich beklagt hatte.

«Ich weiß», nickte Zach. Gemeinsam standen sie über mir und sahen auf meinen hingegossenen, nackten Körper. «Wir sollten ihr eine Lehre erteilen, sonst wird sie für den Rest ihres Lebens so bleiben.»

«Ja», sagte David und warf mir dabei Blicke zu, die fast die Laken in Brand gesetzt hätten. «Vielleicht sollte sie als Erstes lernen, dass sie mit ihren Wünschen vorsichtig sein sollte.»

«Oje.» Ich hatte Flugzeuge im Bauch, als die beiden aufs Bett kletterten und sich mir mit hungrigen Mienen näherten. «Was werdet ihr mit mir machen?»

«Alles, was wir wollen.»

Ich schluckte. Dann fing ich an zu kichern, als Zach mich packte und mir einen Kuss auf den Bauch gab, bevor er prustend seine Lippen auf meine nackte Haut drückte. «Hey, das kitzelt.»

«Gut so.» Er trug mich zum Badezimmer und grinste mich dabei an. «Du brauchst was zum Auflockern. Ich denke, es ist Zeit für ein schönes, entspannendes Bad.»

Ich schlang meine Arme um ihn und hielt mich fest. «Solange ihr beide mit mir in die Wanne passt.»

«Es ist eine sehr große Wanne.» Zach war dort angekommen, gab mir einen Kuss auf die Nase und stellte mich auf die Füße. David war schon dort, hatte das Wasser angestellt und kümmerte sich um die richtige Temperatur. Er streute ein bisschen Badesalz hinein und streckte mir die Hand entgegen. Ich nahm sie und ließ mir ins Wasser helfen.

Ich lehnte mich zurück und sah die beiden an. «Und?»

«Wie sieht es denn mit deiner Empfindlichkeit aus?», fragte David.

Darüber hatte ich überhaupt nicht mehr nachgedacht, aber jetzt, wo er mich darauf stieß, fiel mir auf, dass die Überempfindlichkeit gegen Kleidung und jede Art von Reibung, die ich gestern gespürt hatte, vorbei war. «Alles okay.»

«Wie wäre es dann mit einer kleinen Massage?» Er brachte einen Handschuh zum Vorschein und zog ihn an, und mir wurde klar, was er für mich tun wollte.

«Ihr wollt mich baden wie ein kleines Kind, was?»

«Nein. Ich bade dich wie meine Geliebte, die ein bisschen übertrieben hat und jetzt verwöhnt werden muss.»

Auch Zach rutschte jetzt zu mir in die Wanne und platzierte uns so, dass mein Rücken an seiner Brust lag. David machte den Handschuh nass, tat etwas Badegel darauf und begann mit einer sehr sanften Massage von den Fußsohlen aufwärts. Er arbeitete sich von meinen Fersen und den Fesseln über die Waden aufwärts bis zu den Schenkeln, so weit, wie er konnte. Dann hob Zach einen meiner Arme, sodass David Hand, Arm und Schulter genauso behandeln konnte, bevor die andere Seite drankam.

Ich entspannte mich und gab mich dieser völlig neuen Erfahrung hin, dass mir zwei Liebhaber in der Badewanne ihre ganze Aufmerksamkeit widmen. Jegliche Spannung fiel von mir ab. Der Handschuh fühlte sich gerade rau genug an, um meine Haut anzuregen, ohne sie zu reizen. Das Badesalz hatte das Wasser weich gemacht, und als alle Körperteile angenehm stimuliert wieder zurück im Wasser waren, entlockte mir das wohlige Gefühl des Eintauchens einen tiefen Seufzer.

Zach beugte mich nach vorn, damit David meinen

Rücken schrubben konnte. Ich legte mit verzückt geschlossenen Augen die Wange auf meine Knie, genoss die langsamen Bewegungen, mit denen David über meine Wirbelsäule hoch- und wieder heruntergglitt, an meinen Schulterblättern entlang, um dann in kleinen Kreisen auch noch die letzte Spannung aus meinem Nacken herauszumassieren.

Ich wurde zurück ins Wasser getaucht, um meinen Rücken abzuspülen und meine Haare nass zu machen, bevor mich Zach zurück an seine Brust zog und Shampoo in meine Kopfhaut einmassierte. Seine Finger kneteten meine Kopfhaut bis hinunter in den Nacken. Zum Schluss gab es eine Schläfenmassage, die jede Erinnerung an die Kopfschmerzen vergessen ließ, die mir die schwierigen Themen des heutigen Tages bereitet hatten.

Dann spülte mir Zach das Shampoo aus dem Haar. Ich fühlte mich, als würde ich durch einen Traum schweben. Einen sinnlichen Traum, der meine Reaktionen verlangsamte und der die Zeit anzuhalten schien. Hände strichen über mich hinweg, folgten den Kurven und Niederungen meines Körpers. Bedeckten und drückten sanft meine Brüste, zeichneten die Konturen meines Halses nach, die Linie meiner Rippen, die Rundung meiner Hüften.

Hände streichelte meine Schenkel, erst außen, dann innen, um schließlich in einer sanften Berührung meiner Spalte zu münden. Andere Hände liebkosten meine Brüste und spielten mit meinen Brustwarzen, kreisend, drückend, ziehend.

Ich widersetzte mich nicht, als meine Beine über Davids Schulter gelegt wurden. Dann hob Zach mich so weit an, dass mein Po auf dem Badewannenrand lag, wo er mich festhielt, damit wandernde Lippen die Hände zwischen meinen Beinen ersetzen konnte. David küsste die Wölbung meiner Brüste, meinen Bauch, rutschte schließlich tiefer. Mit seiner Zunge tastete er sich durch meine

Schamlippen, ohne in mich einzudringen oder die empfindliche Spitze meines Kitzlers zu lecken.

«David», flüsterte ich. Ich öffnete meine schweren Augenlider halb und sah ihn an. Unsere Blicke begegneten sich über meinem nackten Körper.

«Hmmm?» Er setzte noch einen Kuss zwischen meine Beine und sah dann auf.

«Ich bin froh, dass du hier bist.» Mein Hals zog sich kurz zusammen. Ich streckte eine Hand aus, ließ meine Finger durch sein Haar gleiten. «Ich hatte geglaubt, dich nach gestern nie wieder berühren zu können.» Dass sie jetzt beide bei mir waren, erschien mir wie ein Wunder, noch kostbarer dadurch, dass es so unerwartet gekommen war.

«Geht mir genauso.»

Gemeinsam halfen sie mir aus der Wanne, bevor David mich in ein Handtuch hüllte. Zach trocknete meine Haare. Sie hüllten mich regelrecht ein in Behaglichkeit und tupften mich ab, bis Zach die Handtücher aufhängte und David mich zurück ins Bett trug.

«Ich liebe dich», flüsterte ich und legte meinen Kopf an seinen Hals.

«Meine Gefährtin.» Er drückte mich an sich, legte mich dann aufs Bett. Beide kamen zu mir, nahmen mich zwischen zwei männliche Körper, die mich hypnotisierten und auf die Folter spannten. Ich wollte schwelgen in dem ungetrübten Vergnügen, ohne jegliche Eile mit ihnen zusammen zu sein.

«Gestern bin ich nicht dazu gekommen, dies zu tun», sagte ich zu Zach und streichelte ihn. «Ich hätte so viel für dich tun wollen, aber ich konnte nicht.»

«Jetzt hast du ja Zeit.» Er zog mich an sich zu einem Kuss, der meine Sinne versengte. «Wir haben den Rest unseres Lebens.»

«Mmm.» Ich küsste mich über sein Kinn und seinen

Hals bis zu seinem Brustkorb, erforschte seinen straffen Bauch, berührte dann mit der Zungenspitze seinen Penis. Ich schmeckte Salz und eine männliche Moschusnote, genoss die Seidigkeit der straff gespannten Haut über seinem prall aufragenden Organ.

Ich nahm ihn in den Mund und schloss meine Lippen genau unterhalb seines Eichelkranzes. Er stöhnte und vergrub seine Hand in meinem Haar. Ich erkundete ihn mit meinen Lippen und meiner Zunge, spürte, wie er sich anspannte, als ich ihn in ganzer Länge in meinen Mund gleiten ließ und wieder heraus.

«Hör auf, sonst kommt es mir sofort», murmelte er mit lustvoll belegter Stimme.

Ich zog mich zurück bis zu seiner Eichel, ließ ihn mit einem Seufzer des Bedauerns aus meinem Mund gleiten, leckte ihn dann der Länge nach mit meiner Zungenspitze. «Du sagst das so, als wäre es etwas Schlimmes», grummelte ich.

«Das wäre es. Ich möchte doch tief in dir kommen.» Diese deutlichen Worte fuhren mir in den Bauch, machten, dass meine Scheidenmuskeln sich erwartungsvoll zusammenzogen.

Ich drehte mich um zu David und stellte fest, dass er mich beobachtete. Ich lächelte ihn an und ließ ihm die gleiche Behandlung wie Zach zukommen.

«Ich möchte euch beide überall berühren. Am liebsten würde ich nie wieder aufhören», sagte ich, als meine Lippen über seine flachen männlichen Brustwarzen strichen und meine Finger seinen Bizeps genossen, seine Schultern, vollkommen versunken in erforschender Bewunderung.

Ich nahm David in den Mund und fühlte, wie Zach mich streichelte, die Kurven meines Pos, die Rückseite meiner Schenkel, zwischen die er glitt, um mich zu erregen und zu verführen, bevor er mir einen Finger in meine Spalte schob.

Ich bewegte mich, um ihn zum Weitermachen zu ermuntern, und nahm David tiefer in den Mund, lutschte an ihm wie an einer exotische Frucht, liebte ihn mit meinen Lippen. Zach stieß einen zweiten Finger in mich und fing an, mich in einer Mischung aus Entspanntheit und Zielstrebigkeit so lange zu bearbeiten, bis ich David freigeben und nach Luft schnappen musste.

«Zach. Das fühlt sich so unglaublich gut an.»

«Es wird noch besser werden», versprach er.

Er drehte sich auf den Rücken und zog mich auf sich. Unsere Münder trafen aufeinander, und unsere Zungen vereinten sich zu einem wilden, fordernden Kuss, der mich heiß machte und mir das Herz in meiner Brust erregt pochen ließ.

Zachs Kraft und Wärme unter mir zu spüren, war ein berauschendes Glücksgefühl. Davids Hände waren jetzt dort, wo Zachs gewesen waren, liebkosten meinen Hintern und wanderten dann abwärts, bis ich fühlte, dass etwas Kühles, Feuchtes über meinen Anus strich, und ich merkte, was er vorhatte.

Sie wollten mich wieder zwischen sich nehmen.

Während Zach mich mit Küssen verführte und die sehnsuchtsvolle Spannung in meinen Brüsten löste, indem er sie an seinen Brustkorb drückte, bereite David mich darauf vor, ihn aufzunehmen. Er schob vorsichtig zwei mit Creme bestrichene Finger in mich und arbeitete sich mit behutsamen Bewegungen weiter voran, um mich zu dehnen. Dadurch wurde meine Möse so auf Zachs Schwanz gedrückt, dass ich zu atmen vergaß und mir schwindlig wurde vor Lust.

Sie hoben meine Hüften an, Zachs Schwanz schob sich zwischen meine Schamlippen, nahm Maß und drang tief ein.

David zog seine Finger aus mir, brachte sich in Position, und dann spürte ich, wie sich seine Eichel in meinen

Anus schob, wobei die Creme sein Eindringen in die enge Öffnung erleichterte. Stück für Stück drang er weiter ein, bis ich ihn ganz aufgenommen hatte und die beiden mich ganz ausfüllten.

Unsere Körper glitten und stießen, trafen sich und zogen sich wieder zurück, bewegten sich in einer Melodie, die klang wie ein Tanz der Lust. Allmählich steigerten wir unser Tempo, unsere Herzen rasten, und wir atmeten schneller. Leise Worte, heiseres Stöhnen. *Mehr. Ja.*

Sie nahmen mich, und ich gab mich ihnen hin, mit jedem Stoß mehr, bis keine Steigerung mehr möglich war. Wir lebten sanfte Besessenheit, wilde Lust und eine Leidenschaft, die unausweichlich auf den Höhepunkt zusteuerte. Wir verausgabten uns vollkommen, und die Erlösung kam mit unerwarteter Heftigkeit.

Ich brach auf Zach zusammen, spürte, wie Davids Körper schützend in meinem Rücken war, während beide noch in mir gefangen waren. «Zach», hauchte ich flüsternd seinen Namen und küsste seine Brust. «Danke.»

Seine Hand griff in mein Haar, streichelte es. «Wofür?»

«Dafür, dass du mir das geschenkt hast.» Ich streichelte seine Schulter, seinen einzigen Körperteil, den ich erreichen konnte, ohne mich zu bewegen. «Dafür, dass du gesehen hast, was ich noch nicht sehen konnte. Dafür, dass du David zu mir geschickt hast, weil du wusstest, dass ich auch ihn brauche.»

«Du hast um ihn geweint, als sei dein Herz gebrochen», sagte Zach mit tiefer, heiserer Stimme. «Ich wusste, dass du zu mir gehörst. Ich hätte dich für mich behalten können. Aber wenn es in meiner Macht liegt, deinen Schmerz zu lindern, was hätte ich da anderes tun können? Ich bin dein Gefährte.»

Ich blinzelte die Feuchtigkeit aus meinen Augen. «Ich verdiene dich nicht.»

«Doch, das tust du.» Er strich mir übers Haar und

drückte sanft meinen Kopf an seine Brust. Ich lauschte dem stetigen Rhythmus seines Herzens.

David küsste mich auf die Schulter, zog sich dann vorsichtig aus mir zurück. Zach hob mich von seinem Körper auf die Matratze. Mit einem leisen, lustvollen Seufzer ließ ich mich fallen. Sie bargen mich schützend in ihrer Mitte, hielten mich beide umarmt. Ich hielt sie fest, als ich in einen tiefen Schlaf glitt, denn ich wollte sie nie wieder gehen lassen.

KAPITEL 26

Gleich geht der Spaß los.» Zachs Stimme drang durch den Nebel in dem ich noch dösend schwebte, noch nicht richtig wach, aber auch nicht mehr schlafend.

«Mmm.» Ich strich über seinen Arm und kuschelte mich noch enger an ihn. «Ist es Zeit aufzustehen?»

«Ja.»

Verdammt. Aber andererseits, je schneller wir unsere Probleme lösen konnten, umso eher könnten wir auch wieder zurück ins Bett. Ich tastete nach David und zog die Stirn kraus, als ich die andere Seite neben mir leer fand.

«Wo ist er hingegangen?», fragte ich und blinzelte Zach verschlafen an. Sein Anblick ließ mich für einen Moment alles andere vergessen. Seine Augen leuchteten golden, und sein Gesicht zeigte so etwas wie Jagdfieber. Es galt, einen Feind zu stellen.

«Alles vorzubereiten für die Ankunft unseres Gastes.» Zach lächelte durchtrieben. «Sie ist auf dem Weg hierher. Wir wollen sie doch angemessen willkommen heißen.»

Ich lachte. «Du bist gemein.»

«Die Idee kam doch von dir.»

«Ja.» Ich rieb meinen Körper an ihm. «Ich habe ein großes Interesse daran, dieses Katzenproblem so schnell wie möglich zu lösen. Es behindert mein Sexualleben.»

«Ist das eine Beschwerde? Als du das letzte Mal mit lauten Lustschreien gekommen bist, hatte ich nicht den Eindruck, dein Sexualleben käme in irgendeiner Form zu kurz.»

«Mein Sexualleben ist phantastisch.» In Erinnerung an die Befriedigung, die ich genossen hatte, schenkte ich ihm ein breites, strahlendes Lächeln. «Gerade deshalb mag ich diese verdammten Unterbrechungen ja auch nicht. Ich möchte mit David und dir draußen im Garten tanzen oder einen Wettlauf im Wald machen können, ohne dass uns ständig irgendein streitsüchtiger Panther den Spaß verdirbt.»

«Du klingst gerade selbst ein bisschen angriffslustig», meinte Zach und zwickte mich spielerisch in eine Brustwarze.

«Es ist mein Territorium, in das sie eindringen, und mein Sexualleben, das sie versuchen zu zerstören.»

«Na gut, dann machen wir sie eben platt.»

«Ich bin die Rache in Person», sagte ich zu Zach und sprang aus dem Bett.

Er verstand den Spaß und fing an zu lachen, sogar noch mehr, als er mich erschrecken sah, weil ich meine Klamotten nicht finden konnte.

«Warum habe ich nichts anzuziehen?», fragte ich ihn. «Ich lebe hier. Also sollte ich ja wohl auch irgendwelche Kleidung haben. Noch so eine Sache, um die ich mich vor lauter Problemen nicht kümmern kann. Ich hatte noch nicht mal Zeit, zu meiner Wohnung zu fahren und meine Sachen zu packen.»

«Für heute hast du etwas anzuziehen.» Nackt und barfüßig ging Zach hinüber ins Wohnzimmer und kam mit einer Einkaufstüte zurück. «Hier.»

«Mein Held.» Ich küsste ihn, und weil das nicht gut genug war, gleich noch einmal. Dann nahm ich die Tüte und sah zu, dass ich von seinen verlockenden Lippen wegkam und mich nicht ganz gehen ließ.

«Bin ich das?»

Sein ernsthafter Ton ließ mich aufhorchen. «Was? Ja.» Ich ließ die Tüte fallen und schlang noch einmal meinen Arm um seine Taille, drückte mich ganz fest an ihn. Seine Arme legten sich um mich und hielten mich.

«Du hast mir geholfen, als die Vorbereitung auf die Metamorphose meinen Körper zu verbrennen drohte und ich keine Ahnung hatte, was mit mir los war. Du hast mir geholfen, eine Welt zu verstehen, von der ich nicht einmal wusste, dass sie existiert. Du hast einen anderen Mann in unsere Beziehung geholt, weil du erkannt hast, dass ich zu euch beiden gehöre und dass ich auch ihn brauche.»

Seine Arme hielten mich noch fester. «Chandra, ich bin ein selbstsüchtiger Mistkerl, der dich in einen Krieg der Gestaltwandler hineingezogen hat.»

«Das mit den Panthern und den abtrünnigen Wölfen ist ja nicht deine Schuld», gab ich zurück. «Du hast das Problem nicht verursacht, aber wir werden es lösen. Aber was wäre mit mir passiert, wenn du nicht dafür gesorgt hättest, dass das Rudel mich im Auge behält? David wäre nicht zur Stelle gewesen, als ich zusammengeklappt bin, und er hätte mich nicht zu dir bringen können. Wenn ich meine erste Brünstigkeit und meinen ersten Wandel allein hätte durchmachen müssen, hätte ich das Ganze überhaupt lebend durchstehen können?»

Ich lehnte mich zurück und sah ihm in die Augen. «Zach, du hast mich gerettet. Du und David, ihr beide.»

«Zuerst wollte ich dich nur für das Rudel», sagte er mit angespanntem Gesicht. «Weil du zu uns gehörtest und wir dich brauchten. Dann bin ich dir im Einkaufszentrum nähergekommen und wollte dich einfach. Ich wollte dich um meinetwillen. Ich wollte dich so sehr, dass ich möglicherweise deinen Entscheidungsprozess beeinflusst habe, obwohl du vielleicht sogar David allein gehören solltest.»

Ich spürte, wie mir die Kinnlade runterfiel. «Zach, glaubst du das wirklich? Du glaubst wirklich, ich würde mich, ich würde mein Herz so wenig kennen? Du denkst, ich könnte nicht unterscheiden zwischen Zwang und freiwilliger Hingabe?» Verwundert schüttelte ich den Kopf. «Ich habe mich dir ganz gegeben. Ich habe dich als meinen Gefährten anerkannt. Ich habe dir mein Herz und meinen Körper geschenkt. Es war meine Wahl.»

Er beugte sich zu mir herab, um seine Lippen über meine streifen zu lassen. «Meine Gefährtin.»

Die Art, wie er das aussprach, wärmte mein Herz. «Darauf kannst du dich verlassen.» Ich rieb meine Nase an seiner. «Das ist auch wieder so ein Macho-Ding, oder? Du denkst, du machst deine Sache nicht gut genug, weil du dein kleines Frauchen nicht gut genug vor der gefährlichen Welt beschützt hast.»

«Hab ich ja auch nicht.» Diese klare Aussage verblüffte mich.

«Zach, ich habe heute Morgen einen Mann umgebracht.» Es auszusprechen durchfuhr mich innerlich eiskalt. «Die Welt ist zwar gefährlich, aber wir sind es auch. Und wir haben etwas, für das es sich lohnt, sich der Gefahr entgegenzustellen.»

Wir umarmten uns lange. Es fiel uns schwer, uns loszulassen und uns anzuziehen, aber wir spürten, wie die Uhr tickte. Wir mussten dem Rudel unsere ungewöhnliche Entscheidung mitteilen, uns seiner Zustimmung versichern und eine Einigung mit der wütenden Katzen-Königin herbeiführen, um die Revierkämpfe zu beenden.

In der Einkaufstüte war eine Jeans und ein weicher roter Pullover, den ich sofort streicheln musste, weil er aus Kaschmir war. Außerdem waren Strümpfe, Unterwäsche und ein BH in der Tasche. Wen immer man zum Einkaufen geschickt hatte, er hatte seine Aufgabe gründlich erledigt. Ich nahm alles mit ins Bad.

Als ich sauber und angezogen wieder herauskam, fand ich Zach bekleidet und zum Anbeißen aussehend im Wohnzimmer. Er streckte seine Hand nach meiner aus und warf mir ein schiefes Grinsen zu. «Fertig?»

«Fertig.» Ich legte meine Hand in seine, und wir gingen hinunter, um uns dem Rudel zu stellen. David stieß im Flur zu uns.

«Sie sind alle in der Bibliothek», sagte er.

«Ist unser Gast schon hier?», fragte Zach ihn.

«Hier und in Sicherheit.»

«Wie wollen wir das angehen?», fragte ich sie beide.

«Wir stehen beide neben dir, und dann verkündest du deine Wahl.»

Ich holte tief Luft. «Und dann?»

«Dann stehen sie entweder hinter uns, oder sie stellen sich gegen uns», erklärte Zach trocken.

Scheiße. Mein Magen verkrampfte sich. «Weiß es außer Jack schon jemand?»

David schüttelte den Kopf. «Wir waren zwar zusammen oben, aber es ist ja auch so verständlich, dass ich in einer kritischen Situation in deiner Nähe bleiben wollte. Die allgemeine Annahme gestern Abend war, dass du dich bereits entschieden hättest und es nur noch eine Formsache wäre, dass du Zach als deinen Gefährten verkündest.»

«Zach plus eins», sagte ich fröhlich und versuchte, positive Stimmung zu verbreiten. «Fast genauso, wie sie es erwarten.»

Wir schoben uns in die Bibliothek, David als Erster, um festzustellen, ob es sicher genug für uns war, dann ich und dann Zach.

Es sah etwas anders dort aus als in der angespannten Stimmung heute Morgen. Wahrscheinlich, weil man die vorbereiteten Waffen jetzt außer Sichtweite gebracht hatte.

Mit ernsten Gesichtern und über den Raum verteilt erwarteten uns die Rudelmitglieder. Ich versuchte mir einen schnellen Eindruck von der Stimmung zu verschaffen. Es herrschte keine sinnliche Atmosphäre, so wie gestern, als mich alle zu einem offenen, erotischen Wettbewerb um meine sexuelle Gunst als potenzielle Gefährten begrüßten, und es ging auch nüchterner zu als bei der Feierstimmung gestern Abend, nach dem wir uns gemeinsam verwandelten und nach draußen liefen, um den Mond anzuheulen.

Die Party hatte ein böses Ende gefunden, und das bedauerte ich sehr. Mein erster Vollmond mit dem Rudel, und wir hatten überhaupt keine Zeit gehabt, ihn gemeinsam spielend und jagend zu genießen. Vielmehr haben wir ihn damit verbracht, unser Territorium zu verteidigen.

Ich stellte mich in die Nähe des Kamins, Zach und David standen hinter mir zu meiner rechten und meiner linken Seite.

Ich sah mich nach Jack um und bedeutete ihm mit einer Handbewegung, dass ich auch ihn gern bei mir hätte. Er kam, und ich nahm seinen Arm. Einerseits, weil ich mich an ihm festhalten wollte, andererseits aber auch, um den optischen Eindruck von Einigkeit zu vermitteln.

«Hallo», sagte ich zu den versammelten Wölfen. «Bevor ich meine Wahl bekanntgebe, würde ich gern noch etwas anderes verkünden. Gestern Nacht hat mir der Herr des Waldes eine interessante Neuigkeit verraten. Seit heute Morgen wisst ihr bereits, dass in diesem Raum gestern ein Kind gezeugt wurde.»

Ich machte eine Pause und wartete einen Moment, bevor ich fortfuhr: «Jack ist nicht mein Gefährte, aber er ist der Vater, und wir haben vor, das Glück und die Verantwortung zu teilen, die mit diesem neuen Leben auf das Rudel zukommen. Wir beide wollen und lieben dieses Baby, und wir hoffen, dass auch ihr einen neuen roten Wolf willkommen heißen werdet.»

Es entstand ein riesiger Trubel, als alle auf uns zustürzten, mich umarmten und meinen Bauch streichelten, Jacks Hand schüttelten oder ihm auf die Schulter klopften. Ich war unglaublich erleichtert. So weit, so gut. Sie in dieser Sache auf meiner Seite zu haben, ließ es wahrscheinlicher erscheinen, dass sie auch meiner unkonventionellen Partnerwahl zumindest ein wohlwollendes Ohr schenken würden.

Als es wieder ruhiger wurde im Raum, gab ich Jack einen Kuss auf die Wange und entließ ihn. «Danke. Ich hoffe, ihr werdet genauso erfreut darüber sein, dass ich formell verkünden möchte, dass ich Zach zu unserem Rudelführer und König ernenne.»

Allgemeiner Jubel brach aus, aber als sie zu mir kommen wollten, hob ich meine Hand. «Ich habe noch etwas zu sagen. Zach ist mein Gefährte, aber er hat erkannt, was mir selbst nicht ganz klar war. Es kommt unerwartet, und wir haben fast den ganzen Tag dazu gebraucht, um es für uns auf die Reihe zu bekommen. Wir wollen euch bitten, jetzt dasselbe zu tun.» *Tief durchatmen. Tief durchatmen.* «Ich werde mein Leben dauerhaft mit zwei Gefährten teilen. Wenn auch ihr das akzeptiert, wird Zach Alpha bleiben und unser Rudelführer, während David der Zweite innerhalb der Rangfolge wird. Aber wir fühlen uns zu dritt aneinander gebunden.»

Totenstille. Jack kam und stellte sich wieder neben uns. Ich trat zurück und nahm meine beiden Gefährten bei der Hand. Und dann war der Raum plötzlich verschwunden. Ich hatte Zeit zu erkennen, was passierte und dachte noch *Ach, scheiße, doch nicht gerade jetzt,* aber dann war ich schon im Wald bei den abtrünnigen Wölfen.

«Ich würde sagen, wir sollten sie jetzt angreifen», sagte

einer von ihnen. «Lass uns nicht warten, bis die Panther da sind. Lass sie in zweiter Reihe angreifen.»

«Ray ist tot», gab ein anderer zu bedenken. «Sie werden wissen, was wir vorhaben.»

Ich überblickte das Geschehen, versuchte einen Anhaltspunkt zu finden, zu welcher Uhrzeit sich das Ganze abspielte. Geschah es jetzt, in einer Stunde oder heute Abend? Dunkel war es noch nicht, aber inmitten des Waldes konnte ich es auch nicht am Sonnenstand festmachen.

«Willst du dich ihnen anschließen?»

Eine Stimme neben mir ließ mich aufschrecken. Ich wandte mich dem Leshii zu und kniff die Augen zusammen. Seine Haut leuchtete weiß wie Marmor, und in seinen Augen leuchtete ein grünes Feuer. Ich fragte mich, ob das wohl sein eigentliches Erscheinungsbild war. «Was meinst du damit?»

«Das soll keine rhetorische Frage sein.» Er nickte zu den Abtrünnigen hinüber, die unser Rudel vor Jahren verlassen hatten. «Zieht es dich dazu, dich ihnen anzuschließen?»

«Nein», sagte ich mit gefletschten Zähnen. «Das ist nicht mein Rudel. Was ich da sehe, sind Eindringlinge.»

«Es ist jetzt dein Rudel. Verteidige es.»

Dann verschwand er, und mit ihm alles andere. Ich kniff die Augen zusammen, bis ich wieder bei Sinnen und in der Bibliothek war und merkte, dass mich meine beiden Gefährten stützten.

«Ich bin wieder da», sagte ich und bemühte mich, wieder allein zu stehen. «Verdammt, ist das nervig. Wird das jetzt ständig passieren? So werde ich mich doch nie wieder hinter ein Steuer setzen können.»

Dann blinzelte ich nochmal und stellte fest, dass ich von besorgten Gesichtern umgeben war und alle Wölfe sich um mich drängten.

«Tut mir leid», sagte ich mit einer entschuldigenden Geste. «Ich habe nur gerade einen kleinen Besuch in der Zukunft gemacht. Wir stehen kurz vor einem Angriff der abtrünnigen Wölfe. Sie wollen nicht auf die Rückkehr der Panther warten. Vielmehr wollen sie uns mit einem ersten Angriff überraschen und die Katzen dann als Zweite angreifen lassen, sofern wir sie nicht durch einen Pakt mit Rhonda daran hindern.»

Diese Bombe ließ ich zusätzlich zu der vorhergehenden platzen und wartete ab, wie sie reagieren würden. Dann stellte ich fest, dass sie ihre Positionen bereits eingenommen hatten. Sie standen hinter uns, vereint.

Sie fielen auf die Knie, eine Faust auf dem Herzen, so wie sie mich zu Anfang begrüßt hatten. «Unsere Königin.»

Ich spürte, wie meinen Augen bei diesem Anblick zu brennen begannen, und zwinkerte heftig. Sie gehörten zu mir, und ich gehörte zu ihnen. Ein Rudel. Sie waren jetzt keine Fremden mehr, kein Einziger von ihnen. Wir hatten zusammen gegessen, getanzt und gemeinsam die sexuelle Kraft der Brunft erlebt, hatten Lust gegeben und Lust empfangen. Wir hatten gemeinsam unsere Metamorphose erlebt, hatten gemeinsam den Mond angeheult und für das gekämpft, was uns gehörte.

Verteidigt euch, hatte der Leshii gesagt. Tut das Richtige. Er hatte mir einen Hinweis auf meine erwachenden Fähigkeiten gegeben. Um das Richtige tun zu können, musste ich mehr darüber wissen. Ich hatte jetzt einen neuen Blick auf die Dinge bekommen, der mir helfen würde zu erkennen, was richtig war.

Das Rudel war meine Familie und mein Zuhause, und das Gefühl, wie gut und richtig das war, drang bis in meine Seele.

In Zukunft würden wir einigen Anlass zum Feiern haben. Wir brauchten Leben, Entfaltung, Hoffnung. Wir mussten die Revierstreitigkeiten endgültig beilegen.

Das Rudel stand auf, und ich fühlte die Kraft, die in unserer Einigkeit lag. Vorher hatte ich zwar noch Scherze gemacht über die geheimnisvolle Verbindung zwischen Zach und David und mir, aber hier wurde sie spürbar und greifbar. Wir alle waren miteinander verbunden, und zusammen waren wir stark.

Es war Zeit für einen Plausch mit der Katze. Ich holte tief Luft. «Okay, Jungs. Versuchen wir's doch mal mit Diplomatie.»

KAPITEL 27

Rhonda.» Ich schenkte ihr ein strahlendes Lächeln, hinter dem Entschlossenheit lag, und nahm ihr gegenüber Platz. Zach stand hinter mir. Das übrige Rudel wartete vor dem fensterlosen Raum, in den man sie gesteckt hatte. «Es ist schön, dich zu sehen.»

Durch halb zusammengekniffene Augen sah sie mich böse an. Der Spruch *Wütend wie eine nasse Katze* kam mir in den Sinn. Nach ihrem unfreiwilligen Bad hatte sie zwar genug Zeit gehabt, wieder zu trocknen, aber sauer sah sie immer noch aus.

«Dir habe ich das also zu verdanken», mit einer Kopfbewegung deutete Rhonda auf den Stuhl, an den sie sorgfältig gefesselt war. Das würde sie zwar nicht davon abhalten, ihre Gestalt zu verändern, sollte den Prozess aber deutlich verlangsamen.

«Du meinst deinen reizenden neuen Schmuck?», meinte ich und sah auf das Seil, das sie festhielt. «Es war nicht meine Idee, aber du weißt ja, dass viele Männer auf so was stehen. Wenn du möchtest, kannst du die Utensilien gern mitnehmen.»

Sie zischte mich an: «Schlampe.»

«Richtig», nickte ich lächelnd. «Ich habe deine Frage noch nicht beantwortet, die du vor dem Einkaufszentrum gestellt hattest, obwohl du eigentlich Zach angesprochen hast und nicht mich. Aber um es deutlich zu sagen, ja, ich bin seine Braut.»

«Das wird dir noch sehr leidtun.» Sie zerrte nach allen Seiten, versuchte, die Knoten zu lockern, aber wer immer sie gefesselt haben mochte, verstand sein Handwerk, und ihr Bemühen war vergeblich.

Ich fragte mich, ob es David gewesen war. Wenn ja, wusste ich schon ein Spiel, das ich später mit ihm spielen konnte. Aber im Augenblick konnte ich mir keine lustvolle Ablenkung leisten. Konzentration war gefordert.

«Das bezweifle ich.» Ich lehnte mich zurück und schlug ein Bein über das andere, ließ meinen Unterschenkel betont locker auf und ab wippen. «Schau, ich dachte, wir weiblichen Gestaltwandler sind ja sehr selten. Und du hast dich so sehr für mich interessiert, dass ich dachte, wir Frauen sollten einmal die Gelegenheit haben, in Ruhe zu reden. Das wäre doch nur sinnvoll.»

«Da gibt es nichts zu reden.» Rhonda sah mich wütend an, und ich wunderte mich über ihre Abneigung gegen mich. Ich meine, mal ehrlich, war ich etwa diejenige, die mit dem Ärger angefangen hatte?

«Bist du sicher? Ich glaube nämlich, dass es da etwas geben muss, was du haben möchtest.» Ich tupfte an mein Kinn. «Ich frage mich, was das sein könnte? Ich glaube, dass es dabei nicht nur um Revierstreitigkeiten geht. Bis die streunenden Wölfe alles durcheinandergebracht haben, hatten unsere beiden Gruppen doch immer ein ziemlich friedliches Verhältnis. Vielleicht hier und da mal eine kleine Rangelei, aber so ist das eben bei Jungs.»

«Ich denke nicht daran, auf dein Spiel einzusteigen.»

Ich schüttelte den Kopf. «Aber Rhonda. Das hier ist

kein Spiel. Solltest du das noch nicht bemerkt haben, sollte es dir spätestens in dem Moment klar geworden sein, als du gesehen hast, wie ich Ray die Eingeweide aus dem Leib gerissen habe.»

Irgendetwas flackerte in ihren Augen. Ich war mir nicht sicher, was es war. Nicht Angst, sondern irgendetwas anderes.

Ich verließ mich auf meinen Instinkt und fuhr fort: «Und wo wir gerade bei Ray sind: Es war unhöflich, heute Morgen abzuhauen, ohne mich zu bedanken. Du hast deine Katzen davon abgehalten, in unsere internen Angelegenheiten einzugreifen.» Ich stellte einen Fuß flach auf den Boden und lehnte mich ein Stückchen vor. «Dafür muss ich mich doch bei dir bedanken, oder?»

Sie sagte nichts, aber sie sagte mir auch nicht, dass ich unrecht hatte. *Hmmm.*

Ich legte meinen Kopf schief und sah zu Zach auf. «Kannst du uns eine Minute allein lassen?»

Das gefiel ihm gar nicht. Das sah ich an seinem Blick, an seinem angespannten Kiefer, seinen zusammengekniffenen Lippen und an seiner Schulterstellung. Aber er nickte. «Ich bin vor der Tür.»

Ich lächelte, nur für ihn, da es mir gefiel, dass er mir zutraute, diese Sache allein zu regeln und auf mich selbst aufzupassen. «Danke.»

Zach verließ den Raum, und die Tür schloss sich hinter ihm. Ich sah ihm nach, wie er verschwand, und drehte mich dann wieder zu meinem Gast um. «Jetzt sind wir unter uns Frauen», sagte ich. «Du willst etwas. So wie wir. Wir möchten unser Leben leben, ohne dass ohne Vorankündigung ständig Katzen aus irgendwelchen Bäumen fallen. Wir wollen ungestört sein in unserem Revier. Und jetzt bist du dran. Was willst du, Rhonda?»

Sie sah mich lange an. Schließlich sagte sie: «Es ist dir ernst.»

«So ernst wie ein Herzinfarkt. Ich will einen Waffenstillstand. Wenn wir euch geben können, was ihr im Gegenzug dafür haben wollt, soll es euch gehören.»

In Rhondas Augen spiegelte sich nun eine interessante Mischung aus Gier und Angst. Was auch immer sie wollte, sie wollte es sehr, und sie glaubte, dass ich es ihr nicht geben würde. Ihre nächsten Worte bestätigten das. «Ihr werdet es uns nicht geben.»

Nach langem Schweigen warf mir Rhonda einen nachdenklichen Blick zu. «Okay. Du willst, dass ich dich frage? Dann frage ich. Wir wollen den roten Wolf. Nicht dich. Den anderen.»

Verblüfft riss ich die Augen auf. «Das hätte ich nun nicht erwartet», sagte ich. «Wenn ihr Jack wollt, warum habt ihr dann mich verfolgt?»

«Das kam nicht von uns. Die Wölfe wollten dich. Sie wollten die Führung deines Rudels an sich reißen», gab Rhonda achselzuckend zurück. «Was haben wir mit euren internen Problemen zu tun? Aber für den Fall, dass wir dich zu den Abtrünnigen bringen würden, hatten sie uns versprochen, uns im Gegenzug den roten Wolf zu geben.»

«Ah.» In gewisser Weise begann das Sinn zu machen. Aber trotzdem: warum Jack? «Ich kann euch Jack nicht geben. Er ist mein Freund. Er gehört zu meinem Rudel. Er ist außerdem der Vater meines Kindes, also ist er wirklich nicht zu ersetzen.»

Ihr Gesicht wurde starr, und für einen Moment stand echter Hass in ihren Augen. Oh, da hatte ich offenbar ins Schwarze getroffen.

«Warum wollt ihr gerade ihn?» Ich beugte mich vor und versuchte, aus ihrer Reaktion auf meine Frage Schlüsse zu ziehen. «Wollt ihr ihn töten? Wollt ihr ihn behalten? Oder wollt ihr ihn nur ausleihen?»

Rhonda schwieg stur weiter. Mein Gehirn arbeitete

weiter unter Hochdruck, versuchte, das Puzzle zusammenzubekommen. Ich schob die Teile von der einen auf die andere Seite. Wie passte das alles zusammen?

Rote Wölfe waren etwas Besonderes, aber den Panthern ging es nicht um irgendeinen roten Wolf. Sie wollten Jack, der durch Handauflegen Krankheiten erkennen und heilen konnte. Rhonda hatte begonnen, sich mir zu öffnen … bis ich erwähnt hatte, dass er der Vater meines Kindes sei. Sie war die Königin, sie hatte keinen Mangel an starken, potenten Männern, denn anders als Wölfe gingen Katzen keine lebenslangen Verbindungen ein.

Warum also sah man nirgendwo kleine Kätzchen?

«Du bist unfruchtbar», sagte ich, als ich erkannte, wie alles zusammenpasste. «Und menschliche Fruchtbarkeitsspezialisten können dir nicht helfen. Aber Jack kann es. Zumindest glaubst du, er kann es. Ich kann dir nicht versprechen, dass seine Fähigkeiten bei eurer Gattung helfen können.»

Ihr Gesicht zeigte mir, dass ich den Nagel auf den Kopf getroffen hatte.

Ich schüttelte den Kopf. «Kein Wunder, dass ihr bereit wart, gewaltsam in unser Territorium einzudringen. Kein Wunder, dass ihr euch bereit erklärt habt, mich an Ray auszuliefern.» Ich stand auf. «Ich kann dir nicht versprechen, dass er dein Problem lösen kann, aber ich verspreche dir, dass er es versuchen wird. Ob es etwas damit zu tun hat oder nicht – ich bin schwanger geworden, gleich nachdem er seine Heilkräfte bei mir angewendet hatte. Wenn du uns dein Wort für einen Waffenstillstand gibst, werde ich gehen und ihn holen.»

«Mein Wort.» Rhonda warf mir einen undurchdringlichen Blick zu.

«Ja, dein Wort.» Ich starrte zurück und wartete auf ihre Antwort.

Schließlich nickte sie. «Na gut. Wenn sich euer roter

Wolf bereit erklärt, mir zu helfen, werden wir einen Waffenstillstand verkünden.»

«Versuchen», stellte ich klar, «er wird versuchen, dir zu helfen. Wenn er es nicht kann, dann deshalb, weil seine Gaben nicht auf alles anzuwenden sind. Und wenn er dir nicht geben kann, was du dir wünschst, haben ja auch weitere Angriffe auf uns keinen Sinn mehr.»

Rhonda sah mich an, dann auf die Seile, und dann wieder zurück zu mir. «In Ordnung. Und da du mir die angeboten hast, würde ich sie wirklich gern mitnehmen.»

«Okay», sagte ich, sobald ich den Raum verlassen hatte, ohne bei dem Gedanken an das Bild einer nackten Rhonda, die gefesselt das verruchte Kätzchen spielte, laut loszulachen. «Die Sache sieht so aus: Rhonda braucht eine nicht-menschliche Fruchtbarkeitsbehandlung. Da es so etwas nicht gibt, ist sie verzweifelt. Bei den Panthern weiß man aber, was für Fähigkeiten Jack hat. Sie waren hinter mir nur her, um an Jack heranzukommen. Die abtrünnigen Wölfe wollten hingegen mich und hatten ihnen einen Tausch angeboten.»

Da alle ziemlich damit beschäftigt schienen, diese Neuigkeiten zu verdauen, war ich einen Moment still und suchte dann Jacks Blick. «Ich habe ihr versprochen, dass du ihr helfen würdest, falls es einen Waffenstillstand gibt. Ich habe ihr ganz klar gesagt, dass deine Gaben Grenzen haben und wir für einen Erfolg nicht garantieren könnten. Jack, würdest du das tun?»

Er sah mich nachdenklich an. «Sie hat daneben gestanden und nichts unternommen, als Ray versucht hat, dich zu vergewaltigen.»

«Sie hat auch tatenlos zugesehen, während ich ihn zerfleischt habe», bemerkte ich. «Und sie hat den anderen Panthern befohlen, nicht einzugreifen.»

«Also glaubst du, dass es eine faire Sache ist?»

Ich atmete aus. «Was ist schon fair? Wir wollen eine Waffenruhe. Sie braucht Hilfe, die nur du ihr geben kannst. Sollte ich nicht sauer auf sie sein? Zum Teufel, natürlich sollte ich das, aber der Frieden ist mir viel wichtiger als eine Rache.»

Jack grinste mich an. «Ich denke, du wirst eine gute Königin sein. Führ mich zu meiner Patientin.»

Ich grinste zurück und nahm seinen Arm, um ihn der Pantherkönigin vorzustellen.

«Rhonda, Jack. Jack, Rhonda.» Sie sahen sich an. Ich ließ Jacks Arm los und setzte mich wieder auf meinen Stuhl.

«Chandra hat mir die Situation erklärt», sagte Jack. «Ich werde dich berühren müssen. So funktioniert das eben.»

Rhonda nickte. Jetzt, wo sie hatte, was sie wollte, sah sie angespannt aus.

«Es tut nicht weh», schaltete ich mich ein. «Er hat es bei mir auch schon zweimal getan. Erst wird es ein bisschen heiß, und dann fühlt es sich einfach gut an.»

«Ich habe keine Angst», blaffte sie.

«Sie hat Angst, sich wieder Hoffnungen zu machen», sagte Jack.

Diese Erkenntnis erstaunte mich. Er schien hinter seinen Späßen eine ernsthafte Persönlichkeit zu verbergen.

Ich sah zu, wie er sie losband. Sie machte keinerlei Zicken. Sie schien sogar ausgesprochen ruhig, als ob sie befürchtete, Jack durch irgendeinen Fehler, den sie machen könnte, abzuschrecken. Als das Seil weg war, hockte er sich vor sie hin und legte seine Hand auf ihren Unterleib.

Rhonda atmete schnell und hörbar ein, und ich vermutete, dass sie gerade diese durchdringende Hitze zu spüren bekam, die auch ich erlebt hatte. Das ließ mich darüber nachdenken, wie ich meine seherischen Fähigkeiten besser beherrschen könnte. Es würde mein neues

Leben sehr viel einfacher machen, wenn ich lernen würde, es bewusst einzusetzen statt abzutauchen, weil es mir gerade nicht passte. Vielleicht konnte mir Jack helfen, das zu trainieren. Wir hatten zwar unterschiedliche Fähigkeiten, aber möglicherweise waren sie in ihrer Art ähnlich.

Rhondas Gesicht entspannte sich, wurde weicher, als Jacks heilende Wärme sie durchströmte. Als er fertig war, bewegte er seine Hände noch einmal von einer Seite auf die andere, so als ob er sichergehen wollte, dass da nicht noch mehr war, bevor er ihr in die Augen sah.

«Deine fruchtbare Zeit steht kurz bevor. Ich würde dir empfehlen, in den nächsten beiden Wochen so viel Sex wie möglich zu haben und mit so vielen Männern wie möglich.»

Ich kniff die Augen zusammen. «Himmel, Jack.»

«Es könnte sein, dass sie bei manchen Partnern empfängnisbereiter ist als bei anderen», erklärte er. «Da es keine Möglichkeiten gibt, das herauszufinden, ist es der beste Weg. Und hinterher bitte nicht baden oder pinkeln.»

So genau hätte ich es lieber nicht gewusst. Am liebsten hätte ich mir die Augen zugehalten, oder die Ohren, aber Rhonda schien sich von diesem ekligen medizinischen Ratschlag nicht irritieren zu lassen. «Wirst du mich hinterher noch einmal untersuchen?»

Jack nickte. «Ich kann dir sagen, ob es erfolgreich war und, falls nicht, wann die beste Zeit ist, es wieder zu probieren.»

«Danke.» Rhonda stand auf und nahm das Seil. Jack warf mir einen fragenden Blick zu, und ich bedeutete ihm tonlos und nur mit Mundbewegungen: *Später*.

Wir gingen gemeinsam hinaus, und David brachte Rhonda zu einem Telefon, damit sie den Werpanthern sagen konnte, dass wir einen Waffenstillstand hatten und sie sich schon mal auf einen kleinen Sex-Marathon einstellen sollten.

Ich warf Jack einen schnellen Blick zu, nachdem sie den Raum verlassen hatten: «So viele wie möglich und so oft wie möglich?»

Er zuckte mit den Schultern. «Sie dürfte bei einigen Partnern empfängnisbereiter sein als bei anderen.»

«Außerdem ist es eine gute Art, sie zu beschäftigen und uns vom Leibe zu halten.»

Er grinste. «Make love, not war. Aber was ist das für eine Geschichte mit dem Seil?»

«Ich habe ihr erzählt, dass manche Männer auf so was stehen, und ihr angeboten, das Seil für anstößige Dinge mitzunehmen.»

Wir lachten, und dann suchte ich Zach, um herauszufinden, ob es neue Entwicklungen an der Wolfs-Front gab. Als ich auf ihn zuging, sah er mir mit einem Leuchten in den Augen entgegen, das mir fast den Atem raubte.

«Hallo», sagte ich und hatte bei seinem Anblick Mühe, nicht zu geifern. Die unglaubliche Erkenntnis, dass er mir gehörte, traf mich noch einmal mit voller Wucht. Ich hätte mich am liebsten in seine Arme geworfen, deshalb blieb ich lieber kurz vor ihm stehen. Das schien mir eine sichere Entfernung zu sein. «Was macht der Krieg?»

Zach lächelte mich schräge an. «Bis jetzt hast du den Waffenstillstand mit den Werpanthern ausgehandelt, die Sache durchgezogen und uns rechtzeitig vor dem Wolfsangriff gewarnt. Ich sollte also besser dich fragen.»

«Ich hatte den Eindruck, ich sollte die Frauengespräche führen, während du dich um die andere Seite kümmerst.» Ich warf ihm ein schüchternes Lächeln zu und fügte hinzu: «Danke, dass du mir vertraut hast, das allein zu regeln.»

Er streckte seine Hand aus und legte sie zärtlich auf meine Wange. «Du weißt offenbar, was du tust.»

In Anbetracht der Bewunderung in seiner Stimme wäre ich fast errötet und hätte angefangen, verlegen mit den Füßen zu scharren. Ich räusperte mich. «Also noch keine Spur von ihnen?»

«Im Moment noch nicht. Aber wir sind bereit.» Sein Gesicht wurde ernst. «Ich will, dass du dich aus diesem Kampf heraushältst. Sie würden sich auf dich konzentrieren, und ich möchte ihnen keine unnötige Angriffsfläche bieten.»

«Außerdem möchtest du auch nicht, dass unsere Jungs sich darauf konzentrieren könnten, mich zu verteidigen, statt einfach nur zu kämpfen.»

«Richtig», stimmte Zach zu. «Dich zu beschützen ist unser oberstes Ziel. Lass es uns zu Ende bringen.»

Ich nickte. Das klang vernünftig. «Ich werde ein braves Mädchen sein und drinnen bleiben.»

«Ich hatte befürchtet, du würdest dich nicht überzeugen lassen.» Er hob eine Augenbraue. «Ich hatte mich schon darauf eingestellt, dich irgendwie bestechen zu müssen.»

«Das Letzte, was ich möchte, sind geringere Chancen in einem Kampf. Ich möchte, dass es so schnell wie möglich vorbei ist.» Ich warf ihm einen heißblütigen Blick zu. «Für Bestechung wäre ich allerdings empfänglich.»

«Gut zu wissen.» Zach ließ seine Hand über meinen Hinterkopf gleiten, kam näher und gab mir einen leidenschaftlichen Kuss, der mir für später allerhand Aufregendes versprach. Bevor wir uns gehen lassen konnten, bevor er mir sagen konnte, mit was für einer Belohnung ich für meine Kooperationsbereitschaft rechnen durfte, ertönte ein Alarm.

Zach schreckte auf und zog hinter seinem Rücken eine Pistole hervor. Er drückte sie mir in die Hand. «Geh in deine Suite; schließ die Tür ab; bleib dort, bis einer von uns kommt, um dich zu holen. Weißt du, wie man die benutzt?»

Ich blickte herunter und sah, dass ich einen SIG Revolver Kaliber .357 hielt. Ich zielte gen Fußboden, drückte mit dem Daumen die Sicherung raus, prüfte den Lauf und fand eine Patrone fertig zum Abschuss. Ich zog das Magazin raus, sah, dass es voll war, schob es wieder zurück. «Zielen und abdrücken», sagte ich.

«Dafür würde ich dich am liebsten gleich nochmal küssen, aber das werden wir lieber auf später verschieben. Die Pistole schießt mit doppelwandiger Hohlmunition, die Angreifer nur verwunden soll.» Er deutete auf die Treppe. «Geh jetzt.»

Ich entfernte mich schnell, gebückt und mit pochendem Herzen. Ich verlangsamte mein Tempo nicht, bis ich die Tür hinter mir abgeschlossen hatte. Dann durchkämmte ich meine Räume nach möglichen ungebetenen Gästen. Hinter allen Türen sah ich nach. Unter den Möbeln. Ich schaute an jedem Ort nach, der groß genug war, dass sich ein Hund dahinter verstecken konnte, denn es konnte ja sein, dass sie nicht in menschlicher Form auftraten.

Als ich mir sicher war, dass alles in Ordnung war, entschied ich mich für den begehbaren Kleiderschrank als den am besten geschützten und am leichtesten zu verteidigenden Aufenthaltsort. Ich brachte mich so in Stellung, dass ich die Tür sehen konnte.

Dann wartete ich. Das war das Schlimmste an der Sache und strapazierte meine Nerven aus mehreren Gründen. Ich wusste weder, wo der Feind war und was passierte, noch wusste ich, wo meine Leute waren und wie es ihnen ging. Ich wusste nicht, was David und Zach gerade taten.

Zach hatte mir zugetraut, dass ich meine Sache gut machen würde. Jetzt war ich an der Reihe, und ich musste dasselbe tun. Ich musste mich zurückhalten und ihn beweisen lassen, dass Alpha eben mehr war als ein Titel.

Trotzdem kam es aus der hintersten Ecke meines Bewusstseins immer wieder, wie ein Gebet: *Lass alles gutgehen. Lass alles gutgehen. Lass alles gutgehen.*

Ich wollte in Zachs Armen liegen. Ich wollte David.

Ich sehnte mich nach meinen Gefährten und nach ihrem beruhigenden Körperkontakt. Ich wollte spüren, dass sie bei mir waren, mir gehörten und unverletzt waren. Ich wollte, dass sie beide die Worte sagten, nach denen sich mein Herz so sehnte, aber als ich dort so saß, beschloss ich, dass ich auch gern für den Rest meines Lebens darauf verzichten würde, wenn sie mich nur schnellstmöglich wieder in ihre Mitte nehmen würden.

Die Pistole wurde immer schwerer, also hielt ich sie jetzt beidhändig und stützte sie, auf dem Boden sitzend, auf meinen Knien ab. Ich ließ meine Augen umherwandern, um auch die geringste Bewegung, den kleinsten Schatten zu bemerken. Ich lauschte auf jedes Geräusch, hörte aber nichts als meinen eigenen, gleichmäßigen Atem.

Dann ließ ein dumpfes Geräusch mein Herz fast stehenbleiben. Ich hörte, wie sich eine Tür öffnete und wieder schloss.

KAPITEL 28

War das meine Tür gewesen? Ich wusste es nicht. Wenn nicht, war es zumindest ganz in der Nähe. Aber wer immer es war, musste sich auf zwei Beinen bewegen. Werwölfe konnten keinen Türknauf bedienen.

Ich sah auf die Pistole, die mir Zach gegeben hatte, und fragte mich, ob die Patronen wohl Silber enthielten oder ob die normalen auch ihren Zweck erfüllten.

Ich stabilisierte meinen Atem und blieb vollkommen bewegungslos. Ich wollte nicht verraten, wo ich mich versteckt hatte. Es war wieder ganz still, und ich lauschte auf weitere Geräusche. Wenn die Tür von einem meiner Jungs geöffnet worden wäre, hätte er beim Hereinkommen ja wohl meinen Namen gerufen und mir gezeigt, dass ich in Sicherheit sei. Wer immer hier in der Nähe war, war jedenfalls sehr leise.

Warte, sagte ich zu mir selbst. *Hör genau hin. Werd nicht panisch.*

Als die Umrisse eines Mannes vor der Schranktür auftauchten, zuckte ich zusammen, obwohl ich genau darauf gewartet hatte. Ich zielte auf seine Schulter und legte den Finger auf den Abzug, als hinter dem abtrünnigen Wolf ein Knurren ertönte, das mir die Haare zu Berge stehen ließ. Ich bekam Unterstützung. Erleichterung durchfloss mich.

«Ergib dich und leg dich mit dem Gesicht nach unten auf den Boden und falte die Hände hinterm Kopf», sagte ich.

Er erstarrte.

«Hinter dir steht ein Wolf, der dich töten wird, und ich habe eine Pistole in der Hand, die genau auf dich zielt, also würde ich dir sehr empfehlen, genau das zu tun, was ich dir sage.»

Ich hielt die Waffe weiter im Anschlag, da ich mir nicht sicher war, ob er versuchen würde, abzuhauen, oder ob er vorhatte, sich zu ergeben. Zwar entschied er sich fürs Aufgeben, aber ich hielt die Pistole auch dann noch auf ihn gerichtet, als er auf dem Boden lag. Als er unten war, konnte ich den schwarzen Wolf erkennen, den sein Körper bislang verdeckt hatte: David.

Der Wolf warf mir einen anerkennenden Blick zu und verwandelte sich zurück in sein menschliches Erscheinungsbild. Er streckte seine Hand nach der Pistole aus. Ich gab sie ihm. Er verpasste unserem Gefangenen einen Schlag auf den Hinterkopf und schaltete ihn aus, bevor er sich wieder mir zuwandte. Da rannte ich schon auf ihn zu, und seine Arme umschlossen mich so fest, dass ich mich sofort wieder wie zu Hause fühlte.

«Du bist in Sicherheit», sagte er heiser. «Mein Gott, ich dachte schon, ich würde ihn nicht schnell genug einholen.»

Ich lachte auf. «Hey! Ich bin nicht das hilflose Weibchen. Ich bin das Monster aus dem Kleiderschrank.»

Jetzt lachte auch er, kraftvoll und erstaunt, aber dann gab für eine ganze Weile keiner von uns beiden irgendein Geräusch mehr von sich. Als er den Kuss beendete, musste ich mich an ihm festhalten, um nicht aus dem Gleichgewicht zu geraten, denn meine Knie waren weich geworden, was nicht nur an der Erleichterung lag.

«Wo ist Zach?», fragte ich, als ich nach Luft geschnappt hatte. «Was passiert gerade?»

«Er ist im Wald. Es ist vorbei. Nur diesem Nachzügler ist es gelungen, sich davonzumachen, und deshalb bin ich ihm gefolgt. Aber den Rest haben wir uns geschnappt. Wir sind jetzt sicher.»

Vorbei. Sicher. Ich schloss meine Augen, überwältigt von Dankbarkeit ob dieser beiden Worte. Ich war mir nicht sicher, ob ich es wirklich und wahrhaftig glauben würde, bis ich Zach nicht gesehen und mit meinen eigenen Händen berührt hatte, aber es schien wirklich ausgestanden zu sein. Irgendwo vor mir sah ich den herrlichen Sommer liegen, der uns erwartete.

David ließ mich den Gefangenen bewachen, bis er ein Seil gefunden, ihn gefesselt und dann zu den anderen gebracht hatte.

Ich ging nach unten, um im Wintergarten auf die Rückkehr des Rudels zu warten, guckte mir fast die Augen aus dem Kopf auf der Suche nach einem Lockenkopf und den mir vertrauten Schultern.

Als Zach schließlich in meinem Blickfeld auftauchte, stürzte ich aus der Tür, rannte quer über den Rasen und warf mich ihm in die Arme.

«Wo sind sie?», fragte ich nach einer ganzen Weile.

«Weg.»

«Wie, weg? Tot? Abgehauen, um sich möglicherweise später wieder zusammenzurotten?»

«Weder, noch. Sie haben sich alle ergeben, und dann tauchte der Leshii auf und hat sie irgendwohin geschickt. Er sagte, sie würden nicht wiederkommen.»

Das überraschte mich. «Er hat sie woandershin geschickt? Vielleicht in einen anderen Wald, ganz, ganz weit weg.» Diese Lösung gefiel mir. Besonders weil es dadurch nicht noch mehr Tote gegeben hatte, weder auf unserer, noch auf der anderen Seite.

Ich hatte genug vom Kämpfen, genug von den ständigen Problemen. Ich wollte meine Gefährten und mein Rudel um mich haben, wollte Freundschaft, Wohlbefinden und Vertrautheit. Ich drückte Zach ganz fest, so froh, wieder mit ihm zusammen zu sein, dass ich keine Worte dafür fand.

«Na, komm. Ich werde dich mal reinbringen.» Zach nahm mich auf den Arm. Ich schlang ihm meine Arme um den Hals und hielt mich fest, und auch das übrige Rudel folgte uns ins Haus.

«David sagte, du hättest den Ausreißer im Visier gehabt?», fragte er, während er mich in meine Räumlichkeiten hinauftrug. *Unsere* korrigierte ich mich selbst. Meine, Zachs und Davids.

«Ja.» Ich lehnte meinen Kopf an seine Schulter. «Ich bin so froh, dass ich nicht abdrücken musste. David war direkt hinter ihm, also hatten wir ihn in der Zange. Und da hat er aufgegeben.»

«Ich bin auch froh, dass du nicht schießen musstest, aber es tut mir leid, dass er überhaupt so dicht an dich herangekommen ist. Ich hätte dich gar nicht in Gefahr bringen dürfen.»

«Das war ja nicht deine Schuld», sagte ich, als ich den Klang in seiner Stimme bemerkte. «Du hast mich in

Sicherheit gebracht und mir außerdem noch eine Waffe dagelassen, was ja auch gut war, wie sich herausgestellt hat.»

Zachs Mund legte sich über meinen, und ich umarmte ihn innig und hingebungsvoll. Beim Klang der sich öffnenden Tür wussten wir, dass David sich zu uns gesellt hatte. Als ich spürte, wie sich von hinten zwei Hände auf meine Hüften legten und Lippen über die empfindliche Haut in meinem Nacken strichen, lächelte ich an Zachs Mund.

«David.»

«Mmm.» Seine Zähne fuhren über die Kurven meines Halses und meiner Schulter, lösten in mir lustvolle Schauer aus.

Mein Männer. Meine Gefährten. Meine Zukunft. Ich war zwischen ihnen geborgen und genoss ihre Wärme, besänftigt von ihrer Nähe, wurde aufgesogen in den atemberaubenden Tanz der Sinneserfahrungen, den sie meinem Körper antaten. Zachs Kuss wurde immer intensiver, bis ich ihn schließlich mit all meinen Sinnen spürte. Davids Hände streichelten meine Hüften, während er meinen Hals seitlich küsste, beknabberte und meine Ohrläppchen leckte. Mein Puls stieg sprunghaft, und in meinem Unterleib sammelte sich die Hitze.

Ich hatte viel zu viel an. Wir hatten alle zu viel an. Ungeduldig streichelte ich Zach, zupfte an seiner Kleidung, suchte nackte Haut. Ich fühlte mich, als müsste ich vor Hunger nach Berührung fast vergehen, wobei das nur noch schlimmer wurde, als ich seinen nackten Rücken zu streicheln begann.

Ich brauchte das. Ich brauchte diese beiden. Ich musste wissen, dass mit uns alles in Ordnung war. Zach und David griffen gleichzeitig nach dem Saum meines Pullovers und zogen ihn mir von vorn und von hinten aus, entkleideten mich gemeinsam. Kühle Luft berührte meine Haut dort, wo sie mich nicht anfassten, und dieser Kontrast schärfte meine Sinne dafür, wie sich unsere Körper begegneten.

Zach unterbrach seinen Kuss gerade so lange, wie sie brauchten, um mir den Pullover über den Kopf zu ziehen und ihn beiseitezuwerfen. Davids Finger hantierten an dem Verschluss meines BHs, während Zach den Knopf und den Reißverschluss meiner Jeans ertastete. Er öffnete sie und kniete sich vor mich hin, um die Haut zu küssen, die er freigelegt hatte, ließ seine Lippen über das Bündchen meines Slips streifen.

Als der Verschluss geschafft war, ließ David die BH-Träger über meine Oberarme abwärtsgleiten, streichelte mit seinen warmen Fingerspitzen die empfindlichen Stellen. Ich seufzte, als er mich verführerisch in meinen Ellenbeugen und an der Innenseite meiner Handgelenke kitzelte. Dann folgte der BH dem Pullover, und Davids Hände glitten über meine Rippen so weit aufwärts, dass er sie zärtlich auf meine Brüste legen konnte.

Seine Hände drückten und streichelten, lösten das süße Verlangen nach mehr aus. Mehr Berührung. Mehr Druck. Meine Brustwarzen schwollen an, als würde sie um seine Aufmerksamkeit betteln. Er schenkte sie ihnen. Seine Finger kreisten, kniffen, zupften, ließen wieder los, und alles, was er tat, löste in meinem Unterleib heftige Reaktionen aus.

Meine Möse war prall vor Erwartung. Meine inneren Muskeln begannen vor Erregung unwillkürlich zu zucken. Ich hielt die Luft an und wartete darauf, dass Zach endlich meine Hosen herunterzog, aber er schien keine Eile zu haben. Er bedeckte meinen Bauch mit schmetterlingszarten Küssen, ließ dann seinen Finger unter das Bündchen gleiten, um mich tiefer berühren zu können, bis er schließlich sanft durch die Löckchen fuhr, die meinen Venushügel bedeckten.

«Zach», flüsterte ich. Ich wühlte die Finger einer Hand in sein Haar, griff mit der anderen hinter mich, um Davids Hüfte an mich zu ziehen. Dann sank mein Kopf zurück auf Davids Schulter und legte dabei meine Kehle frei. Er beugte sich über mich und drückte mir Küsse auf den Hals, während seine Hände mit meinen Brüsten spielten.

Da gab Zach meinem schweigenden Drängen nach und zog die Jeans bis zu den Knöcheln hinunter. Erst stieg ich aus dem einen Bein, dann aus dem anderen, bis die Hose schließlich auch ganz ausgezogen war und mich nur noch ein bisschen Unterwäsche von der völligen Blöße trennte. David hatte nur Jeans an, die er sich übergestreift hatte, nachdem er sein menschliches Erscheinungsbild wieder angenommen hatte und die Wärme, die von seiner nackten Hautoberfläche auf meinen Rücken ausging, löste in mir ein ganz eigenes sinnliches Vergnügen aus. Ich konnte spüren, dass sich der raue Stoff seiner Jeans an meinem Höschen rieb und der dünne Stoff zwischen uns seinen steifen Schwanz nicht vor mir verbergen konnte.

Zach begann sich auszuziehen, während ich ihn mit schweren Lidern beobachtete. Erst zog er sein Hemd aus, und ich konnte seinen gutgebauten Oberkörper und seine Schultern bewundern, während seine Hände sich am Knopf seiner Jeans zu schaffen machten. Die Muskeln seiner Arme arbeiteten, als er die Hose öffnete und sein Werk vollendete. Die bloße Schönheit männlicher Muskeln und Sehnen raubte mir fast den Atem.

Dann war er nackt, und meine Aufmerksamkeit konzentrierte sich ganz auf seinen dicken, voll erigierten Penis.

«Was hast du nur für große Augen», murmelte David an meinem Ohr, als er meine Reaktion bemerkte.

Ich lächelte und rieb mich an ihm: «Nur gut, denn ich würde nur ungern auf diesen Anblick verzichten.»

Zach kam mir wieder näher, und seine Arme legen sich um meine Taille, damit er mich ganz fest an sich ziehen konnte. Seine Hände glitten abwärts und packten die Rundungen meines Hinterns, um uns noch enger miteinander zu verbinden. Hinter mir begann jetzt David damit, sich seiner Hose zu entledigen. Ich drückte mein Gesicht gegen Zach, berührte seine Schulter mit den Lippen, küsste die pulsierende Vene ganz unten an seinem Hals. Dann drehte er mich um, und seine Hände erforschten meinen Körper, indessen ich beobachten konnte, wie David sich vollends auszog.

«Meine Augen sind allerdings nicht das Einzige, was hier im Raum groß ist», sagte ich und warf David einen anzüglichen Blick zu.

Er sah mich an und drohte mir spielerisch mit dem Finger. «Komm her, du rothaariges Luder.» Ich lachte und befreite mich aus Zachs Umarmung. Ich sank auf die Knie und tastete ihn der Länge nach mit meinen Lippen ab, küsste mich hinunter bis zu seiner Schwanzwurzel, leckte aufwärts, bis ich seine Eichel schließlich mit meiner Zunge umkreiste.

«Halt», knurrte er. Seine Hände packten meine Schultern, und er zog mich aufwärts. Wir zogen auf das Bett um, wo unser Gelächter sich immer weiter in Seufzer und Küsse verwandelte. Wir streichelten, umarmten, rollten uns hin und her, vergewisserten uns einander, dass alles in Ordnung war.

Schließlich endete ich unter David, der sich in meinen willigen Schoß bohrte, wobei ich Zachs Hand hielt. Der kleine Bogen in Davids Schwanz übte Druck auf den empfindlichen Punkt in meiner Höhle aus und massierte ihn, während wir uns schaukelnd bewegten. Ich klammerte mich mit den Schenkeln an seinen Beinen fest und stachelte ihn an, mich heftiger zu nehmen, aber er blieb bei seinem stetigen Rhythmus, der meine Lust länger hinauszögerte. Er ritt mich mit so gemächlichen Stößen, als ob er das Gefühl, mich unter sich zu haben und mich zu spüren, noch länger auskosten wollte.

«David», protestierte ich und hob meine Hüften seinem Stoß entgegen, da ich mehr wollte.

«Willst du irgendwas Besonderes?» Er stützte sich auf, um auf mich herabsehen zu können, und seine Augen waren ganz dunkel vor Lust.

«Dich.»

Er steigerte das Tempo, und ein Ansturm sinnlicher Empfindungen und emotionaler Berührung katapultierte mich in Richtung eines totalen Höhepunkts. Als ich dort ankam und vor Lust zu zerspringen drohte, spürte ich Zachs Lippen auf meinen Fingerknöcheln. Zu wissen, dass er diesen Augenblick mit uns teilte, machte ihn noch strahlender und besser.

Als der Knoten sich löste, legte David sich neben mich, küsste mich feurig, während Zach zwischen meine Beine und auf mich rutschte. Er schob seinen dicken, langen Schwanz in mich, und David füllte meinen Mund mit seiner Zunge. David hörte auf, mich zu küssen, als Zach auch Anspruch auf meine Lippen erhob, ohne meine Muschi freizugeben. Ich hatte das Gefühl, meine Sinne zu verlieren, als die beiden sich so nahtlos abwechselten, und sofort begann meine Lust auf einen neuen Höhepunkt hinzutreiben.

Zach war absolut zügellos, wild und drängend, und er fickte mich mit animalischer Lust. Mir gefiel es sehr, dass er meinen Körper so dominant beanspruchte, und ich zahlte es ihm mit gleicher Münze heim, indem ich ihm zeigte, wie sehr ich ihn wollte, ihn meine Zähne und Fingernägel spüren ließ. Er kam gewaltig, pumpte sich mit endlos scheinenden Ergüssen in mich, und ich nahm all seinen Saft in mich auf. Dann überwältigte mich mein eigener Orgasmus, erreichte ich mit kreisenden Hüften das Ziel, indem meine inneren Muskeln Zach noch einmal heftig melkten, der ein letztes Mal bis zu den Eiern und mit einem wilden Spritzer in mir versank.

Anschließend kuschelte ich mich zwischen die beiden, wir tauschten Küsse und Zärtlichkeiten aus, ich genoss die Berührung männlicher Beine an meinen Schenkeln, den sanften Druck ihrer Körper, das Gefühl der Sicherheit und der Vertrautheit, das ich in ihrer Gegenwart hatte.

«Ich liebe euch», sagte ich und zog verliebt die Konturen von Zachs Gesicht mit meiner Fingerspitze nach. Ich trank die bernsteinfarbene Wärme seiner Augen. «Ich weiß nicht, wie es möglich ist, dass ich euch beide zusammen so liebe, wie ich es tue, aber ich liebe euch wirklich. Und es ist mir inzwischen sogar egal, ob auch ihr mich liebt. Ich möchte nur mit euch zusammen sein, mit euch beiden, für den Rest unseres Lebens.»

Zach sah mich erstaunt an, und ein Stirnrunzeln verzog seine entspannten Gesichtszüge: «Wie bitte?»

Ich legte ihm sanft eine Hand auf die Wange. «Ich sagte, es ist mir egal, ob ihr mich liebt. Mir genügt es, euch zu lieben und mit euch zusammen zu sein.»

David richtete sich hinter mir auf, um mich ansehen zu können. «Dich nicht lieben?» Er starrte erst auf mich herab, dann zu Zach. «Sie meint das wirklich so.»

Sie warfen mich sanft auf den Rücken, und beide stützten sich so auf ihre Arme, dass ich ganz eng zwischen ihnen lag. «Sie hat Angst, verlassen zu werden», sagte David erklärend zu Zach.

«Ganz offensichtlich. Warum glaubst du denn, wir würden dich nicht lieben?», fragte Zach mich.

Eingerahmt von zwei fragenden Gesichtern fühlte ich mich ein bisschen in die Enge gedrängt. «Na ja, keiner von euch beiden hat es mir bisher gesagt. Also hab ich es vermutet.»

«Vermuten ist nicht wissen, und es erfordert Mut, die

Wahrheit herauszufinden», meinte David. «Ich gebe zu, diesen Mut habe ich am Anfang nicht gehabt, aber ich dachte eigentlich, wir hätten geklärt, dass es solche Situationen nie wieder geben wird.»

«Du bist unsere Gefährtin», fügte Zach hinzu. «Was glaubst du eigentlich, was das bedeutet?»

Ich zuckte mit den Achseln. «Das weiß ich nicht. Es ist eine geheimnisvolle Verbindung unter Werwölfen. Ein lebenslanges Versprechen. Das Bedürfnis, zusammen zu sein.»

«Es bedeutet, dass ich dich liebe.» Zach beugte seinen Kopf und küsste mich, langsam, süß, innig und sinnlich. «Es ist eine Wahl des Herzens, erinnerst du dich? Mein Herz gehört dir. Du bist mein Herz.»

Oh. Ich starrte zu ihm auf, konnte es noch gar nicht recht fassen.

«Ich liebe dich», sagte David mit tiefer, rauer Stimme. «Als ich heute die Treppen hinaufrannte, bin ich tausend Tode gestorben, weil ich dachte, ich käme vielleicht zu spät.»

Ich zwinkerte, spürte, wie Tränen in meinen Augen brannten. Mein Hals war vor lauter Gefühlen wie zugeschnürt. David küsste mich, heftig, wild, hungrig, geil.

Liebe.

Dies war die Liebe, und sie nahm mir den Atem.

Als David seinen Kopf hob, sah ich von seinem Gesicht zu Zachs, fühlte mich benommen und überwältigt. «Ihr liebt mich.»

«Ja.» Zach grinste mich an und wandte sich dann an David: «Ich glaube, jetzt hat sie's begriffen.»

«Na ja, möglicherweise», meinte David und sah mich zweifelnd an. «Vielleicht braucht sie aber noch ein bisschen mehr Überzeugungsarbeit.»

«Das könnte sein.» Sie tauschten ein männliches Lächeln aus, sahen dann auf mich. Jetzt wurde ihr Strahlen sehr lustvoll und zielstrebig, und für lange Zeit hatte keiner von uns dreien dann das Bedürfnis zu reden.

Eine Woche später zupfte ich ein Blumengesteck auf dem gemeinsamen Grab meiner leiblichen Eltern zurecht. Ich las die Namen auf dem Grabstein, die Jahreszahlen, die Worte, meine eigene Geschichte, in Marmor gehauen, und lehnte mich dann zurück, um die farbigen, lebendigen Tupfer auf mich wirken zu lassen, die die Blüten auf das Wintergras zauberten.

Auf so viele Fragen hatte ich endlich eine Antwort gefunden. Das Geheimnis meiner Herkunft war gelüftet. Ich wusste jetzt, wer ich war. Eine Geschichte, die noch nicht abgeschlossen war, wie ich Rhonda gesagt hatte, aber es war eine Geschichte, die ich mochte. Ich hoffte, sie würden stolz auf mich sein. Eine ganze Weile saß ich so da, um mit ihnen Kontakt aufzunehmen und mich gleichzeitig von ihnen zu verabschieden. Dann sah ich auf und entdeckte David und Zach, die etwas weiter weg auf mich warteten.

Die Vergangenheit konnte jetzt ruhen. Ich sah meine Zukunft vor mir.

Ich stand auf und ging auf sie zu.

Danksagung

Dank an meinen Mann für seinen Rat und
seine Kenntnisse zum Thema Gewehre und Munition
und an die «Write Ons» für ihre Unterstützung.